BARBARA MICHAELS

DIE VERLORENE LIEBE

Roman

Deutsche Erstausgabe

WILHELM HEYNE VERLAG
MÜNCHEN

HEYNE ALLGEMEINE REIHE
Nr. 01/6925

Titel der amerikanischen Originalausgabe
BE BURIED IN THE RAIN
Deutsche Übersetzung von Iris Foerster

Printed in Germany 1987
Umschlagzeichnung: Schlück/Allan Morgan
Umschlaggestaltung: Atelier Ingrid Schütz, München
Satz: IBV Satz- und Datentechnik GmbH, Berlin
Druck und Bindung: Elsnerdruck, Berlin

ISBN 3-453-00363-2

Für die Delaplaines
Einen und alle –
Bettie und George
Buckie und Ted
Jim und John

Erstes Kapitel

Der alte Pritschenwagen traf mit einem dumpfen Aufprall auf ein Schlagloch, so daß noch ein paar mehr Schichten der verblaßten, blauen Farbe von der rostigen Karosserie abblätterten. Joe Danner fluchte, aber nicht laut. Er hatte seit sechs Jahren keine unflätigen Worte mehr benutzt, nicht, seitdem er seinen Herrn Jesus in den hypnotischen Augen eines Wanderpredigers gefunden hatte. Er hatte auch keine starken Getränke und keinen Tabak konsumiert, und ebensowenig hatte er im Zorn seine Frau geschlagen – es sei denn, sie hätte ihm widersprochen oder seine von der Schrift angeordnete Autorität als Familienoberhaupt in Frage gestellt.

Es wäre Joe Danner nie in den Sinn gekommen, daß seiner Frau der alte Lebensstil lieber gewesen war. Damals gehörten gelegentliche Prügel zur natürlichen Weltordnung, und es kostete nicht viel, wenn sie sich Samstag abends im örtlichen Lokal gemeinsam ein wenig betranken, miteinander plauderten und mit Freunden scherzten und dann nach Hause gingen und sich fantasielos, aber vergnüglich in dem alten Bett vereinigten, das Joes Vater eigenhändig angefertigt hatte.

Seitdem Joe Jesus gefunden hatte, gab es keine Samstagabende mehr im Lokal. Es waren auch keine Kleinen mehr da. Joe junior hatte im vergangenen Jahr das Elternhaus verlassen; er war irgendwo im Norden und schwelgte in den Sünden, die zu verabscheuen man ihm beigebracht hatte... Nur hatte die Lehre irgendwie nichts gefruchtet. Auch nicht bei Lynne Anne. Sie hatte mit sechzehn Jahren geheiratet, gerade rechtzeitig, um ihrem Kind das Etikett ›unehelich‹ zu ersparen – aber nicht früh genug, um die Sünde der Unzucht auszulöschen. Sie wohnte in Pikesburgh, nur vierzig Meilen entfernt, aber sie kam nie nach Hause. Joe hatte sie an dem Abend, an dem sie ihnen sagte, sie sei schwanger, aus dem Haus geworfen, und Lynne Anne hatte ihm ins Gesicht gespuckt, ehe sie in den Schneesturm zu dem Vier-Meilen-Marsch aufbrach, um auf der Türschwelle ihres Zukünftigen zusammenzubrechen. Sie hatten auch einen fürchterlichen Skandal gemacht deswegen. Methodisten. Was konnte man von Methodisten anderes erwarten?

Ein zweites Schlagloch hob Joe vom Sitz, sein Kopf schlug an das Kabinendach, daß es schmerzte und seine mürrischen Gedanken über die undankbaren Kinder beendete. Diese verdammte Bezirksverwaltung, dachte er. Neue Straßen, noch nicht einmal ein Jahr alt, und schon zum Teufel. Weshalb man sie nicht gleich richtig gebaut hatte, konnte er nicht verstehen. Die alte war in Ordnung gewesen. Die neue Route war vielleicht kürzer, aber ... Nun, er mochte sie einfach nicht. Besonders die steile Kurve, die in die Niederung hinunterführte. Die Jungens nannten sie das Totenloch. Es hieß, daß es dort spukte. Dumme Jungens ... Er fürchtete sich nicht vor Gespenstern oder Toten, nicht mit der Kraft des Herrn Jesus in seinem Herzen. Trotzdem hatte dieser tiefer gelegene Teil der Straße etwas Unheimliches an sich ...

Joe trat auf die Bremse, als sein Wagen die abschüssige Kurve hinunterfuhr. Die Straße war schlüpfrig nach dem Regen in der Nacht; dichtes Gebüsch und krumme Bäume, die voll im Laub standen, schwächten das Sonnenlicht zu einem goldenen Dunst ab. Die Felder waren ein einziger Morast; ehe sie nicht trocken waren, konnte kein Pflanzer darauf arbeiten. Verdammter Regen, verdammte Verwaltung ...

Jesus Christus! *Die Worte brachen aus den tiefen Winkeln seines Innern hervor und gipfelten in einem durchdringenden Schrei. Sein schwerer Stiefel trat das Bremspedal bis zum Anschlag durch. Die Reifen quietschten und schlitterten, und er fing den rutschenden Wagen mit dem Geschick auf, das er in langen Jahren auf schlechten Straßen bei schlechtem Wetter erworben hatte. Schließlich blieb das Fahrzeug mit einem Rütteln stehen, rutschte seitwärts über den schmalen Heckenweg; und Joe saß da und starrte auf das Ding, das auf der Straße lag.*

Hatte er es überfahren? Er hatte nichts gespürt. Er wußte, was für ein Gefühl es war bei Waschbären und Opossums und Wildschweinen, er hatte schon viel solches Zeug überfahren. Eine Leiche – eine menschliche Leiche – hätte einen noch härteren Schlag verursacht.

Schweiß trat auf seine mageren Wangen und tropfte in seinen Bart, als er vom Wagen runterkletterte. Er überlegte sich schon die Erklärung, die er vor der Polizei vorbringen würde. Es lag auf der

Straße, als er es sah – regungslos lag es da, tot oder stockbetrunken – nicht seine Schuld – scharfe Kurve, nasse Straße...

Nicht seine Schuld. Wenn er wenden und den anderen Weg, den alten Weg einschlagen könnte – damit ein anderer es fand... Trotzdem, lieber durchstehen. Er hatte schon genug Scherereien mit der Polizei gehabt. Dieses Getue im letzten Jahr, weil er die Kinder in der Sonntagsschule geschlagen hatte – alles getreu der Schrift: Lege die Rute beiseite und verdirb das Kind. Aber irgendein Wichtigtuer hatte Krach geschlagen, und er war ein Senior gewesen.

Langsam ging Joe zur Vorderseite des Pritschenwagens und fürchtete sich vor dem, was er sehen würde. Aber es war alles gut. Er hatte es nicht berührt. Die Räder waren einen guten Fuß davon entfernt. Es mußte tot sein – oder stockbetrunken. Es hatte sich nicht gerührt. Es? Sie! Ein Frauenkleid, aber ein verdammt komisches – so lang, daß es sogar die Füße bedeckte, ein verschossenes, bedrucktes Baumwollkleid, das einmal blau gewesen war. Sie lag mit dem Gesicht nach unten, ihr Kopf war von einem Schal oder Tuch bedeckt. Ihre Arme waren gekrümmt, einer lag über ihrem Kopf, der andere an ihrer Seite. Die üppigen Stoffalten lagen merkwürdig flach, und als er langsam nähertrat, verschwand Joes Furcht, und an seine Stelle trat ein wachsender Zorn. Es war nur ein leeres Kleid. Darunter konnte kein Körper liegen. Ein paar dumme Jungen – sie hätten einen Unfall verursachen können, wenn sie solche Scherze trieben.

Er hob den Schal an.

Es grinste zu ihm herauf – zwei nackte Reihen erdbrauner Zähne. Die elfenbeinfarbene Rundung des Schädels war blaß vor dem schwarzen Straßenschotter. Ein Wassertropfen am Rand der leeren Augenhöhle glitzerte im Sonnenlicht.

Irgendwie fuhr er mit dem Pritschenwagen zurück und wendete. Die letzte wilde Umdrehung des Rades erzeugte ein leises, knirschendes Geräusch, und es fuhr Joe wie ein Echo durch die Knochen. Aus irgendeinem Grund konnte er sich nur denken, daß es Lynne Anne war, die sich durch den Wintersturm gekämpft hatte. Er konnte auf diesem fleischlosen Horror auf der Straße noch ihr vom Haß verunstaltetes Gesicht sehen.

Er hatte nicht das andere kleinere Kleiderbündel gesehen, das halb verdeckt von dem vollen Ärmel und den gekrümmten Armknochen dalag, als wäre es bei einem Sturz heruntergefallen. Ein sehr kleines

Bündel, nicht aus Baumwolle, sondern aus feinerem Stoff mit Rostflecken und zu einem merkwürdigen Muster aus Grün- und Brauntönen verfärbt. Es war einmal weiß gewesen – zarter, feiner Battist, mit Spitze gesäumt, handgenäht und bestickt, gerade in der richtigen Größe, daß es einer Puppe gepaßt hätte. Einer lebensgroßen Puppe.

Die Geschichte war makaber genug, um die Nachrichtendrähte der Nation heißlaufen zu lassen. Ich glaube, ich war einer der wenigen Menschen in den östlichen Vereinigten Staaten, der sie nicht gelesen hatte. Ich sah in jener Woche nicht fern und las keine Zeitungen. Schlußexamen standen bevor, und jenes erste Jahr des Medizinstudiums ist dasjenige, in dem die Spreu vom Weizen getrennt wird. Wenn ich mich nicht über meinen Schreibtisch beugte und immer wieder die Seiten durcharbeitete, die ich schon ein Dutzend Mal gelesen hatte, ging ich auf und ab und murmelte vor mich hin. Die zwölf Schädelnerven, die Gesichtsnerven – Nervus opticus, trigeminus, glossopharyngeus... hin und wieder hörte ich mich in den Singsang ausbrechen: »Der Hüftknochen ist verbunden mit dem Schenkelknochen, der Schenkelknochen ist verbunden mit dem Beinknochen...«

Dann machte ich ein paar Minuten aerobische Übungen oder raste hinaus und holte mir im Laden noch eine Büchse Instantkaffee.

Ich erinnere mich nur undeutlich daran, auf einem der Schundblätter in der Nähe des Ausgangs des Ladens am Zeitungsständer eine Schlagzeile gesehen zu haben. Da ich in der Schlange wartete, überflog ich unwillkürlich die Überschriften. Prinzessin Dis Privatleben wetteiferte mit gespenstischen Lügen über Hollywood und Rockstars, Versprechungen von Wunderdiäten, Krebskuren und Beweisen für ein Leben nach dem Tod. Eine Überschrift fiel mir auf: ›Aus dem Grab auferstanden! Um Rache zu nehmen???‹ Nur geschmacklose Sensationshascherei, und es prägte sich meinem Gehirn nicht dauerhaft ein, das von anatomischen Ausdrücken überquoll.

Wenn ich die Geschichte gelesen hätte, wäre ich dann nach

Virginia gefahren? Ja, natürlich – und dies gewiß um so eher wegen der merkwürdigen Ereignisse und der fesselnden Seite des Falls. Auf der anderen Seite hatte ich Knochen bis oben hin satt.

Der Ruf kam. Ich benütze diesen altmodischen Ausdruck absichtlich; es war einer, den *sie* benutzt hätte. Der Ruf kam jedoch nicht von ihr. Er kam von meiner Mutter, die mir gereizt mitteilte, daß sie schon seit drei Tagen versucht hatte, mich zu erreichen.

»Ich sagte dir doch, ich stehe mitten im Examen.«

Es war fünf Uhr an einem regnerischen Frühlingsnachmittag, und ich lag im Bett mit einem Bier und einem Kriminalroman und einer Schale Brezeln. Ich hatte die Examensergebnisse noch nicht bekommen, aber in diesem Augenblick genügte es, die Prüfungen hinter sich zu haben. Mutters Beschwerden überschwemmten mich, ohne den geringsten Eindruck zu hinterlassen. Ich hatte alles schon einmal gehört: es wäre nicht gut, wenn ich mich von der Welt abschnitte; wie, wenn ich krank würde? Wie, wenn... sie zögerte aus Aberglauben, die Worte auszusprechen, und deshalb sagte ich an ihrer Stelle:

»Wenn jemand stirbt, würde ich es bald genug erfahren. Das ist nicht die Art Neuigkeit, auf die ich scharf bin.«

Obwohl Mutter seit Jahren in Pittsburgh lebte, hatte sie ihren hübschen Virginia-Akzent nie ganz abgelegt. Er machte ihre Stimme weicher, selbst wenn sie ärgerlich war, und ich glaube, er war teilweise verantwortlich für ihren Erfolg als Chefsekretärin. »Mrs. Newcomb ist so damenhaft.«

Sie seufzte leise: »Julie, ich wollte, du würdest über solche Dinge nicht scherzen. Das ist so gefühllos.«

Es war ein Segen, daß die gute Frau nicht einige der Witze hören konnte, die im Seziersaal gemacht wurden. Sie fand, daß ich gefühllos wurde. Ich fragte mich allmählich, ob ich jemals gefühllos genug werden würde.

»Ich wollte dich heute abend anrufen«, sagte ich, um vom Thema meines Humors abzulenken. »Ja, wirklich. Also, was gibt es Neues?«

»Was machst du diesen Sommer, Julie?«

»Du weißt, was ich vorhabe. Das gleiche wie im vergangenen Sommer.«

Ein weiterer Seufzer zitterte durch die vielen Meilen Draht, und ich sagte energisch: »Komm, Mutter, mach mir nicht die Hölle heiß. Ich weiß, du denkst, ich sei als Bardame nur einen Schritt von der Prostitution entfernt. Aber es ist eine völlig seriöse Beschäftigung, und ich kann auf diese Weise mehr Geld verdienen als in jedem anderen Beruf. Gott weiß, wir brauchen es. Es ist mir schrecklich genug, daß du deine Ersparnisse angreifst und Geld von deinem Chef leihst...«

Sie ließ mich ausreden, ehe sie sagte: »Das ist es nicht. Es ist wegen Martha. Sie braucht dich, Julie.«

Die Vorstellung, daß Martha irgend jemanden brauchte und ausgerechnet mich, war so widersinnig, daß ich laut lachte. »Sage nicht, daß sie endlich stirbt.«

»Ich wollte, du würdest nicht so reden.«

»Entschuldige. Aber sie ist bald neunzig.«

»Fünfundachtzig.«

»Also gut, das ist etwas anderes.«

»Julie –«

»Schön, schön. Aber sei ehrlich, Mutter, ihr Tod kann kaum einen Schock auslösen. Fünfundachtzig ist nicht gerade der Frühling des Lebens, und unsere Verwandtschaft zartfühlend und liebevoll zu nennen –«

»Du solltest nicht so über sie sprechen, Julie. Sie ist schließlich deine Großmutter.«

Sie war meine Großmutter. Sie war auch die Mutter meiner Mutter. Keiner von uns benützte die familiären, liebevollen Worte. Wir nannten sie Martha, falls wir nicht einfach ›sie‹ sagten, wenn wir von ihr sprachen.

Mutter fuhr fort: »Sie möchte, daß du den Sommer in Maidenwood verbringst.«

Die Brezeln fielen mir auf den Schoß. Aus Respekt vor meiner armen Mutter, die ich wirklich sehr mag, schrie ich nicht auf. Ich sagte nur: »Warum?« Und ich sprach mit ruhiger, beherrschter Stimme.

Sie war erleichtert über meine Ruhe. »Es ist logisch, Julie, wenn du es dir genau überlegst. Sie hat sich bis vor ein paar Tagen von dem Schlaganfall ziemlich gut erholt. Dann hatte sie noch einen. Ihr Arzt glaubte, es wäre das Ende, aber es scheint, daß sie sich auf ganz erstaunliche Weise gefangen hat... Was sagtest du?«

»Nichts!« Mutter beschloß, es dabei bewenden zu lassen. »Sie ist gelähmt. Sie kann kaum sprechen.«

»Wie konnte sie dann nach mir verlangen?«

Sie hatte nicht nach mir verlangt, das gab Mutter ehrlich zu, aber erst, nachdem ich sie in die Enge getrieben hatte; sie bestand darauf, daß Martha nach mir gefragt hätte, wenn sie nicht – äh – nun – »Du weißt, Julie, wie ein Schlaganfall auf das Gehirn eines Menschen wirkt.«

Da ich an den Konversationsstil meiner Mutter gewöhnt bin, brauchte ich eine Weile, bis ich das Wirrwarr von konventionellen Klischees aussortiert hatte, das die Tatsachen verdeckte.

»Einen Augenblick, Mutter, das will ich genau wissen. Martha hatte noch einen Schlaganfall? Und sie ist zu Hause – in diesem baufälligen Wrack von einem Haus – und nicht in einem Krankenhaus?«

Eine weitere Dusche von Klischees ergoß sich über mich. Der Wunsch der Sterbenden, ihre letzten Tage im eigenen Heim... et cetera, et cetera. Es lief alles darauf hinaus, daß Martha es so wollte. Und was Martha wollte, das bekam Martha.

»Ja, ich verstehe«, sagte ich resigniert. »Ich verstehe aber nicht, warum du ausgerechnet mich als Opferlamm ausgewählt hast. Das ist Matts Problem. Er ist an Ort und Stelle, er ist Marthas Erbe, er hat keine Familie oder finanziellen Verpflichtungen – laß ihn damit fertig werden.«

»Aber Liebste, er ist ein Mann!«

»Ich dachte mir, daß er wohl inzwischen einer sein muß. Als ich ihn das letzte Mal sah, war er ein Junge. Deshalb –«

»Julie, dein Vetter tut sein möglichstes. Er muß an seine Karriere denken. Dies ist ein Wahljahr, und er hat sehr viel zu tun.«

Bei der Ehrfurcht in ihrer Stimme hätte man denken können, Matt sei nicht nur ein kleiner Senator eines Bundesstaates, sondern er bewerbe sich um die Präsidentschaft.

Der Schlüsselsatz war der erste. Matt war ein Mann und daher automatisch aller familiären Aufgaben enthoben, die unter die Verantwortung einer Frau fallen. Die schmutzigen, unbezahlten, langweiligen Aufgaben – wie Bettschüsseln leeren und kochen, den Fußboden schrubben und Tabletts tragen.

Der Versuch, meine Mutter von der Ungerechtigkeit dieser Haltung zu überzeugen, wäre eine Vergeudung von Zeit und Energie gewesen. Sie war damit aufgewachsen; es war in ihr Gehirn eingeprägt. Deshalb schrie ich nicht: »Und wie steht es mit meiner Karriere? Was ist mit meinen Bedürfnissen?« Ich hörte mit wachsender Niedergeschlagenheit zu, wie meine Mutter die Argumente ausbreitete, die dafür sprachen, daß ich nach Maidenwood gehen sollte. Ich glaubte sicher, daß sie diese Argumente von Matt bekommen hatte; sie hatten den zungenfertigen, bestechenden Reiz einer politischen Rede.

»Du mußt sie nicht wirklich pflegen, Julie. Nein – äh – keine widerlichen Arbeiten. Shirley Johnson ist dort – vielleicht erinnerst du dich noch an sie? So eine gute Frau, sehr gewissenhaft, und Matt sagt, sie hat ihr Diplom als Krankenschwester. Ein Diplom.«

Mutter bemerkte wahrscheinlich nicht, daß ihr Argument auf mich in einer Weise wirkte, die sie nicht vorhergesehen hatte. Ich erinnerte mich nicht an Shirley Johnson, aber sie tat mir in der Seele leid.

Ein weiteres überzeugendes Argument war, daß Matt sich bereit erklärt hatte, mich für die Einnahmen zu entschädigen, die mir entgehen würden. Das erheiterte mich ein wenig, denn ich war ziemlich sicher, daß Matt nicht wußte, wie viel eine gute Bardame in drei Monaten verdienen kann. Natürlich rechnete er damit, das Geld von Martha zu bekommen. Ich wünschte ihm Glück. Vielleicht starb sie, bevor der Sommer vorüber war.

Aber das Argument, das den Ausschlag gab, war dasjenige, das Mutter nicht vorbrachte. Wenn ich nicht zu Martha fuhr, würde sie es tun müssen. Ich wußte, was sie über Martha dachte, auch wenn sie selbst es nicht wußte. Sie würde niemals vor sich selbst oder irgendeinem anderen zugeben, daß sie ihre eigene Mutter haßte und fürchtete; sie würde ihren Posten und ihre Gesundheit aufs Spiel setzen für ein althergebrachtes Pflichtgefühl. Ich war ihre Stellvertreterin, und wie die bezahlten Hilfskräfte während des Bürgerkriegs würde ich die Waffen schultern und marschieren, um getötet zu werden.

Ich mußte hinfahren. Und ich wäre auch hingefahren, wenn ich gewußt hätte, daß der fantastische Vergleich mit dem Opferlamm treffender war, als ich es mir vorgestellt hatte.

Zweites Kapitel

Matt holte mich an der Busstation in Richmond ab. Der Kostenpunkt war gewiß ein Faktor bei meinem Entschluß, den Bus zu nehmen – bis jetzt hatte ich von Matt kein Geld bekommen, nur Versprechungen, Versprechungen –, aber ich muß zugeben, ein anderer Grund war mein Verdacht, daß Vetter Matt eher tot umfallen als sich mit dem Pöbel abgeben würde, der mit dem Greyhound fuhr. Ich hatte erwartet, daß er einen seiner Lakaien schicken würde, um mich abzuholen, deshalb wäre ich fast umgefallen, als ich ihn an der Tür stehen sah.

Er trug eine lange, weite Arbeitshose und ein blaues, grobes Drillichhemd mit hochgerollten Ärmeln und offenem Kragen. Er winkte und rief mit einer Stimme, die so laut war, daß sich alle Köpfe nach ihm umdrehten: »Cousine Julie! Schön, daß du da bist, Liebste!«

Nun, natürlich hätte ich es mir denken können. Dies war ein Wahljahr. Es konnte Matts Image nicht schaden, wenn er gesehen wurde, wie er sich zwischen die Unterprivilegierten mischte, gekleidet wie einer von ihnen. Ich rechnete damit, daß ein Blitzlicht aufleuchten würde, aber es schien kein Fotograf in der Nähe zu sein.

Matt umarmte mich brüderlich und hielt mich dann auf Armeslänge von sich, die Hände auf meinen Schultern: »Du bist eine Wohltat für meine müden Augen! Hübscher denn je!«

»Du auch«, sagte ich. Es war nicht gerade ein Kompliment. Als ich Matt das letzte Mal gesehen hatte, war er sechzehn Jahre alt gewesen mit all den normalen Leiden dieses Alters – Akne, lange, dünne Beine und Arme und einer Stimme, die in unpassenden Augenblicken vom Sopran in Baß umschlug. Jetzt war er dreißig, sieben Jahre älter als ich, und trotz meines sarkastischen Kompliments mußte ich zugeben, daß er sich in einen gutaussehenden Burschen verwandelt hatte. Seine legere Kleidung stellte seine Sonnenbräune, seine

Muskeln und seinen flachen Bauch zur Schau. Ich glaubte sicher, daß alle drei der Erfolg eines teuren Gesundheitsclubs waren, aber das Arbeiterimage stand ihm nicht schlecht. Er hatte die Familienzüge, die vorstehende Nase, hohe Backenknochen und ein kräftiges Kinn. Leider habe ich sie auch. Einer der Gründe, weshalb ich mein Haar lang wachsen lasse, ist die Hoffnung, diese hervorstechenden Merkmale zu mildern. Meine besten Freunde würden mich nicht hübsch nennen. Die Frauen meiner Familie sind selten hübsch. Wenn wir in die mittleren Lebensjahre kommen, sehen wir alle wie Stammesmütter aus. Aber bei einem Mann ist das ›Carr‹-Gesicht attraktiv; es vermittelt einen (trügerischen) Eindruck von Kraft und Zuverlässigkeit – das Abe-Lincoln-Aussehen, nur stattlicher. Wir waren einander so ähnlich, wir hätten Bruder und Schwester sein können, Matt und ich, bis zu dem dunklen Kastanienbraun unserer Haare.

Auch Matt bemerkte die Ähnlichkeit. Sein Lächeln verschwand, und er musterte mich noch einmal eingehender, ehe er sagte: »Niemand kann daran zweifeln, daß du eine Carr bist, Julie. Auch wenn du nicht so heißen würdest.«

Der Fahrer hatte den Gepäckraum des Busses geleert und deutete auf meine drei Koffer. Ich nahm den leichtesten der drei und ignorierte Matts höflichen Protest. Als er die anderen zwei angehoben hatte, protestierte er nicht mehr. Ein Ausdruck milden Mißmuts huschte über sein Gesicht, aber er trug sie ohne große Mühe; der Gesundheitsclub mußte gute Arbeit geleistet haben.

»Was hast du da drin, zum Teufel?« fragte er.

»Kleider, Bücher, das übliche. Wenn ich den ganzen Sommer hier verbringen soll, komme ich nicht mit einem Paar Jeans aus.«

Er nickte und holte Luft. Ich sollte bald herausfinden, wofür er sie brauchte; als wir uns dem Ausgang näherten, trat uns ein Mann mit ausgestreckter Hand in den Weg.

»Senator Ellis! Hallo, Senator!«

Matt stellte den Koffer, den er in der rechten Hand trug, auf meinen Fuß und ergriff die ausgestreckte Hand. Er hob die Stimme nicht, aber plötzlich konnte man ihn in der ganzen Busstation hören. Man nennt das Projektion, glaube ich.

»Mr. Busby, nicht wahr? Schön, Sie zu sehen, Sir! Wie geht es Ihrer Frau?«

»Viel besser seit der Operation, Senator. Ich möchte Ihnen danken, Sir; wenn Sie nicht gewesen wären, hätten wir es uns nicht leisten können. Ich kann Ihnen gar nicht sagen, wie oft wir alle an Sie denken, Senator, und an die große Hilfe, die Sie uns gewährt haben –«

»Oh, bitte.« Matt ließ die Hand seines Bewunderers los und klopfte ihm freundschaftlich auf die Schulter. »Ihr guten Leute verdient alles, was ihr bekommt, und noch viel mehr. Ich freue mich zu hören, daß es Mrs. Busby gut geht.«

Sie trieben es auf die Spitze, während sich eine kleine Menschenmenge um sie herum ansammelte. Matt stellte mich vor – »Meine kleine Cousine Julie. Sie kommt, um unsere Großmama zu pflegen – die gute alte Seele verlassen die Kräfte ...« Schließlich trat Mr. Busby – falls er so hieß, was ich sehr bezweifelte – zurück, verbeugte sich und machte einen Kratzfuß. Matt verbreitete ein freundliches, bescheidenes Lächeln für die wartende Menge und führte mich zur Tür, gefolgt von einem bewundernden Murmeln. Erst draußen auf der Straße sagte ich: »Kann ich mich jetzt übergeben? Oder wäre es dir lieber, wenn ich warte, bis der Chauffeur es wegputzt?«

Der vierzehnjährige Matt wäre purpurrot geworden vor Zorn und hätte versucht, mich zu schlagen. Senator Ellis lächelte: »So wird das gemacht, Süße, und ich mache es gut. In fünf Jahren bin ich Gouverneur.«

Jetzt lächelte er nicht. Seine Stimme war todernst. Ich glaubte ihm.

»Und dann?« fragte ich.

»Jeder kleine Junge in Amerika möchte gern Präsident werden.«

»Und jedes kleine Mädchen.«

»Einverstanden, Süße. Du kannst mich mit den Frauenrechten nicht aufs Glatteis führen. Sieh dir meinen Ruf an.«

»Wie schaffst du es damit in deinem Distrikt? Das Wort ›Proletarier‹ kommt mir in den Sinn...«

»Dieses Wort sprechen wir mit Stolz aus«, sagte Matt und verzog die Lippen. »Ich komme damit zurecht, weil ich auch im Jagen und Fischen groß bin und im Reden unter Männern. Image ist alles, meine Liebe.«

Er blieb neben einem unbeschreiblichen Vehikel stehen – einem fünf Jahre alten braunen Chevy mit Rostflecken. Ich warf einen einzigen Blick darauf und brach in Gelächter aus.

Matt fiel in mein Gelächter ein. »Image, Julie! Ich sagte dir ja, ich bin gut darin.«

Er half mir mit einer theatralischen Galanterie beim Einsteigen und setzte sich hinter das Steuer. Während er geschickt durch den Mittagsverkehr fuhr, unterhielten wir uns oberflächlich miteinander – die üblichen höflichen Fragen über das Leben des anderen. Erst als wir die Stadt verlassen hatten und in Richtung Süden fuhren, brach ich ein langes Schweigen. »Wie geht es ihr, Matt?«

Er brauchte nicht zu fragen, wer ›sie‹ war. »Wie immer! Sie könnte taub, stumm, blind und gelähmt sein und würde immer noch den Hühnerstall beherrschen.«

Er wartete darauf, daß ich eine Bemerkung dazu machte. Als ich dies nicht tat, sagte er, ohne mich anzusehen: »Fürchtest du dich immer noch vor ihr, Julie?«

»Nein. Ja. Woher zum Teufel soll ich das wissen? Ich habe sie seit fünf Jahren nicht mehr gesehen.«

»Aber ich«, sagte Matt. »Ich fürchte mich vor ihr.«

»Du warst immer ihr Liebling.«

»Steht nicht etwas darüber in der Bibel, daß man die, die man liebt, züchtigt?«

»Oh!«

»Sie hat mich bevorzugt«, gab Matt zu. »Ich war der Junge. Der einzige Junge, der seit Gott weiß wie vielen Generationen in der Familie geboren wurde. Es ist komisch, wie wir zu Mädchen neigen... der gewöhnliche männliche Chauvinist kommt gegen diese zähen alten Damen nicht an, wenn es darum geht, andere Frauen zum Schweigen zu bringen. Aber ich bin sicher, wenn sie mit dir über mich spricht, lobt sie mich über den grünen Klee. Das war ihr Lieblingstrick – gehässige Vergleiche. Aber sie hat mir nie erlaubt, eine besonders gute Meinung über mich selbst zu haben.«

»Matt, sie ist eine kranke alte Frau, und du bist ein erfolgreicher junger Mann, und das Leben liegt noch vor dir. Sage nicht, daß du an einer Neurose leidest.«

»Nein.« Matts fester Griff am Steuerrad lockerte sich. Als er fortfuhr, lag nicht mehr die Bitterkeit in seiner Stimme. »Nein, ich glaube, ich bin mit meinen Neurosen zurechtgekommen. Was immer sie auch getan hat, jetzt bezahlt sie dafür. Es könnte keine schlimmere Strafe für sie geben, als hilflos dazuliegen. Wenn du sie sehen könntest –«

»Ich werde sie sehen.«

Er nahm eine Hand vom Steuerrad und tätschelte mein Knie. »Glaube nicht, daß ich dir nicht dankbar bin, Julie. Ich will versuchen, es wettzumachen. Wenn du irgend etwas haben möchtest – Möbel, Porzellan, solche Sachen ...«

Die Sympathie und Zuneigung, die ich für ihn zu empfinden begonnen hatte, verschwand abrupt. Ich weiß nicht, warum das Angebot mich so abstieß. Der Himmel weiß, daß ich keinen Grund hatte, wegen meiner mürrischen alten Großmutter sentimental zu werden.

Er spürte, wie ich mich versteifte und nahm seine Hand von meinem Knie. »Das war nicht allzu diplomatisch«, sagte er.

»Nein. Ich habe nicht vor, das Haus zu plündern wie ein Tier, das nach Beute sucht. Sie ist noch nicht gestorben.«

»Sie wird den Sommer nicht überleben«, sagte Matt einfach.

Wir fuhren noch eine Meile schweigend weiter. Der Wagen war trotz seines mitgenommenen Äußeren in tadellosem Zustand. Der Motor lief ruhig, und die Klimaanlage kühlte das Innere angenehm. Unter einer grellen, heißen Sonne säumten die ebenen Felder grün die Flußufer nach der neuen Aussaat.

Schließlich sagte ich: »Sie ist eine zähe alte Dame, Matt. Sie könnte sich wieder erholen. Und ich werde mein möglichstes tun, damit sie wieder hochkommt.«

»Natürlich.«

Seine Miene war so mürrisch, daß ich lachen mußte, wenn auch mit wenig Humor. »Wir sind ein feines Paar liebender Enkel, nicht wahr? Es ist am besten, du unterrichtest mich – über das, was ich tun oder lassen soll, über Themen, die ich erwähnen oder vermeiden soll, über Dinge, die ihren Blutdruck vielleicht steigen lassen oder ihren Zustand verbessern – wenn es von den letzteren irgendwelche geben sollte...«

»Es gibt keine«, grollte Matt. »Aber erwähne nicht das Skelett von der Straße. Sie weiß nichts davon.«

»Das Skelett von der... Worüber sprichst du, um alles in der Welt?«

Matt warf mir einen Blick zu. »Hast du nichts davon gehört?«

»Nein.«

Matt trat auf die Bremse und betätigte den Blinker. »Es ist sowieso an der Zeit, daß wir anhalten und zu Mittag essen. Ich informiere dich am besten über die hiesigen Neuigkeiten, ehe du Martha siehst.«

Das Restaurant war eines jener Lokale am Straßenrand, die Namen wie ›Joe's Place‹ oder ›Flo's Place‹ oder ›Henry's Place‹ führen. Dieses ›Place‹ – falscher Tudorstuck und Balkenkonstruktionen, zwei Whiskyfässer voller Petunien, die den Eingang flankierten – gehörte Sam, wer immer das auch war. Es war offensichtlich eines von Matts Stammlokalen; die Kellnerin begrüßte ihn beim Namen und fragte, ob er das übliche haben wolle, und es stellte sich heraus, daß dies Bourbon on the rocks war, – eine Menge Bourbon auf ein paar wenigen Rocks. Wir waren nur noch eine halbe Stunde von Maidenwood entfernt, und ich stellte mir vor, daß Matt es sich angewöhnt hatte, bei ›Sam's‹ anzuhalten, um sich einen Schuß Mut anzutrinken, ehe er seiner Großmutter gegenübertrat.

»Und jetzt über dieses Skelett«, sagte ich und schlürfte meinen Gin Tonic.

Es waren eigentlich zwei Skelette; das eine war das eines neugeborenen Kindes. Ich hörte mit offenem Mund zu, zu erstaunt, um Fragen zu stellen oder Matt zu unterbrechen.

Als die Kellnerin kam und fragte, ob sie unsere Gläser wieder auffüllen solle, lachte Matt über meine entgeisterte Miene und nickte dem Mädchen zu.

»Trink aus, Julie! Du siehst aus, als hättest du noch einen nötig.«

»In meinem ganzen Leben habe ich keine so verrückte Geschichte gehört! Gib es zu, Matt, du hast sie erfunden. Du hast mir früher Sachen erzählt –«

»So eine Geschichte habe ich nie erfunden. Schön, es ist verrückt, aber wenn du die Zeitungen so gewissenhaft lesen würdest, wie du solltest, wüßtest du, daß so unheimliche Dinge von Zeit zu Zeit geschehen. Leider passierte dies sozusagen in unserem Hinterhof. Die neue Straße führt durch unser Land.«

Ich trank mein Glas aus und schüttelte verwundert den Kopf. »Ich verstehe, weshalb ich Martha nichts davon erzählen soll. Sie würde es als persönliche Beleidigung auffassen. Glaubst du, das war das Motiv? Und woher stammen die Gebeine? Ich bin nicht so unwissend wie du glaubst; ich habe gelesen, daß Friedhöfe entweiht werden –«

»Dort hat die Polizei natürlich zuerst nachgesehen. Es gibt in und um Carrsville drei Friedhöfe – den methodistischen, den episkopischen und den alten katholischen Friedhof. Dort gab es keine Anzeichen für Grabschändungen.«

»Dann waren es also Exemplare aus der Medical School.«

»Denke nach, Julie, und stelle deine Kollegen und die Polizei nicht als dumm hin. Sheriff Jarboe ließ einen Anthropologen vom William and Mary College kommen und die Knochen untersuchen.«

»Oh, natürlich. Das war der richtige Schritt.«

Ich dachte über die Angelegenheit nach, während Matt mich fragend ansah. Die Kellnerin brachte unsere zweiten Getränke. Ohne die abgegriffene Speisekarte anzusehen, bestellte Matt für uns beide.

»Nun?« sagte er.

»Was: Nun?«

»Ihr Medizinstudenten solltet etwas von Knochen verstehen. Was kann ein Experte aus einem Skelett schließen?«

»Ich bin kein Experte. Aber ich belegte einen Kurs in Gerichtsmedizin und habe etwas darüber gelesen. Ein Pathologe kann innerhalb gewisser Grenzen das Alter des Individuums bestimmen, das Geschlecht eines Erwachsenen oder Heranwachsenden – Geschlechtsmerkmale zeigen sich an den Knochen erst nach Beginn der Pubertät –, die Krankheitsgeschichte, den allgemeinen Gesundheitszustand, manchmal die Todesursache...«

»Manchmal?«

»Nur, wenn die Todesursache eine Spur auf den Knochen hinterließ. Ein gebrochener Zungenbeinknochen kann darauf hindeuten, daß der Betreffende erwürgt oder stranguliert wurde. Ein Schädelbruch deutet auf einen tödlichen Sturz oder eine stumpfe Waffe hin. Aber Knochenbrüche können nach dem Tod eingetreten sein, und es ist schwer, mit Sicherheit zu sagen, ob dies vor oder nach dem Tod geschah.«

Die Kellnerin stellte zwei Teller Chef's-Salat vor uns hin. Der Kopfsalat war an den Rändern braun, aber ich war zu hungrig, als daß es mich gestört hätte. »Den weichen Geweben kann man viel mehr entnehmen, falls Teile davon übrig geblieben sind. Ich erinnere mich daran, daß ich über eine Untersuchung ägyptischer Mumien gelesen habe, bei denen die Pathologen histologische Untersuchungen vornehmen konnten, nachdem sie die verhärteten Gewebe mit Natriumkarbonat aufgeweicht hatten. Sie fanden parasitäre Würmer in den Innereien... Hast du keinen Appetit?«

Matt schob seinen Salat beiseite. »Tut mir leid, daß ich gefragt habe. Wechseln wir das Thema.«

Ich nahm ein Brötchen und strich Butter darauf. »Gut. Ich nehme an, dein langweiliger Anthropologe konnte die Todesursache nicht feststellen. Kein Wunder. Was hat er herausgefunden?«

»Nur das Alter, und bei den Überresten der Frau das Geschlecht. Sie war zwischen sechzehn und zwanzig Jahre alt.« Matt starrte den Salat immer noch etwas angeekelt an.

»Mmmmm. Er konnte das Geschlecht des Kindes nicht feststellen. Vielleicht starb die Frau während der Geburt. Wann starb sie?«

»Das ist die Frage.« Matt nahm seine Gabel und sah mich zweifelnd an. »Hast du jetzt genug über – äh – histologische Untersuchungen gesprochen?«

»Für den Augenblick ja. Wenn sie herausfinden könnten, wann die Frau starb, hätte man vielleicht einen Schlüssel für die Frage, woher die Gebeine stammen.«

»Genau das wollte ich dich fragen, wie man so etwas feststellt.«

»Das ist nicht leicht. Viele Faktoren beeinflussen den Zerfall von Knochen und Geweben, die Art der Erde, das Wetter, das Vorhandensein oder Nichtvorhandensein eines Sarges, ob die Leiche einbalsamiert wurde –«

Matt hatte etwas von dem Salat gegessen. Er hörte auf zu kauen und sah mich vorwurfsvoll an. Ich lachte. »Schon gut, wir übergehen die Einzelheiten. In Wirklichkeit sind die Archäologen gewöhnlich auf mehrere Faktoren angewiesen, um Skelettüberreste datieren zu können, wie zum Beispiel auf die Gegenstände, die mit den Leichen begraben wurden, Kleiderreste, Knöpfe, Münzen und so fort. Ohne solche Hinweise oder die Anwendung eines Verfahrens wie der Carbon-14-Methode –«

»Ich habe darüber gelesen. Warum konnte sie in diesem Fall nicht angewandt werden?«

»Erstens funktioniert sie nur bei Exemplaren, die mehrere hundert Jahre alt sind, die Fehlerquote ist zu groß. Zweitens muß man die Gebeine zerstören, um Resultate zu bekommen. Matt, warum beschäftigt dich das so? Es ist doch ganz offensichtlich, woher die arme Frau und ihr Kind kamen. Es gibt im ganzen Staat alte, vergessene Friedhöfe, indianische Friedhöfe, Kolonisten-Friedhöfe, solche aus dem Bürgerkrieg... Wir gehen bei jedem Schritt auf dem Staub unserer Vorfahren.«

»Sehr poetisch«, sagte Matt angeekelt.

»Sehr wahr. Es ist auch wahr, daß in der Nähe von Maidenwood lange Zeit illegale Ausgrabungen vorgenommen wurden. Diese alte Geschichte über den Schatz von Blackbeard –«

»Sie ist nicht so weit hergeholt«, protestierte Matt. »Blackbeard operierte nämlich in den Küstengewässern; nachdem er in einer Seeschlacht getötet wurde, hat man einen Teil seiner Mannschaft in Williamsburg gehängt, und er –«

»Matt, mein Junge, ich sehe in deinen Augen ein gieriges Leuchten. Sage mir nicht, daß du selbst auf den Wiesen von Maidenwood nach dem Schatz gegraben hast.«

»Natürlich habe ich das getan. Welcher abenteuerlustige amerikanische Junge könnte einer solchen Geschichte widerstehen?«

»Du hast mich dir nie helfen lassen.«

»Du warst nur ein Mädchen«, sagte Matt ernst.

Ich mußte unwillkürlich lachen. Matt grinste mich an, und ich stellte fest, daß ich ihn wieder mochte. »Mit meiner eigentlichen Schatzsuche begann ich erst, als du weg warst«, sagte er halb entschuldigend.

»Ich glaube, ich war eine Nervensäge«, gab ich zu. »Sieben Jahre sind ein großer Altersunterschied zwischen Kindern. Ich meine, wenn Kinder – ich meine –«

»Ich weiß, was du meinst. Aber Blackbeards Schatz ist kein Mythos. Und immer wieder lebt das öffentliche Interesse daran auf. Martha erwischte vor ein paar Jahren einen Idioten im Wald mit einem Schaufelbagger – sie vertrieb ihn mit ihrem Gewehr. Er hatte für fünfzig Dollar eine Schatzlandkarte von einem Betrüger gekauft.«

»Da hast du es wieder. Kinder, die nach Silberdollars suchen, entdecken ein altes Grab und beschließen, einen Streich zu spielen. Ist das nicht der Schluß, zu dem auch die Polizei kam?«

»Ja –«

»Dann wäre das also klar. Ißt du noch den Rest deines Salates?«

Er schob ihn mir hin, und ich begann die guten Stücke herauszupicken – Schinkenstreifen und kleine Käsestückchen. Aus der Art, wie Matt mich ansah, hätte ich entnehmen können, daß wir das Thema noch nicht abgeschlossen hatten.

»Deshalb habe ich den Archäologen die Erlaubnis gegeben, Grabungen vorzunehmen«, sagte er. »Ihre Anwesenheit wird Unbefugte fernhalten, und wenn sie den Friedhof finden, von dem die Gebeine stammen, kann die Polizei die Akten schließen.«

Ich spießte eine Olive auf und schob sie in den Mund.

»Martha wird der Schlag treffen«, murmelte ich. »Sie hat es nie geduldet...« Dann begriff ich, und der Kern flog mir aus dem Mund und tanzte über den Tisch. »Archäologen? Du meinst doch nicht etwa einen bestimmten Archäologen? Doch nicht... nicht...«

»Sein Name ist Petranek«, sagte Matt. »Er behauptet, er sei ein alter Freund von dir.«

Ich griff nach dem Olivenkern und legte ihn auf meinen Teller. Der blasierte Ausdruck von Matts ansehnlichem Mund sagte mir, daß er die Wahrheit vermutete. Es war das gleiche Grinsen, das der Vierzehnjährige aufgesetzt hatte, wenn er mir Schlangen ins Bett legte und mir sagte, ich würde Tollwut bekommen, als ein Hahn mich ins Bein gepickt hatte. In Wirklichkeit war ich keineswegs beunruhigt, sagte ich mir. Es war lange her – fünf Jahre.

Ich war ein unschuldiger Neuling mit großen Augen im William and Mary College gewesen, und Alan war ein graduierter Student der Anthropologie, der sich sein Stipendium dadurch verdiente, daß er Einführungskurse in Anthropologie gab. Er sah wie ein junger Indiana Jones aus – schlank und braungebrannt, und sein Haar war nach einem Sommer auf den Feldern von der Sonne gebleicht. Ich fiel fast in Ohnmacht vor hingerissenem Unglauben, als er mich aus der Schar der bewundernden Mädchen herauspickte, die ihn umringten. Man sprach vage über eine Verlobung – hauptsächlich meine Mutter tat dies –, ehe ich den wahren Grund herausfand, weshalb er mir den Hof machte.

Schon damals hatte seine Zukunft festgestanden. Die historische Archäologie war eine relativ neue Disziplin, welche die Standardtechniken der Ausgrabung auf neuere historische Stätten anwandte. Man könnte denken, wir wüßten über die frühen Siedlungen in Amerika alles, was wir wissen müssen. Die Leute damals waren nicht nur zivilisiert, sie schienen auch den größten Teil ihrer Freizeit damit verbracht zu haben, Briefe, Deklarationen, Tagebücher und Dokumente zu verfassen. Aber es gibt Lücken, besonders über die Erkenntnisse der Lebensbedingungen des einfachen Volkes, die nur durch die Archäologie geschlossen werden können. Grabungen rund um Williamsburg, Plymouth und an anderen Stellen haben das bewiesen.

Ich könnte mit der Aufzählung fortfahren. Ich wußte wesentlich mehr über historische Archäologie, als ich wissen wollte. Ich hörte eine Menge darüber in jenem Jahr in Cafeterias und College Bars, in meinem Zimmer und in seinem Apartment, im Bett und anderswo. Er sprach sogar im Bett darüber. Das hätte mir zu denken geben müssen.

Aber ich begriff es nicht, nicht einmal, als Alan sich über die Schwierigkeiten beklagte, die man auf einem so schlecht fundierten und so auf Wettbewerb eingestellten Gebiet hatte. Er zweifelte nicht daran, daß er sich schließlich durchsetzen würde. Bescheidenheit gehörte nicht zu seinen Tugenden – oder Schwächen –, und er hatte Grund zur Eitelkeit. Er war gut – intelligent, einfallsreich und konnte hart arbeiten. Aber er wollte nicht warten, bis er fünfzig war, bevor er sich seinen Weg zu einer ordentlichen Professur oder zu einer der großen Kuratorenstellen erkämpft hatte. Er wollte sofort Erfolg, und die einzige Art und Weise, wie er dies erreichen konnte, war, eine wirklich sensationelle, bedeutsame Entdeckung zu machen.

Er war nicht auf meine Mädchenhaftigkeit lüstern, er war lüstern auf Maidenwood. Ich habe niemals wirklich verstanden, weshalb Alan davon überzeugt war, daß die Entdekkung, die seine Karriere sichern würde, unter dem verflochtenen Gewirr von Büschen und unkrautüberwuchertem Lehm auf dem Land meiner Familie verborgen lag. Wie alle alten Häuser hatte auch Maidenwood seinen Anteil an Legenden; die über den vergrabenen Piratenschatz war nur eine davon. Und sie war, worauf Matt hingewiesen hatte, nicht so weit hergeholt, wie man denken sollte.

Dann gab es die Geschichte über die schöne Lady Jocelyn, die vom liederlichen Hof James' I. geflohen war, um in der Wildnis der Neuen Welt die Freiheit zu finden. Dies war nicht nur weit hergeholt, sondern meiner Meinung nach einfach lächerlich. Frauen des 17. Jahrhunderts waren in England nicht ihre eigenen Herrinnen. Sie konnten nicht ohne die Erlaubnis ihres Gatten oder Vaters oder Vormunds ein Schiff besteigen und zu einer Seereise aufbrechen – zumal wenn sie das Mündel des Königs waren, wie man es von Lady Jocelyn erzählte. Alan bestand jedoch immer darauf, daß die Geschichte einen wahren Kern hatte.

Und dann gab es den Maydon Bezirk oder, wenn man leichtgläubig genug war, an Lady Jocelyn zu glauben, den Maiden Bezirk. Fantasielosere (d. h. vernünftigere) Gelehrte spotteten über den Anspruch, den einige meiner romantischen Vorfahren erhoben hatten, daß die Carrs durch die Bank um ein paar Ecken herum von der Lady abstammten. Sie schrieben den Namen einem sonst unbekannten Siedler namens Maydon zu.

Ob Maydon oder Maiden, es war einer der Bezirke gewesen, der Anfang des 17. Jahrhunderts den Emigranten der Virginia Company zugesprochen wurde. In Maidenwood hatte es 1622 eine Siedlung gegeben, als der erste Indianeraufstand die junge Kolonie Virginia beinahe zerstört hätte. Dreihundert Siedler von insgesamt zwölfhundert waren massakriert worden, zwei der vier Städte bis auf die Grundmauern niedergebrannt, viele der Bezirke in rauchenden Schutt verwandelt, übersät von den Leichen der Einwohner. Ich wußte nicht, weshalb Alan glaubte, er könne sich einen Ruf schaffen, indem er verkohlte Balken und vermoderte Gebeine ausgrub, selbst wenn er sie auf den fünfhundert Morgen Land von Maidenwood fand. Aber das glaubte er eben, und darauf war er scharf. Auf eine Erlaubnis, Grabungen vorzunehmen.

In Martha fand er seine Widersacherin. Sie durchschaute ihn, verdammt sollte sie sein – nicht, weil sie seine Gedanken las, sondern weil sie mir weitschweifig seine Motive erklärte.

Ich hatte an jenem Nachmittag Alan auf seine Bitte hin nach Maidenwood mitgenommen. Ich weiß noch, wie das Sonnenlicht schräg durch die Fenster fiel und auf dem silbernen Teeservice schimmerte, das seit zweihundert Jahren in der Familie war. Ich erinnere mich an Marthas Lächeln...

Alan schmierte ihr mit großem Geschick Honig um den Mund. Nicht zuviel, nur den besten Honig. Es nützte nichts. Martha wies ihn rundweg ab. Sie hatte niemals Außenstehenden erlaubt, die Erde von Maidenwood zu entweihen, und sie würde es niemals erlauben – keinem Bauunternehmer, keinem Archäologen, keinem Schatzsucher. Sie ließ Alan keine Illusionen, daß er zum Erfolg kommen könnte, aber er nahm es scheinbar mit Fassung auf. Erst als er zu einem Rundgang hinausgegangen war, so daß ich ein wenig Zeit hatte, mit der lieben Großmama allein zu sein, kam Martha zum Wesentlichen. Mit gnadenloser Präzision schilderte sie meine Mängel, sowohl die körperlichen als auch die emotionalen. Wie könne ich mir überhaupt einbilden, daß ein Mann wie Alan – stattlich, gebildet, weltgewandt – an einem unreifen, häßlichen Mädchen wie mir interessiert sein könnte? Mit einer flachen Brust, mit glanzlosem, glattem, braunem Haar und den Carr-Zügen »so ungünstig für eine Frau« – und natürlich ohne jeden Charme.

Ich zog mich in keiner guten Verfassung zurück, noch ehe sie ganz geendet hatte. Im nächsten Jahr besuchte ich die University of Pennsylvania, obwohl ich dadurch das an die Familie gebundene Stipendium verlor, und das war auch mein Hauptgrund, in das College in Virginia zurückzukehren.

Alan versuchte ein paarmal, mich wiederzusehen, aber er war nicht der Mann, der angesichts so trotziger Empfindlichkeiten, so unvernünftigem Verlangen nach Rückversicherungen bei der Stange blieb. O ja, ich war unvernünftig gewesen, das konnte ich jetzt zugeben – jetzt, nachdem es zu spät war. Die Vergangenheit kann man nicht ändern. Alan würde sie wahrscheinlich gar nicht ändern wollen. Er war alles das gewesen und war es noch, was Martha über ihn gesagt hatte – stattlich, gebildet, weltmännisch. Es mußte zahllose Frauen in seinem Leben gegeben haben...

»Macht es dir nichts aus?« fragte Matt, als wir das Restaurant verließen.

»Was? Oh – die Ausgrabungen.« Ich lachte leichthin, und dann hielt ich den Atem an, als die warme Luft mich wie eine

Sauna umhüllte. »Die Archäologen tun mir leid. Ich hatte vergessen, wie die Sommer in Virginia sind. Sie werden schweißgebadet sein, wenn sie nicht von Regengüssen durchweicht werden.«

»Ich dachte, es wäre der richtige Schritt«, sagte Matt. Er ließ den Motor an, und die Klimaanlage sprang an.

»Wie hast du Martha davon überzeugt?«

»Machst du Witze? Sie weiß nichts davon. Wenn sie es erfährt, bekommt sie wahrscheinlich noch einen Schlaganfall.«

»Hast du ihre Vollmacht?«

»Nein.« Matt runzelte die Stirn und scherte aus, um einen Traktor zu überholen, der mit zehn Meilen in der Stunde die Straße hinabfuhr. »Ich denke, daß ich sie bekomme – meine Rechtsberater bemühen sich darum. Im Augenblick handelt Marthas Anwalt für sie. Erinnerst du dich an ihn?«

»Nein.«

»Er ist achtundsiebzig. Es ist lächerlich, daß man einen Mann in seinem Alter Marthas Angelegenheiten regeln läßt. Ich bin sicher, das Gericht wird meinen Antrag zulassen, aber bis dahin muß ich mir die Gunst von Ronald Fraser McLendon erbitten, vielmehr erflehen – mit dem Hut in der Hand. Aber er stimmte mir zu, was die Ausgrabungen anbetrifft.«

Jetzt waren wir wieder bei den Ausgrabungen. Wußte Matt, daß er eine alte Wunde berührte? Ich war mir nicht bewußt gewesen, daß die Stelle immer noch so empfindlich war, bis Matt auf das Thema zu sprechen kam. Über die Jahre hin war die Erinnerung an Alans Gesichtszüge verblaßt. Jetzt konnte ich ihn plötzlich im Geist so deutlich sehen, als stünde er vor mir – seine Augen leuchteten vor Begeisterung, sein braunes Haar war zerzaust, und seine Hände bewegten sich in eindringlichen Gesten, während er sprach. Ich hatte die Argumente so oft gehört...

»Martha hätte ihnen schon längst die Erlaubnis geben sollen, Ausgrabungen zu machen«, sagte ich. »Das Erbe der Vergangenheit gehört jedermann. Schatzjäger und Grabräuber können eine Stätte zerstören; das Licht, das vielleicht auf unsere Vergangenheit geworfen werden könnte, ist dann für immer verloschen. Die beste Art, Vandalismus zu verhindern, ist die, Archäologen zuerst graben zu lassen.«

Matt lächelte. »Ist das ein Zitat?«

»Ich bin sicher, es ist schon gesagt worden«, murmelte ich. »War das nicht Mr. McLendons Argument?«

»Nun, nicht ganz. Er kümmerte sich mehr um die juristischen Feinheiten. Wir wollen unser möglichstes tun und mit der Polizei zusammenarbeiten, bis sie diese Gebeine identifiziert haben...«

Ich wollte nichts mehr über Gebeine oder Ausgrabungen oder Archäologen hören. »Wo fährst du hin?« fragte ich. »War es nicht die Abbiegung, an der wir eben vorbeifuhren?«

»Es gibt eine neue Straße«, erklärte Matt. »Da ist sie, gerade vor uns.«

Er bog in die schmale Straße ein, deren Zufahrt halb verborgen war von den Ästen der Bäume, die zu beiden Seiten dicht am Straßenrand standen. Der Straßenbelag schimmerte von der Nässe, und Matt fuhr nur noch vorsichtige fünfundzwanzig Meilen.

»Sie sieht genauso aus wie die alte Straße«, sagte ich.

»Erinnerst du dich noch daran?«

»Es ist ja nicht so lange her.«

Aber lange genug, um den Kontrast zwischen dem verkehrsreichen State-Highway und dieser unnummerierten Landstraße noch auffälliger zu machen. Entlang des Highways war das Land neu erschlossen, es gab Ansammlungen von Schachtelhäusern, Einkaufszentren, Fabriken. Die Landstraße aber hätte genausogut in einem anderen Land oder zu einer anderen Zeit so aussehen können – es gab keine Zeichen des gegenwärtigen Jahrhunderts bis auf die Stromleitungen und die Masten, die den durchweichten Schotterbelag säumten. Nicht einmal Zäune. Aber ich wußte, es war alles Maidenwood-Land, durchschnitten von Hohlwegen und Schluchten, ausgewaschen von den Flüssen, die sich in den James River und die Bay ergossen, und der dichte Wald hatte sich seit dreihundert Jahren nicht verändert. Es mußte genauso ausgesehen haben, als die ersten Siedler zum Maydon Bezirk kamen – die Kavaliere aus der Zeit Jacobs mit den hohen Stiefeln und Halbharnischen und Frauen in langen Gewändern, die ihre Kinder in den Armen trugen. War die Kindfrau und ihr Säugling eine von ihnen gewesen? Es war nicht wahrscheinlich. Der schwere Virginia-Lehm hätte ihre zarten Knochen schon lange in Staub verwandelt.

Der Wagen fuhr um eine abschüssige Kurve und schlitterte hinunter in eine schattige Senke. »Ist das die Stelle, wo man sie fand?«

Matt hob die Augenbrauen. »Woher weißt du es?«

»Es ist genau das, was man eine passende Umgebung nennen könnte«, sagte ich.

Noch während ich sprach, wurde mir klar, daß die beiläufige, halb scherzhafte Bemerkung buchstäblich zutraf und grausam genau war. Durch die mit Flechten überwachsenen Baumstämme, deren Äste die schmale Straße beschatteten, konnte ich zu beiden Seiten dichte, ineinander verwachsene Vegetation sehen, fruchtbar und überwuchert wie ein tropischer Regenwald. Ich konnte die Feuchtigkeit fast spüren, sogar durch die geschlossenen Autofenster hindurch.

»Was für eine schreckliche Stelle«, sagte ich unwillkürlich. »Hat sie einen Namen?«

»Erinnerst du dich nicht daran?«

»Nein, sollte ich?«

Die Straße wurde wieder eben und gerade. Wir überquerten eine einspurige Holzbrücke, und das Sonnenlicht verdrängte die Schatten. »Sollte ich?« fragte ich noch einmal.

Matt zuckte die Achseln. »Es ist wahrscheinlich eine der Stellen, die für dich verboten waren, weil du eine Frau bist. Die hiesigen Kinder haben einen unheimlichen Namen dafür – ›Totenloch‹, irgend so etwas.«

Ich beharrte nicht auf dem Thema. Keiner von uns sprach, bis wir die Einfahrt zum Maidenwood House erreichten.

Vor fünf Jahren waren noch Spuren der Torpfosten vorhanden gewesen – zusammengebrochene Steinpfosten, die von Unkraut überwuchert waren. Die Steine waren jetzt unter üppigem Grün verschwunden. Rosarote Trompetenwinden erhoben triumphierend ihre Blüten über die Ruinen. Die schmale Fahrspur zwischen ihnen war frisch mit Schotter bestreut, aber danach zu schließen, wie der Wagen darüber tanzte, nicht planiert. Die Bäume drängten sich näher an den Weg, als hätten sie etwas gegen unsere Anwesenheit – verkrüppelte Kiefern und Hartriegelschößlinge und Maulbeerfeigenbäume, erwürgt von dem Henkersseil des Geißblatts.

Matts Hände umklammerten das Steuerrad, und ich bemerkte, daß er ebenso zögerte, in Maidenwood einzutreffen, wie ich. Als wir die Bäume hinter uns hatten und das Haus vor uns lag, kam ich mir vor wie eine Fremde, die mit distanziertem und kritischem Blick eine Ungeheuerlichkeit betrachtete, die seit langer Zeit ihre Nützlichkeit oder Schönheit überlebt hatte.

Der Zerfall des Hauses war etwas, für das sie nicht die verdammten Yankees verantwortlich machen konnten. Es hatte den ›Krieg zwischen den Staaten‹, wie man in dieser Gegend sagte, intakt überlebt, dank einer Tochter des Hauses, wie es die Familienlegende behauptete, die den Hauptmann der Unionstruppen umgarnt hatte, so daß er das Herrenhaus und seinen Inhalt verschonte. In den achtziger Jahren war der Hausherr bedenkenloser gewesen als die Yankees. Als eingefleischter Spieler hatte er die Familienschätze verkauft und das Haus leergeräumt, die handgeschnitzte Walnußtäfelung abgenommen und sogar das Blei vom Dach verkauft. Eine andere Familienlegende behauptete, daß seine lange leidende Frau ihn schließlich vergiftet habe, ehe er ihre Juwelen und ihr bestes Bett verpfänden konnte. Die Juwelen hatten die Familie während des zu Ende gehenden Jahrhunderts ernährt. 1917 hatte ein Brand den Ostflügel zerstört, und da kein Geld für Reparaturen vorhanden war, hatte man diesen Teil des Hauses dem Wind und Wetter und dem Unkraut überlassen.

Ich sah es wie eine Fremde, und doch hatte ich es oft besucht, als meine Eltern in Richmond wohnten, und ich hatte vier endlose, schmerzliche Jahre in diesem Haus gelebt, von meinem achten bis zum zwölften Lebensjahr.

Mutter war nichts anderes übriggeblieben, als mich Martha anzuvertrauen. Alleingelassen, ohne Kenntnisse und ohne Ausbildung, mußte sie sich lange Zeit nach oben hocharbeiten, bis sie mich wieder zu sich nehmen konnte.

In den dazwischenliegenden Jahren war ich nur ein einziges Mal zurückgekehrt – bei jenem verhängnisvollen Besuch mit Alan – und dies auch nur, weil er mich darum gebeten hatte. Ich hatte vor ihm nicht zugeben wollen, daß ich lieber den Fünften Kreis der Hölle besucht hätte, und ich hatte geglaubt, in seiner Gegenwart wäre es leichter...

Vor fünf Jahren. Es war nur ein Augenblick im Leben der alten Eichen, in deren Schatten der Rasen vor dem Haus lag. Sie sahen noch genauso aus. Auch der Rasen war unverändert – kein weiches, grünes Gras, sondern eine riesige Fläche voller gemähten Unkrauts.

Ich erinnerte mich noch an die Bäume. Ich erinnerte mich an den Abhang hinter dem Haus, der durch die dicht mit Klee bewachsenen Wiesen zum Flußufer hinabführte. Ich erinnerte mich auch nur allzu deutlich an das steife Empfangszimmer, wo Martha meine rührende kleine Liebesgeschichte in Stücke zerrissen hatte. Das war alles, woran ich mich erinnerte. Es war so, als ob eine schwarze Wand den Rest des Hauses und die Jahre, die ich dort verbracht hatte, verbergen würde – eine Mauer, die mehr als zehn Jahre dick war.

Matt hielt den Wagen an und griff nach einer Zigarette.

»Ich wußte nicht, daß du rauchst«, sagte ich neugierig.

»Ich habe nie das Bedürfnis zu rauchen, außer in Maidenwood«, sagte er mit einem schiefen Blick.

Ich lachte – aber nicht laut und nicht lange.

Wir saßen schweigend da, während Matt wütend Rauchwolken zwischen vorgewölbten Lippen ausstieß und ich mit seltsam konfusen Gefühlen das Haus betrachtete.

Das Haus bestand aus Backsteinen, die man an Ort und Stelle aus Lehm geformt hatte. Eine Treppenflucht führte zur Eingangstür in der Mitte der Westseite. Die schmiedeeisernen Geländer, die die Treppe flankiert hatten, waren schon lange nicht mehr da. Einer der Kamine war nur noch ein Stumpf, und das berühmte Bleidach war durch moderne Holzschindeln ersetzt worden.

»Wie scheußlich«, sagte ich.

In meiner Stimme lag kein Ärger, nur eine Befriedigung, die so stark war, daß nicht einmal Matt sie überhören konnte, der niemals für Anspielungen empfindlich gewesen war. Er antwortete jedoch so, als wäre meine Bemerkung Kritik und nicht ein Triumphschrei gewesen. »Ich kann das Haus nicht in Schwung halten. Martha hat keine Bohne, und ich stecke bis zu den Ohren in Schulden. Die Politik ist ein teures Geschäft.«

Ich fragte nicht, weshalb er von seiner Mutter keine Hilfe bekommen konnte. Ich bin nach meiner Tante Julia getauft worden, aber mehr als die Namen hatten wir nicht gemeinsam. Ein hübsches, frivoles Wesen, dem die Tragödie der ›Carr-Züge bei einer Frau‹ erspart geblieben war. Sie hatte einen aufstrebenden jungen Anwalt aus einer guten – das heißt armen – Familie geheiratet und Matt zur Welt gebracht, ehe sie die vornehme Armut satt bekam. Jetzt hatte sie ihren vierten Ehemann, und er war so wenig wie Tante Julia selbst geneigt, Geld für ein zerfallenes Haus in der Wildnis von Virginia zu verschwenden. Tara-Gefühle waren nicht ihre Sache! Es wäre nie irgend jemandem in den Sinn gekommen, und am allerwenigsten ihrem Sohn, vorzuschlagen, daß Tante Julia auf ihren Sommer in Europa verzichten sollte, um für ihre sterbende Mutter zu sorgen. So ein Mensch war sie. Ich hätte nur gern gewußt, wie sie damit zurechtkam.

»Ich weiß nicht, warum es dir etwas ausmacht«, sagte ich. »Solche Häuser sind Anachronismen. Laß es zusammenfallen.«

Matt antwortete nicht. Er saß da und rauchte und starrte das Haus an mit einer Mischung aus Verwünschung und Verlangen, und ich las seine Gedanken so deutlich, als wären sie auf sein Gesicht geschrieben – was sie in einem gewissen Sinn auch waren. Er sah Maidenwood so, wie es einmal ausgesehen hatte und wie es wieder aussehen könnte, wenn er eine halbe Million Dollar besäße, um sie hineinzustecken – anmutig und schön, ein perfekter Hintergrund für den aristokratischen Gouverneur des alten Dominions.

»Verkaufe doch Land«, schlug ich vor. »Ich glaube nicht,

daß es viel wert ist, aber es sind Hunderte von Äckern, glaube ich.«

»Du weißt, das würde Martha nie erlauben, und«, fügte er hinzu und warf mir einen verstohlenen Blick zu, »ich würde nichts gegen ihren Willen tun.«

Ich lächelte im stillen. Matt war so leicht durchschaubar. Er würde niemals verhängnisvolle Eingeständnisse machen aus Angst, ich verriete Martha seine schändlichen Pläne und versuchte seine Stelle als Erbin einzunehmen. Angenommen, ich wäre so gemein, solch einen Trick zu versuchen – er würde nicht funktionieren. Wenn Maidenwood mir gehörte, würde ich jeden einzelnen verdammten Acker verkaufen, vorausgesetzt, ich könnte einen Käufer finden, der einfältig genug war, in ein zerfallenes Haus und fünfhundert Äcker Unkraut zu investieren – und Martha mußte wissen, daß ich es tun würde.

Matt als der arme romantische Snob, der er war, würde wenigstens versuchen, das Haus in Schuß zu halten. Aber wenn Martha das Besitztum nicht in irgendeine Art Stiftung einbrachte, würde es in Vierteläcker aufgeteilt werden, noch ehe sie ein Jahr tot war.

Ich glaubte sicher, daß sie sich aus schierer Bosheit weigerte, Matt vorher das Land verkaufen zu lassen, aber vielleicht war es klug von ihr gewesen, sich so an das Land zu klammern. Die Grundstückspreise waren gestiegen, die neuen Erschließungen entlang des Highway waren ein Indiz dafür.

Matt öffnete die Wagentür. »Gehen wir hinein«, sagte er und zertrat die Zigarettenkippe mit seinem Absatz.

Mein erster Gedanke war: Mein Gott, sie sieht schrecklich aus. Mein zweiter war: Sie ist immer noch die alte.

Als ich sie das letzte Mal gesehen hatte, war sie achtzig gewesen, das ist nach aller Regel alt. Nach den Regeln des 18. Jahrhunderts war es antik, uralt, älter als die Pyramiden. Aber es lag eine ironische Wahrheit in der scheinbaren Widersprüchlichkeit meiner Eindrücke. Martha hatte immer eines der ausdruckslosesten, starrsten Gesichter gehabt, die ich je gesehen hatte. Teilweise gelähmt nach dem Schlaganfall, wirkte es jetzt nicht kälter als früher.

Sie lag von den Kissen gestützt in dem großen Bett – Mary Carrs Bett, das sie gerettet hatte, indem sie ihren Mann vergiftete. Mein dritter Eindruck war der, daß Martha wesentlich besser aussah, als ich erwartet hatte. Ihr weißes Haar, immer noch füllig und gesund, war kurzgeschnitten und wirkte überraschend modisch und elegant. Es war ein wohlgeformter Kopf, glatt gekämmt. Ihre gepflegten Hände lagen schlaff auf der Bettdecke. Martha war immer stolz auf ihre Hände gewesen – eine Carr-Eigenschaft, die ich nicht geerbt hatte. In dem Zimmer war es stickig, aber sie trug eine rosarote Flanellbettjacke, die ein schmeichelndes Schimmern auf ihre bleichen Züge warf.

Sie blickte zur Seite, als ich eintrat – absichtlich geringschätzig, wie ich fand. Jetzt wandte sie den Kopf auf dem Kissen um, sehr langsam, und ich durchschaute ihr wahres Motiv. Der Schlaganfall, einer oder zwei, hatte hauptsächlich ihre linke Körperseite gelähmt. Das herunterhängende Augenlid und der schiefe Mund hätten bei jeder anderen alten Frau mitleiderregend gewirkt. Aber ihr rechtes Auge war weit offen, es blitzte vor Intelligenz und Stolz und wies jedes Mitleid zurück. Entweder hatte sich meine Mutter über das Ausmaß der Lähmung geirrt oder Martha hatte während der letzten paar Tage ein wenig Kontrolle über ihre Muskeln wiedererlangt. Sie konnte den Kopf bewegen, wenn auch mit Mühe, und sie konnte leidlich sprechen. Das Gekrächze, das von ihren straffen Lippen kam, hieß offensichtlich: »Komm her!« und es wurde von einer Bewegung ihrer rechten Hand begleitet.

Ich hatte beschlossen, sie mit ›Großmutter‹ anzureden, aber ich brachte es nicht fertig. Ich sagte »Hallo, Martha!« und beugte mich hinunter, um ihre Wange zu küssen. Sie wandte den Kopf ab. Eine Haarsträhne streifte meine Lippen, und ich richtete mich wieder auf und spürte, wie der vertraute Zorn in mir aufstieg.

Sie musterte mich von Kopf bis Fuß. Ein schwarzer Augapfel rollte wie eine Pechkohle in seiner Höhle. Sie sagte nichts mehr. Ihre Stimme war immer eine ihrer besten Waffen gewesen, ihre weichen Südstaaten-Kadenzen verliehen den schneidenden Worten, die so tödlich trafen, eine besondere Schärfe. Sie machte wieder eine Handbewegung, eine Geste, die wegen ihrer Langsamkeit um so herrischer wirkte, und ich gehorchte und drehte mich um und begrüßte die Frau, die auf einem Stuhl neben dem Kopfende des Betts saß.

Hinter mir sagte Matt: »Du erinnerst dich an Shirley Johnson. Ich weiß nicht, was wir ohne sie täten.«

»Mrs. Johnson.« Ich streckte ihr die Hand hin.

»Nennen Sie mich doch Shirley.« Sie schüttelte meine Hand und ließ sie dann los. Ihre Handfläche war feucht vom Schweiß, und das Haar, das unter ihrer Kopfbedeckung hervorsah, bildete drahtige Locken auf ihrer Stirn. »Erinnern Sie sich nicht an mich, Miß Julie?«

Ich konnte ihr sanftes, kaffeebraunes Gesicht in keiner Nische meines Gedächtnisses unterbringen. Sie war eine Frau, die gutherzig aussah, dicklich und mit vollen Lippen und warmen, braunen Augen. Ich schüttelte den Kopf, lächelte entschuldigend, und sie sagte: »Es ist lange her. Sie waren erst acht oder neun Jahre alt. Ich war damals noch schlanker.«

»Shirleys Mann war einer von Marthas Pächtern«, flüsterte Matt. »Sie zogen nach Atlanta, wo Shirley sich zu unserem Glück als Krankenschwester ausbilden ließ.«

»Als Krankenpflegerin«, korrigierte Shirley und sah auf das Bett. »Sie möchte jetzt ausruhen. Sie möchte, daß ich Ihnen Ihr Zimmer zeige und Ihnen sage, was man von Ihnen erwartet.«

»Gute Idee«, sagte Matt herzlich. »Ruhe dich aus, Martha, ich besuche dich am Wochenende.«

Marthas Finger verkrümmten sich krampfhaft. Shirley sagte mit der gleichen weichen, ruhigen Stimme: »Sie möchte, daß Sie hierbleiben, Matthew. Kommen Sie, Miß Julie.«

Sie klappte das Buch zu, das sie in der Hand hielt – ausgerechnet Tennysons Gedichte – und stand auf. Ich folgte ihr zur Tür. Ich hätte erleichtert sein sollen, daß das Interview vorüber war, aber ich hatte das merkwürdige Gefühl, daß es unvollständig war. Nicht, als ob ich einen warmherzigen Empfang erwartet hätte, aber trotzdem... Ich sagte: »Bis später, Martha. Ruhe dich gut aus.«

Ich bekam die Antwort, die ich hätte erwarten können – keine.

Matt blinzelte mir zu, ehe er sich an Martha wandte.

Erst als Shirley die Tür geschlossen hatte und vor mir den Korridor entlangging, wurde mir bewußt, wie angespannt die Atmosphäre in diesem stickigen Zimmer gewesen war. Lag es nur an der Hitze? Im Korridor war es fast genauso heiß. Shirley trug weiße Schwesternkleidung, und als sie vorausging, sah ich den nassen Flecken am Rückenteil ihres Kleides.

»Können Sie Matt nicht dazu bringen, daß er an einem Fenster eine Klimaanlage anbringen läßt oder wenigstens einen Ventilator?« fragte ich, als ich sie einholte. »Dieses Zimmer ist wie ein Backofen.«

»Alte Leute frieren leicht«, sagte Shirley. »Das Blut läuft nur noch dünn in ihrem Alter, Miß Julie.«

»Lassen Sie das ›Miß‹ weg, Shirley. Sie und ich sind im Begriff, Leidensgefährtinnen zu werden.«

Sie ging auf den dürftigen Scherz nicht ein, sondern sagte nur ruhig: »Ich werde froh sein, wenn mich jemand bei der Arbeit ablöst, wirklich. Miß Martha braucht viel Pflege.«

»Sie wollen damit doch nicht etwa sagen, daß Sie sie die ganze Zeit allein betreut haben?«

»Miß Danner kommt an den meisten Tagen zum Putzen und Kochen. Nachmittags sitzt sie dann bei Miß Martha.«

»Und wann schlafen Sie, Shirley? Oder schlafen Sie überhaupt?«

»Ich bin es gewöhnt, mit offenen Augen zu schlafen, könnte man sagen. Es ist hier nicht anders als in einem Krankenhaus, wenn am anderen Ende des Korridors die Schwesternstation ist, könnte jemand aus dem Bett fallen, ehe man es bemerkt und –«

»Ich habe Sie nicht kritisiert, Shirley, ich habe Sie bedauert. Wir werden uns von jetzt an abwechseln. Sagen Sie mir, was ich tun soll.«

Shirley deutete auf eine geschlossene Tür, und ich blieb stehen, fast wie von einem Schmerz getroffen. Die verlorenen Erinnerungen an meine Kindheit in Maidenwood kehrten wieder, nicht in langsamen Übergängen, als ich die Zimmer und Korridore sah, sondern sie drangen mit verletzender Kraft in die leeren Stellen meines Gedächtnisses ein. Ich erinnerte mich an diese Tür und das Zimmer, das dahinter lag. Ich hatte viele Stunden in diesem Zimmer eingeschlossen verbracht, als Strafe für meine verschiedenen Untaten.

Das Zimmer hatte sich weniger verändert als Martha. Es war unfreundlich und düster, und sein einziges Fenster lag zum Küchengarten hinaus.

Ein kleines eisernes Bettgestell stand im Zimmer, ein paar verschossene Teppiche waren darin und ein billiger Schrank. Ein Baumwollvorhang in einer Ecke des Zimmers verbarg die Schnur, auf die ich früher meine Kleider gehängt hatte.

Shirley stand schweigend neben mir. Aber ich glaube, sie spürte meinen Zorn. Martha hatte mir mein früheres Zimmer zugewiesen, in einer unbequemen Entfernung von ihrem eigenen, als Teil einer ausgeklügelten Strategie.

Nun, jetzt war ich keine Achtjährige mehr, die sich fügen mußte. Ich sah Shirley an, aber ich traute mich nicht, sie zu bitten, Möbel umzustellen. Sie hatte so schon genug Arbeit. Ich würde es selbst tun – aus den anderen Zimmern alles das holen, was dieses Zimmer hier komfortabler machen würde.

»Mein Zimmer liegt neben dem von Miß Martha«, sagte Shirley. »Wir haben ein gemeinsames Badezimmer. Sie werden das hinter dem Flur benützen müssen, glaube ich.«

»In Ordnung. Ich komme und löse Sie ab, sobald ich mich umgezogen habe.«

»Nein, schon gut. Miß Danner wird eine Weile bei Miß Martha sitzen. Sie möchte, daß Sie morgens bei ihr sind. Meistens will sie, daß man ihr vorliest.«

»Tennysons Gedichte?«

Shirley erlaubte sich ein kleines Lächeln. »Das ist besser als Dickens. Wir haben ihn ausprobiert, aber Miß Martha sagt, ich lese nicht gut.«

»Ich zweifle daran, daß ihr meine Bemühungen mehr zusagen werden, Shirley.«

»Dann möchte sie, daß Sie nach dem Abendessen wieder bei ihr sind. Sie möchte, daß Sie...«

»Sie möchte? Und wie steht es mit Ihnen? Ich bin nicht zimperlich, Shirley. Ich kann Bettschüsseln ausleeren, sie baden und ihre Leintücher auswechseln. Ich kam nicht hierher, um Tennyson und Dickens zu lesen.«

»Sie möchte nicht, daß Sie solche Dinge tun.« Shirley fügte hinzu: »Sie ist die Patientin, Julie. Und das ist meine Aufgabe. Ich habe schon Schlimmeres tun müssen.«

Das glaubte ich gern. Und ich glaubte auch zu verstehen, warum Martha meine Dienste auf diejenigen einer Gesellschafterin beschränken wollte. Sie wollte sich den letzten Rest der Würde bewahren, die ihr blieb, solange sie noch atmete.

Nun, das konnte ich nachfühlen. Wenigstens würde ich keinen Pudel bürsten müssen. Martha haßte Tiere. Sie hatte in Maidenwood niemals Haustiere geduldet.

Matt kam herein und beendete die Diskussion. Shirley lächelte ihn an, viel wärmer als mich, ehe sie hinausging. Matt brachte meine Koffer. Er stellte sie achtlos auf den Fußboden und wischte sich über die Stirn.

»Gott, was für ein schreckliches Zimmer! Warum hast du dir das hier ausgewählt?«

»Das war nicht ich, es war Marthas Wahl.«

»Nimm ein anderes – das grüne Zimmer oder das Jefferson-Zimmer. Sie wird es nicht erfahren.«

»Nein, ich bin gern so weit vom Thronsessel entfernt, aber ich werde mir ein paar Möbel ausborgen.«

»Nur zu! Äh – soll ich dir helfen?«

Er sah so erhitzt und zerzaust und erschöpft aus, daß ich Mitleid mit ihm hatte. »Schon gut. Ich bin sicher, du hast zu tun. Wenn ich etwas haben will, das ich nicht allein bewegen kann, nehme ich deine Dienste in Anspruch, wenn du das nächste Mal kommst.«

Ich begleitete ihn zur Haustür und überlegte mir, was ich ihn hatte fragen wollen. Er hatte mir eine Liste mit Telefonnummern gegeben, etwas Geld für meine Auslagen und mir versprochen, einen Wagen für mich zu leihen, sobald er jemanden finden konnte, der ihn herbrachte. »Bis zum Wochenende hast du ihn hier«, versprach er. »Das sind nur ein paar Tage. Wenn du vorher ausgehen willst, bin ich sicher, daß Shirley dir ihren Wagen leiht. Doc Green sagte, er wolle morgen vorbeikommen... Warte – gibt es noch etwas?«

»Wahrscheinlich. Es wird mir einfallen, wenn du weg bist. Wo arbeiten die Archäologen?«

»Auf der Südostseite. Ich sagte ihnen, sie sollten nicht in die Nähe des Hauses kommen. Wenn Martha sie hört und sich nach dem Lärm erkundigt, sagen wir, daß ich junge Kiefern als Windbrecher pflanzen lasse.«

»Gut.«

»Du wirst sie nicht sehen, wenn du es nicht willst, Julie.«

»Mir ist es sowieso egal.«

»Schön. Nun...«

Er öffnete die Wagentür und stieg ein. Die Luft war so klamm wie ein nasses Leintuch. Im Westen hatten sich die hochgetürmten Kumuluswolken von Weiß in ein schmutziges Grau verwandelt. Ein Gewitter zog auf – wahrscheinlich eines dieser Mordsgewitter, die in dieser Gegend häufig waren. Die Souterrains würden überflutet werden, das Licht würde ausgehen. Ein schreckliches Bild schoß mir durch den Kopf – eine Vorahnung des kommenden Abends. Ich las Dikkens bei Kerzenlicht, und der Schweiß lief mir den Nacken hinab, und Marthas einziges Auge fixierte mich in schweigendem Hohn.

Es fiel mir schwer, nicht die Wagentür aufzureißen und ins Auto zu springen.

Drittes Kapitel

Der Abend war nicht ganz so schlimm. Die Lichter flackerten und wurden periodisch schwächer, aber der Strom fiel nicht aus. Das Gewitter ließ die Fensterscheiben zittern und grollte zwischen den Bäumen. Ich zuckte zusammen, als ein besonders heftiger Donner das Haus erschütterte, als ob eine Kanonenkugel auf das Dach gefallen wäre, und ich hätte schwören können, daß Marthas wachsames Auge aufleuchtete.

Am Wochenende war mir zumute wie noch nie in meinem Leben. Die morgendliche Pflicht machte mir nicht so viel aus, aber ich fürchtete die Abende. Die Tage zogen sich in die Länge, und die Dunkelheit war gewöhnlich schon hereingebrochen, wenn ich mich zu einer weiteren Sitzung mit Dickens niederließ. Shirley hatte über Dickens nicht gescherzt. Das Buch, das Martha mich lesen ließ, war *Bleak House*. Die Geschichte war recht interessant, aber die Heldin, Esther Summerson, war so fromm und tugendhaft, daß sich mir der Magen umdrehte.

Martha duldete nur eine einzige Lampe, diejenige neben meinem Stuhl, und der große Raum mit der hohen Decke kam mir vor wie eine dunkle Höhle, bewohnt von einem unsichtbaren, gestaltlosen Wesen, das ebensogut ein Tier wie ein Mensch hätte sein können. Gelegentlich, wenn ich innehielt, um Atem zu holen, hörte ich leise Leinwand rascheln – Fingernägel, die über das Bettuch kratzten. Es hörte sich an wie tote Blätter, die rascheln, wenn ein Tier in der Höhle kauert und die Lage wechselt, bevor es springt.

Martha bat mich nie um irgendwelche persönlichen Dienste, nicht einmal um einen Schluck Wasser. Eines Abends, als es besonders heiß und stickig war, fragte ich sie, ob ich ihr Gesicht mit einem feuchten Tuch abwischen sollte. Ihre Antwort kam sofort und war unmißverständlich negativ.

Shirley löste mich um zehn Uhr abends ab. Deshalb hatte

ich noch reichlich freie Zeit – den Rest des Abends und jeden Nachmittag von zwölf bis ungefähr sieben Uhr.

Zuerst fiel es mir nicht schwer, die Stunden zu füllen. Es verschaffte mir eine niederträchtige Befriedigung, die unbewohnten Zimmer nach Möbeln abzusuchen, die meinem eigenen schäbigen Zimmer etwas Komfort verleihen würden. Nicht, als ob es eine große Auswahl gegeben hätte. Ich war mir dessen nicht bewußt gewesen, wie wenig von einem einstmals wahrscheinlich wohlhabenden und gut ausgestatteten Herrschaftshaus übriggeblieben war. Es gab keine Chippendale-Kommoden mit Aufsatz oder Sheraton-Stühle. Ururgroßvater hatte seinen Nachkommen wahrhaftig einen schlechten Dienst erwiesen; die Gegenstände, die er verkauft hatte, wahrscheinlich für wenige Pennies, brachten jetzt auf Auktionen fünf- und sechsstellige Beträge ein. Ich vermutete, daß die spätviktorianischen Stücke von einigem Wert waren, da die Antiquitätenliebhaber neuerdings auch auf das Viktorianische versessen waren, aber für mich hatten sie keinen großen Wert, da die meisten zu schwer waren und ich sie nicht allein transportieren konnte. Ich holte mir Matratzen aus dem einzigen Schlafzimmer, das außer Marthas Raum ständig möbliert war. Shirley bestätigte meine Annahme, daß es das Gästezimmer war, welches Matt benützte, wenn er sich herabließ, hier zu übernachten.

Shirley schien sich über meine Aktivitäten zu amüsieren, fragte aber nicht, warum ich nicht einfach in das Gästezimmer umzog. Vielleicht kannte sie die Antwort. Es lag direkt auf der anderen Seite des Flurs, Marthas Zimmer gegenüber. Außerdem hatte ich ein kindisches Vergnügen daran, spät in der Nacht die Sachen zu holen, wenn Martha unter der Wirkung der Schlafmittel, die der Doktor ihr verschrieben hatte, tief schlief.

Außer Shirley, Martha und ›Miß Danner‹ – von der noch die Rede sein wird – war das einzige menschliche Wesen, das ich während der vier schrecklichen Tage sah, Dr. Green, der am Nachmittag nach meiner Ankunft vorbeikam.

Der Doktor war in seinen späten fünfziger Jahren. Er hatte wache blaue Augen, strohiges weißes Haar und einen Akzent, der sich so anhörte, als spräche er mit einem Mund voller Sirup. Ich erzählte einen Witz über Ärzte, die Hausbesuche machten, worauf er todernst erwiderte: »Ich praktiziere seit dreißig Jahren hier in dieser Gegend, Miß Julie. Miß Martha ist ein Sonderfall.«

»In welcher Hinsicht?«

Wir saßen im Salon und genossen, wenn Sie den Ausdruck gestatten, einen Sherry. Wenigstens genoß ihn der Doktor, und dies mit Hingabe; ich nippte höflich an meinem Glas, um ihm Gesellschaft zu leisten. Von Shirley hatte ich erfahren, daß Maidenwood-Sherry als etwas Besonderes galt und daß der Doktor ein Anrecht darauf hatte, wenn er Hausbesuche machte. Ich war nicht beeindruckt, aber schließlich habe ich nie von mir behauptet, eine Kennerin guter Dessert-Weine zu sein.

Dr. Green starrte mich an, als dächte er, ich sei nicht ganz bei mir. »Sie kann schließlich nicht in meine Praxis kommen, oder?«

»Warum ist sie nicht im Krankenhaus oder in einem Pflegeheim?«

»Nun, Miß Julie –«

»Ich weiß, daß Krankenhäuser nicht gern todkranke Patienten aufnehmen, und ich weiß auch, daß es ein guter medizinischer Brauch ist und es dem Anstand entspricht, die Sterbenden ihre letzten Tage zu Hause verbringen zu lassen, wenn es möglich ist. Aber Martha ist meiner bescheidenen Meinung nach vom Sterben weit entfernt. Angesichts ihres Alters hat sie sich bemerkenswert gut erholt.«

Er sah mich überrascht an, so als hätte ein Hund ihn in verständlichem Englisch angesprochen. »Nun, Miß Julie, es mag vielleicht so scheinen. Die Haltung des Patienten ist wichtig, und Miß Martha hat sich entschlossen, nicht aufzugeben. Aber wenn Sie ihre Krankengeschichte sehen könnten...«

»Ich würde sie gern sehen.«

»Sie würden Sie nicht...« Er unterbrach sich. Er konnte mir kaum sagen, ich würde die medizinische Terminologie nicht verstehen, aber es war ihm offensichtlich unangenehm, von einer Studentin der ersten Semester ausgefragt zu werden. »Ich darf sie Ihnen nicht zeigen, meine Liebe. Die medizinische Ethik –«

»Ich weiß, ich habe kein Recht, Marthas Krankengeschichte zu sehen. Aber ich bin für ihre Pflege verantwortlich und muß wissen, was ich für sie tun soll.«

Seine gerunzelte Stirn glättete sich. »Sie brauchen sich keine Sorgen zu machen, Kind. Shirley Johnson ist eine der fähigsten Krankenschwestern im Bezirk. Sie weiß, was zu tun ist. Es ist nur eine Frage der Zeit, Miß Julie. Sie müssen sich damit abfinden. Sie geben ihr, was kein anderer ihr geben kann – die zärtliche Liebe einer Frau ihres eigenen Blutes.«

Er verabschiedete sich bald nach dieser bemerkenswerten und ärgerlichen Bemerkung. Aber die Tatsache, daß er Unsinn geredet hatte, anstatt mir eine offene Diagnose zu geben, war nicht unbedingt ein Zeichen für berufliche Unfähigkeit. Einem Mann seiner Generation im Süden mußte es schwerfallen, eine Frau ernstzunehmen.

Ob kompetent oder nicht, er war kein Spezialist, sondern nur ein Landarzt, und ich fragte ich unwillkürlich, warum er nicht darauf bestanden hatte, daß Martha in eine städtische Klinik zur Behandlung gebracht worden war. Man hatte in den letzten Jahren den Problemen des Alters größere Aufmerksamkeit geschenkt; ein guter Arzt zuckte nicht die Schultern und schrieb eine Patientin ab, nur weil sie fünfundachtzig Jahre alt war. Mit der modernen Therapie konnte Martha noch mehrere Jahre am Leben erhalten werden.

Die Frage war nur – wollte ich das?

Die Tatsache, daß ich diese Frage auch nur in Gedanken stellen konnte, erschreckte mich so, daß ich noch einen Schluck Sherry trank und mir vornahm, mir einen Vorrat von etwas Stärkerem anzulegen, wenn ich einkaufen fuhr. Die Frage war nicht, was ich wollte, sondern was der Anstand und die Ethik des Berufs, den ich zu ergreifen hoffte, von mir verlangten.

Ich stellte die Karaffe wieder auf das Büfett und räumte die benutzten Gläser weg. Ehe ich das Tablett nehmen konnte, klopfte es schüchtern an die Tür und ›Miß Danner‹ schlüpfte herein.

»Ich hörte den Doktor gehen«, sagte sie. »Soll ich das Tablett abräumen, Miß Julie?«

Ich hatte ihr gesagt, sie sollte mich Julie nennen, aber das konnte oder wollte sie nicht. Ich hatte sie tags zuvor kennengelernt; ich war in der Küche gewesen und hatte mir ein Glas Eistee zubereitet, nachdem Matt gegangen war, als sie mit hängenden Schultern hereinkam, als erwarte sie einen Schlag oder einen Vorwurf, und ich hatte das merkwürdige Gefühl gehabt, ich würde eine Doppelbelichtung betrachten. Ihr hagerer Körper und ihre nichtssagenden Züge hinterließen einen so flüchtigen Eindruck, daß sie durchsichtig hätte sein können.

Und doch sah ich gleichzeitig das Bild der Frau, die sie einmal gewesen war – kräftig und mit vollen Wangen und ungeschickt, aber fröhlich geschminkt. Sie begrüßte mich mit meinem Namen, ehe ich mich vorstellen konnte, und ihre stillschweigende Voraussetzung, daß wir uns kannten, erschütterte mein störrisches Gedächtnis. Natürlich, dies war der Grund für das Doppelbild. Ich hatte Mrs. Danner früher gekannt. Ihr Mann war einer von Marthas Pächtern. Sie wohnten in einem baufälligen Holzhaus ein paar Meilen entfernt von hier und bearbeiteten einige Acker, hatten ein paar Kühe und ein paar Hühner und Schweine. – Kein weißer Abschaum, aber auch nicht gerade aufstrebende Leute. Wenn ich sie besuchte, war es ein seltenes Erlebnis für mich. Sie hatte eine Tochter ungefähr in meinem Alter, mit der ich manchmal spielen durfte; Mr. Danner ließ mich auf dem Traktor mitfahren, und Mrs. Danner schenkte mir Plätzchen. Sie war eine hübsche Frau gewesen, hatte mehrere Pfund Übergewicht, war aber rosig und guter Dinge.

Ich war konsterniert, als ich sah, was die Jahre aus ihr gemacht hatten. Ihr graues Haar war zu einem häßlichen Knoten glatt zurückgekämmt, ihre grauen Wangen waren eingefallen, ein grauschwarzes Kleid bedeckte ihre Arme bis zu den Handgelenken und schloß sich eng um ihren Hals.

Ich überlegte mir, was ich sagen könnte. Selbst »Wie geht

es Ihnen?« hatte ironische Untertöne. Ich konnte sehen, wie es ihr ging – schlecht. Bei meinem Versuch, auch nur einen kleinen *faux pas* zu vermeiden, beging ich einen noch schlimmeren. Etwas, das Matt mir erzählt hatte, kam mir in den Sinn, und ich sagte: »Wie geht es Mr. Danner? Es muß ein schrecklicher Schock gewesen sein, als er die – äh – Überreste fand. Er hat sie doch gefunden, oder nicht?«

Mrs. Danners Gesicht erstarrte zu einer Eissäule. Ohne zu antworten, wandte sie sich dem Küchenschrank zu und begann, lautstark mit Pfannen zu hantieren.

Glücklicherweise war dann Shirley erschienen, und ich entkam und schalt mich aus wegen meiner Taktlosigkeit. Ich hatte Mrs. Danner seither nicht mehr gesehen. Jetzt schien sie mir verziehen zu haben. Sie wiederholte die Frage: »Soll ich das Tablett abräumen?« und es klang beinahe heiter.

»Nein, danke, Mrs. Danner, ich mache es selbst. Kann ich in der Küche irgendwie helfen?«

Sie schüttelte den Kopf. »Das Abendessen ist fertig. Ich muß gehen. Mr. Danner holt mich jeden Augenblick ab.«

»Gehen Sie nur, ich kümmere mich um das Tablett.«

Sie sah mich an, als wolle sie darauf beharren, aber dann ertönte die Autohupe. Mrs. Danner erschrak. Sie fuhr sich mit der Hand an die Brust. »Da ist er. Ich habe mich verspätet.«

»Er ist zu früh gekommen«, korrigierte ich sie und sah auf meine Armbanduhr.

Mrs. Danner ließ sich darüber auf keine Diskussion ein, sondern schlurfte zur Tür. Ich folgte ihr, denn ich wollte sehen, was für ein Mann einen derart hysterischen Gehorsam verlangte. Sie hatte ihn früher nicht ›Mr. Danner‹ genannt. Damals sagte sie ›Joe‹ oder manchmal ›Stud‹. Dieser Name gefiel mir. Einmal nannte sie ihn ›Mr. Stud‹, und er lachte so sehr, daß er fast vom Traktor gefallen wäre. Dann warnte er mich, ich solle das Wort nicht vor Martha wiederholen...

Ich kam zu spät, um zu sehen, ob Joe Danner eine ähnliche Wandlung durchgemacht hatte. Der Pritschenwagen fuhr weg, als ich die Eingangstür erreichte. Er ratterte zum Fluß hinab, und sein Auspuff stieß schwarze Rauchwolken aus.

Selbst dieser schwachen Hoffnung auf gesellschaftlichen Umgang beraubt, ging ich wieder in den Salon. Er war eine Oase der Sauberkeit inmitten des allgemeinen Zerfalls, und die paar restlichen Antiquitäten, deren Maidenwood sich rühmen konnte, standen hier. Mrs. Danner verdiente sich ihr Geld mit dem Putzen; ich wünschte, ich könnte über ihre Kochkunst das gleiche sagen. Wenn das Essen, das ich abends zu mir genommen hatte, ein Hinweis auf ihre kulinarischen Talente war, dann könnte ich vielleicht zu drastischen Schritten getrieben werden und zum Beispiel das Kochen selbst übernehmen.

Das Stew war eine Katastrophe gewesen – Fleischbrocken und lappiges Gemüse schwammen in einer faden, gelbbraunen, wäßrigen Fleischbrühe. Dazu gab es gekauftes Brot und tiefgekühlten Kokosnußkuchen.

Ich trug die Gläser in die Küche. Sie war der angenehmste Raum des Hauses, und das besagt zugegebenerweise nicht viel. Die Küchengeräte waren alt, das Linoleum abgetreten bis zur Unterlage, und die Holzmöbel mußten gestrichen werden. Ein alter Kühlschrank rasselte und grollte in der Ecke; wie Martha würde er es nicht mehr lange machen. Aber hier waren auf zwei Seiten Fenster, und eine gedeckte Veranda lag dahinter; die Holzstühle waren erstaunlich bequem, und der große Tisch hatte eine schöne Patina vom jahrelangen Schrubben. Es gab nichts von dem ländlichen Reiz, den man in einem Haus dieses Alters erwartet hätte – keinen Kamin, keine nackten Holzbalken. Der Küchenflügel war während einer relativ wohlhabenden Periode Ende des 19. Jahrhunderts angebaut worden, als der Hausherr es müde geworden war, das Essen eiskalt serviert zu bekommen, nachdem es aus dem abgesondert stehenden Küchenhaus über den Hof gebracht worden war. Die Küche lag trotzdem noch in einer beträchtlichen Entfernung vom Speisezimmer, am Ende eines langen, fensterlosen Korridors, zu dessen beiden Seiten Anrichten und Vorratskammern und kleine Schlafräume lagen, in denen einige der Dienstboten untergebracht gewesen waren.

Ich öffnete die Backofentür und fand meine schlimmsten

Befürchtungen bestätigt. In der Kasserole waren Nudeln, vermischt mit den Resten des Stews und bedeckt mit einer lederartigen Schicht Käse.

Ich dachte über dieses Unglück mit in die Hüften gestützten Händen nach und einem sarkastischen Lächeln auf den Lippen, als Shirley in die Küche kam.

»Soll Martha dies essen?« fragte ich. »Ich glaube nicht, daß ich es hinunterbringe.«

Shirley griff nach einer Soßenpfanne, die hinten auf dem Herd stand. Sie enthielt Suppe, die sie in eine Schale löffelte. Das Aroma der Suppe hatte keine Wirkung auf meine Geschmacksnerven; es war eine Vielfalt von Dosengerichten. Shirley legte noch ein paar Scheiben Brot auf das Tablett.

»In der Anrichte sind Dosen mit Suppen und Thunfisch, wenn Ihnen die Kasserole nicht zusagt«, erklärte sie.

»Könnten Sie mir Ihren Wagen leihen? Ich fahre rasch in die Stadt und hole ein paar Sachen. Selbst ein Schnellgericht ist besser als dies.«

Die Bitte überraschte sie; zum ersten Mal sah ich sie ernsthaft beunruhigt. »Ich kann nicht. Ich meine – hat Matthew nicht gesagt, er würde für Sie einen Wagen besorgen?«

»Am Samstag. Ich will nicht bis Samstag warten.«

Sie runzelte die Stirn, und ich brach in Gelächter aus. »Entschuldigen Sie. Ich rede wie ein quängelndes Kind. Ich bin eine gute Fahrerin, Shirley, ehrlich. Oder, wenn Ihnen das lieber wäre, gebe ich Ihnen das Geld und Sie fahren später einkaufen.«

»Daran liegt es nicht. Ich habe keinen Wagen. Ich habe ihn – jemandem geliehen.«

Fast hätte ich gefragt, wem, aber ich beherrschte mich rechtzeitig. Es war schließlich ihr Wagen.

»Tut mir leid«, murmelte sie. Sie nahm das Tablett und ging hinaus, etwas rascher als gewöhnlich.

Habe ich schon erwähnt, daß es jeden Tag regnete? Nicht die ganze Zeit, nur während meiner freien Stunden, so daß ich nicht einmal das zweifelhafte Vergnügen eines Spazierganges genießen konnte. Am Freitag war ich so weit, daß ich fast die Wände hinaufgeklettert wäre, und ich hätte für einen Cheeseburger getötet. Ich hielt mich bei Verstand, indem ich eine Einkaufsliste zusammenstellte, die ich jeden Tag ergänzte, und nicht nur Speisen und Getränke notierte, sondern auch Dinge wie zum Beispiel Glühbirnen; die einzige Hundertwattbirne im Haus steckte in der Leselampe in Marthas Zimmer. In den anderen Räumen hatten die Glühbirnen vierzig oder sechzig Watt, oder sie fehlten überhaupt. Selbst bei Tageslicht war die graue Düsternis so niederdrückend, daß ich mir vorkam, als wäre ich in einem tropischen Regenwald. Meine Liste wurde länger und länger. Elektrische Ventilatoren, Taschenlampen, Paperbacks, Zeitschriften, Zeitungen... Martha wollte kein Fernsehen im Haus haben, sie hielt sich keine Tageszeitungen, nur das zwölfseitige lokale Wochenblatt. Und mit dem Gefühl für das Geheimnisvolle, mit dem ich hierhergekommen war, schien es auch vorbei zu sein. Briefmarken. Ich hatte noch nicht einmal meiner Mutter geschrieben.

Am Freitag überließ ich Mrs. Danner nach dem Mittagessen ihren kriminellen Aktivitäten in der Küche und machte mich auf eine Entdeckungstour. Mrs. Danner bereitete Spaghettisoße zu, nahm ich an, Dosentomaten blubberten wütend auf dem Herd, mit einer kleingeschnittenen Zwiebel als Gewürz.

Es gab nur eine einzige Taschenlampe im Haus. Ich nahm sie mit, als ich zu dem Teil des Gebäudes aufbrach, in dem ich noch nicht gewesen war. Draußen goß es, der Nachmittagshimmel war so dunkel wie an einem Winterabend, und ich wußte, daß in den Regionen, zu denen ich aufbrach, die Lichter abgeschaltet und die Glühbirnen durchgebrannt waren. Dieser Flügel des Hauses war geschlossen. Aber er hatte eine Bibliothek enthalten, und diese war mein Ziel.

Warum war ich nicht schon vorher hingegangen? Das ist eine gute Frage. Jetzt weiß ich die Antwort. Damals hatte ich eine vage Abneigung empfunden, die Tür zum Westflügel zu öffnen.

Der lange, düstere Korridor führte an verschlossenen und mit Spinnengeweben bedeckten Türen vorbei – Salon, Eßzimmer, Musikzimmer, Billardzimmer... Ich war froh, daß ich die Taschenlampe mitgenommen hatte, und bereute es, daß ich hergekommen war. Es war dunkel und niederdrükkend und roch nach Moder und Mehltau – selbst die Fußbodenbretter fühlten sich unter meinen Füßen wie durchweicht an.

Die Bibliothek lag am Ende des Flügels, und lange Fenster wie französische Türen öffneten sich auf eine mit Steinplatten belegte Terrasse. Ich griff nach dem Türknauf, und dann geschah es wieder – noch ein Schlag der wiederkehrenden Erinnerung. Ich hatte am Tag meiner Ankunft eine ganze Anzahl davon erlebt. Ich wankte buchstäblich zurück, als ob mich etwas getroffen hätte, ehe ich die Tür öffnete.

Ich hatte während der Jahre, die ich in Maidenwood lebte, viele Stunden in diesem Raum verbracht. Lesen war fast mein einziges Vergnügen gewesen. Ich hatte niemanden, mit dem ich spielen konnte. Martha wollte nicht, daß ich Mitschülerinnen ins Haus einlud, und man erlaubte mir selten, zu Danners zu gehen. Die Danners waren »kein Umgang für uns«. Ebensowenig waren es die anderen Familien, deren Kinder mit mir zur Schule gingen.

Die schweren Vorhänge waren zurückgezogen. Die Sonne hatte ihren Besatz zerfranzt. Sie hingen in Fetzen an den vergoldeten Stangen. Die Möbel und Leuchter waren von Spinnengeweben wie in weiche, graue Staubschleier gehüllt.

Der Strahl der Taschenlampe bewegte sich suchend durch den Raum und beleuchtete vertraute Gegenstände. Der durchgesessene Ledersessel neben dem Fenster, mein Lieblingsplatz. Die Reihe der Kinderbücher im untersten Regal des Bücherschranks links vom Kamin – Bücher, die alle aus der Jugendzeit meiner Mutter stammten oder sogar noch älter waren. *Ruth Fielding at College, Kim,* und ein trauriges kleines Meisterstück *Beulah* über ein einfaches Waisenmädchen, das zu einem der abstoßendsten, dünkelhaftesten Menschen in der Literaturgeschichte heranwuchs. Wenn ich an Beulah dachte, empfand ich tatsächlich Zuneigung zu der tugendhaften Esther Summerson.

Martha verbot mir nicht, die Bibliothek zu benutzen, aber

sie zensierte meine Lektüre wirksam, indem sie die verbotenen Bände auf so hohe Regale stellte, daß ich sie nicht erreichen konnte. Eine andere Erinnerung ließ mich zusammenzucken – der Abend, an dem ich in flagranti ertappt wurde, als ich die treppenartigen Regale hinaufkletterte, um an ein Buch namens *The Golden Bough* heranzukommen. Ich fand, der Titel klang wie eine Märchengeschichte. Als ich danach fragte, sagte Martha, nein, es sei kein Märchen (darin hatte sie jedenfalls recht), und ich dürfe es unter keinen Umständen lesen. Es mußten immer noch ein paar glühende Scheite der Rebellion in mir gebrannt haben, denn das Verbot machte mich um so entschlossener, das Buch zu lesen. Ich wartete eines Abends, bis es spät war und ich sicher sein konnte, daß Martha schlief. Es war ein Frühlingsabend, es mußte einer gewesen sein – ich nahm wieder den Duft von blühendem, sprießendem Grün wahr, als ich mich daran erinnerte... Ich hatte fast die oberen Regale erreicht, als das französische Fenster aufgerissen wurde und sie dastand. Sie sagte nichts, sie griff nur nach mir, und das Mondlicht fiel voll auf ihre ausgestreckten Hände. Sie waren fleckig, schwarzbefleckt bis zu den Handgelenken, als hätte sie ihre Hände in einen Eimer voll Öl oder feuchten Schmutz getaucht.

Ich verlor den Halt und fiel herunter, gute zehn Fuß. Ich mußte ohnmächtig geworden sein, denn ich wachte mit einem verbundenen Kopf in meinem Bett wieder auf und ohne die leiseste Ahnung, was geschehen war.

Kein Wunder, daß ich darum gekämpft hatte, so viele Kindheitserinnerungen zu vergessen. Ich wäre mit ihnen nicht fertig geworden. Ich war nicht sicher, ob ich jetzt mit ihnen fertig werden konnte. Meine Hände zitterten so heftig, daß der gelbe Strahl der Taschenlampe auf und ab und hin und her tanzte wie ein hysterischer Leuchtkäfer. Es hatte vollständig dem Charakter Marthas entsprochen, hier zu lauern, auf mich zu warten und mich diese schmerzhaft, gefährliche Klettertour machen zu lassen, ehe sie sich zeigte – plötzlich, schweigend, erschreckend, wie ein Ungeheuer aus dem schlimmsten Alptraum eines Kindes. Sie war mir nicht durch das Haus gefolgt. Sie war durch die französischen Fenster aus der Nacht gekommen. Was hatte sie draußen getan, daß ihre Hände so schwarz waren, oder hatte ich mir das nur eingebildet?

Ich griff nach einigen Kinderbüchern, ohne auf die Titel zu sehen, und rannte hinaus.

Die Wolken lichteten sich im Laufe des Tages, und ich hatte eine gewagte Idee, die aus der Verzweiflung geboren war. Ich mußte weg von diesem Haus. Shirley hatte nichts weiter über ihren Wagen gesagt, und ich wollte sie nicht danach fragen. Entweder wollte sie ihn mir nicht leihen, oder der unbekannte Ausleiher hatte ihn ihr noch nicht zurückgebracht. Aber es mußte eine andere Möglichkeit geben.

Ich lag auf der Lauer, die Geldbörse und die Einkaufsliste in der Hand, als Mr. Danner seine asthmatische Hupe betätigte. Mrs. Danner sah mich erschrocken an, als ich ihr hinausfolgte, aber sie stieg kommentarlos in den Pritschenwagen, und ich ging auf die andere Seite, um durch das Fahrerfenster zu sehen.

»Hallo, Mr. Danner! Erinnern Sie sich noch an mich? Es ist lange her. Sie sehen so – Sie sehen – äh –«

Ich hätte ihn niemals wiedererkannt. Er war ein großer, stämmiger Mann gewesen, mit einer gesunden Röte unter seiner sonnengebräunten Haut und einem bereitwilligen Grinsen. Das Gesicht, das mich jetzt ansah, war das einer wohlkonservierten Mumie – die Wangen totenblaß, die Falten eingegraben wie durch Säure; er war mürrisch und häßlich. Seine Lippen öffneten sich gerade genug, um ein paar wenige Worte herauszuquetschen.

»Abend, Julie. Wie geht es Mama?«

»Gut, danke. Wie geht es...« Ich konnte mich nicht an den Namen des Mädchens erinnern, und noch viel weniger an den ihres Bruders, den ich nicht so gut gekannt hatte. »Was machen die Kinder?«

»Ich habe keine Kinder. Wiedersehen, Julie.«

Ich war so verblüfft, daß ich nicht sofort reagierte. Er hatte die Automatik eingelegt und den Fuß von der Bremse genommen, ehe ich reagierte. Ich griff verzweifelt nach der Wagentür und rief: »Warten Sie, warten Sie eine Minute! Nehmen Sie mich mit in die Stadt. Ich möchte ein paar Sachen einkaufen. Es dauert nicht lange...« Er betrachtete mich mit steinerner Mißbilligung, und ich fügte hinzu: »Ich zahle gern für das Benzin und Ihre Zeit.«

Seine Miene wurde noch finsterer. »Daran liegt es nicht. Ein Christ nimmt kein Geld für eine gute Tat.«

»Also dann –«

»Mir fehlt die Zeit. Nachtdienst heute. Ich könnte Sie mit hineinnehmen, aber Sie könnten nicht zurück.«

»Ich fahre per Anhalter oder – gibt es dort ein Taxi?«

Er schüttelte den Kopf. Mrs. Danner piepste: »Es gibt doch Will Smith, Mr. Danner. Er fährt einige der Damen –«

»Schweig, Frau! Will ist ein Trunkenbold und treibt Unzucht. Keine anständige Frau würde in seinen Wagen steigen.«

Ich steckte meinen Kopf zum Fenster hinein, denn ich hatte vor, den absurden Streit zu gewinnen.

Er kam über das vom Regen weiche Gras lautlos wie eine Schlange. Ich bemerkte ihn nicht, bis er sprach.

»Willst du mitgenommen werden, Julie?«

Ich richtete mich so rasch auf, daß ich mir den Kopf am Fensterrahmen anschlug.

Danner gab sofort Gas und fuhr los. Ich sprang zurück, glitt auf dem nassen Gras aus und wäre gestürzt, wenn Alan nicht meinen Arm gepackt hätte.

»Typische Joe-Danner-Höflichkeit«, bemerkte er. »Ist alles in Ordnung, Julie?«

Der Schlag auf meinen Kopf trieb mir Tränen in die Augen. Ich blinzelte sie weg und hoffte, daß Alan sie nicht bemerkte oder ihre Ursache mißverstand. Ich hätte mir denken können, daß ich ihm früher oder später begegnen würde. Ich hatte es mir alles ausgedacht – das beiläufige Lächeln, die kühlen, wohlgesetzten Begrüßungsworte. Soviel zu diesem Drehbuch. Ich tat mein möglichstes, um meine Würde wiederzuerlangen und versuchte, die tückische Wärme zu ignorieren, die sich von seiner Hand über meinen Arm bis zur

Schulter hinauf ausbreitete, bis sie meinen ganzen Körper erfaßte.

»Danke, mir geht es gut. Es ist am besten, ich gehe wieder ins Haus. Martha –«

»Ich dachte, du wolltest mitgenommen werden?«

Er hatte sich nicht verändert. Als einziger hier war er unverändert geblieben. Barhäuptig, das Haar dunkel und glatt von der Nässe, überragte er mich um beinahe 20 Zentimeter. Er trug Jeans und ein langärmeliges Hemd, das bis zum Hals zugeknöpft war – man wandert nicht durch Virginias Wälder mit nackten Muskeln, nicht, wenn man Respekt vor Giftefeu, Moskitos, Zecken, Milben und Brombeersträuchern hat. Aber ich brauchte die Muskeln nicht zu sehen, um zu wissen, daß sie vorhanden waren. Ich spürte immer noch die Finger, die meinen Arm gepackt hatten. Lange, schlanke Finger, die einer unendlich zarten Berührung fähig waren bei Ausgrabungen und anderen Gelegenheiten.

Ich sagte mir, daß ich ein erwachsener Mensch war und keine einfältige Heranwachsende mehr, und daß sich meine Gefühle für Alan Petranek auf eine höfliche Gleichgültigkeit beschränkten, und, was am wichtigsten war, daß er den einzig verfügbaren Satz Räder besaß.

»Danke«, sagte ich, »wenn es nicht zu viele Schwierigkeiten macht.«

»Überhaupt keine Schwierigkeiten.«

Der Jeep parkte hinter dem Haus neben dem alten Stall, der als Garage diente. Anstatt zur Vorderseite des Hauses zurückzufahren, bog Alan in eine Fahrspur ein, von deren Existenz ich bisher nichts gewußt hatte. Sie war mit einem Belag versehen worden, und wenn einmal Schotter darauf geschüttet worden sein sollte, so war er in den Morast eingesunken. Zwei Fahrspuren, in denen Wasser stand, führten ostwärts auf den Wald zu, machten eine scharfe Kurve und mündeten direkt bei der Brücke in die Straße.

Als wir über die Brücke ratterten, sah ich hinab. Der Fluß führte Hochwasser. Wasser von der Farbe getrockneten Blutes rauschte zwischen den Ufern, welche die frischen Wunden der Flut trugen.

»Bis morgen wird er noch höher steigen«, sagte Alan, der mit der unheimlichen Genauigkeit meine Gedanken las, an die ich mich noch erinnerte und die mich ärgerte. »Vielleicht bis zur Brücke. Aber keine Sorge. Das Haus steht auf hohem Grund.«

»Ich bin nicht besorgt. Warum fährst du diesen Weg? Carrsville liegt hinten –«

»Ich weiß zu meinem Unglück, wo Carrsville liegt. Der langweiligste Ort von Virginia. Ich dachte, du würdest etwas Aufmunternderes vorziehen als Millies Laden.«

»Mir ist nicht bewußt, daß es etwas Aufmunternderes gibt.«

»Ein paar Meilen den Highway hinab gibt es ein Einkaufszentrum. Verglichen mit Carrsville bietet es eine Fülle von Vorzügen.«

»Oh. Ich – äh – würdige dies, Alan. Aber sei unbesorgt, es wird nicht lange dauern. Ich muß um sieben Uhr wieder zu Hause sein.«

»Wie geht es Miß Martha?«

»Unverändert.«

Er nickte. »Und deiner Mutter? Hoffentlich gut?«

»Ordentlich, danke.«

Die steifen, förmlichen Sätze hätten von Fremden geäußert werden können, die sich nicht besonders mochten. Er sprach noch befangener, als mir zumute war. Ich konnte nicht glauben, daß er es war; eine gewandte Zunge und charmante Manieren gehörten zu Alans Kapital; er konnte ein Gespräch mit einem Leichenbestatter führen und dabei so erscheinen, als interessiere er sich wirklich für die Zusammensetzung einer Balsamierungsflüssigkeit.

Ich ahmte seinen höflichen, desinteressierten Tonfall nach und sagte: »Wie kommst du mit deiner Arbeit voran?«

»Interessiert es dich wirklich auch nur im geringsten?«

Vor uns, durch eine Lücke in den Bäumen, zeigte sich ein karmesinroter Streifen, wo die Wolken aufbrachen, aber unter den Bäumen vertieften sich die Schatten. Alan schaltete die Scheinwerfer an. Er wirkte jetzt lockerer; vielleicht hatte meine barsche und nicht ganz ehrliche Erwiderung die Spannung etwas gelöst.

»Ich will es dir trotzdem erzählen«, sagte er freundlich. »Im Augenblick stagniert meine Arbeit. Jedesmal, wenn wir mit den Ausgrabungen beginnen, fängt es an zu regnen.«

»Zu schade.«

»Dein Mitgefühl erwärmt die letzten Winkel meines Herzens.«

»Was auch immer das sein mag.«

»Werden wir uns nun den ganzen Sommer lang sticheln?«

»Ich habe nicht vor…« Ich unterbrach mich, ehe ich mich selbst in mein Schneckenhaus zurückzog, aus dem ich vielleicht nur mit Mühe wieder herauskam. Wenn Martha mir nicht den Gefallen tat und starb, stand mir ein langer, heißer Sommer bevor (wobei massive Langeweile das kleinste der Übel wäre, die sich daraus ergeben konnten). Matt hatte offenbar nicht die Absicht, mehr Zeit in Maidenwood zu verbringen als unbedingt nötig; die Danners waren nicht sehr kooperativ, und Shirley… Shirley hatte ihre eigenen Probleme. Es war also sehr wohl möglich, daß ich mich in einer Notlage befinden könnte, als Ergebnis des schlechten Wetters, von Marthas Zustand oder irgendwelchen anderen Ereignissen. Wenn das der Fall war, könnte die Nähe von ein paar kräftigen Archäologen sehr willkommen sein. Außerdem – hatte ich mir nicht gesagt, daß die Vergangenheit aus und vorbei war?

»Keine Sticheleien mehr«, sagte ich. »Selbstverständlich interessiere ich mich für deine Arbeit. Wonach suchst du? Nach dem Maydon Bezirk?«

Es fiel mir erstaunlich schwer, den Namen auszusprechen. Das letzte Mal, als ich ihn ihm gegenüber gebraucht hatte, hatte ich ihn wie ein Geschoß auf ihn geschleudert und Alan beschuldigt, er benutze mich, um die Ausgrabungsstätte zu finden, nach der er suchte. Aber sobald die Worte ausgesprochen waren, kam es mir vor, als hätte ich eine Hürde übersprungen. Die Barrikade lag jetzt hinter mir.

Wenn er sich an jenen Vorfall erinnerte, dann zeigte er es nicht. »Den hoffe ich zu finden, ja. Aber es gibt noch andere Dinge.«

»Zum Beispiel?«

»Die Überreste des ersten Herrenhauses. Aus den Eigentums- und Steuerakten geht hervor, daß hier Ende des 17. Jahrhunderts ein Haus stand. Mit dem Bau des jetzigen Gebäudes wurde erst 1735 begonnen. Deshalb ersetzte es wahrscheinlich ein früheres Bauwerk, das zerstört wurde. Ich glaube aber nicht, daß ich die Spuren davon finde. Es stand wahrscheinlich in der Nähe des jetzigen Hauses, und von dort soll ich mich fernhalten.«

»Wie steht es mit den Friedhöfen?«

Wir hatten den Highway erreicht. Alan befolgte ruckartig das Stoppzeichen und bog dann auf den Highway ein. »Hast du von unserem Skandal hier gehört?«

»Erst als ich ankam. Matt sagte, deshalb habe er dir die Erlaubnis zu graben gegeben.«

»Er gab nicht großmütig nach, er wurde dazu gezwungen. Es gab einigen öffentlichen Druck.«

»Zum Teufel mit der Öffentlichkeit«, sagte ich und vergaß meinen Vorsatz. »Ich wette, der Druck kam von dir.«

»Ich dirigierte einen gewissen Teil davon«, sagte Alan selbstgefällig. »Eine Ablehnung wäre für das Image des Senators nicht vorteilhaft gewesen. Der stolze Aristokrat, der die Vandalen das Gesetz mit Füßen treten läßt...«

»Das Gesetz beschäftigt dich sehr.«

»Der Vandalismus beschäftigt mich mehr. Es sind zu viele Ausgrabungsstätten geplündert worden. Besonders in Maidenwood. Bei all dem Gerede über einen Piratenschatz. Da sind wir...«

Ich vergaß seine Probleme, als der volle Glanz des Einkaufszentrums über mich hereinbrach. Helle Lichter, Menschen, Autos... Ich kam mir vor wie eine hinterwäldlerische Bäuerin, die zum ersten Mal die große Stadt sieht.

Alan bog in eine Parklücke ein. »Ich warte auf dich in der Caféteria. Laß dir Zeit.«

Ohne einen Blick zurückzuwerfen, ging er weg, seine Aktentasche in der Hand. Ich zögerte, hin- und hergerissen zwischen den exotischen Angeboten von *Safeway* und *Drug Fair*. Es gab ein Alkoholgeschäft, einen Geschenkartikelladen, einen *McDonald's*... ich hätte nicht geglaubt, die goldenen Bögen könnten so verlockend sein. Ich hatte seit vier Tagen nicht einmal eine Zeitung gesehen.

Ich kaufte Lebensmittel und scharfe Getränke und verstaute sie im Jeep, ehe ich zum Drugstore ging. Die Caféteria war ein Teil davon, und als ich eintrat, sah ich Alan an einem der Tische, den Kopf über Papiere gebeugt, die er auf dem Tisch ausgebreitet hatte. Er beklagte sich oft über die Menge Schreibarbeiten, die für eine Ausgrabung notwendig ist...

Ich kaufte einen Arm voll Zeitschriften, Taschenbücher und Zeitungen. Als Alan mich sah, raffte er seine Unterlagen zusammen und steckte sie in seine Aktentasche. »Fertig?«

Ein Blick auf meine Armbanduhr sagte mir, daß es später war, als ich gedacht hatte. Ich bat ihn, am Drive-in-Fenster von *McDonald's* anzuhalten und für unterwegs etwas zum Essen zu kaufen, denn ich wußte, daß ich keine Zeit haben würde, eine Mahlzeit zuzubereiten, wenn ich um sieben Uhr meinen Dienst antreten sollte, und Mrs. Danners Spaghetti waren ein Horror, den ich mir lieber ersparen wollte.

Ich bot Alan Pommes frites an. Er schüttelte den Kopf. »Das Zeug ist Gift für deinen Körper. Ich würde lieber verhungern.«

»So spricht ein Mann, der nicht Mrs. Danners Gerichte gegessen hat.«

Er lachte. »Ich hatte nicht die Ehre, aber wenn ihre Küche ihrem Äußeren entspricht –«

»Sie ist so miserabel, daß ich noch dazu getrieben werde, das Kochen selbst zu übernehmen.«

Ich erwartete halb eine Bemerkung über meine kulinarischen Talente oder meinen Mangel daran; wir hatten früher oft darüber gescherzt. Aber Alan schien ebensowenig wie ich erpicht darauf zu sein, unglückselige Erinnerungen an die Vergangenheit zu wecken. Er fuhr fort:

»Hast du abends manchmal frei? Es gibt Besseres als Mrs. Danner oder als Ronald McDonald.«

Es klang wie eine Einladung zum Abendessen – eine überraschend vorsichtige Einladung. Vielleicht hatte er während der vergangenen fünf Jahre ein wenig Demut gelernt. Früher klangen seine Einladungen immer wie Befehle.

Ich sagte, ich wüßte es nicht. »Shirley ist den ganzen Tag beschäftigt, und ich bitte sie ungern darum, noch mehr zu tun als jetzt schon. Ich sitze morgens bei Martha und abends von sieben bis zehn.«

Ich hatte nicht gewollt, daß es wie eine Aufforderung klang.

Jedenfalls legte er mich nicht darauf fest. »Wenn du dich am Nachmittag langweilst, komm doch heraus und leiste uns Gesellschaft. Ich kann immer noch ein paar Hände gebrauchen.«

Das klang wieder wie der alte Alan. Da ich fast sicher war, daß ich mich langweilen würde, sagte ich, ich wolle es mir überlegen.

Er setzte mich an der Eingangstür ab. Er bot mir nicht an, die Einkäufe hineinzutragen, sondern fuhr in einem aufstiebenden Wirbel von Schmutz und Kies davon, sobald ich die Einkaufstüten aus dem Wagen genommen hatte. Zweifellos war er für seine Freitagabend-Verabredung spät daran, dachte ich.

Ich trug die Tüten in die Küche. Shirley war während meiner Abwesenheit hiergewesen. Die Lichter brannten und das Tablett mit den Speiseresten von Marthas Abendessen stand auf dem Tisch. Die Hintertür war offen.

Mir war etwas unbehaglich zumute. Ich war nicht überrascht gewesen, die Eingangstür unverschlossen zu finden, denn Shirley wußte, daß ich außer Haus war. Aber Mrs. Danner hatte die Küchentür abgeschlossen, als sie ging, und der einzige Grund, weshalb sie jetzt offenstand, konnte nur der sein, daß Shirley hinausgegangen und nicht zurückgekehrt war. Was tat sie draußen in der Dunkelheit!

Die Wolken hatten sich wieder geschlossen. Draußen war es sehr dunkel – wie dunkel, das kann nur jemand ermessen, der in einer Gegend ohne Straßenlampen und nahe gelegene Häuser gewohnt hat. Ich stellte die Lebensmittel auf den Tisch und ging auf Zehenspitzen zur Tür.

Shirley war da. Oder jemand war da... Ich sah etwas Geducktes, Schwarzes auf der untersten Stufe der Veranda. Sie sprach offensichtlich mit sich selbst, mit leiser, flüsternder Stimme. Die Worte konnte ich nicht verstehen.

Ich ging über die Veranda. Shirley stand auf. Ich hörte Blätter rascheln, als etwas in die Büsche floh. Shirley hatte das Wesen verdeckt. Sie hielt eine Schale, gefüllt mit den allzu vertrauten Resten, den Überbleibseln der Kasserole vom vergangenen Abend.

»Was machen Sie da?« fragte ich.

Es war eine einfältige Frage. Doch ich erwartete halb, daß sie mir sagte, sie füttere den Hausgeist – so unheimlich war die Atmosphäre. »Ich wollte es sowieso wegschütten«, verteidigte sie sich. »Ich wußte, Sie würden es nicht essen.«

»Um Gottes willen, Shirley, Sie können alle Speisen haben, die Sie wollen, und Sie können damit tun, was Sie wollen. Ist es ein Hund oder eine Katze?«

»Er gehört nicht mir, er wurde ausgesetzt – es ist ein Hund. Er treibt sich hier herum. Ich weiß, ich hätte ihn nicht füttern sollen, aber –«

»Nicht mit diesen Resten. Sie sind recht für Bussarde. Ich habe Cornedbeef gekauft. Versuchen wir es damit.«

Ich holte das Fleisch aus der Tüte und legte einen Teil davon auf einen Teller. Der Teller hatte einen Sprung, und sein Muster war verblaßt, aber es waren noch Spuren seines Goldrandes vorhanden, und ich lächelte – streunende Hunde mit Fleisch auf einem Sèvres-Teller füttern – typisch Maidenwood.

»Hier, Hundchen«, sagte ich.

In den Büschen raschelte es, aber das Tier zeigte sich nicht.

Shirley sagte: »Er kommt nicht heraus, wenn Sie hier sind. Ich habe eine ganze Woche gebraucht, bis er in meine Nähe kam.«

Ich folgte ihr ins Haus. »Wie wäre es mit etwas Milch?«

fragte ich. »Oder Wasser? Er wird etwas zu trinken haben wollen.«

»Es gibt genug Wasser hier in der Gegend«, sagte Shirley mit unbewegtem Gesicht.

»Ja, richtig.« Ich wickelte das übrige Cornedbeef in eine Plastiktüte. »Morgen kann er den Rest bekommen. Wenn ich das nächste Mal einkaufen fahre, bringe ich Hundefutter mit.«

»Das ist nett von Ihnen, Julie.«

»Nett? Quatsch. Ich lasse kein Tier vor meiner Nase verhungern.«

»Ich glaube nicht, daß er verhungern würde. Es gibt eine Menge Wild in der Nähe. Aber er ist daran gewöhnt, gefüttert zu werden, das kann man deutlich sehen. Ich glaube, sein Besitzer wollte ihn nicht mehr haben und setzte ihn hier aus.«

Ich brummte etwas, nicht ganz leise, und Shirley sah mich tadelnd an.

»Es ist nicht gut, wenn man flucht, Julie. Menschen sind eben... Menschen.«

»Die Menschen sind schlecht. Shirley, würden Sie bitte die Lebensmittel einräumen? Ich gehe zu Martha hinauf. Machen Sie sich etwas Anständiges zu essen – ich habe Käse, Schinken und frisches Obst mitgebracht.«

»Schon gut, gehen Sie nur. Ich kümmere mich darum.«

Ich griff nach einer Banane und aß sie, während ich die Treppe hinaufging. Ich ließ die Schale auf dem Tisch vor Marthas Tür liegen.

Ich hatte mich verspätet, und Martha ließ es mich wissen. Wenn Blicke töten könnten, dann hätte mich dieses starrende Auge in einen Fels verwandelt. Ihre Hand bewegte sich mit fast normaler Kraft, als sie auf den Stuhl und das Buch deutete.

Ich wollte, ich könnte sagen, ich hätte die viktorianischen Romanciers in jenem Sommer lieben gelernt. Ich wollte, ich könnte es sagen, aber ich kann es nicht. Der Anblick eines Bandes Dickens in einem Bücherregal bewirkt bei mir fast eine körperliche Übelkeit, als ob die Ereignisse dieses unglaublichen Sommers in die Seiten eingedrungen wären und freigesetzt würden, wenn ich einen Band aufschlug, wie ein übelriechender Nebel.

Aber, wie Dickens gesagt hätte, das alles lag in der Zukunft. Anfangs verabscheute ich Dickens um seiner selbst willen – seine unerhörte Sentimentalität, seine wehleidigen, verweichlichten Heldinnen. Sie stießen mich ab – besonders die süßliche Esther Summerson. Ich lernte die Worte wie ein Tonbandgerät herunterzuleiern, während meine Gedanken anderswo waren.

Hatte Shirley wirklich geglaubt, ich sei solch ein Ungeheuer und tadelte sie, weil sie ein hungriges Tier fütterte? Jedenfalls hegte sie nun wärmere Gefühle für mich; ihr Lächeln war breit und freundlich gewesen. Ich war froh darüber. Ich brauchte Freunde. Und wenn es ein Hund war. Es wäre nett, ein Haustier zu besitzen. Ich hatte nie eines gehabt. Mutter war allergisch gegen Tiere gewesen ... zum ersten Mal fragte ich mich, ob ihre angeblichen Allergien andere Ursachen hatten – zum Beispiel die heftige Abneigung ihrer eigenen Mutter gegen Tiere.

Während ich las, Seite um eng bedruckte Seite, wurde die Abendbrise angenehm kühl, und die Sterne begannen am Nachthimmel aufzuleuchten. Ich hätte eigentlich guter Stimmung sein sollen. Ich hatte etwas zu Essen, bevor ich zu Bett ging, und einen neuen Kriminalroman zum Lesen; Shirley war freundlich zu mir; und wenn Gott es wollte, würde ich am nächsten Tag vier Räder zur Verfügung haben. Ich weiß nicht, warum ich deprimiert war. Vielleicht war es der leise Schrei, den ich hörte, kurz bevor ich zu lesen aufhörte. Es klang wie ein Tier, das Schmerzen hatte oder in Not war.

Es konnte jedes beliebige Tier sein. Der Zyklus des Lebens ist auch ein Zyklus des Todes, und die natürliche Auslese scheint meistens darin zu bestehen, daß Lebewesen andere Lebewesen auffressen.

Aber lange nachdem ich mein Licht gelöscht hatte, lag ich noch wach und dachte an alle die heimatlosen, hungrigen Wesen, die in der Dunkelheit kauerten; und ich träumte, daß etwas Junges und Verstörtes an mein Fenster kam und ein weißes, nasses Gesicht an die Scheibe drückte. Seine Augen waren leere Höhlen in einem Rahmen von polierten Knochen, und die Finger, die am Fenster kratzten und um Einlaß baten, hatten kein Fleisch, um der Bitte Kraft zu verleihen.

Viertes Kapitel

Auf jeden Fall war es nicht der streunende Hund, der im nächtlichen Wald ein vorzeitiges Ende gefunden hatte. Ich erhaschte einen Blick auf ihn am nächsten Morgen, als ich seine leere Futterschale wieder füllte – nur ein paar ängstliche Augen und eine lange Schnauze, die durch die Büsche zu sehen war. Als ich auf ihn zuging, verschwand er ganz. Deshalb überließ ich ihn seinem Frühstück. Der Teller war saubergeschleckt, als wäre er gewaschen worden.

Ich war gewöhnlich morgens als erste unten, denn Shirley blieb bei Martha, bis ich sie ablöste, und Mrs. Danner kam erst um die Mittagszeit. Am Vormittag arbeitete sie für jemand anderen. Samstags kam sie überhaupt nicht; laut Shirley beging die Kirche, der sie und ihr Mann angehörten, den Sabbat im alten Stil. Nein, sagte Shirley, Mrs. Danner sei weder Jüdin noch Adventistin; sie gehörte einer dieser kleinen Sekten an – sie konnte sich nicht an den Namen erinnern.

Wegen Mrs. Danners religiösen Bedürfnissen mußte Shirley samstags die Last allein tragen. Shirley sagte, es mache ihr nichts aus; aber sie ging sonntags für ein paar Stunden nach Hause, wenn Mrs. Danner sich bereitfand, etwas länger zu bleiben.

Ich hatte mir über Shirleys häusliche Umstände nicht viele Gedanken gemacht. Ich glaube, ich hatte angenommen, die Familie habe sie aus Atlanta hergeholt, als sich die Notwendigkeit ergab, und ihr Mann und ihre Kinder lebten immer noch dort. Als ich etwas Ähnliches sagte, erstarrte ihr freundliches Lächeln. »Ich bin vor zehn Jahren hierhergezogen«, sagte sie und wechselte das Thema.

Aber sie zögerte nicht, über die Danners zu reden. Ich dachte über meinen *faux pas* nach. Ich hatte mich nach deren Kindern erkundigt und fragte mich, welchen Nerv ich unabsichtlich getroffen hatte. Wenn der Junge und das Mädchen, an die ich mich erinnerte, gestorben waren, tat es mir leid, unglückliche Erinnerungen bei ihnen geweckt zu haben.

Nein, sagte Shirley, sie seien nicht tot. Sie lebten und es ginge ihnen recht gut, wie sie letzthin gehört habe. Lynne Anne habe drei Kinder, und John junior arbeite irgendwo im Norden auf dem Bau.

Ich hörte aufmerksam zu. Sie können darüber lachen, wenn Sie wollen, aber Kleinstadtgerede ist der Stoff, aus dem große Romane gemacht werden. Sehen Sie sich Jane Austen an. Sehen Sie sich, nebenbei gesagt, Dickens und Tolstoi an. Wie ich erfahren sollte, gibt es wenige Absonderlichkeiten menschlichen Verhaltens, die sich nicht in Kleinstädten zutragen. Ja, sie zeigen sich hier um so deutlicher, weil sie isoliert dastehen.

Die bizarre Verwandlung der Danners von netten, liebenswürdigen Menschen in ernste Puritaner war der erste derartige Fall, der mir begegnete, und ich war darüber außer mir. »Ich kann es nicht fassen«, sagte ich. »Ich erinnere mich an sie – er lachte viel und roch nach Bier, und sie hat schreckliche Plätzchen gebacken, aber sie verteilte sie freigebig und scherzte mit den Kindern... Er trieb tatsächlich dieses Mädchen in den Schneesturm hinaus?«

»Es war nicht so, daß er sie zum Sterben hinausgeschickt hat«, sagte Shirley nüchtern. »Es war etwas Verkehr auf der Straße, und eine halbe Meile entfernt wohnte ein Nachbar. Es war der reine Trotz, daß sie so weit gegangen ist. Aber so sind sie in diesem Alter.«

»Trotzdem...«

»Er hat auch seine guten Seiten«, räumte Shirley ein. »Er trinkt nicht mehr und schlägt sich nicht mehr mit anderen, und früher war er ein richtiger Schürzenjäger.«

»Nun, ich bin froh, daß Sie es mir erzählt haben, Shirley. Ich werde die Kinder nicht wieder vor ihnen erwähnen.«

Wir standen vor Marthas Zimmer und sprachen leise. Martha hielt einen Mittagsschlaf; ich war auf dem Weg nach unten, für den ganzen Nachmittag befreit. Ich dachte, ich könnte den Kühlschrank ausräumen oder vielleicht etwas Aufregendes tun, zum Beispiel einen Spaziergang machen.

Ich aß ein Schinken- und Käsesandwich, trank eine Tasse Kaffee und spülte mein Geschirr. Der Kühlschrank brauchte nicht ausgeräumt zu werden; es war nichts darin, was man hätte ausräumen können, außer einem einsamen Huhn und etwas Obst und Käse. Als ich die leeren Fächer betrachtete, hätte ich gern Matt einen raschen Tritt versetzt, dorthin, wo es am ärgsten weh tut. Ich empfand auch keine so große Sympathie mehr für Shirley. Wie, zum Teufel, sollte ich hier das Haus versorgen ohne Speisen oder die Mittel, welche zu besorgen? Das Geheimnis von Shirleys fehlendem Auto war immer noch ungelöst; offensichtlich war es nicht zurückgegeben worden, denn es war nicht da. Ich wünschte, ich hätte Matt genau gefragt, wann er kommen wollte. Hatte er vor, zum Abendessen zu bleiben? Das Huhn würde nicht viel hergeben, besonders, wenn ich die Hälfte davon an den Hund verfütterte. Der Hamburger war aufgegessen, schon lange aufgegessen.

Ich fand, daß es sinnlos war, im Haus herumzuhängen und auf Matt zu warten. Vielleicht kam er erst am Abend. Wenn er um sechs Uhr kam, mit einem großen, hungrigen Lächeln auf dem Gesicht und ein Essen erwartete, dann hatte er Pech. Und wenn er ohne einen Wagen für mich ankam, dann würde ich ihm tatsächlich einen Tritt versetzen.

Nachdem ich diesen Punkt im Geist geklärt hatte, ging ich hinaus. Das Futter, das ich dem Hund hingestellt hatte, war weg. Von ihm selbst war nichts zu sehen. Ich hatte eine Schüssel Wasser unter die Stufen gestellt, aber ich konnte nicht feststellen, ob er sie angerührt hatte.

Ich glaubte, dieser erste Rundgang auf dem Familienbesitz hätte mich eigentlich erschüttern sollen. Maidenwood war wirklich heruntergekommen, zugewachsen und ungepflegt; aber ich konnte mich nicht daran erinnern, daß es jemals anders gewesen war, und da ich zu einem radikalen sozialen Denken neige, deprimierte mich nicht, was manche Leute den Niedergang einer einstmals stolzen, alten Familie genannt hätten.

Es war nichts übrig von den terrassierten Gärten und weiten Rasenflächen, die einmal das Haus umgeben hatten, oder von den Nebengebäuden, die wie ein kleines Dorf den unterschiedlichen Bedürfnissen gedient hatten. Die Molkerei, die Tabakscheunen, die Werkstätten der Handwerker und die Sklavenhütten waren schon lange zerfallen. Als ich in Maidenwood lebte, war es mir verboten gewesen, in die Nähe dieses Teils des Grundstücks zu gehen, denn dort gab es aufgegebene Brunnen und eingefallene Keller unter dem Unkraut. Ein paar kleine Gebäude waren erhalten geblieben – das alte Räucherhaus, das solide, wenn auch grob aus Feldsteinen errichtet worden war, und zwei Backsteinhäuser, in denen Gartengeräte und Trödel aufbewahrt wurden.

Der Landrücken, auf dem das Haus stand, verlief ungefähr von Norden nach Süden und parallel zum Fluß eine halbe Meile östlich davon. Im Süden, getrennt vom Haus durch einen Baumgürtel, war Grasland, unbebaut und von Unkraut überwuchert. Offenes Land fiel von dort zum Flußufer hinab. In der fernen Vergangenheit war hier der Zugang zum Haus von der Landestelle am James River gewesen. Besucher bevorzugten manchmal den Wasserweg anstelle der holperigen, schmutzigen Straßen, und der Tabak, von dem der Wohlstand der Plantage stammte, wurde hier für die Verschiffung verladen. Das meiste Land zwischen dem Haus und dem Fluß war dicht bewaldet; kleine Ströme hatten Hohlwege und Rinnen in den Boden gegraben.

An den schattigen Stellen war der Boden immer noch feucht, aber die Sonne schien hell von einem wolkenlosen Himmel, und alles, was zu dieser Jahreszeit blühen konnte, blühte, was das Zeug hielt. Weiße Blüten besternten das lebhafte Grün ineinander verflochtener Brombeer- und Himbeerdickichte, wilde Rosen hoben zerknitterte, rosarote Blütendolden aus dem Unkraut.

Ich folgte dem Weg, der zum Wald führte. Es war noch früh im Jahr für Moskitos, aber der Giftefeu sah sehr gesund aus, und in dem hohen Gras waren sicherlich Zekken, auch Schlangen. Ich blieb auf dem Weg, so daß ich sehen konnte, wo ich hintrat. Ich hatte »Stiefel« auf meine

Einkaufsliste geschrieben, aber alles, was ich im Moment besaß, waren Turnschuhe, und sie boten nicht viel Schutz vor einem Schlangenbiß.

Später im Jahr wäre der Wald fast undurchdringlich, außer an den verwunschenen, geheimen Stellen, wo dunkle Schatten und gefallene Blätter das Pflanzenwachstum eindämmten. Selbst jetzt war der Waldrand eingezäunt von einem mannshohen Gestrüpp aus Brombeerbüschen, Gleißblatt, wildem Wein und Giftefeu wie von einer Stacheldrahtbarrikade. An einer Stelle waren die rankenden Pflanzen abgehackt. Dort bog ein Pfad vom Hauptweg ab und tauchte in die dämmrigen Schatten.

Ich ging weiter und achtete auf alle Lebewesen. Wilde Tiere sind scheu und auf der Hut; ich wußte, wenn mir ein Tier begegnete, selbst ein harmloses wie ein Opossum oder ein Hase, und es stand nur da und sah mich an, anstatt wegzulaufen, bestand die Möglichkeit, daß es die Tollwut hatte. Ich bewaffnete mich mit einem kräftigen Stock und marschierte tapfer weiter. Wenn ich mich von solchen Gedanken nervös machen ließ, würde ich es den ganzen Sommer lang nicht wagen, das Haus zu verlassen.

Ich hatte noch ein anderes Motiv für meine Expedition außer der Langeweile und dem Verlangen nach Bewegung. Ich war neugierig, was Alan und sein Team taten. Dies war sicher eine gute Chance, mich hier umzusehen. Ich erwartete nicht, daß ich verstehen würde, was ich sah, vorausgesetzt, ich sah überhaupt etwas; in den alten Zeiten hatte Alan mich zu ein paar Ausgrabungsstätten hinausgeschleppt, und ohne Programm oder seine Erklärungen hätte ich eine archäologische Ausgrabungsstätte nicht unterscheiden können von einem Loch im Boden – dem einige Grabungsstätten eindeutig ähnelten.

Ich sah keine Schlangen und keine tollwütigen Opossums, aber ich fand einen Archäologen. Das erste, was ich von ihm sah, war seine Rückseite. Das übrige von ihm steckte kopfüber in einem Loch zwischen zwei Kiefern. Ein großer, brauner Schmutzfleck breitete sich auf dem Hinterteil seiner Jeans aus, aber ich erkannte Alan mühelos.

Die Gelegenheit war zu günstig, um sie verstreichen zu lassen. Nein, ich war nicht versucht, meinen Stock zu benützen, das wäre kindisch und ordinär gewesen.

Wenigstens war ich nicht sehr versucht.

»Hallo da!« sagte ich laut.

Die Folgen waren sogar noch besser, als ich erhofft hatte. Sein Fuß glitt am Rand des Lochs aus, und er fiel der Länge nach hin. Als er sich in eine sitzende Position gebracht hatte, war Schmutz auf seinem Gesicht, der zu dem Schmutz an seinem Hinterteil paßte.

»Habe ich dich erschreckt?«

Alan spuckte etwas Erde aus. »Mein Gott, bist du eine unfreundliche Frau! Ist dir jetzt wohler zumute?«

»Wesentlich!« Ich hockte mich nieder. »Findest du etwas Interessantes?«

»Vier Bierdosen, fünf Big Mac-Packungen und einige Präservative plus ein paar Knochen.«

»Menschliche?«

Er gab mir eine Probe. Es war ein langer Knochen, von dem roten Lehm befleckt und auf unheimliche Weise gesplittert.

»Was soll das, ein Test?« fragte ich.

»Nein, es ist kein menschlicher Knochen, wie du sehr gut weißt. Von einem Pferd?«

»Was würdest du zu Rotwild sagen?«

»Sehr unwahrscheinlich.« Ich warf den Knochen weg. »Es sieht so aus, als wärst du auf den Ort eines Stelldicheins gestoßen. Es ist aber nicht meine Vorstellung von einem idealen Ort für die Liebe.«

»Oh, ich weiß nicht.« Er lehnte sich zurück, stützte sich auf seine Ellbogen und hob das Gesicht zum Himmel. »Es ist abgelegen und friedlich, und in der Nacht kann man die Sterne sehen.«

Ich beschloß, die Angelegenheit nicht weiter zu verfolgen. Er hatte mit dem Gebaren eines Mannes gesprochen, der aus erster Hand wußte, worüber er sprach.

»Nun, es war schön, dich zu sehen«, sagte ich.

»Warte eine Minute.« Er stand auf.

»Nun?«

Er zögerte. Dann sagte er grob: »Vor fünf Jahren trennten wir uns im Unfrieden. Ich wußte nie warum.«

»Wirklich nicht?«

Alans Augen wurden schmaler. »Vielleicht war es meine Schuld, vielleicht auch deine, es ist mir egal, wer schuld war; ich habe nie an die beliebte moderne Theorie geglaubt, daß Leute ihre Probleme lösen können, wenn sie sie ausdiskutieren. Das Verfahren führt schließlich zu einem Austausch alter Beschuldigungen. Soweit es mich anbetrifft, ist die Vergangenheit tot und begraben. Ich hoffe, du denkst genauso.«

»Mir soll es recht sein«, sagte ich, »es hat mich schon lange nicht mehr gequält.«

»Gut«, sagte er kühl, »weil es nämlich gestern abend mein Ernst war, als ich sagte, ich könnte etwas Hilfe gebrauchen. Ich habe verdammt wenig Leute.«

»Und was soll ich tun? Graben?«

»Nein. Ich habe ein paar muskulöse Burschen, die die schwere Arbeit verrichten. Aber ich brauche jemanden für praktisch alles andere – Aufzeichnungen, Fotografien. Diese Ausgrabung hängt an einem seidenen Faden.«

»Bekommst du keine Gelder von der Universität oder vom Untersuchungsausschuß?«

Er lächelte nicht. Wenn es um seine Arbeit ging, hatte er sehr wenig Humor. »Das Schundblatt war schon hier. Ich mußte einen hartnäckigen Reporter mit einer Keule vertreiben. Auf diesem Gebiet kannst du sehr nützlich sein, du kannst unwillkommene Besucher verscheuchen. Als Familienmitglied kannst du Unbefugten mit der vollen Kraft des Gesetzes drohen.«

»Das werde ich tun. Du sprichst so, als erwartest du eine Invasion.«

»Das könnte geschehen, wenn das Wetter besser wird. Der Sheriff sagt, diese Wälder seien bei hiesigen Jägern und Trappern sehr beliebt und bei Liebespaaren.« Eine Handbewegung erinnerte mich an den Beweis dafür, der auf dem Boden herumlag. »Es ist das einzige große unbebaute Stück Land in der Gegend. Die Presse hat das alte Gerücht über den Piratenschatz wiederaufleben lassen, und ich möchte nicht, daß irgendwelche Lümmel eine möglicherweise wertvolle Ausgrabungsstätte ruinieren.«

»Hast du noch nicht herausgefunden, woher die Skelette stammen?«

»Um Gottes willen, es sind über fünfhundert Morgen Land abzusuchen, und der größte Teil davon ist zugewachsen. Ich bin nicht einmal sicher, ob die Gebeine von Maidenwood stammen, obwohl es natürlich am wahrscheinlichsten ist.« Ich zog eine Grimasse. Alan sah mich neugierig an. »Sage ja nicht, du bist abergläubisch. Wenn schon der bloße Gedanke an ein Skelett dich schaudern läßt, hast du vielleicht den falschen Beruf gewählt.«

»Beleidige mich nicht. Es sind nicht die Skelette, es sind die Psychos, die sie auf die Straße legten, die mich beunruhigen. Wie kann jemand so etwas tun?«

»Ich weiß keine Antwort außer der, die du selbst gegeben hast. Es gibt eine Menge kranker Leute auf der Welt, aber Grabschändung ist nicht notwendigerweise ein Anzeichen für sozialpathologisches Verhalten; es gibt gute, praktische Gründe dafür, darunter meine eigenen. Auch unsere Kultur vergräbt wertvolle Dinge mit den Toten.«

»Zum Beispiel Eheringe«, sagte ich. »Hatte sie einen?«

»Es wurde keiner gefunden. Was nicht bedeutet, daß sie keinen besaß.«

»Weshalb konnte die Polizei nicht feststellen, wer das getan hat?«

»Sie haben nicht viele Anhaltspunkte, Julie. Keine Fingerabdrücke, keine Fußspuren, keine Reifenspuren. Und die Kleider, die sie trugen –«

»Kleider! Was für Kleider?«

»Ich dachte, du wüßtest es.«

»Das einzige, was ich von Matt hörte, war das Wort ›Skelett‹. Ich habe über diese Geschichte nichts gelesen. Kannst du die Überreste anhand der Kleidung datieren?«

»Ihr Kleid und das Kinderkleid müssen nicht die Kleidung gewesen sein, in der sie begraben wurden, Julie. Der Stoff ist zu gut erhalten. Er war zerdrückt und muffig, als wäre er in einem Koffer weggepackt gewesen, aber er war nicht verrottet.«

»Du meinst, jemand bedeckte die armseligen Gebeine mit Kleidern, die er auf dem Dachboden seiner Großmutter gefunden hat? Das ist wirklich krank, Alan!«

»Unheimlich, aber nicht notwendigerweise krank«, sagte Alan so geschraubt, daß ich ihn gern geschüttelt hätte. »Kinder haben einen besonderen Humor; manche ihrer Streiche sind einfach bizarr, glaube mir. Die Kleider stammen offensichtlich von einem Dachboden, wie du sagtest. Also haben wir keinen Hinweis auf die Herkunft der Gebeine. Deshalb bin ich auch so wütend über diesen Vandalismus. Wenn wir die Skelette *in situ* gefunden hätten, wären Beweisstücke dabeigewesen – Knöpfe, Stoffetzen –«

»Wie alt?«

»Was?«

»Die Kleider. Waren sie von Hand oder mit der Maschine genäht? Aus was für einem Stoff waren sie? Man könnte anhand ihres Schnitts ungefähr auf ihr Alter schließen.«

Alan sah mich ausdruckslos an. »Ich weiß nicht.«

»Ebensowenig wüßte es ein anderer Mann.« Ich rümpfte die Nase. »Ich nehme nicht an, daß es irgendeinem von euch Experten in den Sinn kam, sie von einer Frau prüfen zu lassen?«

»Was macht das für einen Unterschied?« fragte Alan gereizt. »Ich sagte dir noch, es waren nicht die Originalkleider.«

»Sie könnten einen Hinweis darauf geben, wessen Dachboden geplündert wurde. Wenn die Polizei die Witzbolde ausfindig machen würde, könnte man sie zum Reden bringen, wo sie die Skelette hergeholt haben. Dann müßtest du nicht fünfhundert Morgen Land umgraben.«

Der Vorschlag war so offensichtlich vernünftig, daß er Alan wütend machte – weil er selbst nicht darauf gekommen war. Sein Gesicht rötete sich. »Warum sprichst du nicht mit dem Sheriff? Ich bin sicher, er würde sich deinen Rat gern anhören.«

»Vielleicht tue ich das.«

Es war offensichtlich, daß Alan sich nicht weiter für das Thema interessierte; mit einem nachdenklichen Stirnrunzeln zerquetschte er die feuchten Lehmklumpen zwischen den

Fingern, als erwarte er, darin verborgene Edelsteine zu finden.

»Schau her, Alan«, sagte ich. »Ich bin nicht abergläubisch oder so etwas ... nein ... aber ich träume von fleischlosen Gesichtern, die vor meinem Fenster wimmern. Knochen sind Knochen«, fuhr ich energisch fort. »Gegenstände, Dinge. Die Toten gehen mich nichts an. Es sind die Lebenden, die mich beunruhigen, wie jemand einmal gesagt hat, diejenigen, die vielleicht um das Haus herumschleichen.«

»Ich weiß, was du meinst«, sagte Alan freundlich.

»Verdammt, Alan, wo kamen sie her?«

»Die Skelette?« Alan wischte sich die schmutzigen Hände an seiner Hose ab. »Keine Ahnung. Vielleicht von eurem Familienfriedhof.«

Er sah, wie die Vorstellung mich erschreckte, aber er verstand nicht, weshalb. Mitleidig sagte er mit einer freundlicheren Stimme: »Ich glaube sicher, die Polizei hat dort nachgesehen, Julie. Obwohl die hiesigen Trottel ein offenes Grab nicht bemerken würden, es sei denn, sie fielen hinein.«

»Warum suchst du nicht danach?«

»Meine Liebe, wir einfachen archäologischen Typen dürfen nicht in die Nähe des Hauses. Dein einfältiger Vetter bestand darauf; jeder gottverdammte Schwindler von Virginia geht dort ein und aus, aber wir dürfen nicht. Sieh dir das an!« Er deutete auf das Loch zu seinen Füßen. »Es ist ganz neu – von letzter Woche. Ich kontrolliere von Zeit zu Zeit das Gelände, und dies war letztes Wochenende noch nicht da.«

»Glaubst du nicht, daß es –«

»Ihr Grab war? Das kann es nicht gewesen sein. Die Skelette tauchten schon vor zwei Wochen auf. Nein, ich glaube, die Schatzgräber sind wieder unter uns.«

»Warum unternimmt niemand etwas dagegen?« fragte ich ärgerlich.

»Wer denn? Es ist unmöglich, dieses Gebiet vierundzwanzig Stunden lang zu bewachen.« Er schwieg einen Augenblick. Dann sagte er verlegen: »Ich wollte dich nicht anschreien, Julie. Es liegt einfach daran, daß mich diese Art von Zerstörung verrückt macht –«

»Ich weiß.«

»Willst du mir immer noch helfen?«

»Sicher. Wann soll ich mich zur Arbeit melden? Morgen?«

»Ich arbeite sonntags nicht. Nicht, weil ich irgendwelche Gewissenbisse hätte«, fügte er stirnrunzelnd hinzu, »sondern weil ich schon Scherereien mit einigen der hiesigen Hohlköpfe hatte, da ich den Tag des Herrn nicht heiligte. Sie können sich offenbar nicht entscheiden, ob er den Samstag oder den Sonntag vorzieht, deshalb heiligen sie beide Tage. Wie wäre es am Montag?«

»Gut. Wo?«

»Ich zeige es dir.«

»Ich muß leider zurück ins Haus. Matt sagte, er möchte heute vorbeikommen, und ich darf ihn nicht verpassen.«

Alan nahm die Schaufel, die an den Baum gelehnt war, und ging voraus. Bald verließen wir den Wald und kamen auf eine Wiese, die hoch bewachsen war mit Gras und wilden Blumen. Einige hundert Schritt entfernt glitzerte der Fluß im Sonnenlicht. Links waren die Dächer und Kamine des Hauses, die Luft wimmelte von Insekten, ein paar Bienen schwirrten neugierig um mein Gesicht, und ich wehrte sie ab.

»Ignoriere sie, und sie belästigen dich nicht«, sagte Alan und schritt mannhaft voraus.

Sie belästigten ihn nicht, aber irgend etwas an mir war unwiderstehlich – vielleicht mein Shampoo. Ich hatte kein Parfüm benützt. Als wir die Wiese hinter uns ließen, drehten meine Bewunderer ab, wahrscheinlich, weil sie herausgefunden hatten, daß ich zwar köstlich roch, aber enttäuschenderweise keinen Nektar anbot.

Das benachbarte Gelände war gemäht, aber nicht gepflügt worden. Der Boden unter den Füßen war sumpfig. Große, schwarze Plastikplanen waren hie und da ausgebreitet. In den Falten schimmerte Wasser. Alans Jeep stand neben einem anderen Vehikel, einem kleinen Wohnwagen, dessen hintere Tür offenstand. Alan warf die Schaufel hinein, wo sie auf anderes Werkzeug fiel, und dann schloß er die Tür.

»Wie hast du den Wohnwagen hierhergebracht?« fragte ich und suchte vergeblich nach irgendeinem Weg.

»Unter großen Schwierigkeiten«, sagte er mürrisch. »Und ich bekomme ihn erst wieder von hier weg, wenn der Boden trocken ist. Das ist nicht gerade die bequemste Ausgrabung, die ich je gemacht habe.«

Die Erinnerungen, die in mir aufstiegen, als ich das Feld überblickte, waren ohne gefühlsmäßige Untertöne oder schmerzhafte, erschütternde Schocks – nur die gewöhnlichen, konventionellen Erinnerungen an vergangene Erlebnisse. Die Plastikplanen bedeckten Sondierungsgruben und Gräben; sie waren nicht so zufällig verstreut, wie es aussah, sondern waren ein Teil eines Musters, das das gemähte Gebiet durchzog. Ich griff nach einer losen Ecke der nächsten Plastikplane, die mit Steinen beschwert war.

Alan stieß meine Hand zur Seite, so heftig, daß es schmerzte. »Stecke nie deine nackte Hand in die Nähe von etwas, das du nicht sehen kannst«, sagte er. »Ich fand einmal eine sechs Fuß lange Mokassin-Schlange, die sich unter einer Plane verkrochen hatte.«

»Oh!«

»Es gibt sowieso nichts zu sehen«, fuhr Alan fort. »Dieses Gebiet scheint nie besiedelt gewesen zu sein; es ist steril. Wir werden noch ein paar Gräben ausheben, nur um sicherzugehen, und dann nehmen wir eine andere Stelle in Angriff.«

»Es klingt sehr aufregend. Ich kann es kaum erwarten.«

»Gib mir nicht die Schuld, wenn es langweilig ist, sondern deinem Vetter. Wenn ich in der Nähe des Hauses graben dürfte, würde ich Fundamente, Abfallgruben und...« Ein nachdenkliches Leuchten wärmte seine Augen. »Sagtest du, er kommt heute nachmittag? Um welche Zeit?«

»Das sagte er nicht. Wenn du unbedingt hier herumhängen willst, in der Hoffnung, ihn zu sehen, dann vergiß es. Martha bekäme noch einen Schlaganfall, wenn sie wüßte, daß du auf dem Grundstück bist.«

»Sie wird es nicht erfahren.«

»Vergiß es«, sagte ich. »Ich weiß nicht, wann Matt erscheint, falls er überhaupt kommt.«

Alan sagte nicht ja, nein oder vielleicht, sondern stand

einfach da und lächelte mich an, wobei die Lider seine Augen halb verdeckten. Ich hatte diesen Blick schon früher gesehen.

»Bis Montag«, sagte ich und wandte mich ab.

Er schrie mir nach, als ich ein kurzes Stück gegangen war, um mir zu sagen, daß ich die falsche Richtung einschlug. Ich winkte – es war keine freundliche Geste, sondern sie besagte, »kümmere dich um dein eigenes Geschäft und mach dich davon« – und ging weiter.

Etwas an der Ausgrabung beunruhigte mich, und es war nicht die Aussicht darauf, mich zu Tode zu langweilen. Ich begriff, weshalb Matt dagegen war, daß ein archäologisches Team in der Nähe des Hauses arbeitete. Marthas Gehör war immer abnorm gut gewesen – manchmal dachte ich, sie würde nicht hören, sondern die Gedanken der Leute auf eine gewisse Entfernung lesen. Aber diese Einschränkung ließ Alan noch eine Menge Land übrig, und wenn man erwartete, daß er nach einem aufgegebenen Friedhof suchte, aus dem das Skelett des Mädchens stammte, dann nahm er es nicht in der richtigen Art und Weise in Angriff. Niemand würde je an einer niedrig gelegenen Stelle in der Nähe eines Flusses, der regelmäßig über die Ufer trat, ein Grab ausheben. Und wenn er es getan hätte, dann wäre inzwischen von dem Inhalt des Grabes nichts mehr übrig. Ich erinnerte mich an die Flut, als dieses ganze weite Land unter Wasser stand.

Ich ging bergauf, als ich mich vom Fluß entfernte. Der Hang stieg langsam an und dies bedeutete, daß das Haus weit über der Flußebene stand, und das gleiche galt für den alten Familienfriedhof, der eine halbe Meile nördlich von Maidenwood lag. Der höhergelegene Baugrund war der einzig vernünftige Platz für ein Haus und einen Friedhof, es sei denn, es war einem gleichgültig, ob die Überreste der Angehörigen alle paar Jahre weggeschwemmt würden.

Ich kletterte über einen verrotteten Holzzaun und schnitt die Ecke eines Feldes ab, das bis zur Brusthöhe mit Unkraut bewachsen war. Alan hatte meine Reaktion mißverstanden, als er den Friedhof erwähnte, was nicht verwunderlich war.

Ich erinnerte mich plötzlich an etwas und wandte mich ohne Zögern vom Haus ab und ging den Backsteinweg entlang, der von den üblichen Friedhofszypressen gesäumt war.

Der Friedhof war von einer Backsteinmauer umgeben und von weiteren Zypressen, die so dunkel waren, daß sie fast schwarz aussahen, und so groß, daß sie einen beständigen Schatten über die Gräber warfen. Die Familientradition besagte, daß die Bäume von England hierhergebracht worden waren, Schößlinge von ehrwürdigen Giganten, die ein kreuzfahrender Ahne aus dem Heiligen Land mitgebracht hatte. (Wenn es darum geht, romantische Legenden zu erfinden, schlägt niemand die Carrs.) In der Mitte des Friedhofs stand ein rotes Backsteinmausoleum. Sein Dach war leuchtendgrün, die Schieferschindeln waren von Moos bedeckt.

Das schmiedeeiserne Tor war mit einem nagelneuen, glänzenden Vorhängeschloß gesichert. War dies ein Fall wie das verschlossene Scheunentor, nachdem das Pferd gestohlen war? Von außen konnte ich es unmöglich sagen. Aber das Vorhängeschloß war ein Beweis dafür, daß jemand das Mausoleum in jüngster Zeit aufgebrochen hatte. Es gab keine Anzeichen für eine reguläre Instandhaltung oder Pflege; die Pflanzen standen kniehoch, und einige der Grabsteine lehnten sich wie betrunken zur Seite, und ihre Inschriften waren von Flechten überwachsen.

Ah, die nostalgischen Erinnerungen an die Kindheit! Beim letzten Mal, als ich durch das Gitter gesehen hatte und das rauhe Metall sich in meine Handflächen grub, war ich acht Jahre alt gewesen – und ich hatte innerhalb des Tores gestanden, und die Nacht senkte sich herab, und der Wind ließ das hohe Gras über den Gräbern rascheln. Matt hatte mich eingeschlossen und war weggelaufen. Ich war heiser vom Schreien, als die Erwachsenen mich schließlich fanden. Ich hatte immer noch eine Narbe am Daumenballen, wo der Rost in eine blutende Wunde gedrungen war.

Der gute Vetter Matt. Wenn er nicht bald mit diesem Wagen auftauchte, würde ich ihn umbringen.

Er war noch nicht da, als ich zum Haus kam, und ebensowenig war Alan zu sehen. Ich hoffte, Alan hatte sich meine Warnung zu Herzen genommen. Vielleicht bemerkte Martha nicht, daß er da war, aber ich wollte ihn nicht in der Nähe haben. Eine männliche Bedrohung aus der Vergangenheit war genug.

Ohne mich umzuziehen oder die Hände zu waschen, ging ich in Marthas Zimmer. Shirley machte gerade ihr Bett. Ich bot ihr keine Hilfe an; ich hatte das schon einmal versucht und war mit eindeutigen Worten von beiden Seiten zurückgewiesen worden. Ich glaube, es fiel Shirley leichter, wenn sie es allein tat ohne meine ungeschickte Hilfe. Es war eine Aufgabe für Experten oder Gewichtheber; Martha war eine große Frau mit kräftigen Knochen, und sie hatte nicht nennenswert an Gewicht verloren.

»Ich werde jetzt das Mittagessen kochen«, sagte ich. »Es gibt Hühnchen – willst du es auf eine bestimmte Art zubereitet haben, Martha?«

Martha hatte ihre Abneigung, mit mir zu sprechen, überwunden, aber ich konnte sie nicht gut verstehen. Shirley übersetzte das krächzende Gebrabbel. »Sie möchte wissen, wo Sie waren.«

Ich hatte den Verdacht, daß dies nicht alles war, was sie gesagt hatte. Das feindliche Auge, das meinen unordentlichen Aufzug fixierte, sprach Bände, und sie war niemals zurückhaltend gewesen, wenn es darum ging, mein Äußeres zu kritisieren. Ich sagte: »Ich habe einen Spaziergang gemacht. Keine Sorge, Martha, ich werde mich duschen und umziehen, bevor ich koche. Ich bin keine große Köchin, aber schlechter als Mrs. Danner kann ich es nicht machen.«

»Kochen Sie das Hühnchen am besten«, sagte Shirley. »Sie soll keine gebratenen Speisen essen und nichts stark Gewürztes.«

Marthas Augen rollten in Shirleys Richtung, und die bewegliche Hälfte ihres Mundes fiel nach unten. Ich empfand unwillkürlich eine Spur Mitleid; sie hatte immer einen herzhaften Appetit gehabt, und wenn man im Bett liegt, hilflos und gelangweilt, bedeutet einem das Essen viel.

»Ich werde mir etwas ausdenken«, sagte ich. »Wird Matt zum Abendessen dableiben? Wann will er kommen?«

Ich brauchte Shirley nicht für die Übersetzung der Antwort. Sie lief darauf hinaus, daß Matt seine eigenen Gesetze hatte; er kam und ging, wann es ihm beliebte. Ich fing ein anderes Wort auf. »Doktor? Kommt er heute?«

»Ja«, sagte Shirley. »Miß Martha möchte wissen, ob genug Wein da ist.«

»Wein? Ich weiß nicht.«

Martha flüsterte Shirley etwas zu, die beruhigend nickte. »Es ist am besten, ich zeige es ihr. Das dauert nur eine Minute.«

Als wir die Treppe hinuntergingen, erklärte Shirley: »Miß Marthas Vater war berühmt für seinen Weinkeller. Es sind immer noch ein paar Flaschen übrig, und Miß Martha möchte sie den Herren vorsetzen. Ich zeige Ihnen, wo sie lagern, dann können Sie dafür sorgen, daß die Karaffe gefüllt bleibt. Aber Sie dürfen dem Doktor nicht mehr als zwei Glas von dem Amontillado servieren.«

»Wenn der Amontillado das ist, was ich vermute, dann bekam er das letzte Mal drei Glas«, sagte ich.

»Miß Martha fürchtet, er nützt die Gelegenheit aus. Er mag Wein, der Doktor.«

Keine erschreckende Erinnerung traf mich, als Shirley die Kellertür öffnete. Offenbar hatte Matt mich nie in den Keller eingeschlossen. Ich fragte mich, weshalb er nicht auf die Idee gekommen war, und dann fiel mir ein, daß die Kellertür stets abgeschlossen war. Wir durften dort nicht spielen; die Treppen waren unsicher, es konnte unten Ratten und Schlangen geben, und die tiefer gelegenen Teile des Hauses waren nie elektrifiziert worden.

Die Verhältnisse unten hatten sich in den letzten zehn Jahren nicht gebessert. Lebewesen huschten vor dem Strahl der Taschenlampe davon, als wir vorsichtig die Treppe hinabstiegen, die unter unseren Füßen bedrohlich nachgab. Shirley holte rasch die Flaschen aus dem mit Spinnengeweben überzogenen Regal, und wir gingen hastig, aber ebenso vorsichtig zurück.

Ich mußte mich wirklich duschen, nachdem ich die schmutzigen Flaschen im Arm gehabt hatte. Sauber und erfrischt ging ich in die Küche. Matt war immer noch nicht aufgetaucht, und es war schon vier Uhr vorbei.

In der Karaffe war nicht mehr viel Sherry. Ich goß ihn rücksichtslos über das Hühnchen. Ich brauchte saure Sahne und frische Pilze und Reis und eine Menge andere Dinge, ohne die würde das Essen nicht viel hergeben. Dann stellte ich den Rücken und den Hals auf den Herd und kochte daraus eine Suppe. Ich setzte mich mit der Flasche Wodka an den Küchentisch. Selten trinke ich allein, aber ich war wütend auf Matt. Wenn er nicht bald auftauchen würde, hätte ich keine Zeit mehr, in den Laden zu fahren, und es war nichts im Haus, nicht einmal Eier zum Frühstück.

Auf ein klirrendes Geräusch hin ging ich zur Küchentür, gerade rechtzeitig, um den Hund in die Büsche laufen zu sehen. Er hatte den Teller leergeleckt; der Lärm, den ich machte, hatte ihn in die Flucht geschlagen. Er schaffte es in einer guten Zeit, wenn man bedachte, daß er nur drei Beine benutzte. Mit einer seiner Pfoten stimmte etwas nicht, mit der linken Hinterpfote.

Ich stand an der Gittertür und biß mir auf die Lippen. Mein Abendessen war hinfällig.

Das machte mir nicht viel aus – es gibt nicht viele Frauen, die finden, daß sie schon schlank genug sind. Was mich ärgerte, war die Ungerechtigkeit. Sie würde im stillen an mir nagen, bis ich etwas dagegen unternahm. Verstehen Sie mich nicht falsch. Ich bin nicht edel – Sie werden das schon bemerkt haben, nachdem Sie einige der Eingeständnisse auf diesen Seiten gelesen haben. Ich kann nur einfach nicht dastehen und Elend mitansehen, ohne daß ich etwas dagegen unternehme – nein, unternehmen muß.

Ich fand erst später heraus, daß man Hunden keine Hühnerknochen vorsetzen soll. Ich behielt die Brust für Shirley und Martha und gab den Rest dem Hund, einschließlich der Suppe. Er versteckte sich in den Büschen, als ich hinausging. Er kam nicht heraus, aber er zog sich auch nicht weiter zurück; ich fand, daß wir Fortschritte machten. Er gehörte keiner Rasse an, die ich kannte. Er war braun und weiß und mittelgroß – das war alles, was ich über ihn sagen konnte. Ein Mischling.

Ich setzte mich auf die Stufe. Der Hund blieb, wo er war, aber ich konnte ihn hecheln hören. Ich versuchte nicht, ihn zu mir zu locken; ich dachte, wenn ich still sitzen blieb und mich nicht bewegte oder sprach, würde der Hunger vielleicht seine Angst vor Menschen verdrängen. Sobald er mich kannte, würde er mich sicherlich lieben.

Ich hörte den Wagen erst, als er kreischend vor dem Haus stehenblieb. Ich überließ den Hund seinem – meinem – Abendessen und lief zur Tür. Aber es war nicht Matt; es war der Doktor, und er war schon im Haus. Da er sich nicht für sein Eindringen entschuldigte, schloß ich daraus, daß es in dieser abgelegenen Gegend korrektes gesellschaftliches Benehmen war, einzutreten, ohne anzuklopfen.

Er sagte, er ginge nach oben. Ich war im Begriff, ihn unaufgefordert zu begleiten, als ich einen weiteren Wagen vorfahren hörte. Dieses Mal war es tatsächlich Matt. Aber so sehr ich meine Augen anstrengte, ich sah nichts von einem weiteren Fahrzeug und ich ging, bildlich gesprochen, mit hochgekrempelten Ärmeln hinaus.

»Wo ist mein Wagen?« forschte ich.

Matts breites Lächeln schwächte sich ab. »Begrüßt du so deinen Lieblingsvetter?«

»Wenn du mir keinen Wagen gebracht hast, bist du nicht mein Lieblingsvetter.«

Matt stieg aus und streckte sich. Er war formell gekleidet, in einen leichten Sommeranzug mit Krawatte. »Ich habe dir ein Geschenk mitgebracht«, sagte er gewinnend.

»Ich will keine Blumen oder Süßigkeiten, ich will einen Wagen.«

»Er kommt, er kommt. Nicht ganz so rasch wie ein Pfeil, aber er kommt. Ich bat einen meiner Helfer, ihn herzubringen. Er wollte eine halbe Stunde nach mir losfahren.«

»Oh, gut. Dann geht es in Ordnung.«

»Hallo, Julie.«

»Hallo, Matt. Was hast du mir mitgebracht?«

Matt lachte. Ich gab ihm Pluspunkte dafür; viele Menschen hätten mein grobes Benehmen nicht amüsant gefunden. Ich fand es selbst nicht amüsant, deshalb entschuldigte ich mich. »Tut mir leid, Matt. Ich bin vor Einsamkeit und dem Gefühl der Verlassenheit ganz von Sinnen. Wenn mir noch eine Woche bevorgestanden hätte ohne die Möglichkeit, hier herauszukommen, wäre ich Amok gelaufen.«

»Beklage dich nicht bei mir. Ich habe jahrelang die Ferien bei Martha verbracht, ehe ich einen Führerschein bekam. Hier ist dein Geschenk, weil du ein gutes Mädchen bist.«

Er gab mir eine braune Papiertüte, und ich setzte mich auf die Stufen und sah hinein. Pastete, französisches Brot, geräucherte kleine Muscheln, Anchovis ... Er mußte eines der Delikatessengeschäfte in Richmond aufgesucht haben. Ich umarmte ihn und gab ihm einen schmatzenden Kuß auf die Wange.

»Du bist tatsächlich mein Lieblingsvetter. Ich verzeihe dir sogar, daß du mich auf dem Friedhof eingesperrt hast.«

»Worüber sprichst du, um alles in der Welt?«

Er half mir, die Delikatessen wieder in die Tüte zu packen, während ich ihm sagte, worüber ich sprach.

»Du machst Witze«, sagte er ungläubig. »So etwas habe ich nie getan.«

»Ich sagte, ich verzeihe dir.«

»Ich kann es nicht glauben. Ich war ein ekelhafter Bursche, aber das war ... Nun, wenn du es sagst, muß ich es wohl getan haben. Bist du sicher, daß es nicht aus Versehen geschah?«

»Keine Angst, ich verrate es nicht der Presse. Geräucherte Muscheln machen eine Menge Sünden wett. Der Doktor ist da.«

»Ich weiß.«

»Gehst du hinauf?«

»Ich mache einen Frühstart zum Sherry«, sagte Matt. »Und zu den Muscheln.«

Er trug die Speisen in die Küche und machte sich mit Dosenöffner und Gläsern zu schaffen. Ich sah zur Hintertür hinaus. Der Hund war weg und ebenso das Hühnchen. Ich beschloß vor Matt nichts über das Tier zu erwähnen. Das war mein Problem, und es war sowieso unwichtig.

Dr. Green konnte nicht länger als fünf Minuten oben gewesen sein. Er begrüßte Matt ehrerbietig, redete ihn mit »Senator« an und nahm ein Glas Sherry.

»Wie geht es ihr?« fragte Matt ernst.

Green schüttelte den Kopf. »Sie wissen, es ist nur eine Frage der Zeit, Senator.«

»Wieviel Zeit?« fragte ich.

Greens ernste Miene veränderte sich. Er warf mir einen mißbilligenden Blick zu. »Sie sind Medizinstudentin, glaube ich. Möchten Sie eine Vermutung wagen? Mehr kann es nicht sein – eine Vermutung.«

»Da sie fünfundachtzig ist, wären meine Vermutungen nicht zu gewagt, wenn ich sagen würde, ihre Chancen, die neunzig zu erreichen, stünden schlecht«, sagte ich. »Aber ihr Zustand hat sich in den wenigen Tagen, die ich hier bin, deutlich verbessert. Ihre Muskelkoordination ist sichtbar besser geworden, ihre Lebenszeichen sind gut –«

»Haben Sie sie untersucht?« forschte Green.

Er sprach, als wäre er im Begriff, mich einsperren zu lassen, weil ich ohne Lizenz medizinisch tätig geworden war.

»Sie hat mich darum gebeten«, fauchte ich. »Selbstverständlich werde ich ihr nichts verschreiben oder irgendwelche Maßnahmen ergreifen, für die ich nicht qualifiziert bin. So dumm bin ich nicht. Aber es gibt kein Gesetz dagegen, daß man jemandem den Blutdruck mißt oder ein Stethoskop benutzt – die Leute tun das dauernd selbst, man kann die Instrumente in jedem Fachgeschäft für medizinische Geräte kaufen. Wenn Sie mich beschuldigen –«

»Niemand beschuldigt dich, Julie«, sagte Matt konziliant. »Wir alle sind dir dankbar, daß du deine Ferien opferst, um Martha zu pflegen, um so mehr, weil deine Ausbildung dich dafür qualifiziert, in einem Notfall rasch zu handeln, wenn je einer eintreten sollte. Ist es nicht so, Doktor?«

»Ja«, murrte Green. »Aber ich kenne Miß Martha. Sie ist eine sehr – äh – entschlossene Frau. Man kann es ihr schwer abschlagen, wenn sie etwas verlangt, was sie nicht haben soll.«

»Mit mir wird sie nicht mehr fertig. Auch ich bin ganz schön entschlossen, Doktor. Und sie ist im Augenblick sehr hilflos.«

Es war ein überflüssiger Ausbruch, aus der Abneigung geboren, aber als ich die Worte aussprach, erkannte ich, daß es die reine Wahrheit war. Martha hatte mich mein ganzes Leben lang beherrscht und geängstigt. Jetzt hatte ich die Oberhand.

Der Doktor hielt sich nach seinem zweiten Glas Sherry nicht länger auf. Als er sich erhob, um zu gehen, hörte ich das Geräusch, auf das ich gewartet hatte. Matt sah mich an und grinste. »Das wird Joel sein. Er schaffte es in kürzerer Zeit, als ich dachte.«

Der Mann an der Tür war jedoch nicht der unbekannte Joel. Es war Alan.

»Was machst du hier, zum Teufel?« flüsterte ich wütend.

Er antwortete mit nicht. Statt dessen sprach er Matt an, der hinter mir stand. »Ich sah Ihren Wagen, Senator. Ich wollte Sie schon die ganze Woche erreichen. Ich möchte mit Ihnen ein paar Dinge besprechen.«

»Treten Sie ein.« Matt öffnete die Tür und fügte verabschiedend hinzu: »Bis nächste Woche, Doktor. Vielen Dank.«

Green ging hinaus. Alan kam herein. Er schenkte mir nicht mehr Beachtung, als wenn ich ein Sofa oder eine Topfpflanze gewesen wäre. Matt führte ihn in den Salon. Sie überließen es mir, die Tür zu schließen, was ich auch tat.

»Ich dachte, ich berichte Ihnen über unsere Fortschritte«, sagte Alan.

»Ich dachte, du solltest nicht ins Haus kommen«, sagte ich.

»Beruhige dich, Julie«, sagte Matt. »Selbst wenn Martha Stimmen hören sollte, was unwahrscheinlich ist, weiß sie nicht, wer da ist. Wie kommen Sie voran, Dr. Petranek?«

»Bis jetzt hatte ich kein Glück. Ich will noch zwei Tage an der Ausgrabungsstätte weiterarbeiten. Wenn sich dann nichts zeigt, versuchen wir es anderswo.«

»Wo?« erkundigte ich mich.

»Ich habe mich noch nicht entschieden.«

»Es darf nicht in der Nähe des Hauses sein«, erinnerte ihn Matt.

»Ich bin mir der Einschränkungen wohl bewußt«, sagte Alan kalt. »Haben Sie irgend etwas dagegen, wenn ich ein paar Sondierungsgrabungen beim Räucherhaus mache?«

»Nun...«

»Schauen Sie, Senator...« Wenn Alan den Titel benützte, klang es wie eine Beleidigung. »Ich kann keine anständige Übersicht über den Ort gewinnen, wenn Sie mich von dem Gebiet fernhalten, das am wahrscheinlichsten besiedelt war. Ich schlage nicht vor, mein Team herzubringen. Ich möchte nur einige einzelne Sondierungsgrabungen machen. Sie können der alten Dame sagen, ich repariere die Senkgrube.«

»Schön. Aber wenn sie zu viele Fragen stellt, müssen Sie die Arbeit einstellen.«

Matts Stimme war geschmeidig wie Öl, aber es war offensichtlich, daß er sich nicht viel aus Alan machte. Ich konnte es ihm nicht verdenken. Die einschüchternde Art würde jedermann ärgern. »Ist das alles, weswegen Sie mich sprechen wollten?« fügte er hinzu.

»Nein. Wir haben immer noch Schwierigkeiten mit unbefugten Eindringlingen. Ich fand heute morgen Anzeichen einer frischen Ausgrabung. Ich möchte, daß Sie Schilder aufstellen und im Lokalblatt eine Annonce aufgeben, um die Leute davon abzuhalten.«

»Guter Gott, Mann, das ist die völlig falsche Methode«, rief Matt. »Man darf nicht die Aufmerksamkeit auf das Problem lenken.«

»Ist das die Art, wie Politiker ein Problem lösen?« fragte Alan mit seinem üblichen Taktgefühl. »Einfach ignorieren und hoffen, es wird sich von allein lösen? Ich habe in der vergangenen Woche ein Dutzend verschrobene Briefe erhalten.« Alan zog einen braunen Briefumschlag aus der Tasche und schüttete den Inhalt auf den Tisch. »Sehen Sie sich das an!«

Matt betrachtete angewidert den unordentlichen Haufen, machte aber keine Anstalten, Alans Vorschlag zu befolgen. »Ich habe solche Dinge satt. Die Leute sind alle verrückt.«

Ich nahm den Brief, der zuoberst auf dem Haufen lag. Er war auf billigem liniertem Papier geschrieben, das von einem Schreibblock abgerissen war. Die Buchstaben waren rund und unförmig, die Schrift eines Menschen, der nicht oft zur Feder griff. »Lieber Mister Arkeologe«, hieß es, »Sie versündigen sich gegen Gottes Heiliges Wort, wenn Sie tote Leichen ausgraben. Wenn Sie damit nicht aufhören, wird Sein Zorn Sie treffen.«

»Verrückt? Natürlich sind sie verrückt«, sagte Alan. »Wer, glauben Sie denn, begeht Verbrechen – gesunde Leute? Man sollte hier nachts eine Wache aufstellen.«

»Dafür hat der Sheriff nicht genug Leute«, unterbrach ihn Matt. »Wie viele Männer würde man brauchen, um dieses ganze Terrain zu bewachen?«

Alan schob dieses untergeordnete taktische Problem mit einer Handbewegung beiseite. »Vielleicht scheren Sie sich nicht um Ihre Rechte als Eigentümer. Aber Sie sollten an die drei Frauen denken, die hier allein wohnen – eine von ihnen ist bettlägrig. Wenn etwas passieren sollte –«

Zum Glück hörte ich in diesem Augenblick das lang erwartete Geräusch. Ich rannte hinaus, ohne mich zu verabschieden. Wenn ich ein Wort gesagt hätte, wäre es nicht druckreif gewesen.

Ich kann Ihnen nicht sagen, wie Joel aussah. Er war ein Mann mit einem Bund von Wagenschlüsseln, und das war alles, worauf es mir ankam. Wenn es nicht Joel gewesen wäre, sondern ein Versicherungsvertreter oder ein Polizist, dann hätte ich genau das getan, was ich tat – ich schnappte mir die Wagenschlüssel und murmelte: »Gehen Sie hinein, ins Zimmer rechts«, und sprang auf den Fahrersitz wie ein Romanheld, der sich in den Sattel eines mächtigen Hengstes schwingt.

Ich fuhr weg in einer Staubwolke und mit röhrendem Auspuff . . . kein Wunder, daß ich Joel hatte kommen hören. Dieser Motor war seit Jahren nicht gewartet worden, und auch mit dem Schalldämpfer war etwas nicht in Ordnung. Es war mir egal. Das Ding bewegte sich.

Wenn ich nicht das Haus verlassen hätte, dann hätte ich

Alan eine Grobheit gesagt. Der verfluchte Kerl! Es war mir nie in den Sinn gekommen, mich zu fürchten. Nun würde ich wachliegen und jedesmal erschrecken, wenn ein Ast knackte oder eine Maus quietschte. Ich wußte, daß ich hier sicherer war als in einer Stadtwohnung. Ich zweifelte nicht daran, daß Drogenmißbrauch, Vandalismus und Einbruchdiebstahl auch in die ländliche Unschuld Carrsvilles eingedrungen war. Aber die willkürliche, krankhafte Gewalttätigkeit, die in Städten vorkommt, würde es hier sicherlich nicht geben.

Doch auf eine gewisse Weise hatte Alan mir einen Gefallen getan. Jetzt hatte ich einen Grund, mir einen Hund anzuschaffen.

Als ich zurückkam, standen keine Autos mehr in der Einfahrt. Matt war weggefahren, ohne zu warten und sich von mir zu verabschieden. Er hatte auch nicht gewartet, um mir Geld zu geben.

Als ich die Lebensmittel hineingetragen, die verderblichen Speisen weggeräumt und den Sèvres-Teller mit Hundefutter gefüllt hatte, war ich ausgehungert.

Shirley hatte sich und Martha bedient; sie hatte die Hälfte des Hühnchens genommen und es so genau geteilt, als hätte sie einen Zollstock benützt. Ich machte mir ein Sandwich und ging kauend hinauf. Irgendwann dieser Tage würde ich ein anständiges Essen bekommen, aber heute war nicht dieser Tag. Es war sieben Uhr vorbei, und Shirley war den ganzen Nachmittag auf dem Posten gewesen.

Marthas Tür stand offen. Shirley las – diesmal Milton. Ich glaube nicht, daß Martha zuhörte. Ihr Auge war auf die Tür gerichtet, und in dem Moment, in dem ich erschien, begann sie zu brabbeln.

»Ich weiß, ich weiß«, sagte ich kauend. »Es tut mir leid, daß ich mich verspätet habe. Dies war ein sehr aufregender Nachmittag. Ich bin nicht sicher, ob ich solch einen Wirbelwind von gesellschaftlichen Aktivitäten aushalten kann. Wie war das Hühnchen?«

Martha sagte: »Grmpf.« Shirley sagte: »Es hat ihr sehr gut geschmeckt, Julie.«

Ich bot an, mit Milton fortzufahren, aber Martha lehnte ab. Ich habe nie herausgefunden, warum sie die arme Shirley Gedichte lesen ließ – und noch dazu die langweiligsten, hochtrabendsten Gedichte unserer Sprache. Vielleicht machte es ihr Spaß, Shirley mit langen Worten kämpfen zu hören und mit dem gesetzten, schwierigen Versmaß, genauso wie sie meinen Abscheu gegen die süßliche Esther Summerson genoß. Esther genas von den Windpocken, die sie bekam, weil sie ein einsames Kind gepflegt hatte. Ihr Gesicht war entstellt, ihr Liebhaber war für sie für immer verloren, sie war so abstoßend edel, daß jede gesunde Frau sie gerne ermordet hätte. Sie sprach auch die ganze Zeit mit sich selbst. »Wieder einmal Pflicht, Pflicht, Esther! Und wenn du nicht mit großer Freude handelst, mehr als freudig und zufrieden... dann solltest du es. Das ist alles, was ich dir zu sagen habe, meine Liebe!«

Ich wechselte ein paar Worte mit Shirley, als sie heraufkam, um mich für die Nacht abzulösen. Sie sagte, Matt hätte Martha seinen üblichen Fünfzehn-Minuten-Besuch abgestattet. Er hatte für mich keine Nachricht hinterlassen.

Als ich die Treppe hinabging, stellte ich fest, daß Shirley die Küche geputzt und den Rest der Lebensmittel aufgeräumt hatte. Der Hund war gekommen und gegangen. Was immer ihm auch fehlen mochte, sein Appetit war jedenfalls ausgezeichnet.

Fünftes Kapitel

Es war nach Mitternacht, als ich mein Licht ausschaltete und mich zur Ruhe legte. Die Nacht war kühl und trocken. Die Nacht war auch sehr dunkel. Was, zum Teufel, war mit dem Mond los? fragte ich mich. Als ich dalag und auf Geräusche in der Nacht lauschte, verwünschte ich wieder Alan.

Endlich schlief ich ein, um Minuten später – wenigstens kam es mir nur wie ein paar Minuten vor – von einem abscheulichen Geräusch wieder geweckt zu werden. Eine menschliche Stimme schrie vor Schmerz und Zorn, vermischt mit dem Heulen eines Hundes.

Ich rannte zur Tür hinaus, wobei meine Schienbeine schmerzten von ein paar Zusammenstößen mit den Möbeln, bevor ich richtig merkte, daß ich mich bewegte. Wenigstens waren meine professionellen Instinkte noch intakt; mein erster Gedanke hatte Martha gegolten, die von dem Lärm aus dem Schlaf hochgeschreckt war.

Ihre Tür ging auf, als ich in den Flur rannte, und aus ihrem Zimmer fiel ein willkommenes Licht auf die Szene.

Ein Blick auf Marthas Bett beruhigte mich über ihren Zustand; sie war hellwach und aufmerksam, und ihr Gesichtsausdruck zeigte keine Anzeichen von Angst, sondern nur angewidertes Interesse.

Sie hob eine zitternde Hand und redete undeutlich mit mir. Ich sagte: »Gut, ich gehe.«

»Warten Sie, Julie –« Shirley packte mich.

»Rufen Sie die Polizei«, sagte ich zu ihr und verließ das Zimmer.

Sie wußte, wie sie die Polizei erreichen konnte; ich würde nur Zeit vergeuden, indem ich Nummern nachschlug und mit der Vermittlung stritt. Außerdem war ich zwanzig Jahre jünger und doppelt so viele Pfunde leichter. Ich lief die Treppe hinunter, schaltete die Lichter an und packte im Vorüberlaufen eine Bronzestatue von dem Tisch im Flur.

Das Geräusch war leiser geworden, ein Duett von animalischem Knurren untermalt von monotonen Flüchen. Shirleys Vorstellung vom Türverschließen war nachlässig, um es milde zu sagen. Es war kein Riegel und keine Kette an der Tür, und der Schlüssel steckte im Schloß, eine dürftige, altmodische Angelegenheit, die ich mit einem Dietrich leicht geöffnet hätte. Ich drehte den Schlüssel um und machte die Tür auf.

Wenigstens hatte Shirley die Lichter draußen eingeschaltet. Die 60-Watt-Birnen beleuchteten eine Gestalt am Fuß der Treppe. Wenn es ein Einbrecher war, dann war er entweder einfältig oder sehr selbstsicher; er parkte einen Wagen, einen Oldsmobil aus den sechziger Jahren, direkt vor dem Haus. Der Mann war ein junger Schwarzer, der ein ärmelloses T-Shirt trug, das muskulöse Arme und Schultern enthüllte. Seine Blue jeans waren so eng, daß man sich fragte, wie er sich überhaupt darin bewegen konnte. Aber er bewegte sich nicht, sondern fluchte mit bewundernswerter Ausdauer. Der am wenigsten obszöne Ausdruck, den er benützte, war »Hurensohn«, und ich mußte zugeben, daß er paßte. An sein linkes Bein klammerte sich der Hund – mein Hund – der Köter.

Ich ging die Treppe hinab. Eine Spur der Wahrheit dämmerte mir, ich ließ die Bronze nachlässig hin und her pendeln. Der Mann wandte den Kopf um und sah mich finster an. »Ich wußte nicht, daß Sie einen verdammten Hund haben!«

Ich setzte mich auf die unterste Stufe. »Ich habe keinen. Wer sind Sie?«

»Ron Johnson. Sagen Sie ihm, er soll mich loslassen.«

»Ich weiß nicht wie. Sind Sie Shirleys Sohn?«

Er nickte und zog eine Grimasse.

»Was, zum Teufel, tun Sie hier um diese Zeit?«

»Ich bringe ihren Wagen zurück.«

»Um vier Uhr morgens?«

»Sie möchte zur Kirche fahren«, sagte Ron trotzig.

Ich lachte, machte daraus aber ein Husten. Seine Würde war schon genug angeschlagen. Es schien mir der einzige Teil von ihm zu sein, der wirklich gelitten hatte.

Ich sagte: »Ich bin Julie.«

»Ich weiß.« Nach einem Augenblick fügte er hinzu: »Tut mir leid, daß ich Sie geweckt habe.«

»Macht nichts. Ich habe sowieso nur geschlafen. Wie wollen Sie wieder nach Hause kommen – das heißt, sofern ich den Hund überreden kann, Sie loszulassen?«

»Ein Kumpel von mir wartet auf mich.« Mit einer Kopfbewegung deutete er auf das andere Ende der Einfahrt.

»Ein feiner Kumpel! Warum ist er Ihnen nicht zu Hilfe gekommen?«

Rons Miene zeigte deutlich, daß er fand, wir kämen vom Thema ab. Er war jünger, als ich gedacht hatte – achtzehn oder neunzehn vermutlich. Der herunterhängende Piratenschnurrbart ließ ihn älter erscheinen – zweifellos hatte er ihn sich deshalb wachsen lassen, aber seine Wangen und seine Stirn waren so glatt wie die eines Kindes. Die Nachtluft roch stark nach Bier, obwohl er nicht betrunken zu sein schien. Seine Bemerkungen waren der Situation angemessener als die meinen.

Ich wandte meine Aufmerksamkeit dem Hund zu. Er hatte aufgehört zu knurren, sobald ich sprach. Jetzt, da er spürte, daß ich ihn ansah, hob er den Schwanz und begann zögernd zu wedeln. Versuchsweise sagte ich: »Guter Hund. Dreimal hoch auf den Hund. Du kannst jetzt loslassen.«

Der Schwanz wedelte noch vertrauensvoller, aber der Hund ließ nicht los.

»Ich sagte Ihnen ja, es ist nicht mein Hund«, erklärte ich. »Was sollen wir jetzt tun?«

»Bitten Sie ihn nicht darum, sondern befehlen Sie es ihm«, sagte Ron ärgerlich.

»Oh. Laß los, Hund! Laß los!«

Es funktionierte. Ich war so erstaunt und erfreut, wie Aladin es gewesen sein mußte, als er sagte: »Sesam öffne dich«, und die Zaubertür reagierte.

Es dauerte eine Weile, bis man Martha beruhigen konnte. Ich erzählte genug Lügen, um mir ein paar hundert Jahre im Fegefeuer einzuhandeln – ein streunender Hund, ein verirrter, betrunkener Waschbärjäger... Shirley war keine Hilfe. Sie schwieg und vermied es, mich anzusehen. Ich glaube, ich habe recht in der Annahme, daß sie die Polizei nicht gerufen hatte.

Ich prüfte Marthas Puls und Blutdruck. Sie war in guter Verfassung. Das war wahrscheinlich genau das, was sie brauchte, ein wenig Krawall hie und da, um ihr Interesse am Leben wachzuhalten.

Ich war in der Küche und sah zu, wie der Hund eine Schale Futter leer fraß, als Shirley hereinkam. »Er ist nicht verletzt«, sagte ich. »Ron. Der Hund hat ihn nicht gebissen, nur seine Hosen zerrissen.«

»Seine neuen Calvins!« Shirleys gequälter Tonfall war ein Echo auf den Zorn, den Rons Stimme ausdrückte, als er den Schaden untersuchte. Ich hatte darüber nicht gelacht, und ich lachte auch jetzt nicht. Ich hätte selbst geheult, wenn mir neue Designer-Jeans ruiniert worden wären.

Shirley ließ sich schwer auf einen Stuhl fallen.

»Es tut mir leid, Julie. Ich weiß nicht, was ich mit diesem Jungen tun soll. Aber er ist ein guter Junge – er ist nie wirklich in Schwierigkeiten gewesen...«

»Er hat sehr gute Manieren.« Nun konnte ich das Amüsement, das ich während der letzten halben Stunde unterdrückt hatte, nicht länger zurückhalten. Ich fügte lachend hinzu: »Unter diesen Umständen sehr nette Manieren, wirklich. Ehrlich, Shirley, es war sehr amüsant. Sie hätten auch gelacht.«

»Nein«, sagte Shirley grimmig.

»Er hat Ihren Wagen zurückgebracht.«

»Er hätte ihn schon gestern abend bringen sollen. Er sagte, daß er ihn braucht, weil er sich einen Job suchen wollte. Ich glaube aber nicht, daß er einen gefunden hat, sonst wäre er nicht mitten in der Nacht hier herausgekommen.«

»Es ist sicher nicht leicht für ihn, Arbeit zu finden«, sagte ich nüchtern.

»Nicht hier.«

»Die Arbeitslosigkeit unter schwarzen Jugendlichen ist

überall hoch. Aber in einer größeren Stadt hätte er vielleicht mehr Chancen.«

Der Hund hatte sein Futter aufgefressen. Ich ließ mich neben ihm auf dem Boden nieder und hob seinen Fuß an.

»Ich weiß, es ist selbstsüchtig von mir, ihn hier zu behalten«, sagte Shirley seufzend. »Ich habe noch drei andere zu Hause, und er ist mir wirklich eine Hilfe. Aber es ist nicht nur das. Ich hatte Angst, in was er alles geraten könnte, wenn er von zu Hause weg ist. Es gibt so viele Versuchungen.«

»Ich mache Ihnen keinen Vorwurf. Schön ruhig, Junge«, fügte ich hinzu, als der Hund winselte und den Kopf wegdrehte. »Ich sehe es mir ja nur an.«

»Was ist los mit ihm?«

»Ich weiß es nicht. Da ist eine große Schwellung und eine Infektion, vielleicht ein gebrochener Knochen. Er kann von einem Auto angefahren worden oder in eine Falle geraten sein...«

»Können Sie ihm helfen?«

»Ich bin kein Chirurg.« Ich stand auf und füllte eine Schale mit warmem Wasser. »Ich will versuchen, die Wunde zu reinigen, aber vermutlich braucht er einen Tierarzt. Ich nehme ihn morgen mit – nein, ich glaube, es wird erst am Montag gehen.«

»Wollen Sie ihn behalten?«

»Ich kann keinen Hund... ich kann überhaupt kein verletztes Wesen abweisen. Um ehrlich zu sein, mir ist wohler zumute, wenn wir einen Hund in der Nähe haben. Haben Sie sich hier nicht allein mit Martha gefürchtet?«

Shirley schüttelte den Kopf. Ihr Blick war auf den Hund gerichtet, aber es war offensichtlich, daß sie nicht an ihn oder an meinen Vorschlag dachte, ihn hier zu behalten. Ich vermutete, es war keine körperliche Müdigkeit – obwohl sie, weiß Gott, guten Grund dafür gehabt hätte, sondern Sorge, der ihren Mund und ihre Augenlider herunterhängen ließ.

»Er wird sich fangen«, sagte ich unbeholfen. »Alle Jungen machen solche Perioden durch.«

»Ich weiß. Aber es ist schwer, einen Jungen ohne Mann im Haus aufzuziehen.«

»Es ist überhaupt schwer, ein Kind aufzuziehen, wenn ein Elternteil die Arbeit für zwei macht«, sagte ich. »Sind Sie geschieden?«

»Nein. Ich habe nie – ich glaube, er hat auch nie ... Er ging einfach weg, Rons Vater – da war eine andere Frau ... Ich habe seit zehn Jahren nichts mehr von ihm gehört.«

»So wie meiner.«

»Was?« Shirley hob ihren gesenkten Kopf.

»So hat es mein Vater auch gemacht. Er ging einfach weg. Es ist jetzt fast fünfzehn Jahre her ...«

»Aber ich dachte ...«

»Sicher. Das dachten alle in Carrsville und Umgebung. Martha erzählte den Leuten, meine Mutter sei verwitwet.« Das Wasser in der Schüssel verfärbte sich häßlich rötlichbraun. Ich stand auf, putzte die Schüssel, füllte sie noch einmal mit Wasser auf und suchte ein Tuch, ehe ich wieder meinen Platz einnahm.

»Ich verstehe das nicht«, sagte ich fast zu mir selbst. »Warum hat es ihr so viel ausgemacht? Warum hat es sie überhaupt gekümmert?«

»Miß Martha? Das können Sie nicht verstehen. Eine kleine Stadt, alte Familie, Stolz. Sie wurde im Jahr 1900 geboren, Julie. Äußerlichkeiten waren in ihrer Jugend alles. Manche Leute passen sich dem Wandel der Zeit an, aber das liegt ihr nicht. Für sie ist eine Scheidung eine Schande, die gleich nach Mord und Totschlag kommt. Vielleicht sogar noch schlimmer.«

»Für meine Mutter auch. Können Sie glauben, daß ich erst vor zwei Jahren herausfand, daß mein Vater noch lebt?«

»Das glaube ich wohl. Ich denke – ich denke, ich empfinde genauso.«

»Sie sind vernünftiger«, sagte ich kurz. »Sie fühlen sich betrogen und gedemütigt und sind zornig. Diese Gefühle sind schon schlimm genug, ohne daß man noch eine unverdiente Last von Schuldgefühlen hinzufügt.«

Shirley lächelte zaghaft. »Danke, Julie. Ich wette, Ihre Mama hat es sich wirklich zu Herzen genommen, nicht wahr?«

»Sie sagte mir, ich solle mich um meine eigenen Angelegenheiten kümmern.« Ich grinste Shirley an. Sie lachte leise. Ich sagte: »Ich weiß, Sie können Ihre Gefühle nicht auf einen Knopfdruck hin ändern. Ich erzähle Ihnen nur, was ich darüber denke, das ist alles. Und Sie können mir jederzeit sagen, ich soll mich um meine eigenen Angelegenheiten kümmern, wenn Sie wollen.«

»Das will ich tun.« Sie lachte wieder. »Das sieht besser aus.«

»Wie?« Ich bemerkte, daß sie die verletzte Pfote meinte. Das andere Thema war abgeschlossen. Es war mir recht. Es machte mir keinen Spaß, darüber zu sprechen. Ich konnte mir nicht denken, warum ich überhaupt davon angefangen hatte. Man sagt komische Dinge, wenn man in den Stunden vor der Morgendämmerung wach ist.

»Es sieht schlimmer aus, als ich dachte«, sagte ich und untersuchte die Pfote. »Glauben Sie, einer der hiesigen Tierärzte würde sich den Hund am Sonntag ansehen? Er braucht Antibiotika, je eher, desto besser.«

»Ich rufe später meine Tierärztin an«, sagte Shirley. »Sie ist eine nette Dame. Ich glaube, sie macht sicher eine Ausnahme.«

»Haben Sie einen Hund, Shirley?«

»Katzen.« Shirley stand schwerfällig auf.

»Wie viele?«

Shirley zögerte. »Fünf. Nein, sechs. Letzte Woche wurde wieder eine ausgesetzt. Sie wissen ja, die Stadtleute machen das. Sie bringen sie heraus, lassen sie auf dem Land frei und denken, die kommen schon durch. Die meisten werden von Autos oder wilden Tieren getötet, oder sie verhungern oder werden krank...« Ihre Stimme starb ab.

Ich sagte: »Ich glaube, ich mag Sie, Shirley. Gehen Sie schlafen.«

»Sie auch.«

Sie ging hinaus. Ich fragte mich, ob es ihr Ernst gewesen war, daß ich zu Bett gehen sollte, oder... Der Hund leckte meine Hände.

Später lag ich wach und sah zu, wie die Vorhänge sich in

der Morgenbrise blähten. Ich ängstigte mich nicht mehr. Der Gedanke an den Hund, der auf der Veranda auf einem alten Teppich schlief, den ich für ihn gefunden hatte, war gerade der kleine Schuß Sicherheit, den ich brauchte. Ich hoffte nur, er würde sich nicht verpflichtet fühlen, wegen jeder Motte zu bellen, die gegen die Gittertür flog.

Shirley war eine großartige Frau. Ich wußte nicht, was Matt ihr bezahlte, aber da ich Matt kannte, war ich sicher, daß es nicht mehr war als unbedingt nötig. Sie hatte ihre Familie zehn Jahre lang zusammengehalten – vier Kinder, hatte sie gesagt. Drei waren jünger als Ron, der ungefähr neunzehn war. Und sie brachte es immer noch fertig, genügend Geld zu sparen, um ausgesetzte Tiere aufzunehmen und eine Tierärztin für sie zu bezahlen.

Ich stieg aus dem Bett und stellte meinen Wecker. Ich wollte nicht, daß Shirley zu spät in die Kirche kam. Wenn sie nicht Verbindung nach dort oben hielt, tat es niemand, und man weiß nie, wann man vielleicht einen Freund an hoher Stelle gebrauchen kann.

Shirley kam am Vormittag mit beschwingtem Schritt und leuchtenden Augen und einem großen, blumengeschmückten Hut auf dem grauen Haar die Treppe herunter. Sie sah prächtig aus. Nach einigen Ermahnungen meinerseits hatte sie den ganzen Tag freigenommen, vorausgesetzt, daß ich es sie während der Woche wettmachen ließe. Vielleicht leuchteten ihre Augen bei der Aussicht darauf, den ganzen Nachmittag mit ihren Kindern verbringen zu können. Mütter sind merkwürdig.

»Gehen Sie«, sagte ich und schob sie zur Tür. »Und hören Sie auf, sich Sorgen zu machen. Ein ganzer Tag mit Martha zusammen bringt mich nicht um. Er kann mich vielleicht zu einer stammelnden Idiotin verkümmern lassen, aber er bringt mich nicht um... Nur ein Scherz, Shirley. Gehen Sie. Machen Sie sich davon!«

Sie blieb stehen und zog ihre Handschuhe an. Weiße Handschuhe! »Miß Danner wird bei Miß Martha sitzen, während sie schläft...«

»Ich weiß... Gehen Sie. Na los! Gehen Sie!«
»Und am Abend kommt der Richter. Es ist sein Tag.«
»Wer ist der Richter?«
»Ich wußte doch, daß ich vergessen hatte, es Ihnen zu sagen. Das ist Miß Marthas Anwalt. Er ist ein sehr alter Freund von ihr und verbringt die Sonntagabende bei ihr. Die beiden sind gern allein. Deshalb können Sie sich dann ein wenig freinehmen.«

Ich überlegte mir eine anstößige Bemerkung, fand aber, daß sie geschmacklos wäre. »Ich glaube, ich setze ihnen den Sherry vor.«

»Sie wird Ihnen sagen, was Sie tun sollen.«
»Da bin ich sicher.«
»Sie dürfen das mit dem Richter nicht mißverstehen«, versicherte mir Shirley. »Er ist ein echter Herr. Sie werden ihn mögen. Jedermann mag Mr. McLendon.«

Schließlich ging sie. Ich drückte die Schultern durch und ging zähneknirschend zu Martha hinauf.

Sie schien an diesem Morgen munterer zu sein. Meiner Meinung nach bestand kein Zweifel daran, daß sie sich besser fühlte. Der alte Wichtigtuer Green hatte recht, früher oder später würde sie noch einen Schlaganfall erleiden; nichts kann das Unvermeidliche aufhalten, wenn der Patient fünfundachtzig Jahre alt ist. Aber ich dachte allmählich, es würde später als früher geschehen. Oder gab Green Matt keine medizinische Diagnose, sondern sagte das, was Matt gern hören wollte? Wenn Matt bei Marthas Beerdigung Tränen vergoß, würden es Krokodilstränen sein. Er konnte es kaum abwarten, bis er die Hände auf den Besitz legen konnte.

War Martha lebhafter, so war das gleichbedeutend mit gemeiner. Sie schlief immer wieder ein, aber jedesmal, wenn ich zu lesen aufhörte, klappte sie ihre Augen auf und ermahnte mich weiterzulesen.

Als sie zum vierten Mal aus einem angenehmen Schlummer aufwachte und verlangte, daß ich fortfuhr, rebellierte ich. Ich saß schon gut zwei Stunden da, und Esther war abstoßender denn je. Sie hatte eben ihren früheren Liebhaber in England willkommen geheißen und freute sich über die Tatsache, daß sie ihm sehr leid zu tun schien.

Als Martha krächzte: »Lies weiter«, klappte ich das Buch zu.

»Du bemühst dich schon seit einer halben Stunde wach zu bleiben«, sagte ich. »Ich gehe jetzt und kümmere mich um das Mittagessen.«

Martha fauchte mich an, und ich fuhr energisch fort: »Wenn ich es nicht tue, kommt mir Mrs. Danner zuvor und setzt uns irgendeinen ungenießbaren Fraß vor. Hättest du gern einen schönen, saftigen Hamburger mit Käse und einen Salat?«

Ein gieriger Schimmer trat an die Stelle des Ausdrucks wütender Bosheit in Marthas Augen. (Es war nur ein feiner Unterschied, aber ich bemerkte ihn.)

»Gut«, sagte ich, »ich bin in fünfzehn Minuten wieder hier.«

Ich hatte den Salat fertig, als Mrs. Danner eintraf. Ich war sehr taktvoll; ich sagte, ich würde das Kochen übernehmen, weil ich fände, sie habe zu viel zu tun, auch wenn sie eine bessere Köchin sei als ich... Es war vergebliche Mühe. Sie achtete nicht auf mich. Sie schien überhaupt auf wenig zu achten.

Ich trug Marthas Mittagessen hinauf und fütterte sie. Sie murrte wegen meiner Unbeholfenheit. Sie hatte Grund dazu – ich war nicht sehr gut darin; aber sie hätte so oder so gemurrt; deshalb nahm ich mir ihre Kritik nicht zu Herzen. Ihr Appetit war ausgezeichnet. Sie aß alles bis zum letzten Bissen auf. Ich hoffte, das Essen habe sie besänftigt, aber als ich ihr bei den intimeren Bedürfnissen beistehen wollte, was ihre Hilflosigkeit nötig machte, schlug sie um sich und zeterte.

»Ich habe Shirley für den Nachmittag freigegeben«, erklärte ich, denn ich interpretierte ohne Mühe, worauf ihre Klagen hinausliefen.

Martha benützte niemals ordinäre Worte, nicht einmal ein »verdammt« oder »zum Teufel«. Sie brauchte es nicht. Ich verstand, worum es ihr ging: Ich war ein übertrieben diensteifriger und aufdringlicher Balg, und ich hatte kein Recht, über Shirley zu verfügen.

Ich unterbrach ihre Tirade, weil ich fürchtete, sie könnte sich weh tun. »Macht geht vor Recht, Martha. Jetzt bin ich im Dienst. Wenn du wieder auf deinen eigenen Füßen stehen kannst, darfst du mich die Treppe hinunter und zur Tür hinauswerfen. Ich rate dir, deine Kräfte aufzusparen, damit dieser glückliche Tag bald eintritt. Jetzt. Ich hebe dich hoch und schiebe dies... Oh, Entschuldigung. Ich werde es das nächste Mal besser machen.«

Es war für uns beide nicht angenehm, aber schließlich hatte ich sie gewaschen, hergerichtet und wieder hingelegt. Sie sah erschöpft aus. Ich hatte Gewissensbisse wegen meiner Unbeholfenheit, und weil ich die arme alte Hexe tyrannisiert hatte. Deshalb bot ich ihr an, sie in den Schlaf zu lesen.

»Wie wäre es mit Milton?« sagte ich. »Gott in ihm für sie, oder so etwas?«

Sie schüttelte den Kopf. »Sprich«, murmelte sie. »Mutter?«

Es war das erste Mal, daß sie Interesse an meinem mütterlichen Elternteil zeigte – ihrer Tochter. Ich setzte mich neben das Bett und begann zu erzählen. Ich berichtete über Mutters Arbeit und ihre kürzliche Beförderung, über ihre Wohnung, ihre Freundinnen, ihre Arthritis und so weiter. Martha schien es zu genießen – wenigstens unterbrach sie mich nicht –, deshalb fuhr ich fort und erzählte über mich. Die Medical School sei schwer, aber ich glaubte, ich würde es schaffen; meine Zensuren seien gut und einer der Professoren habe mir ein halbherziges Kompliment gemacht.

Nach einer Weile unterbrach sie mich: »Freund?«

Ich konnte mir zuerst nicht denken, was sie damit meinte. Die Tatsache, daß ich sie nicht verstand, brachte eine leichte Zornesröte auf ihre Wangen. Erst als sie nach meiner Hand griff und am dritten Finger zog, dämmerte es mir. »*Freund?*« wiederholte ich. »Freunde? Einen oder zwei. Nein, ich bin nicht verlobt. Nichts Ernsthaftes. Ich habe nicht vor, mich zu binden, ehe ich mit der Ausbildung fertig bin.«

Martha starrte mich unverwandt an. Das herunterhängende Augenlid und ihr leicht verzogener Mund ließen ihren Gesichtsausdruck boshaft erscheinen.

Sie sagte ganz ruhig: »Richter kommt.«

»Ich weiß, Shirley hat es mir gesagt. Ich setze ihm den Sherry vor. Soll ich einige Hors d'œuvres anrichten?«

»Bring welche!«

»Gut.«

»Zieh dich... um. Sieh anständig aus.«

Ich blickte auf mein verschossenes Hemd und die Jeans. »Gut.«

»Respekt... Manieren...«

»Ich sagte: Gut.«

»Jetzt schlafen.« Sie schloß die Augen.

Sie hatte mich wieder um Punkte geschlagen. Sie interessierte sich nicht für das Leben meiner Mutter und auch nicht für das meine, es war alles nur dazu gedacht gewesen, das demütigende Eingeständnis zu hören, daß ich immer noch nicht begehrt war – kein Mann an meinem Rockzipfel hing. Dann die kurzen Befehle, so wie man sie einem Dienstboten erteilt hätte. Es war eine so verächtliche Art, es mir heimzuzahlen. Nicht so sehr wegen meiner Ungeschicklichkeit, sondern wegen der Tatsache, daß sie Hilfe brauchte. Ich hätte sie bemitleiden sollen. Ich tat es nicht. Ich fühlte mich nicht gedemütigt. Sie hatte die Macht verloren, mich zu verletzen.

Ich hatte einen Teil des Salats für Mrs. Danner übriggelassen, aber sie hatte ihn nicht angerührt. Als ich wieder in die Küche kam, aß sie gerade ein dickes Käsesandwich – keinen Salat dazu, keine Tomate, nichts. Sie blickte schuldbewußt auf ihre Füße, als ich eintrat.

»Lassen Sie sich Zeit«, sagte ich.

»Ich werde den Salon putzen.«

»Ich werde ihn selbst saubermachen. Wenn Sie gegessen haben, gehen Sie hinauf und setzen sich zu Miß Martha.«

Sie wollte das Geschirr abräumen.

»Das mache ich«, sagte ich ungeduldig. »Gehen Sie hinauf. Ich muß für ungefähr eine halbe Stunde wegfahren, aber ich bleibe nicht lange fort.«

Sie drehte sich um, und das Erschrecken war deutlich in ihre graubraunen Züge geschrieben. »Ich bin nicht gern mit ihr allein. Was ist, wenn ihr etwas passiert?«

»Dann rufen Sie den Doktor. Aber es wird nichts passieren, Mrs. Danner. Und ich bin in einer halben Stunde wieder da – spätestens in einer Stunde.«

»Ich möchte nicht –«

»Seien Sie nicht kindisch. Die Telefonnummer des Doktors steht auf dem Block neben dem Apparat. Shirleys Nummer auch. Sie ist heute zu Hause. Gehen Sie.«

Ich konnte ihr Zögern kaum übelnehmen. Auch ich hätte lieber Fußböden geschrubbt oder Toiletten gesäubert als bei Martha gesessen. Verlangte sie, daß Mrs. Danner ihr laut vorlas – T. S. Eliot oder Dostojewskij?

Nachdem ich das Geschirr abgewaschen hatte, ging ich zur Hintertür. Der Hund war nicht zu sehen. Mir wurde klar, daß ich ihn hätte anbinden oder einsperren sollen, nachdem er gefressen hatte. Shirleys Tierärztin war bereit gewesen, mich um ein Uhr in ihrer Sprechstunde zu empfangen. Es war aber zwecklos hinzufahren, wenn ich den Hund nicht dabeihatte. Ich konnte ihn nicht einmal rufen, denn ich wußte seinen Namen nicht.

Schließlich hatte ich eine meiner guten Ideen. Ich legte etwas Trockenfutter auf einen Teller, ging hinaus, rasselte damit und rief leise. Es war notgedrungen ein anonymer Ruf: »Hier, Hund – komm her, Hund!«

Es war wahrscheinlich eher das Geräusch und der Geruch des Futters als meine Stimme, was ihn anzog. Bei Tageslicht hatte er das Vertrauen verloren, das er in der Nacht zuvor gezeigt hatte. Er kam mit hängendem Schwanz und wachsamen Augen angeschlichen.

Ich verstand nicht viel von Hunden. Ich konnte eine Rasse nicht von der anderen unterscheiden. Er hatte lange, hängende Ohren und einen kurzen Körper, der kräftiger hätte sein sollen, als er war. Er war braun und weiß. Entweder war er sehr kurzsichtig oder sehr geistesabwesend, denn erst, als er langsam näher kam, erkannte er mich; er begann mit dem Schwanz zu wedeln und kam rasch näher. Während er das

Futter hinunterschlang, band ich ihm einen Schal um den Hals. Er ging bereitwillig mit mir und kletterte auf den Vordersitz des Wagens, als wüßte er, was wir vorhatten.

Es war mein erster Besuch in Carrsville seit Jahren. Die Stadt hatte sich nicht sehr verändert. Ein Schild am Stadtrand erinnerte mich daran, daß der Ort 1350 Einwohner hatte. Die Häuser an der Hauptstraße – der einzigen Straße – sahen so aus, als wären sie nicht mehr gestrichen worden, seit ich von hier wegging. Es gab einen Block mit Geschäften – zwei Tankstellen, einen Drugstore und ein Hutgeschäft. Der Besuch der Stadt überzeugte mich davon, daß es außer der Tierärztin keinen Grund für mich gab, nach Carrsville zu fahren.

Ich fragte mich, wie eine Tierärztin in einer solchen Gegend praktizieren konnte, wo die Macho-Traditionen vorherrschten und der größte Teil einer Tierarztpraxis mit der Landwirtschaft zu tun hatte. Als ich May Rubin sah, begriff ich. Sie war über 1,80 m groß und mußte 190 Pfund wiegen, und das meiste davon waren Muskeln. Ihre braungebrannten Arme konnten leicht einer Kuh die Beine fesseln oder ein Schaf umwerfen – wenn man glaubt, daß dies das ist, was man mit Kühen und Schafen tut. Ihr ergrauendes Haar war kurz geschnitten, und sie hatte sich keine Mühe gemacht, ihr Gesicht zu schminken.

Auch ihre Augen waren grau; sie taxierte mich gleichgültig hinter ihrer Hornbrille hervor.

Ich sagte ihr, wie sehr ich es würdigte, daß sie am Sonntag in die Praxis gekommen war. Sie unterbrach meine Rede mit dem Achselzucken einer Person, die keine Zeit hat und wenig übrig für belanglose Höflichkeiten. »Lassen Sie sehen, was Sie da haben«, sagte sie.

Eine halbe Stunde später und um sechzig Dollar leichter fuhr ich nach Maidenwood zurück. Spritze gegen Tollwut, Spritze gegen Staupe, Parvolin-Spritze, Penicillin-Spritze, Schachteln mit Pillen, Salbe, Floh-Shampoo… Mir wurde bewußt, daß ich viel tiefer darin steckte, als ich erwartet hatte. Der Hund fand das auch. Er saß kerzengerade auf dem Sitz neben mir in einer eindeutig stolzen Art. Ich hatte auch ein kleines Buch mit dem Titel »Wie Sie für Ihren Hund sorgen«.

Als May erkannt hatte, daß ich von der Spezies Hund nichts verstand, verwandelte sich ihre Verachtung in Mitleid. Sie schenkte mir sogar ein altes Hundehalsband, das einer ihrer Kunden hatte liegenlassen.

Mir war schwindelig vor neuen Informationen. Der Hund war eine Mischung, teilweise Jagdhund, teilweise Schäferhund, teilweise Gottweißwas. Er würde immer hinken. Mehrere der kleinen Knochen seiner Pfote seien gebrochen, und sie hatten bereits begonnen, falsch zusammenzuheilen. Es würde eine schmerzhafte und teure Operation erfordern, die Knochen einzurichten, und May sah keinen Grund dafür, dies zu tun. Sie nahm an, es sei mir egal, ob er jemals Preise beim Hasenjagen erhalten würde. Ich versicherte ihr, daß ich diesen Ehrgeiz nicht besaß.

Also brauchen wir uns nur um die Infektion zu kümmern, sagte sie. Ich solle darauf achten, daß er zweimal am Tag seine Pillen bekam, ich seine Pfote viermal am Tag mit der Salbe bestrich und ihn davon abhielt, sie abzulecken, und daß ich ihn badete, flöhte, entwurmte...

Ich stöhnte. Der Hund sah mich an und wedelte mitfühlend mit dem Schwanz, aber er schien keineswegs verlegen zu sein, weil er mich in solche Schwierigkeiten brachte. Ich weiß nicht, woher er es wußte, aber er wußte es. Jedermann, der sechzig hart verdiente Dollar für einen Hund ausgegeben hat, *besitzt* diesen Hund.

Ich fuhr zur Rückseite des Hauses und ließ den Wagen im Hof stehen. Der Hund rollte sich auf seinem Teppich zusammen und fiel in einen wohlverdienten Schlummer.

Er hatte ein- oder zweimal gejault, als May seinen Fuß säuberte und desinfizierte, aber er hatte nicht nach ihr geschnappt. Ich sagte ihm, er sei ein guter Hund. Ich würde mir einen Namen für ihn ausdenken müssen. Ich konnte ihn nicht ständig »Hund« nennen.

Der Ausflug hatte länger gedauert als gedacht. Aber ich stellte mir vor, ich hätte noch eine halbe Stunde Zeit, ehe Martha aufwachte. Ich briet das Fleisch an und goß einen großzügigen Schuß Wein darüber. Dann stellte ich die Temperatur kleiner. Das ganze dauerte nur zehn Minuten. Ich wollte mich gerade hinsetzen und ausruhen, als mir einfiel, daß ich Mrs. Danner versprochen hatte, den Salon zu putzen. Das dürfte nicht viel Zeit in Anspruch nehmen; seit Freitag hatte niemand den Raum betreten, und ich hatte an jenem Abend die benutzten Weingläser in die Küche getragen.

Als ich mich dem Salon näherte, sah ich, daß die Tür offenstand. Mrs. Danner mußte etwas schwerhörig sein. Ich stand mehrere Sekunden lang an der Tür, ehe sie mich bemerkte. Sie erschrak und drehte sich um. Ihre Hände waren leer, aber auf dem Tisch stand eine Dose Möbelpolitur, und ein Staubtuch lag daneben.

»Ich habe Ihnen doch gesagt, Sie sollen bei Miß Martha bleiben.«

»Sie schläft. Ich wollte –«

»Bitte gehen Sie hinauf.«

»Ich wollte –«

»Ich sagte, ich putze dieses Zimmer. Gehen Sie bitte. Sagen Sie mir Bescheid, wenn sie wach ist.«

Sie gehorchte und senkte den Kopf, als sie an mir vorbeiging, wie jemand, der einen Schlag erwartete. Sie war so verdammt unterwürfig und demütig, daß ich ein schlechtes Gewissen bekam. Aber wofür, zum Teufel, war sie da, wenn nicht, um Shirley und mich bei Martha abzulösen? Nicht, als ob das Haus nicht eine voll angestellte Hilfskraft hätte brauchen können; in seiner Hochblüte mußte viel Personal hier gearbeitet haben. Aber man hatte sich nicht bemüht, den alten Standard aufrechtzuerhalten, nur damit ein paar Räume bewohnbar blieben. Und warum hatte sie die Arbeit übernommen, wenn schon die Vorstellung, mit Martha im gleichen Zimmer zu sein, sie so ängstigte?

Ich kannte die Antwort. Sie hatte es getan, weil sie Geld brauchte. Ich hätte es wissen müssen; ich hätte aus dem gleichen Grund viele Dinge getan, die ich verabscheute.

Der Tisch, mit dem sie sich gerade hatte zu schaffen machen wollen, war aus Mahagoni und hatte die weiche, rötliche Patina des Alters. Ich nahm die Möbelpolitur. Es war eine von diesen Spraydosen, und sogar ich wußte, daß man mit ihnen kein altes, schönes Holz behandeln durfte. Mutter benutzte eine Spezialpolitur zusammen mit einer Menge Kraft. Die Möbel mußten aber im Grunde gar nicht poliert, sondern nur abgestaubt werden.

Ich bezweifelte, ob Mrs. Danner überhaupt vorgehabt hatte, irgend etwas zu polieren. Sie hatte etwas betrachtet, und es war nicht schwer herauszufinden, was es gewesen war.

Der Brief lag auf dem Tisch, wo sie ihn hatte fallen lassen, als sie mich an der Tür hörte – einer der Briefe, die Alan mitgebracht hatte, um sie Matt zu zeigen und seinen Standpunkt klarzumachen, daß es notwendig war, Unbefugte vom Grundstück fernzuhalten. Auch die übrigen Briefe lagen da. Ich sah noch deutlich, wie Matt sich hartnäckig weigerte, sie zu lesen, und wie Alan es hartnäckig ablehnte, sie zurückzunehmen. Ich hatte sie nicht beachtet, als ich die Weingläser wegräumte.

Ich war ein wenig überrascht, daß Mrs. Danner sich für die Briefe interessierte. Ich raffte sie zusammen und legte sie auf einen Stuhl neben dem Fenster.

Der Brief, den sie in der Hand gehabt hatte, war derjenige mit der einfachen, kindlichen Handschrift, die den ›Mr. Arkeologen‹ mit dem Zorn Gottes bedrohte. Es lagen noch ein halbes Dutzend andere Schreiben da, aber sie hatten nichts miteinander gemeinsam außer der Verrücktheit ihres Inhalts. Ein Brief auf duftendem rosarotem Schreibpapier mit phantasievollen goldenen Initialen bot die Dienste der Schreiberin für »Professor Alan« an, in Wendungen, die die Art dieser Dienste weit offenließen. Sie hatte sein Bild in der Zeitung gesehen und wußte genau, sie würden schrecklich viel gemeinsam haben. Ein anderer Brief, sauber auf Geschäftspapier mit gedrucktem Briefkopf verfaßt, stammte von einer Organisation namens »Forschungszentrum für Psychische Archäologie«. Das Institut wünschte – vielleicht wäre forderte richtiger – die Erlaubnis, in Maidenwood Ausgrabungen anzustellen, an einem Ort, der der Schreiberin während einer spiritistischen Sitzung enthüllt worden war.

Ein dritter bot eine Landkarte zum Kauf an, auf der genau die Stelle eingezeichnet war, wo Blackbeard seinen Schatz vergraben hatte. Der Preis betrug zehntausend Dollar – keinen persönlichen Scheck bitte, nur Bargeld oder Bankscheck.

Die anderen Briefe waren noch exotischer. Wenn dies ein Beispiel für Alans Post war, dann fragte ich mich, was für einen Unsinn Matt erhalten hatte. Ich fragte mich auch, ob die Briefschreiber und ihresgleichen nachts die Felder und Wälder von Maidenwood durchstreiften. Jemand hatte dies getan – jemand mit einem widerwärtigen Humor. Ich bedachte meinen Vetter Matt mit ein paar stummen, aber leidenschaftlichen Adjektiven. Er hätte den Anstand besitzen können, mich über diese Seite der Angelegenheit zu unterrichten. Aber um ihm Gerechtigkeit widerfahren zu lassen – er hielt dies wahrscheinlich nie für eine wirkliche Gefahr. Er hatte sehr wenig Phantasie, ich dagegen wahrscheinlich zu viel davon.

Ich nahm die Briefe und ging Mrs. Danner suchen. Sie stand in der Küche, regungslos wie ein Monolith, und starrte zur Tür. Der Hund starrte mit flehentlichen Augen zurück, die Nase gegen die Gitterstäbe gepreßt.

Ich stieß sie mit dem Finger an. »Mrs. Danner.«

Sie deutete. »Da ist ein Hund.«

»Ich weiß.«

»Ich jage ihn weg!«

»Sie werden nichts dergleichen tun. Es ist mein Hund.«

»Es ist der Hund von den Beekins. Sie haben ihn vor einer Weile ausgesetzt.«

»Die Beekins müssen wirklich reizende Menschen sein«, sagte ich.

Mrs. Danner richtete jetzt ihren glasigen Blick auf mich.

»Jedenfalls ist es nun mein Hund«, sagte ich energisch. »Sie brauchen sich nicht um ihn zu kümmern. Lassen Sie ihn einfach in Ruhe.«

»Miß Martha will keine Tiere im Haus haben.«

»Miß Martha wird nichts davon erfahren, wenn Sie es ihr nicht erzählen. Und«, fügte ich hinzu, »falls Sie es tun, ist es

Ihre Schuld, wenn sie noch einen Schlaganfall bekommt. Ist das klar?«

Mrs. Danner starrte mich an.

»Gut«, sagte ich. »Wenn Sie sich langweilen, können Sie im Salon Staub wischen. Aber nehmen Sie nicht die Möbelpolitur, sondern nur ein Staubtuch. Begriffen?«

Mrs. Danner starrte mich immer noch an.

Martha war zu stolz, um nach mir zu rufen; wenn das nicht der Fall gewesen wäre, hätte ich sie unten an der Treppe gehört. Sie hatte viel zu sagen, sobald ich bei ihr aufgetaucht war. Sie beklagte sich darüber, daß man sie allein gelassen hatte.

»Ich habe es mir überlegt«, sagte ich. »Es geht dir schon viel besser; ich glaube nicht, daß ständig jemand bei dir sein muß. Außerdem mußt du es satt haben, dauernd Leute um dich zu haben. Ich will damit nicht sagen, daß du allein im Haus gelassen wirst; aber wenn ich Matt dazu bringen könnte, eine Glocke installieren zu lassen, wie man sie in Krankenhäusern hat... Wäre dir das recht?«

Sie deutete an, daß sie es sich überlegen wolle. Ich unterdrückte ein Lächeln, als ich meinen Pflegepflichten nachkam, denn ich wußte, daß sie die Für und Wider abwog, die ich nicht erwähnt hatte. Die Vorstellung, auf einen Klingelknopf zu drücken, damit ihre Skaven angelaufen kamen, schnaufend und keuchend aus den fernsten Winkeln des Hauses, hatte ihren Reiz.

Ich schmeichelte mir, daß ich diesmal ziemlich geschickt gewesen war, als ich sie bettete, aber sie war unzufrieden. Sie wollte ihr Haar gebürstet und frisiert bekommen, sie wollte eine saubere Bettjacke – nicht diese, sondern die andere, nein, diese dort... sie wollte ihre Nase gepudert und ihre Fingernägel gefeilt haben und etwas Eau de Cologne. Ihre Eitelkeit war ein wenig rührend und mehr als grotesk. Es ist schwer zu glauben, daß man jemals alt wird, wenn man noch festes Fleisch und keine Falten hat; aber ich glaube, das Rührende daran hätte bei jedem anderen Menschen außer Martha das Groteske aufgewogen.

Als ich mit der Arbeit fertig war, sah sie mich tadelnd an.

Ich wußte, was sie sagen würde. Meine einzige Verteidigung war es, ihr zuvorzukommen. »Ich gehe jetzt und ziehe mich um«, sagte ich. »Ich hatte bis jetzt keine Zeit dafür.«

Sie nickte widerwillig.

Der Richter kam etwas zu früh. Ich ging die Treppe mit der *Horsd'œuvres*-Platte hinauf – Crackers und Käse –, als ich seinen Wagen hörte; aber es war nicht dieses Geräusch, das mich die Platte auf das nächste Möbelstück stellen und zur Tür schießen ließ. Es war ein bellender Hund.

Der Hund ließ sich jedoch leicht verführen. Als ich hinauskam, lag er auf dem Rücken und jaulte vor Wonne, weil sein Bauch von der Spitze eines Stocks mit goldenem Griff gestreichelt wurde.

Der Richter war ein gut aussehender alter Herr. Vermutlich hatte er in jüngeren Jahren nicht so gut ausgesehen; schlaffe Muskeln und schlaffe Haut hatten seine Züge verwischt und weicher gemacht, die dreißig Jahre vorher vielleicht zu verwegen, sogar grob gewesen waren. Er hatte sein schönes schneeweißes Haar aus der hohen Stirn zurückgekämmt, und er sah aus, als habe er sich für eine Hochzeit gekleidet – er trug einen dunkelgrauen, dreiteiligen Anzug, ein weißes Hemd mit seidener Krawatte.

Er sah mich fragend an. »Julie?« sagte er.

Ich meinte lächelnd: »Wahrscheinlich habe ich mich verändert.«

»Ja. Ja, ich dachte einen Augenblick... Die Familienähnlichkeit ist sehr stark.«

Ich beschloß, dieses Thema nicht weiterzuverfolgen. Ich wollte wirklich nicht gesagt bekommen, daß ich ihn an Martha erinnerte.

Er mußte einen Bogen um den Hund machen, der ihn bewundernd ansah. »Ein schönes Tier«, sagte er höflich.

Der Hund kringelte sich zu einer Brezel und begann, wütend an seiner Flanke zu beißen. Inzwischen wußte ich, was das bedeutete. »Ich fürchte, er hat Flöhe«, sagte ich.

»Ein schöner Rüde«, wiederholte der Richter. »Wie heißt er?«

Es muß das Wort »Rüde« gewesen sein, das mich an Presleys Song erinnerte. Normalerweise bin ich einfallsreicher.

»Elvis«, sagte ich.

»Elvis?«

»Elvis.«

Der einfältige Hund starrte ins Leere und achtete nicht darauf. »Elvis«, wiederholte ich laut. »Guter Hund, Elvis, du kannst gehen und – äh – tun, was Hunde so tun...«

Elvis starrte immer noch hingerissen ins Leere, deshalb gab ich es auf. »Kommen Sie doch herein«, sagte ich und öffnete die Tür. »Martha freut sich auf Ihren Besuch.«

»Ich mich auch. Aber kann ich zuerst ein paar Worte mit Ihnen sprechen?«

Ich ging voraus in den Salon. Er wartete, bis ich mich gesetzt hatte, ehe er selbst Platz nahm.

»Wie geht es Ihrer Mutter?«

Ich hätte wissen müssen, daß er zuerst die Formalitäten hinter sich bringen mußte. Selbst wenn das Haus gebrannt hätte, hätte er zuerst nach Mutter gefragt, bevor er »Feuer« gerufen hätte. Wir einigten uns darauf, daß es Mutter gutging, und daß es mir gutging, ehe er zum Geschäftlichen kam.

»Ich fürchte, Sie haben Martha traurig verändert angetroffen.«

»Ich finde, es geht ihr erstaunlich gut.«

»Wirklich?« Ein Anflug von Freude wärmte seine eingefallenen Wangen. »Das höre ich gern. Dr. Green hat nicht so ermutigend gesprochen.«

»Er ist der Doktor«, sagte ich rasch. »Ich meine, nehmen Sie mich nicht beim Wort. Ich möchte keine falschen Hoffnungen wecken. Ich habe nur meine laienhafte Meinung geäußert.«

»Sie sind zu bescheiden.« Er lächelte beifällig. Bescheidenheit war eine angemessene Eigenschaft für eine nette, junge Frau. »Ich wollte keine Expertenmeinung hören, ich wollte Ermutigung. Green ist ein guter Mann, aber...«

»Ich bin sicher, das ist er. Aber ich frage mich, weshalb Martha nicht in einem Krankenhaus ist – in einer städtischen oder in einer Universitätsklinik mit neuen Einrichtungen. Ich bin in einer schwierigen Lage. Dr. Green gab mir keinerlei Information, und ich kann kaum Fragen stellen, ohne daß ich wie eine smarte, wichtigtuerische Medizinstudentin klinge.«

»Sie haben das Recht, Fragen zu stellen. Aber es ist nicht Dr. Greens Schuld, daß Martha hier ist. Er empfahl das Krankenhaus der Universität von Virginia. Martha lehnte ab.«

»Ich kann ihre Gefühle verstehen«, begann ich.

»Sie können sie in Wirklichkeit nicht verstehe«, sagte der Richter sanftmütig. »Sie sind noch zu jung. Das Alter ist vor allem anderen demütigend. Unsere Kräfte schwinden. Arthritis und Rheumatismus verkrüppeln unsere Glieder, das Hör- und Sehvermögen läßt nach, die Schönheit vergeht... Martha klammert sich an den einzigen Halt, der ihr noch geblieben ist, an das Recht, in ihrem eigenen Heim zu sterben. Hier ist sie ein Individuum und nicht eine von vielen in sterilen Räumen, wo sie von gedankenlosen Internisten mit ›Oma‹ angesprochen wird, weil sie sich nicht die Mühe machen, sich ihren Namen zu merken, und mit ›meine Liebe‹ von Schwestern, die so jung sind, daß sie ihre Enkelinnen sein könnten.«

»Ich verstehe das gut. Aber Sie müssen zugeben, die Situation legt mir eine beträchtliche Verantwortung auf die Schultern. Shirley ist erstklassig, man könnte sich keine bessere Krankenschwester wünschen; aber sie ist nicht mehr jung, und wir sind so weit von jeder Hilfe entfernt, wenn ein Notfall eintreten sollte.«

»Ja, ich verstehe. Sie fürchten sich hier ganz allein, besonders nachts.«

»Ich fürchte mich nicht, ich bin verständlicherweise nur besorgt. Wir sind hier isoliert, und es sind einige merkwürdige Dinge geschehen.«

»Haben Sie sich deshalb den Hund angeschafft?«

»Ich habe mir den Hund nicht angeschafft, er hat sich mich angeschafft. Aber ich fühle mich wohler, wenn er da ist. Ich weiß, Martha haßt Tiere –«

»Sie täuschen sich sehr.«

»Sie ließ mich nie ein Haustier halten«, sagte ich. Ich hatte es nicht aussprechen wollen, es klang trotzig und kindisch.

»Martha haßt Hunde nicht. Sie besaß vor langer Zeit einen schönen Rüden. Ihr Vater schenkte ihn ihr zu ihrem zwölften Geburtstag, und sie hatte ihn über zehn Jahre lang. Sie fand ihn eines morgens tot – erschossen –, und es brach ihr beinahe das Herz. Damals schwor sie sich, nie wieder ein Haustier zu halten.«

Feuchtigkeit glitzerte in seinen Augenwinkeln. Lieber, alter Mann, er fand die Geschichte rührend. Aber ich konnte dem Gedanken nicht zustimmen, daß man sich von der Liebe abschneidet, weil man fürchtet, sie zu verlieren.

»Das wußte ich nicht«, sagte ich sanft, aber unverbindlich. »Martha weiß nichts von dem Hund – von Elvis –, und ich habe auch nicht vor, ihr etwas davon zu erzählen, wenn es nicht sein muß. Aber wenn sie sich weigert, in ein Krankenhaus zu gehen, muß sie die Folgen tragen. Stimmen Sie mir nicht zu, daß es unverantwortlich von mir wäre, keine Sicherheitsmaßnahmen zu ergreifen?«

Der Richter begann: »Ein Gewehr...«

Ich lachte. »Ich würde mir wahrscheinlich selber in den Fuß schießen. Außerdem möchte ich nicht irgendeinen harmlosen komischen Vogel erschießen, nur um ihn zu verscheuchen.«

Es war eine zweite Anspielung, die ich auf den örtlichen Skandal machte, und wieder umging Richter McLendon das Thema.

»Sie sind eine sehr umsichtige junge Frau, Julie. Und eine sehr sensible. Ich bin jetzt viel beruhigter, was Marthas Sicherheit anbelangt, nachdem ich mit Ihnen gesprochen habe. Und ich stimme Ihnen vollständig zu. Aber nun muß ich hinaufgehen, wenn Sie mich bitte entschuldigen wollen.«

Er stand mit Hilfe seines Stocks auf. Dann blinzelte er. »Ich werde von – äh – Elvis nichts erwähnen«, flüsterte er.

Ich kam gerade rechtzeitig in die Küche, um Mrs. Danner daran zu hindern, einen Liter Wasser auf den Braten zu gießen. Ich schüttete noch mehr Wein dazu. Als ich mich umdrehte, um nach einer Gabel zu greifen, starrte sie etwas an – nicht mich, sondern die Flasche, mit einer Miene, die nicht mißzuverstehen war.

Mich wunderte nur meine eigene Dummheit. Ich hätte es wissen müssen, schon an dem Tag, an dem sie so begierig darauf gewesen war, die Weingläser wegzuräumen, von denen eines noch mehr als halb voll war.

Nun, ich neidete ihr nicht einen gelegentlichen Schluck. Wenn ich mit dem wiedergeborenen Joe Danner verheiratet gewesen wäre, hätte ich selbst zur Flasche gegriffen.

»Sie können gehen, wenn Sie wollen«, sagte ich.

»Mr. Danner ist noch nicht hier.«

»Tun Sie, was Ihnen gefällt. Aber ich wüßte nicht, was Sie sonst tun sollten, falls Sie nicht die übrigen Briefe lesen wollen.«

In Kriminalgeschichten bringt eine unerwartete Anschuldigung ein schuldbewußtes Erschrecken hervor, oder ein schuldbewußtes Erröten oder ein schuldbewußtes Irgend etwas. Mrs. Danner blickte mich nur ausdruckslos an.

Ich erklärte es ihr. »Diese irren Briefe, die Briefe auf dem Tisch im Salon.«

»Ich habe sie nicht gelesen, nur den Tisch abgestaubt.«

»Ich mache Ihnen keinen Vorwurf. Ich glaube nur, ein bestimmter Satz in einem der Briefe fiel Ihnen ins Auge. Es sind seltsame, verschrobene Briefe.«

»Ich habe nichts davon gelesen.«

Ich zuckte die Achseln. »Also gut. Setzen Sie sich auf die Treppe und warten Sie auf Mr. Danner, wenn Ihnen nichts Besseres einfällt.«

Es fiel ihr nichts ein.

Elvis saß an der Hintertür mit aufgerichteten Ohren und wedelndem Schwanz. Ich hatte noch keine Zeit gehabt, mein Buch über die Hundepflege zu lesen, aber ich hatte das Gefühl, daß ich ihn nicht viermal am Tag füttern sollte. Zum Teufel, damit, dachte ich. Er war sowieso zu mager.

Ich steckte eine Pille in sein Futter und rieb seinen Fuß mit Salbe ein, während er gierig sein Mittagessen hinunterschlang. Die Flöhe hüpften fröhlich auf seinem Rücken. Ich nahm mir vor, ihn morgen früh zu baden, nachdem ich das Buch studiert hatte. Kein Grund, deswegen niedergeschlagen zu sein.

Mr. Danner kam pünktlich, als die Standuhr im Flur gerade fünf Uhr schlug. Ich sah dem Pritschenwagen nach; die Danners saßen nebeneinander und starrten geradeaus. Sie sprachen nicht miteinander. Amerikanisches Mittelalter auf Rädern.

Ich fragte mich, ob sie je miteinander redeten, außer über die gewöhnlichen Bedürfnisse; und wenn sie es taten, worüber sie sprachen. Nicht über ihre Kinder. Vielleicht lasen sie einander laut aus der Bibel vor, mit besonderem Augenmerk auf die Prophezeiungen über das Jüngste Gericht.

Inwieweit war Joe Danner ein Fanatiker? Er war fanatisch genug, seine Tochter zu enterben und sich seinen Sohn zu entfremden. Ein solcher Mann konnte sich verpflichtet fühlen, an Gotteslästerer und Häretiker Drohbriefe zu schreiben. Es hätte mich nicht gewundert zu erfahren, daß Joe den Brief geschrieben hatte, der seine Frau so faszinierte; aber war er verrückt genug, über die Häretiker mit Feuer und Schwert herzufallen? Ich hoffte es wirklich nicht. Ich mußte unwillkürlich an einen Film denken, den ich mir törichterweise mit einer Freundin angesehen hatte, die eine Liebhaberin von Horrorfilmen war, je blutiger, desto besser. Dieser Film handelte von einem Monster, das ein Dutzend Leute mit verschiedenen Werkzeugen – mit Hammer, Säge, Meißel – um die Ecke brachte. Filmproduzenten lassen sich neuerdings erstaunliche Dinge mit besonderen Effekten einfallen. Blut spritzte, Köpfe fielen, Arme und Beine waren in der Gegend zerstreut, ich konnte Joe Danner sehen in seiner verschossenen, groben Kattunkleidung, wie er die Treppe in Maidenwood heraufkam, eine Axt in der Hand...

Unsinn. Wenn Joe beschloß, jemanden auszulöschen, dann wäre es Alan, da er vorhatte, Gräber zu entheiligen. Beruhigt durch diesen logischen Schluß ging ich wieder in die Küche und nahm einen Drink.

Ich wartete im Salon, als ich hörte, wie Marthas Tür aufging und Richter McLendon die Treppe herabkam.

»Hoffentlich habe ich sie nicht ermüdet«, sagte er, sobald er mich sah. »Sie möchte, daß Sie jetzt hinaufgehen.«

»Ich bin sicher, es hat ihr gutgetan, mit Ihnen zusammen zu sein.«

»Bitte rufen Sie mich jederzeit an, bei Tag und bei Nacht, wenn ich irgend etwas tun kann.«

Der Besuch hatte ihn gewiß nicht aufgeheitert. Er sah jetzt zehn Jahre älter aus als bei seiner Ankunft – und das heißt sehr alt. Für mich mochte es vielleicht so scheinen, als habe Marthas Zustand sich gebessert, aber für einen alten Freund, der sich noch an sie in ihrer Jugend erinnerte, mußte ihre Verfassung beklagenswert sein – besonders ein Freund, der weiß, daß nur viel Glück oder die Gnade Gottes ihn vor einem ähnlichen Schicksal bewahren würden.

Martha hatte an diesem Abend nicht viel zu sagen. Aber sie wandte den Blick nicht von mir ab. Sie jagte mir keine Angst mehr ein, aber dieses wachsame, unverwandte Anstarren wäre jedermann auf die Nerven gegangen. Ich übergab sie Shirley mit enormer Erleichterung.

Eine andere vernachlässigte Pflicht quälte mich, und ich beschloß, sie hinter mich zu bringen. Ich hatte vergessen, Briefmarken zu kaufen, und ich schuldete Mutter einen Anruf. Sie hatte mir einmal geschrieben, einen konventionellen Brief, in dem sie die Hoffnung äußerte, daß ich meine Pflichten nicht allzu erdrückend fand, aber ich wußte, sie würde nur dann anrufen, wenn sie in Not war. Ein Ferngespräch war für sie keine Annehmlichkeit, sondern die letzte Zuflucht.

Sie sagte, sie habe gehofft, daß ich anrufen würde. »Es ist eine so lange Zeit, Julie. Ich mache mir immer Sorgen.«

»Du hättest mich ja anrufen können.«

»Oh, Liebling, ich hatte soviel zu tun. Die Arbeit wächst mir über den Kopf; du hast keine Ahnung.«

Ich lachte über die selbstgefällige Freude in ihrer Stimme. Sie liebte ihre ungezählten Pflichten und die Komplimente, die sie für ihre Leistung erhielt. »Ich weiß nicht, wie Sie so ruhig bleiben können, Mrs. Newcomb. Ich weiß nicht, was wir ohne Sie täten.«

»Ich wollte, ich könnte das auch sagen, Mutter. Ich hatte damit gerechnet, daß mich Martha drangsaliert, aber ich hatte nicht gewußt, daß es so langweilig sein würde.«

»Wie geht es ihr?«

»Leider muß ich berichten, daß sich der Zustand der Patientin ständig bessert«, sagte ich.

Mutter hatte es immer an sich gehabt, auf besonders unerhörte Bemerkungen mit gequältem Schweigen zu reagieren. Das war viel wirksamer als Schelte, und gewöhnlich endete es damit, daß ich mich selbst tadelte.

»Das war nicht fein«, bemerkte ich.

»Nein, Liebling, wirklich nicht.«

»Also, ich entschuldige mich. Aber sie ist so... Warum haßt sie mich so sehr, Mutter?«

Mutters damenhaftes Lachen klang ein wenig bemüht. »Nun, Julie, du weißt, sie liebt niemanden, nicht einmal ihre eigenen Töchter. Du darfst es nicht persönlich nehmen.«

»Es ist mehr als Abneigung, es ist reine, böswillige... Wenn sie mich ansieht, kommt es mir so vor, als sähe sie gar nicht mich, sondern jemand anderen – vielleicht das Kind, das ich einmal war. War ich so schlimm? Der Himmel weiß, mir war jede Sekunde zuwider, die ich in diesem Haus verbringen mußte.«

»Julie, ich holte dich von dort weg, sobald es mir möglich war. Ich konnte dich anfangs unmöglich bei mir haben.«

Das Kind, das ich gewesen war, glaubte dies nicht. Als Erwachsene konnte ich ihre Beweggründe verstehen. Sie hatte einen verzweifelten Kampf geführt; tagsüber hatte sie gearbeitet und am Abend die Sekretärinnenschule besucht. Das war mit einem kleinen Kind nicht unmöglich, aber nahezu unmöglich, und es gab noch andere große Erschwernisse – Schulen in der Innenstadt, ein billiges Zimmer in einer schlechten Gegend, Drogen, Männer, die Kinder belästigen... Ich verstand, ja, aber ich fragte mich auch mit meiner Erwachsenen-Weisheit, ob es nicht noch einen anderen Faktor gegeben hatte, eine Art gesellschaftlichen Snobismus, manchmal Stolz genannt, der Mutter veranlaßte, sich niemandem, sogar mir nicht zu zeigen, bis sie das erreicht hatte, was sie als Minimum betrachtete – ein hübsches Gartenapartment in einer angenehmen Vorstadt, einen Wagen, eine gute Schule für ihre Tochter.

Ich hatte ihr gegenüber nie etwas von meinen Zweifeln geäußert, und wenn Gott wollte, würde ich es auch nie tun. Sie fuhr fort, sich zu entschuldigen und begierig meine Anerkennung zu fordern, daß sie zu meinem Besten gehandelt hatte.

Ich unterbrach sie. »Sicher, Mutter, ich weiß. Wie ist das Wetter dort oben?«

Heiß. Das Wetter war heiß. Ich sagte, hier habe es geregnet. Schließlich sagte sie: »Also geht es Martha besser. Aber sie ist immer noch bettlägrig? Nun, wir können keine Wunder erwarten, oder?«

»Nein«, sagte ich, »wenigstens hoffe ich es nicht.« Ich verabschiedete mich und hängte ein, ehe sie diese Bemerkung verdaut hatte und ehe ich zugeben mußte, daß ich etwas Unerhörtes gesagt hatte.

Sechstes Kapitel

Am nächsten Nachmittag ging ich zur Ausgrabungsstätte und wurde nicht gerade mit Enthusiasmus empfangen. Ich nahm es nicht persönlich; es war heiß und schwül, und über den Feldern schwebten Schwärme von Insekten aller Art. Ich konnte es Alan nicht verübeln, daß er mürrisch war, zumal seine neuen Versuchsgrabungen offensichtlich zu nichts geführt hatten (ich schloß dies daraus, daß ein großer, junger Mann die Gräben wieder zuschüttete).

»Ich bin gekommen, um dir zu sagen, daß ich heute nicht für dich arbeiten kann«, sagte ich zu Alan.

Durch eine Wolke von Mücken, die um seine Nase tanzten, sagte er: »Warum nicht?«

»Ich muß meinen Hund baden.«

»Deinen Hund«, wiederholte Alan. Er öffnete dabei kaum die Lippen; ob er einen leidenschaftlichen Gefühlsausbruch unterdrückte oder versuchte, ein Insekt daran zu hindern, ihm in den Mund zu fliegen, war nicht klar.

»Und ich muß mit dem Sheriff sprechen.«

»Mit dem Sheriff?« Dieses Mal drückte seine Stimme und sein Tonfall wachsendes Interesse aus. »Ist noch etwas geschehen?«

»Es tut mir leid, dich zu enttäuschen, aber es ist wegen dieser anderen Angelegenheit.«

»Ah. Irgendwelche neuen Informationen?«

»Ich glaube kaum, daß dich das etwas angeht, aber da es keine neuen Informationen gibt, zögere ich nicht, dich davon zu unterrichten.« Nach einem Augenblick, während dem ich zu dem Schluß kam, daß es wirklich keinen Grund gab, ihm die Fakten vorzuenthalten, fügte ich hinzu: »Er möchte wissen, was er mit ihnen machen soll. Mit den Gebeinen.«

»Überlaß das mir.«

»Seit wann bist du der gesetzliche Erbe all der verschiedenen Gebeine, die in dieser Gegend gefunden werden?«

»Ich will meine Bemerkung anders formulieren. Ich habe ein Interesse an diesen Skeletten.« Er warf seinen Notizblock und den Stift auf einen Kartentisch, der als extrem vergängliches und tragbares Büro aufgestellt war. »Ich fahre mit.«

Ich log. »Sheriff Jarboe hat eigens darum gebeten, daß du nicht dabei bist.«

»Aber –«

»Ich möchte dich auch nicht dabeihaben.«

»Aber –«

»Ich kann nicht länger hier herumstehen und mit dir streiten. Ich habe mich schon verspätet. Bis morgen.«

Ich blickte nicht zurück. Der große junge Mann mit der Schaufel hörte auf zu arbeiten und rief mir ein hoffnungsvolles »Hallo!« zu, als ich an ihm vorbeikam. Ich lächelte und ging weiter.

Ich hatte eine Fahrt von fast vierzig Meilen vor mir, deshalb hatte ich nicht gelogen, als ich sagte, ich sei knapp mit der Zeit. Auf Seitenstraßen, die von langsam fahrenden landwirtschaftlichen Maschinen verstopft waren, brauchte ich eine Stunde – genügend Zeit, um darüber nachzudenken, was der Sheriff gesagt hatte.

Ich war in der Küche gewesen, als das Telefon geläutet hatte. Es war halb neun Uhr gewesen. Das Frühstück wurde auf dem Herd kalt, während der Sheriff drauflos redete. Er hatte mich mit meinem Vornamen angesprochen. Das bedeutete gar nichts; jedermann in dieser Gegend nannte jeden beim Vornamen, sofern nicht »Mr.« oder »Miß« vorangestellt wurde, wenn die angesprochene Person die Würde des Alters oder die gesellschaftliche Stellung besaß.

Die Art, wie er mit mir sprach, schien zu bedeuten, daß er mich kannte und erwartete, daß ich mich an ihn erinnerte. Ich erinnerte mich nicht. Es machte mir allmählich Sorgen, an wie wenig ich mich aus jenen Jahren bei Martha erinnerte. Es hatte mir vor diesem Besuch nichts ausgemacht, weil ich keinen Grund hatte, mich zu erinnern – keinen Grund, über jene Zeit nachzudenken. Ich hatte vier Jahre meines Lebens mit einer Gründlichkeit ausgelöscht, die jetzt ziemlich entnervend war.

Auf jeden Fall kannte er mich, auch wenn ich ihn nicht kannte, und er billigte mir einen Status zu, den ich in Wahrheit nicht besaß – den einer verantwortlichen Verwandten.

»Ich habe versucht, Matt zu erreichen«, sagte er bekümmert. »Dieser Junge ist nie in seinem Büro.«

»Es ist ein Wahljahr.«

»Yeah, aber es ist noch verdammt früh für den Wahlkampf. Wenn ich für einen Mann stimme, möchte ich ihn arbeiten und nicht durch die Straßen fahren sehen auf der Jagd nach Wählerstimmen.«

Es war mir egal, ob der Sheriff für Matt stimmte oder nicht, deshalb hatte ich keinen Grund, ihn zu besänftigen. »Ich habe Matt seit Samstag nicht gesehen, und er sagte mir nicht, was er für Pläne hat. Kann ich irgend etwas für Sie tun?«

»Nun, yeah, sicher – deshalb rufe ich an. Ich muß etwas mit diesen verdammten Knochen unternehmen, Julie. Sie können nicht ewig hier herumliegen.«

»Oh, diese Knochen.«

»Sie wissen, welche ich meine – diejenigen, die man gefunden hat –«

»Ich weiß, welche Sie meinen. Was soll ich mit ihnen anfangen?«

»Das fällt rechtmäßigerweise unter Miß Marthas Verantwortung. Aber ich möchte sie nicht damit belästigen, wenn es ihr so schlecht geht. Ich kann Matt nicht finden. Deshalb dachte ich mir, Sie sind diejenige, die für die Familie spricht oder sie wenigstens dazu bringen könnte, daß sie sich endlich entschließen.«

Ich hätte ihm sagen können, daß dies nicht unter meine Verantwortung fiel oder mein Recht war, irgend etwas zu entscheiden. Ich weiß nicht, warum ich ihn nicht einfach an Matt zurückverwies. Doch, ich weiß es. Ich war geschmeichelt, weil man mich bat, an einer Entscheidung teilzunehmen, anstatt mich herumzukommandieren wie einen Dienstboten.

Mit einem Blick auf meine hart gewordenen Eier sagte ich: »Ich komme in Ihr Büro und spreche mit Ihnen darüber. Ist es Ihnen heute nachmittag recht?«

Er sagte zu, immer vorausgesetzt, daß er nicht wegen eines Mordes oder eines Unfalls weggerufen würde. Ich sagte, ich wolle es riskieren; wir einigten uns auf zwei Uhr.

Augenscheinlich war es für Verbrechen ein ruhiger Tag im Land. Der Sheriff saß in seinem Büro, in dem bewährten Landsheriffs-Stil, die Füße auf dem Schreibtisch und eine Zigarre im Mund. Er nahm die Füße vom Schreibtisch, als ich erschien, stand auf und drückte seine Zigarre aus.

Er war ein kleiner Mann. Aus der polternden, mürrischen Stimme, die über das Telefon gekommen war, hatte ich auf einen größeren, kräftigeren Mann geschlossen mit einem Bierbauch, der über seinen Gürtel hing, wie bei den Karikatur-Sheriffs in den Fernsehprogramm. Wenn ich ihm auf der Straße begegnet wäre, hätte ich ihn für einen Barbier oder einen Bankangestellten gehalten. Dünner werdendes Haar, das einmal blond gewesen war und jetzt eine unbestimmte Schattierung zum Grau hin bekam, umrahmte ein schmales, fast asketisches Gesicht mit zerfurchten Wangen und großen, arglosen blauen Augen.

»Es ist wirklich schön, Sie wiederzusehen, Julie«, sagte er. »Sie sind ein hübsches Mädchen geworden.«

Er hatte mich damals also wirklich gekannt. Ich konnte mich nicht erinnern, ihn je gesehen zu haben. Ich sagte das nicht; ich schüttelte ihm die Hand und setzte mich auf den Stuhl, auf den er deutete. Er erkundigte sich nach meiner Mutter, und ich erkundigte mich nach seiner Familie – eine Fotografie auf dem Schreibtisch von einer kleinen Frau mit drei ungeschlachten Kindern gab mir das Stichwort.

»Ich weiß wirklich nicht, was ich Ihnen sagen soll«, begann ich. »Ich versuchte heute früh, Matt zu erreichen. Seine Sekretärin erklärte, er sei in Washington und käme erst Ende der Woche wieder. Sicher hat er mit Ihnen über diese Sache gesprochen.«

»Seit ein paar Wochen nicht mehr. Sehen Sie...« Er hielt inne, musterte mich, und mir wurde klar, daß die babyblauen Augen nicht so naiv waren, wie sie aussahen. »Wieviel wissen Sie darüber? Hat Matt mit Ihnen darüber gesprochen? Was steht in den Zeitungen im Norden?«

»Ich weiß nicht viel«, gab ich zu. »Nur die nackten Tatsachen und die nüchternen Vermutungen, die man darüber anstellen kann.«

»Nüchterne Vermutungen.« Sheriff Jarboe sah aus, als wolle er ausspucken. »Ich will Ihnen erzählen, was das Gesetz sagt, nicht was irgendein Professor vermutet. Menschliche Gebeine tauchen auf. Die Behörden müssen benachrichtigt werden. Gebeine tauchen öfter auf, als Sie vielleicht denken – Abzugskanäle, neue Straßen, Bauplätze –, von den verdammten Archäologen gar nicht zu reden. Wenn nun welche im Verlauf der Ausgrabungen auftauchen, bei Bauwerken oder etwas anderem, können uns die Professoren sagen, wie lange sie in der Erde gelegen haben. Wenn es das ist, was man wirkliche Altertümer nennen könnte, dann ist es uns egal, wie sie gestorben sind; aber wir müssen uns darum kümmern, was mit ihnen geschieht. Es gibt Gesetze gegen die Schändung christlicher Begräbnisstätten, und kürzlich haben die Indianer viel Aufhebens um ihr Volk gemacht. Das ist also das eine Problem. Alles regt sich darüber auf, was mit den Skeletten zu geschehen hat.«

Er griff nach seiner Zigarre, dann sah er mich an. »Sprechen Sie weiter«, sagte ich.

»Ich kann mit diesem verdammten Ding im Mund besser denken«, entschuldigte er sich.

»Sie haben sich auch so nicht schlecht gehalten, Sheriff. Ich sehe, worauf Sie hinauswollen. Es gibt ein Problem der Jurisdiktion sogar bei Skeletten, die *in situ* gefunden werden. Aber in diesem Fall können Sie nicht einmal sicher sein, ob es – Altertümer sind, wie Sie sich ausdrücken – oder Gebeine, die eine kriminalistische Untersuchung erfordern. Habe ich recht?«

Jarboes blaue Augen wurden schmäler. »Es wurde kein Verbrechen begangen, da gibt es gar keine Frage. Aber ich möchte die Burschen finden, die sich diesen Scherz erlaubt haben. Soweit ich es sagen kann, war dies das einzige Verbrechen, das geschehen ist. Es gibt keine Anzeichen für Gewaltanwendung. Ich überprüfte die Listen der vermißten Personen der letzten dreißig Jahre, aber niemand paßt auf die

Beschreibung. Ich verstehe nicht, weshalb mir die verdammten Professoren nicht sagen können, wie alt diese Knochen sind, aber sie behaupten, sie können es nicht.«

»Genauso ist es. Der Zustand der Erde, die Art der Beisetzung –«

»Yeah. Gut, das habe ich alles schon gehört. Der wesentliche Punkt ist der, daß sie schon lange tot sein muß, sonst hätten wir irgendeine Aufzeichnung in unseren Akten über vermißte Personen. Ohne Beweis ihrer Identität oder für kriminelle Gewaltanwendung habe ich keine Veranlassung, den Fall offenzulassen. Ich möchte sie aus dem Leichenschauhaus heraus und wieder in der Erde haben. Die Frage ist nur, wo?«

»Weshalb fragen Sie mich?«

»Weil –« Er stocherte mit seiner Zigarre in die Luft. »Weil alles darauf hinweist, daß sie von Maidenwood stammt. Die Straße durchschneidet Ihr Land; ich kann mir keinen Grund ausdenken, weshalb die Spaßvögel diese Knochen hätten weit tragen sollen. Wenn sie auf der Veranda von irgendwem gelegen wären, hätte ich mir vorstellen können, daß diejenigen etwas gegen den betreffenden hätten, aber so konnten sie nicht wissen, wer als erster die Straße befahren würde. Der Doktor sagt, es war eine Weiße – keine Indianerin oder Negerin – deshalb ist es möglich, daß sie eine Vorfahrin von Ihnen war.«

»Denken Sie an den Familienfriedhof in Maidenwood?«

»Irgendwelche Einwendungen?«

»Mir ist es egal. Ich glaube nicht, daß Matt etwas dagegen haben wird, aber ich will ihn fragen. Was brauchen Sie – irgendein amtliches Schriftstück?«

»Ich bin nicht sicher, was ich brauche«, murmelte Jarboe und kratzte sich am Kopf. »Aber ohne die Erlaubnis der Familie kann ich nichts unternehmen.«

»Meine Erlaubnis haben Sie, was sie auch wert sein mag. Um ehrlich zu sein, ich begreife nicht, warum man soviel Aufhebens macht.«

»Yeah. Nun, das meiste Aufheben machte dieser großmäulige junge Prof., der in Maidenwood gräbt.«

»Alan?« Ich lehnte mich im Stuhl zurück. »Was sollen Sie seiner Meinung nach tun?«

»Er möchte, daß ich ihm die Skelette gebe, damit er sie untersuchen kann. Er benimmt sich so, als wären sie aus Holz, wissen Sie.«

»Das sieht ihm ähnlich. Hat er die Gebeine schon gesehen?«

»Nein. Er platzte hier herein und hämmerte auf den Schreibtisch... Ich hätte sie ihm vielleicht gezeigt, wenn er nicht so verdammt anmaßend gewesen wäre«, fügte Jarboe mit einem zögernden Grinsen hinzu.

»Ich weiß, was Sie meinen.«

»Zum Teufel, er ist nicht einmal Anthropologe«, sagte Jarboe defensiv. »Wir hatten einen Professor von der Universität von Virginia hier; ich habe alles richtig gemacht. Sie können sie sehen, wenn Sie wollen.«

»Wer, ich?« sagte ich erschrocken. »Ich bin auch keine Anthropologin. Ich könnte Ihnen nichts sagen, was Sie nicht schon wissen.«

»Sie sind ein Familienmitglied«, sagte Jarboe. »Mir scheint, jemand sollte die Formalitäten erledigen. Wenn es Sie natürlich aufregt...«

»Es regt mich nicht auf. Ich weiß einfach nicht... Oh, gut, warum nicht!«

Man muß ziemlich abgehärtet sein bei der Betrachtung von Leichen, um sich in einem Leichenschauhaus wohl zu fühlen. Jedenfalls abgehärteter als ich. Solche Orte haben einen gewissen Geruch an sich und eine kalte, harte Atmosphäre. Ich war jedoch nicht aufgeregt. Jarboes Vermutung hatte mich geärgert, daß mir übel werden könnte vor lauter überempfindlichem, femininem Getue beim Anblick eines harmlosen alten Skeletts. Ich war nicht auf das Gefühl vorbereitet, das mich überkam, als Jarboe die Schublade öffnete, in die man die Gebeine gelegt hatte.

Noch nie war ich mir der Gebrechlichkeit der inneren Struktur so bewußt gewesen, die uns aufrechterhält. Sie war eine kleine Frau gewesen. Die elfenbeinfarbenen Knochen waren zart wie eine Skulptur.

Ich war dem Sheriff gegenüber nicht ganz ehrlich gewesen, als ich bestritt, von Knochen irgend etwas zu verstehen. Ich war keine Expertin, aber ich habe einige Seminare besucht, die Professor Kaufman abhielt, der ›Knochenmann‹ in Pennsylvania. Er war ein beliebter Dozent, denn er hatte der Staatspolizei als Berater gedient und verfügte über ein Repertoire von gruseligen Fallgeschichten. Deshalb wußte ich genug, um einige Details zu bemerken. Zum Beispiel die Zähne. Sie waren in einem ausgezeichneten Zustand – keine Anzeichen von Karies oder Abszessen. Auch keine Füllungen. Das Fehlen zahnärztlicher Eingriffe hätte eine Identifizierung wirklich schwierig gemacht, selbst wenn in den Akten über die vermißten Personen eine mögliche Kandidatin aufgetaucht wäre.

Das Skelett des Kindes lag neben dem seiner vermeintlichen Mutter. Ob mit Absicht oder weil der Platz beengt war, kuschelte es sich nahe an das Gitterwerk ihres Brustkorbs. Die Knochen waren nicht so beschädigt wie die ihren; die zarte Schädelhülle hatte jedoch dem Gewicht der Erde nicht standgehalten. Ich nahm an, die Pathologen hatten befunden, daß diese Verletzungen nach dem Tode eingetreten waren. Ich nahm es deshalb an, weil ich nicht die Absicht hatte, diese zarten rundlichen Überreste in die Hand zu nehmen.

Ich glaube, ich zeigte keine Anzeichen von Betroffenheit, aber Jarboe bestand darauf, daß ich wie eine Dame reagierte. Er legte väterlich einen Arm um meine Schulter. »Ich hätte es Ihnen nicht zeigen sollen.«

Ich schüttelte seine Fürsorge ab. »Schon gut«, sagte ich kurz.

Jarboe schloß die Schublade. »Ich hätte es Ihnen nicht zeigen sollen. Gehen wir wieder ins Büro. Vielleicht kann ich ein wenig Bourbon auftreiben, strikt für medizinische Zwecke.«

»Die Kleider«, sagte ich und dachte an meine Bemerkungen gegenüber Alan. »Könnte ich die Kleider sehen, die sie – äh – trugen?«

»Yeah, sicher.«

Die Kleider waren in braunes Packpapier eingewickelt. Jarboe räumte seinen Schreibtisch ab, indem er den angesammelten Kram auf eine Seite schob, und öffnete das Paket.

Psychologen sagen, das Geruchsempfinden weckt leichter Erinnerungen als alle anderen Sinne. Ich weiß nicht warum, und nicht einmal ob es wahr ist, aber die schwache Aura, die diese verblaßten Gewänder umgab, weckte in mir Bilder, und zwar lebhafte – ein Dachboden in einem alten Haus, Sonnenstrahlen, die auf abgetretene Fußbodendielen fielen, heiße, stickige Luft, Staub, der in der Nase kitzelte, und ein starker, deutlicher Geruch...

»Mottenkugeln«, sagte ich leise.

Jarboe nickte. »Jawohl. Sie waren irgendwo verstaut. Ich zeigte sie herum, aber niemand kannte sie. Ich dachte, vielleicht stammen sie von Maidenwood.«

»Das würde ich nicht wissen. Auf unserem Dachboden liegt eine Menge altes Zeug – ich habe dort oben früher herumgestöbert...« Wieder eine schlagartige Erinnerung – aber diese paßte nicht in das Konzept, sie zog mir durch den Kopf und verschwand. Ich bemerkte nicht, daß ich sanft schwankte wie ein Schilfrohr im Wind, bis Jarboes Arm mich zu einem Stuhl führte.

»Hier, jetzt«, sagte er ohne Befriedigung. »Ich wußte, ich hätte es Ihnen nicht zeigen sollen. Hier, das wird Ihnen guttun.«

Ich nahm das Glas, das er mir in die Hand drückte. Die momentane Schwäche war vorüber, aber ich konnte seine liebenswürdige Revanche nicht zurückweisen. Es geschah mir recht, weil ich so blasiert gewesen war.

Ich versicherte ihm, der Alkohol habe mich in der Tat wiederhergestellt und schob seine Entschuldigung beiseite. »Es tut mir nur leid, daß ich Ihnen nicht helfen kann, Sheriff. Ich erinnere mich nicht...«

»Schade, daß ich Miß Martha nicht fragen kann.«

»Es ist kaum anzunehmen, daß sie von unserem Dachboden stammen. Wir haben zwar Schwierigkeiten mit Unbefugten, die auf unser Land kommen, aber ich kann nicht glauben, daß Diebe ins Haus eindringen konnten, ohne Anzeichen von Gewaltanwendung zu hinterlassen. Shirley Johnson ist da, seitdem Martha krank ist, und wenn jemand vorher eingebrochen wäre, hätte Martha die Hölle losgemacht. Sie hatte immer einen leichten Schlaf, und sie hat Ohren wie ein Luchs.«

Jarboe nickte zustimmend. »Abgesehen von einem doppelläufigen Gewehr. Ich glaube, Sie haben recht, Julie, wenn Martha einen Einbrecher im Haus erwischt hätte, dann hätte sie ihn tüchtig durchsiebt.«

»Martha hat ein Gewehr?«

»Ja, sicher; das hatte sie immer, oder nicht?«

»O ja. Ich – hatte es vergessen. Ich habe es nicht gesehen, seitdem ich hier bin.«

»Suchen Sie es am besten und stellen Sie es bereit.«

Ich sah ihn konsterniert an, und er fügte hastig hinzu: »Nur falls Unbefugte kommen oder ein tollwütiges Tier... Sie brauchen sich keine Sorgen zu machen, daß jemand ins Haus selbst eindringt, darin haben Sie hundertprozentig recht. Carrsville ist ein hübscher, ruhiger Ort, nicht wie Pittsburgh.«

Ein hübscher, ruhiger Ort, bewohnt von Leuten, die sich einen Spaß daraus machen, mit menschlichen Skeletten zu spielen. Meine Miene überzeugte Jarboe davon, daß er dieses Argument besser fallenließ.

»Sie kennen diese Kleider also nicht?« fragte er.

Ich nahm das Kleid in die Hand. Die Baumwolle war ein schmutziger, braun bedruckter Stoff mit kleinen Figuren auf einem dunklen, graublauen Untergrund. Das Kleid sah so aus, als wäre es von einer ungeschickten Schneiderin genäht worden; die Ärmel waren unförmige Röhren, der Halsausschnitt einfach, nicht von einem Kragen oder einer Halskrause geschmückt. Das Kleid fiel von einem schmalen Schulterstück gerade herab.

»Ich will Ihnen eines sagen«, erklärte ich, »dieses Kleid wurde niemals für *sie* genäht. Es ist viel zu groß.«

»Das paßt zu meiner Vermutung«, sagte Jarboe. »Jemand hat es vom Dachboden seiner Mama geholt.«

»Das macht einen verrückt«, murmelte ich und prüfte das

Kleid noch genauer. »Ich meine, dieses Kleid hat absolut nichts Bemerkenswertes an sich. Es wurde auf einer Nähmaschine genäht, aber Frauen benutzen sie schon seit – mindestens hundert Jahren, nehme ich an. Der Stoff sieht nicht wie Synthetik aus, und das Muster ist altmodisch, aber diese altmodischen Muster sind auch noch heute beliebt für Bettdecken und ländliche Kleider. Der Stil sagt mir nichts, weil das Kleid überhaupt keinen nennenswerten Stil hat.«

»Manche alten Damen auf dem Land tragen immer noch solche Kleider«, sagte Jarboe. »Wir haben das alles bedacht, Julie.«

»Es ist ein häßliches Kleid«, sagte ich vehement. »Kein junges Mädchen würde gern tot darin aufgefunden werden... Es tut mir leid, Jarboe, das war nicht fein.«

»Dies hier«, fuhr ich fort und berührte das weiße Kleidungsstück mit den Fingerspitzen, »ist etwas völlig anderes. Es ist handgenäht und wahrscheinlich alt.«

»Fassen Sie es ruhig an, wenn Sie wollen«, sagte Jarboe und beobachtete mich. »Sie können es nicht beschädigen.«

Ich zögerte, es in die Hand zu nehmen. Die Flecken waren wahrscheinlich Rost, aber sie sahen wie getrocknetes Blut aus. Ich sagte mir, daß ich mich sehr töricht benahm und hob das Kleid vom Tisch.

»Handgenäht«, sagte ich, »jeder Zoll davon, die ganzen Krausen und Rüschen. Ich glaube, es ist das, was man *broderie anglaise* nennt. Der Stoff ist aus Batist – ich bin nicht ganz sicher. Aber alles ist handgemacht.«

Ich ließ das kleine, fleckige Kleid auf den Tisch fallen. »Auch hier kein Hinweis. Jungen und Mädchen wurden vor Jahren so gekleidet. Wenn es darauf ankommt...«

»Nun, nein, das tut es nicht. Es sei denn, Leute bewahren Handarbeiten wie Familienerbstücke auf. Das Kleid der Frau ist kein Erbstück.«

»Das können Sie laut sagen.«

Ich wischte mir unbewußt die Finger am Rock ab. Dann steckte ich die Hände in die Taschen. »Es tut mir leid, daß ich Ihnen nicht weiterhelfen kann.«

»Sind Sie sicher, daß Sie nicht noch einen Schluck haben wollen?«

Ich nahm noch einen Schluck. Ich brauchte ihn. Ich hatte vor Jarboe nicht verbergen können, daß ich »erregt« war, wie er es taktvollerweise ausgedrückt hatte, aber er wußte nicht, wie erregt ich war – oder warum. Es war nicht die gute weibliche Empfindlichkeit beim Anblick von ein paar Gebeinen. Die Skelette hatten mich weder erschreckt noch abgestoßen. Sie hatten mich nur traurig gestimmt. Aber die Kleider... Warum konnte ich diesen Erinnerungsblitz nicht festhalten wie so viele andere, die einmal verloren und unerwünscht waren? Meine Argumente, weshalb die Kleider nicht von Maidenwood stammen konnten, klangen tatsächlich überzeugend. Und die Vorstellung gefiel mir gewiß nicht, daß Unbefugte frei im Haus herumstreiften...

Ich verabschiedete mich von Jarboe und verließ das Gebäude, aber ich bekam diese erbärmlichen Kleidungsstücke nicht aus dem Kopf. Dieses Kinderkleid, das mit so großer Liebe und so schön angefertigt worden war – und solch ein Kontrast zu dem Kleid der Frau. Aber das hatte nichts zu bedeuten. Beide Kleidungsstücke müssen aufs Geratewohl aus einer Truhe mit alten Kleidern geholt worden sein; die Mutter, die dieses zierliche Kinderkleid angefertigt hatte, wäre selbst niemals so einfach gekleidet gewesen.

Als ich den Parkplatz verließ, dachte ich an etwas, das mir schon früher hätte einfallen sollen. Das Kleid wäre nicht zu groß gewesen für eine Frau in den letzten Monaten der Schwangerschaft.

Nach einem kurzen Halt beim Supermarkt, wo ich noch mehr Hundefutter kaufte (meine Einschätzung von Elvis Appetit hatte weit danebengelegen), machte ich mich auf den Weg nach Maidenwood zurück. Ich ärgerte mich über mich selbst aus verschiedenen Gründen, und es besserte meine Stimmung nicht, als ich feststellte, daß Mrs. Danner aus dem Stewfleisch, das ich für das Abendessen vorgesehen hatte, Suppe kochte. Sie kochte offensichtlich schon lange. Das Paket tiefgefrorenes Gemüse, das sie der blassen, grauen Brühe hinzugefügt hatte, war zu einer weichen

Masse verkocht, und in der Küche war es wie in einem Dampfbad.

Ich wollte die Treppe hinaufrasen, um sie anzuschreien, aber der Anblick einer von Flöhen heimgesuchten Schnauze und zwei hoffnungsvollen Augen, die zur Tür hereinsahen, erinnerte mich an andere Pflichten. Weshalb haben Hunde so seelenvolle Augen? Gemäß der offiziell anerkannten Theologie haben sie keine Seele. Ich hatte eine ungefähre Vorstellung von der anerkannten Theologie – oder ich hatte immer geglaubt, ich hätte eine. Weshalb beunruhigte mich dann so sehr der Gedanke an die erbärmlichen Gebeine, die in einer kalten Metallschublade lagen? Warum bedrückten mich die Bilder von singenden Priestern und ordentlichen Grabsteinen mit der Aufschrift »Hier liegt...«?

Ich schaltete den Herd unter der Suppe aus und füllte eine Schale mit Hundefutter. Elvis begann bei ihrem Anblick zu winseln, aber ehe ich sie auf die Veranda trug, machte ich mich verstohlen in der Küche zu schaffen, wobei ich den Rücken der Tür zuwandte, damit er nicht sehen konnte, was ich tat. Dann wartete ich, bis er intensiv mit seinem Futter beschäftigt war, ehe ich die große Waschschüssel, die Bürste, das Flohshampoo, das Handtuch und den Kessel mit warmem Wasser hinaustrug.

Elvis blickte nicht auf. Vielleicht hatte man ihn noch nie gebadet. Er sah jedenfalls so aus, als hätte er noch nie gebadet. Ich setzte mich auf die Stufe und überflog noch einmal die betreffenden Seiten des Buches »Wie Sie Ihren Hund pflegen«. Es klang nicht bedrohlich: »Geben Sie Wasser in die Schüssel und den Hund in das Wasser.«

Fünf Minuten später war ich von Kopf bis Fuß durchnäßt. Die einzigen nassen Teile von Elvis waren seine Pfoten. Er stand ein paar Fuß neben der Schüssel, grinste und wedelte mit dem Schwanz. Offensichtlich hielt er dies für ein neues und faszinierendes Spiel – du nimmst mich auf und stellst mich in die Schüssel, dann springe ich heraus. Je nässer du dabei wirst, um so mehr Punkte für mich.

Ich wollte es gerade wiederholen, als Elvis sich umdrehte und blitzschnell um die Hausecke davonschoß. Er war zurück, ehe ich Zeit hatte zu fluchen, begleitet von Alan, und dabei tat er so, als würden sie einander schon ihr Leben lang kennen. Er hatte nicht einmal gebellt.

Ich sagte bitter: »Schlimmer als ein Schlangenbiß ist es, einen treulosen Hund zu haben.«

Alan beantwortete den Scherz mit einem höflichen Lächeln. »Wir haben uns schon früher kennengelernt.«

»Oh.«

»Dein Vetter sagt, ich kann in der Nähe des Räucherhauses graben.«

»Oh.«

»Ich glaube, ich habe eine Abfallgrube entdeckt.«

»Das ist ja wunderbar.«

»Wenn dein Vetter uns nur ungestört arbeiten ließe.«

»Ach, hör auf damit, Alan. Du bist an dem ersten Herrenhaus in Wirklichkeit gar nicht interessiert. Du bist nur darauf aus, Matt auf die Nerven zu gehen. Ich glaube«, fügte ich hinzu, als Elvis sich unziemlich an Alans Füßen krümmte, »du hast in der Abfallgrube ein paar Steakknochen aus dem 18. Jahrhundert gefunden. Oder hast du das hier mitgebracht, um meinen Hund zu bestechen?«

»Er braucht nicht bestochen zu werden, er ist ein gescheiter Hund; er erkannte sofort meinen charmanten und liebenswürdigen Charakter.«

Ich seufzte. »Was möchtest du, Alan?«

»Ich wollte dir helfen, den Hund zu baden«, sagte Alan. »Ich dachte mir, daß du damit ein wenig Schwierigkeiten haben würdest.«

Alan musterte mich, denn ich tropfte vom Kopf bis zu den durchweichten Latschen. Er grinste niederträchtig. »Du hast dich immer vor Hunden gefürchtet.«

»Ich habe mich nicht vor Hunden gefürchtet. Meine Mutter hat sich vor Hunden gefürchtet.«

»Wie du willst. Komm her, Hund!«

»Sein Name ist Elvis«, sagte ich in einem liebenswürdigen Tonfall. Ich bin nicht zu stolz, um Hilfe anzunehmen, und außerdem hoffte ich, auch Alan würde durchnäßt werden.

»Elvis? Guter Gott!« Alan packte den Hund und steckte ihn

in die Wanne. Das verdammte Tier stand da wie ein Fels und ließ seine Zunge idiotisch aus dem Maul heraushängen.

Alan wurde ziemlich naß, was mein Ego etwas besänftigte. Ich kam zu dem Schluß, daß es unmöglich war, einen Hund zu baden, ohne naß zu werden. »Das Schwierige daran ist zu verhindern, daß er sich im Dreck wälzt, sobald er aus der Wanne draußen ist«, erklärte Alan und packte Elvis fest am Hals. »Gib mir das Handtuch... verdammt!«

Ich trat zurück aus dem Schauer, den Elvis produzierte, indem er sich heftig schüttelte.

Alan zeigte mir, wie man abgestorbene Haare und tote Flöhe herausbürstet. Elvis gefiel dieser Teil der Prozedur, und ich konnte zu einem angemesseneren Gesprächsthema zurückkehren.

»In Wirklichkeit bist du gekommen, um zu erfahren, was der Sheriff gesagt hat«, bemerkte ich und beobachtete etwas angeekelt, wie Alan ein paar Flöhe zerdrückte, deren stärkere Konstitution dem Shampoo widerstanden hatten.

»Was sagte er?«

»Er möchte die Skelette loswerden. Er will sie aber nicht dir geben«, fügte ich hinzu. »Er wies darauf hin, daß es Gesetze über die Beseitigung menschlicher Überreste gibt.«

»Wußte ich es doch. Ich glaube, er möchte, daß du sie auf dem Familienfriedhof begräbst.«

»Ich wüßte nicht, was dagegen spricht.«

»Ich auch nicht«, sagte Alan liebenswürdig.

Elvis, der in seiner seligen Ungezwungenheit auf der Seite lag, versteifte sich und begann zu winseln. »Warte, ich bin noch nicht fertig«, sagte Alan. »Was ist los mit ihm?«

»Ab und zu fällt ihm ein, daß er ein Wachhund ist. Das klingt wie Mr. Danners Pritschenwagen. Verdammt, ich dachte, Mrs. Danner käme in die Küche, ehe sie abfährt. Ich wollte sie ausschimpfen, weil sie einen Brei aus meinem Abendessen gemacht hat.«

Nachdem ich es ausgesprochen hatte, wurde mir klar, daß es verdächtig wie ein Wink mit dem Zaunpfahl klang. Alan ging darauf nicht ein. Er bürstete weiter, und ich sagte: »Warum suchst du nicht nach Grabstellen?«

»Wieso glaubst du, das täte ich nicht?«

»Mitten auf der Wiese, die einen großen Teil des Jahres unter Wasser steht?«

Alan hob fragend eine Augenbraue in meine Richtung. »Hast du Kurse in Archäologie belegt, oder kann es sein, daß die Perlen der Weisheit, die ich früher während der ganzen Jahre fallen ließ –«

»Es ist nur der gesunde Menschenverstand. Du suchst nach einem Beweis für die Besiedelung, nicht nach ausgeraubten Gräbern.«

»Beides schließt einander nicht aus.«

»In diesem Fall doch. Die Siedlung im Maydon-Bezirk datiert aus dem ersten Viertel des 17. Jahrhunderts. Ich sah die Skelette. Sie sind zu sauber und zu gut erhalten, um so alt zu sein.«

»Ich weiß.«

»Woher weißt du es? Du hast die Skelette doch nicht gesehen.«

»Perkins, der Pathologe, ist ein Freund von mir. Jedenfalls wußte ich, daß die Gebeine nicht dreihundertundfünfzig Jahre alt sind, sobald ich die Geschichte in der Zeitung las, sofern nicht...«

»Sofern nicht was?«

Alan hatte mich vielleicht nicht gehört. Er ließ den Hund los, der sich sofort in die nächste Pfütze warf und darin wälzte. Alan saß mit übergeschlagenen Beinen da, die Hände ruhten leicht auf seinen Knien, und er blickte verträumt ins Leere, als sähe er die Szenen vor sich, die er beschrieb.

»Man kann sich schwer vorstellen, wie es für sie war.

Überwucherte Wildnis, so weit das Auge reichte, nichts von den Annehmlichkeiten, selbst den Notwendigkeiten, die sie immer für selbstverständlich gehalten hatten. Elisabeth I. war erst seit ein paar Jahren tot. James war König – dieser Schotte mit dem mürrischen Gesicht, der sich mit schönen, jungen Männern vergnügte und ernsthafte Forschungen über Hexerei anstellte. Die Männer, die bei Jamestown landeten, trugen Halskrausen und Degen; sie rühmten sich, ›Gentlemen‹ zu sein, zu gut, um ihre Hände zu beschmutzen, indem sie Land urbar machten oder Häuser bauten. Die Siedlung wäre fast untergegangen wegen ihrer Vornehmheit.

Aber sie überlebte. Städte entstanden. Die Bezirke schickten ihre Vertreter in die Versammlung nach Jamestown. 1622 gab es im Bezirk Maydon achtundsiebzig Einwohner. Sie bauten Häuser und eine Kirche, und alles drängte sich um das Fort, von dem sie glaubten, es würde die ›Wilden‹ einschüchtern. Die Indianer ließen sich nicht einschüchtern. Der Aufstand von 1622 löschte ein Drittel der Kolonisten von Virginia aus. Maydon wurde am härtesten getroffen. Das Massaker war so schrecklich, die Vernichtung so vollständig, daß niemals der Versuch einer Neubesiedelung unternommen wurde. Noch Jahre danach schworen Jäger, die in der Nähe der Stelle kampierten, daß die Geister der Toten sich in der Dunkelheit um sie drängten, ihre blutenden Wunden entblößten und mit hohen, klagenden Stimmen Rache verlangten. Die Stelle wurde gemieden, ihr genauer Ort vergessen. Maydon wurde der ›Verlorene Bezirk‹.«

Ich kannte die Geschichte, aber der Zauber seiner Stimme war so stark wie je. Sogar der Hund lag still. Er hatte den Kopf auf die Pfoten gelegt, und seine lebhaften braunen Augen fixierten den Erzähler.

»Aber es heißt, sie geistert immer noch in den grünen Schatten des Waldes«, fuhr Alan leise fort. »Nicht als ein verstümmeltes Opfer, sondern in ihrer ganzen jugendlichen Schönheit; schwarzhaarig und mit blauen Augen, Edelsteine am Hals und im Haar, und lange Samtröcke rascheln im toten Laub.«

Der Bann war gebrochen. Ich fuhr hoch, als wäre ich gestochen worden. »Du vergeudest deine Talente in der Archäologie«, sagte ich grob. »Du solltest fantastische Romane schreiben. Diese Geschichte *ist* ein fantastischer Roman. Ich habe ihn gelesen. *To Have and to Hold* von Mary Johnston. Eine dieser dummen, sentimentalen, altmodischen...«

»Sicher«, unterbrach mich Alan. »Reine Fiktion. Die hochgeborene Dame, die mit dem Favoriten des Königs aus einer verhaßten Ehe floh und sich als eines der Dienstmädchen der

Virginia Company verkleidete, die als Frauen für die Siedler rekrutiert worden waren. Aber diese Geschichte hat einen wahren Kern; es gab eine Lady Jocelyn Cartwright unter den Einwohnern des Bezirks Maydon –«

»Das hast du mir schon vor fünf Jahren erzählt. Alan, ich begreife, warum Maydon wichtig ist. So wenig ist übriggeblieben von diesen ersten Ansiedlungen – man hat wenig gefunden und noch weniger ausgegraben. Aber deine Geschichte über die Lady war es, die deinen Artikel ruiniert hat. Alle Gelehrten auf diesem Gebiet machten sich darüber lustig; es hätte dich fast deine Karriere gekostet. Es hat sie nie gegeben.«

»Sie schrieb an den König. Es gab einen Brief.«

»Wo ist er dann? Der einzige Mensch, der behauptet, ihn in einer Sammlung von Familiendokumenten gesehen zu haben, war jener dilettantische Historiker des 19. Jahrhunderts. Wahrscheinlich hat er alles erfunden.«

Alan ließ sich nicht provozieren. Er warf mir ein liebenswürdiges, träges Lächeln zu und sagte heiter: »Du hast das Porträt gesehen.«

Ich hatte nicht das Original gesehen. Das hing in der National Portrait Gallery in London – eine feine Miniatur aus Elfenbein, die einem der Schüler Holbeins zugeschrieben wurde und fast mit dem Genius des Meisters ausgeführt war. Ich hatte Kopien davon gesehen. Sie waren überall zu finden, auch in Maidenwood. Einer meiner verrückten Vorfahren hatte behauptet, wir stammten über mehrere Umwege von Lady Jocelyn ab. Über sehr viele Umwege, wenn man bedenkt, daß sie, wenn sie nicht ein Produkt der Fantasie war, 1622 ohne Nachkommenschaft gestorben sein mußte.

»Die Zuschreibung ist zweifelhaft«, sagte ich mit meiner widerlichsten pseudogelehrten Stimme.

»Aber nimm einmal an«, beharrte Alan, »nimm an, es geschah so, wie es in dem verlorengegangenen Brief stand. Als König James erkannte, daß es ihr Ernst war, gab er nach. Er gewährte ihr einen ausgedehnten Besitz hier in Virginia. Wenn ihr der Gatte, den er für sie auswählte, nicht gut genug war, konnte sie wohl oder übel als Jungfrau leben und sterben. Paßt das nicht zu seiner merkwürdigen Persönlichkeit, der Mischung von Grausamkeit und Gefühl, die seine Handlungen prägte?«

Dieses Mal riß mich der Zauber seiner Stimme nicht hin. Ich nehme an, auf eine merkwürdige Weise war ich immer auf die Lady eifersüchtig gewesen. Eifersüchtig, nicht einmal auf einen Geist, sondern auf den Geist eines Fantasiegebildes.

Aber die Miniatur war schön. Das schwarze Haar, die großen, blauen Augen...

»Und dann das Massaker«, fuhr Alan fort. »Eine Version der Geschichte behauptet, sie sei von den Indianern gefangen und entführt worden; sie habe sich in einen starken, indianischen Krieger verliebt und ihm Kinder geboren. Eine andere Version besagt, sie habe sich lieber selbst getötet, als lebendig gefangengenommen zu werden. Als die Rettungsexpedition eintraf – zu spät –, fanden sie die Toten dort liegend, wo sie gefallen waren, verwest und von wilden Tieren zerrissen. Die Leichen wurden in hastig angelegte, ungezeichnete Gräber geworfen. Aber nur angenommen... angenommen, sie hätten sie einer respektvolleren Behandlung für würdig erachtet, ein ordentlicher Sarg – irgendeine Methode, die ihre Gebeine durch dreieinhalb Jahrhunderte hindurch erhalten hätte.«

»Alan«, sagte ich halb überzeugt, »du – du fantasierst nur, nicht wahr? Du glaubst im Ernst nicht wirklich –«

»Zum Teufel, nein!« Er sah mich direkt an. Seine Augen waren nicht mehr verträumt; sie funkelten vor Vergnügen. »Aber gibt das nicht eine großartige Geschichte? Du hast den Rest davon noch nicht gehört – das Kind, das gegen den Befehl des Königs geboren wurde –«

»Du Miststück«, rief ich, »willst du dieses Garn wirklich drucken lassen? Deine Kollegen werden dich kreuzigen.«

»Oh, ich werde es, ohne mich festzulegen, und mit aller angemessenen Reserviertheit verbreiten. Wenn alles andere mißlingt – oder nichts nützt –, ich werde es bestimmt publizieren. Ich muß etwas tun, um einen Beweis dafür zu bekommen, Julie. Ich habe zu lange gewartet, um mich von einer Lappalie wie Geld davon abhalten zu lassen.«

»Ich habe nie etwas so Unmoralisches, Unehrliches, Prinzipienloses, Schändliches –«

»Ich sagte, das sei nur eine Geschichte.« Alan grinste. »Aber der Bezirk Maydon ist keine. Er ist hier, verdammt noch mal, und ich werde ihn finden.«

»So weit haben Sie es jetzt kommen lassen«, sagte Shirley an der Verandatür. »Soll diese Brühe auf dem Herd das Abendessen sein?«

Wir aßen die Suppe zum Abendessen, denn es war das einzige, was wir hatten. Ich versprach Shirley für die nächsten Tage etwas Exotisches – Krabben, Hummer, was immer sie wollte.

Martha grollte über das Essen, was ich als Kompliment für meine Kochkunst aufnahm. Als sie fertig war, ließ ich mich mit dem *Bleak House* nieder, und diesmal fand ich Esthers gräßlichen Optimismus beinahe beruhigend. Jedesmal, wenn ich an Alans unehrlichen Plan dachte, Geld aufzutreiben, um sich seinen Herzenswunsch zu erfüllen, konnte ich mich nicht entscheiden, ob ich lachen oder fluchen sollte.

Nachdem Martha mich entlassen hatte, war ich zu ruhelos um zu schlafen. Was ich brauchte, war körperliche Bewegung – ein langer, tüchtiger Spaziergang, begleitet von meinem treuen Hund. Aber die Dunkelheit schüchterte mich ein, nicht nur, weil die Möglichkeit bestand, daß ich über etwas stolperte und mir die Knöchel verstauchte, sondern weil die Nacht erfüllt war von Gefahren – uralten Fantomen oder verrückten lebenden Menschen. Ich vergewisserte mich, daß alles verschlossen und verriegelt war, dann ging ich in die Bibliothek.

Es war ein schrecklicher Gang in der Nacht, bei dem nur das schwache Licht einer einzigen Taschenlampe die Dunkelheit vertrieb. Ich dehnte meinen Besuch nicht aus, sondern ging sofort zu den Regalen mit den Geschichtswerken. Früher hatte ich mich für diese Bücher nicht besonders interessiert, aber ich erinnerte mich vage daran, ein Buch über Maidenwood gesehen zu haben. Das Regal war in Spinnengewebe eingehüllt, aber das Buch war da; mein Gedächtnis arbeitete bemerkenswert gut, nachdem es nun so oft aufgerüttelt worden war. Ich nahm das Maidenwood-Buch und ein paar andere über die Geschichte von Virginia und verließ die Bibliothek, wobei ich fast rannte. Geister spukten tatsächlich in Maidenwood, und der schrecklichste Geist war der Schatten des zornigen, unglücklichen Kindes, das ich gewesen war.

Ich wachte am nächsten Morgen mit einem schweren Kopf, sozusagen einem psychischen Kater, auf. Das Fenster war undurchsichtig wegen des sanften, weißen Nebels. Die Luft war feucht und warm; es würde einen heißen Tag geben, sobald der Nebel sich aufgelöst hatte, was unvermeidlicherweise geschehen würde. Ein unübertrefflicher Tag, um auf einem weiten Feld voller Insekten zu graben.

Ich hörte Marthas protestierende Stimme, als ich verdrießlich an ihrer Tür vorüberging. Ich hatte nicht das Bedürfnis, stehenzubleiben und mich zu erkundigen, worüber sie sich beschwerte. Ich stellte den Wasserkessel auf; und dann erinnerte mich ein Kratzen an der Tür an meine neuen Pflichten. Der Anblick von Elvis, sauber und mit wachsamen Augen und unverhohlener Freude, mich zu sehen, vertrieb einen Teil meiner schlechten Laune. Ich begann zu begreifen, warum Leute sich Hunde halten. Es ist nett, jemanden zu haben, der einen unkritisch verehrt, selbst wenn die Tatsache, daß man als Nahrungsquelle fungiert, einen großen Teil dieser Bewunderung ausmacht.

Er wollte nicht draußen fressen, auf der Stufe ganz allein. Er wollte herein. Ich war so benommen, daß ich mich konzentrieren mußte, ehe ich die Lösung fand: ich mußte die Küchentür schließen. Elvis hatte sein Frühstück wegpoliert, bis der Wasserkessel kochte. Er ließ sich zu meinen Füßen nieder, während ich meinen Kaffee trank, und sein Schwanz erzeugte ein leises rhythmisches Geräusch.

Ich wußte, warum ich schlechter Laune war. Es war nicht der Mangel an Schlaf, obwohl ich noch lange wach gewesen war und gelesen hatte. Es war das, was ich gelesen hatte, das mich irritierte.

Das kleine Buch über Maidenwood, verfaßt um die Jahrhundertwende von einem meiner verdrehten, fernen Verwandten, war eine unkritische Mischung von Tatsachen und Phantasie, von Legende und Geschichte, serviert mit einem großzügigen Schuß Selbstgefälligkeit. Alles, was den Stolz und den Ruhm der Carrs vermehrte, war für ihn eine Tatsache. Er glaubte nicht nur an die Lady, sondern er nannte sie auch »meine Vorfahrin«.

Die anderen Bücher stellten Lady Jocelyn in ihr richtiges Licht – »eine hübsche Legende«, wie es ein Historiker herablassend auszudrücken geruhte. Der Bezirk Maydon hatte ein solideres Fundament. Es hatte eine solche Ansiedlung gegeben, darin stimmten die Autoritäten überein. Sie waren sich nur nicht einig über seine Lage. Niemand hatte jemals eine Expedition unternommen, um nach den Überresten des Bezirks Maydon zu suchen, und dies aus sehr guten Gründen. Der schwerwiegendste Grund war der Mangel an Geld. Die Archäologie ist eine teure Beschäftigung, und es gab Dutzende anderer Ausgrabungsstätten, die größeres Interesse auf sich zogen. Der Autor des Buches über Maidenwood, der sich (irrtümlicherweise) für einen Gelehrten hielt, hatte einige flüchtige Ausgrabungen angestellt. Er war überzeugt davon, der verlorene Bezirk habe in Maidenwood gelegen, und er bot als Beweis dafür ein rostiges Stück Metall an, von dem er behauptete, es sei ein Teil einer Rüstung, die aus der Regierungszeit James I. stammte. Das Buch enthielt eine Fotografie dieses Artefakts. Es sah aus wie ein Teil eines Schutzbleches von einem Ford Modell T. Ich konnte verstehen, warum es die Historiker nicht beeindruckt hatte. Einige stimmten zu, daß Maidenwood ein möglicher Ort war, aber es war nur einem von mehreren und niemandem wirklich wichtig genug, es zu erforschen.

Ich glaube, ich hatte herauszufinden gehofft, daß Alan in bezug auf den Maydon-Bezirk ebenso weit von der Wahrheit entfernt war wie im Hinblick auf die Lady, denn ich war nicht überzeugt, daß er seine ›hübsche Legende‹ ganz aufgegeben hatte. Ich hatte kein solches Glück.

Die Küchentür ging auf. »Warum haben Sie die Küchentür

zugemacht?« begann Shirley. »Oh, ich begreife. Nun, Elvis, mach das nicht – du gehst mir auf die Nerven... Julie, an der Vordertür ist eine Frau und –«

Die Frau war nicht an der Vordertür, sie war an der Küchentür, direkt hinter Shirley. Elvis, der Shirley leckend und schwanzwedelnd begrüßt hatte, begann zu knurren. Ich packte ihn rechtzeitig am Hals und hielt ihn dadurch davon ab, den Neuankömmling anzugreifen.

»Wer –« begann ich.

»Sperren Sie Ihren Hund ein, bitte«, sagte die Frau kurz. »Wenn er mich angreift, werde ich genötigt sein, rechtliche Schritte zu ergreifen. Meine Karte.«

Sie hielt sich in sicherer Entfernung vom Hund und streckte mir die Karte hin. Ich ließ sie auf den Boden fallen. Mit Mühe raffte ich meinen Verstand zusammen – Elvis hinaus, Shirley wieder zu Martha mit einer Tasse Kaffee in der Hand, die Küchentür geschlossen. Dann wandte ich meine Aufmerksamkeit der Besucherin zu, die stehengeblieben war, unbeweglich wie eine Granitstatue.

Sie sah aus wie eine Sekretärin, untersetzt und mit scharfen Augen, und sie trug einen neuen Nadelstreifenanzug und empfindliche Schuhe. Eine Hornbrille beherrschte ihr Gesicht; sonst hatten ihre Züge nichts Besonderes an sich außer jenen wissenden Augen. Sie hatte ihre Karte aufgehoben. Als sie sie mir das zweite Mal hinhielt, nahm ich sie.

»Pauline A. Hornbeak, P. A., B. A., M. B. A....« Ich blickte auf. »P. A.?«

»Psychische Archäologin.«

»Oh, verdammt«, rief ich.

Pauline A. Hornbeak zog die Augenbrauen hoch. »Ich bitte um Verzeihung!«

»Dazu haben Sie auch allen Grund. Was stellen Sie sich eigentlich vor, ohne Einladung in ein Privathaus einzudringen – und zu dieser gottlosen Stunde!«

»Ich entschuldige mich dafür, daß ich so früh komme«, sagte Pauline und sprach so unaufrichtig wie ein Politiker, der erklärt, was er mit jener Fächertänzerin getan hat. »Ich habe Senator Matthew Ellis geschrieben, aber er erwies mir nicht die Höflichkeit einer Antwort. Meine Briefe an Professor Alan Petranek sind ebenalls unbeantwortet geblieben. Ihre unerklärliche Unhöflichkeit ließ mir keine Alternative, als zu Ihnen zu kommen.«

Mein Adrenalin begann zu fließen – träge, aber stark. Ich schrie sie an: »Keine Alternative? Sie hatten die offensichtliche und vernünftige Alternative, wegzubleiben. Was zum Teufel ist mit Ihnen los?«

Draußen stieß Elvis ein scharfes, aufgeregtes Bellen aus, und ich dämpfte meine Stimme. »Ich glaube Ihnen nicht. Gehen Sie, ehe ich die Polizei rufe.«

Pauline warf mir ein mitleidiges Lächeln zu. »Ihr Mangel an Höflichkeit berührt mich nicht, Miß Newcomb. Ich bin in Übereinstimmung mit meinen Meistern. Ich werde geschützt vor Verletzungen. Werden Sie mir einen Platz anbieten?«

»Nein.«

»Eine Tasse Kaffee vielleicht. Normalerweise nehme ich kein Stimulans zu mir, es ist reines Gift für den Körper und vernebelt die psychischen Sinne. Aber als Symbol des guten Einvernehmens –«

»Ich biete Ihnen keine Tasse Kaffee an. Eine Tasse reinen Giftes, wenn ich es hätte... Schauen Sie her, Miß – Mrs. –«

»Nennen Sie mich Pauline.«

»Nein, danke.« Ich glättete die Karte, die ich zwischen neinen Fingern zerknüllt hatte. »Das Forschungszentrum für Psychische Archäologie. Ich habe einen Ihrer Briefe gelesen.«

»Dann wissen Sie auch, weshalb ich hier bin. Lassen Sie es mich näher erklären. Ich weiß, wo –«

»Wenn Sie laufen, können Sie wahrscheinlich Ihren Wagen erreichen, ehe der Hund Sie einholt. Er lahmt ein wenig.«

Ich mußte sie zur Tür führen und in ihren Wagen drängen. Sie sprach unterwegs die ganze Zeit. Nur das Eintreffen von Elvis, hinkend, aber voller Eifer, hinderte sie daran, ihre Lektion fortzusetzen. Ich hielt ihn fest, streichelte und lobte ihn, um ihn davon abzuhalten, dem Wagen die Einfahrt entlang nachzujagen und zu bellen. Entweder war er empfänglich für die Atmosphäre, oder man hatte ihm beigebracht, nicht unnötig zu bellen. Den meisten anderen meiner Befehle schenkte er jedenfalls keine Beachtung.

Ich ging wieder ins Haus. Shirley wartete oben an der Treppe. »Miß Martha –« begann sie.

»Gut, ich komme.«

Shirley überließ das Lügen immer mir. Ich sagte Martha, die Besucherin sei eine Zeugin Jehovas gewesen, in der Hoffnung, daß diese Sekte hier ebenso weit verbreitet und ebenso aufdringlich war wie in meiner eigenen Nachbarschaft. Augenscheinlich war dies der Fall, denn Martha stellte meine Geschichte nicht in Frage.

Es war ein unverdächtiger Tagesbeginn, der wenig Aussicht auf etwas Besseres versprach. Ich bat um Shirleys Nachsicht, während ich rasch zum Einkaufen fuhr. Als Mrs. Danner eintraf, schoß ich die Treppe hinab, um ihr einen schmerzhaften Tod anzudrohen, falls sie eine Hand an die Töpfe und Pfannen legte. Ich hatte Jeans und eine langärmelige Bluse angezogen; sie klebten an mir wie geschmolzenes Blei, so heiß war es, und als ich zur Hintertür hinausging, sah ich Elvis faul im Schatten liegen und hatte das starke Bedürfnis, ihm Gesellschaft zu leisten.

Aber er langweilte sich. Als ich den Weg zu den Wiesen einschlug, ging er mit. Wir fanden Alan, der seine Zelte zusammenfaltete. Ein paar Flecken nackte Erde waren die einzigen Überbleibsel seiner vergeblichen Ausgrabungen, und er verstaute seinen Kartentisch im Wohnwagen.

»Was hast du heute vor?« fragte er.

»Wohin du auch gehest«, erwiderte ich.

Er warf mir einen gemeinen Blick zu. »Komm mit, und ich stelle dich den anderen vor.«

Es waren nur vier. Der ungeschlachte junge Mann war Fußballspieler – Mittelstürmer, erklärte er mir stolz. Sein Name war Willkie. Er hätte mir mehr erzählt, aber Alan zog mich weg und stellte mich den Mädchen vor. Es waren wirklich Mädchen, nicht älter als achtzehn Jahre und offensichtlich von dem gleichen Virus infiziert, der mich blind gemacht hatte für Alans charakterliche Defekte, als ich im gleichen Alter war. Eine war blond und eine brünett, und beide sahen ihn mit feuchten Lippen bewundernd an und mich mit einer ebenso deutlichen Feindseligkeit.

Das vierte Mitglied des Teams war Alans Schützling, ein graduierter Archäologiestudent von der Universität von Virginia. Er war noch größer als Willkie – sehr stattlich, sehr schwarz, sehr muskulös. Er hätte ein Fußballspieler sein können, aber wie er mir sagte, hatte es ihm niemals wirklich Spaß gemacht, von anderen großen, muskulösen männlichen Wesen verprügelt zu werden. Er war offensichtlich ebenso intelligent wie stattlich. Alan behandelte ihn mit einer Höflichkeit, die er den anderen nicht zukommen ließ; die kommandierte er herum wie Galeerensklaven, aber zu Jono sagte er gelegentlich ›bitte‹ und ›danke‹.

Alan überließ es Jono, das Packen zu beaufsichtigen, und bot mir in seinem Jeep Platz an. Wir fuhren über die holprige Wiese auf einen erhöhten Baumgürtel im Nordwesten zu. Ich erwartete, Alan würde anhalten, als wir die Bäume erreichten. Statt dessen fuhr er über einen Damm aus Schutt, der einmal ein Teil eines Zaunes gewesen war, und steuerte direkt auf eine Kiefer zu, die ca. 60 cm Durchmesser hatte.

Er stieß nicht an sie oder den Baum dahinter an, aber es hätte nicht viel gefehlt. Nachdem ich die Augen wieder geöffnet hatte, sah ich, daß ein grober Weg durch den Wald geschlagen war. Er endete in einer Lichtung – es war keine natürliche Schneise, sondern eine künstlich geschaffene Öffnung im Wald. Die entwurzelten Bäume und Büsche waren auf eine Seite geschoben, wo sie wie eine Mauer lagen.

»Du hattest einen Schaufelbagger hier«, sagte ich, als Alan den Jeep neben dem Gestrüpp anhielt. »Hat Matt dir die Erlaubnis gegeben?«

»Ich habe ihn nicht gefragt. Paß auf, dies hier ist Giftefeu.«

Das stimmte, und es befanden sich unter dem Gestrüpp noch mehr unangenehme Pflanzen, die meiner Schulter auflauerten. Anstatt auszusteigen, kramte Alan unter dem Sitz und holte eine Papiertüte heraus, der er ein Sandwich und eine Flasche Bier entnahm.

»Möchtest du etwas davon?«

»Nein, danke.«

Er widmete sich seinem Mittagessen mit der gleichen hartnäckigen Konzentration wie seiner Arbeit. Nach einer Weile sagte ich: »Sind Schaufelbagger in deinem Beruf nicht verpönt?«

»Ich bin nicht scharf darauf, sie zu benutzen, aber in diesem Fall blieb mir keine andere Wahl.«

»Ich nehme an, du hattest einen Grund, gerade diese Stelle auszuwählen? Sie sieht nicht vielversprechend aus.«

»Das kommt daher, daß du nichts davon verstehst«, sagte Alan. »Dies ist wahrscheinlich die Stelle, wo dein Großgroßonkel Albert ein Stück Rüstung gefunden hat. Erinnerst du dich noch daran, was ich dir über Albert erzählt habe?«

Ich sagte ihm nicht, daß mein Gedächtnis so löchrig war wie ein Sieb. In diesem Fall gab es eine Entschuldigung für die Mängel, denn als er mir über seine Lieblingstheorien Vorlesungen hielt, hatte ich auf den Tonfall seiner Stimme geachtet und auf die Art, wie seine Lippen die Worte formten, anstatt auf das, was er sagte. Ich sah keinen Grund, ihm dies zu erläutern angesichts der Tatsache, daß ich über den Großgroßonkel frisch informiert war.

»Wo hast du das Buch gefunden?« fragte ich mißtrauisch.

Alan zerknüllte die Tüte und warf sie und die Flasche auf den Rücksitz des Jeeps. »Nicht in eurer Bibliothek, meine Liebe. In dieses Heiligtum der Heiligtümer wurde ich nie eingelassen, wenn du dich erinnerst.«

»Ich dachte, wir seien übereingekommen, nicht an die Vergangenheit zu rühren.«

»Tut mir leid. Dein Vorfahre schenkte Exemplare dieses albernen Buches allen Bibliotheken im Staat. Ich glaube nicht, daß er mehr als zehn Stück davon tatsächlich verkauft hat. Sie wurden mit der angemessenen Dankbarkeit entgegengenommen und prompt in den abgelegensten Lagerraum gebracht. Ein paar existieren noch – vergessen, aber nicht außer Reichweite.«

»Und hier fand er das – was immer es auch war?«

»Ich bin nicht sicher, er war kein Sachverständiger, und seine Messungen sind äußerst vage. Die Wiesen waren ein möglicher Ort. Ich begann dort, teils weil sie leichter zugänglich waren, und teils, weil viele der frühen Siedlungen nahe am Fluß lagen. Dieser Platz hier ist weiter entfernt davon, aber in einer gesünderen Lage, den Malaria-Moskitos nicht so ausgesetzt, die so vielen Siedlern in Jamestown den Tod gebracht haben. Dies war vor neunzig Jahren ein offenes Feld. Wenn du dir die Vegetation betrachtest, siehst du, daß sie im letzten halben Jahrhundert hochgewachsen ist.«

Für mich sahen die umgestürzten Bäume älter aus, aber was verstand ich schon davon? Ehe ich etwas bemerken konnte, sagte Alan: »Da kommen sie« und stieg aus dem Wagen.

Trotz meiner Grundausbildung in archäologischen Techniken hatte ich ein paar Phantasievorstellungen – wie ich meinen Spaten in die Erde stach und eine goldene Halskette, glitzernd vor Edelsteinen, oder eine Kiste Silberdollars zum Vorschein kam. Niemand stieß an diesem Nachmittag einen Spaten oder irgend etwas in die Erde. Die ganze Zeit verging mit dem, was Alan die Parzellierung des Ausgrabungsgeländes nannte.

Ich hätte es eine ganz gewöhnliche Arbeit genannt. Der Schaufelbagger hatte abgebrochene Äste und Zweige hinterlassen, vermischt mit Winden und Wurzeln. Unsere erste Aufgabe bestand daher darin, den Boden zu säubern. Wir benützten Rechen – einfache, gewöhnliche Gartenrechen, und Alan schrie uns jedesmal an, wenn wir einen Erdklumpen zerstörten.

Er hatte diese Stelle bereits überprüft. Er und Jono brüteten eine Weile über den Papieren und murmelten etwas über Dinge wie Bezugslinien und Datierung, und dann mußten wir alle helfen, das Gitter anzulegen. Das Gebiet wurde in gleichgroße Planquadrate unterteilt, die auf jeder Seite ungefähr 2,50 Meter lang waren. Sie wurden an den Schnittpunkten der Planquadrate und Stege mit Pflöcken abgesteckt.

Ich fragte, was ein Steg sei, und alle sahen mich mit einem unterschiedlichen Maß an Verachtung und Mitleid an. Alle außer Willkie – er wußte auch nicht, was ein Steg war, und ich vermutete, es war ihm egal. (Es ist eine Erdschicht zwischen den Planquadraten, so daß der Archäologe nicht auf das Terrain treten muß, das er ausgegraben hat. Indem man den Rand der Stege genau gerade hält, kann man auch die Erdschichtung überprüfen und die genaue Tiefe eventuell gefundener Gegenstände aufzeichnen.)

Ich war darauf vorbereitet, ein paar Pflöcke in die Erde zu stoßen, aber das genügte nicht. Sie mußten einzementiert und dann überprüft werden, so daß man ihre genaue Höhe in den Zement einkratzen konnte, ehe er hart wurde.

Ich fand, daß dies eine schrecklich komplizierte Prozedur war angesichts des winzigen Teams und der begrenzten Zeit, die Alan zur Verfügung stand, aber ich wollte nicht noch mehr idiotische Fragen stellen. Am Ende des Tages waren alle sichtlich erschöpft, und ich war erleichtert, meine Werkzeuge hinwerfen und meinen sofortigen Aufbruch verkünden zu können.

Willkie und die Mädchen sahen so aus, als hätten sie mich gern begleitet.

Alan blickte von irgendwelchen absonderlichen Berechnungen auf, die er in einen gelben Block schrieb.

»Gehst du schon?« forschte er.

»Es ist nach fünf. Ich muß das Abendessen richten. Fährst du mich nach Hause?«

»Ich kann jetzt noch nicht aufhören.«

Mit einem finsteren Blick ging ich auf den Weg zu, den wir hergekommen waren. Jono fing mich ab. »Mein Motorroller steht dort drüben. Soll ich Sie mitnehmen? Es ist ein Umweg, aber besser, als zu Fuß zu gehen.«

Ich nahm bereitwillig an. »Weshalb bekommen Sie so früh frei?« fragte ich. »Gewalt oder Erpressung?«

Jono grinste. »Ich arbeite abends als Küchenchef in einer Schnellgaststätte. Es treibt Alan die Wände hoch, daß er mich um fünf Uhr weglassen muß, aber er kann es sich nicht leisten, mich zu bezahlen, und ich kann es mir nicht leisten, nicht zu arbeiten. Deshalb muß er sich damit abfinden.«

»Sie arbeiten den ganzen Abend und graben den ganzen Tag?«

»So verrückt bin ich. Archäologen sind Berufsglücksspieler.«

»Ist Alan so übel daran? Ich dachte, die Universität unterstützt Arbeiten wie diese.«

»Manche. Seine nicht. Es ist strikt eine Einmannshow.«

Der Motorroller lehnte an einem Baum.

Ich stieg auf. »Deshalb ist er so erpicht darauf«, sagte ich nachdenklich. »Und so peinlich genau im Hinblick auf das Vorgehen.«

»So ist es. Wenn er etwas finden würde – irgend etwas, das unanfechtbar aus dem frühen 17. Jahrhundert stammt, könnte er sich um einen Fonds bewerben und hätte eine gute Chance, ihn zu bekommen.«

»Ich an seiner Stelle wäre versucht, die Ausgrabungsstätte zu frisieren.«

Jono war aufgestiegen. Den Fuß über dem Pedal sah er mich an. »Das würde er niemals tun!«

»Es war nur ein Scherz.«

»Oh, in Ordnung.«

Ich schlang meine Arme um seine schmalen Hüften und wir waren auf und davon. Als wir über Wurzeln und große Steine fuhren, schüttelte ich mich vor lautlosem Gelächter und stellte mir vor, was Martha sagen würde, wenn sie mich sehen könnte.

Mrs. Danner war schon weg, als ich zurückkam. Auf dem Tisch lag eine Nachricht, eine kurze Liste von Putzmitteln, die sie benötigte.

Die Schrift ähnelte nicht der des verschrobenen Briefes; aber sie wirkte ebenso mühselig und steif und war eher spitz als gerundet.

Nachdem ich begonnen hatte, das Abendessen zu richten, ging ich in die Bibliothek, um die Bücher zurückzubringen, die ich von dort geholt hatte. Ich stellte sie wieder ins Regal und sah mich um, ob ich etwas Geeignetes zum Lesen finden konnte.

Der Raum hatte jetzt für mich seinen Schrecken verloren; es war nur ein staubiges, verlassenes Zimmer.

Als ich die Regale mit den Klassikern und Belletristen überprüfte, fiel mir etwas anderes ein, das ich vergessen hatte. Es war fast meine einzige glückliche Erinnerung an jene Jahre – der Sommer, in dem ich die Lyrik entdeckt hatte. Martha hatte auch die Lyrik zensiert, aber sie konnte nicht viel gegen Keats und Tennyson einwenden. (Lord Byron entdeckte ich erst später: er führte, wie Sie wissen, ein äußerst ausschweifendes Leben.)

Und da war ein Buch, das Martha übersehen hatte. Eingequetscht hinter den *Collected English Poets*, in Leder gebunden und mit Goldrand, ein schmaler Band mit Versen von Edna St. Vincent Millay. Nach Milton und den anderen kamen mir ihre Gedichte vor wie ein frischer Wind, der vom Meer her weht.

Das Buch stand immer noch da.

Ich nahm es aus dem Regal und blies den Staub von seinem Rücken.

> Die Liebe ist vergangen, hat mich verlassen, und die Tage vergehen mit Klagen;
> Essen muß ich, und schlafen werde ich – und wollte, die Nacht wäre schon da!
> Aber ach! – ich liege und höre die trägen Stunden schlagen!
> Ich wollte, es wäre wieder Tag, und die Dämmerung nah!

Ich lächelte, als ich die Zeilen las, aber ich spürte, wie meine Augen naß wurden.

Es ist schrecklich, fast dreizehn Jahre alt zu sein; all die keimenden Hormone und romantischen Träume, all die Pikkel und die langen, dünnen Beine... Es gab keinen annehmbaren Ausweg für solche Gefühle, gewiß nicht für mich, während Martha über mir lauerte wie eine puritanische Hexenjägerin auf der Suche nach Sünden. Wie hieß doch jener Junge? Rauh und sonnenverbrannt, das Kind eines der benachbarten Farmer. Er mochte mich auch. Er brachte mir Narzissen aus dem Garten seiner Mutter und staubige Wiesenblumen, die an einem Tag verwelkten.

Als Martha es herausfand, ging sie an die Decke. Es hatte

nichts als Unschuld gegeben bei jenen scheuen Begegnungen, bis sie anfing, mich mit Schimpfworten zu überschütten, mich...

Ich griff nach dem nächsten Stuhl und setzte mich, den Kopf auf den Knien, bis die Lichtflecken aufhörten, in der Luft zu tanzen. Als ich das Zimmer verließ, nahm ich Edna St. Vincent mit.

Siebentes Kapitel

Als die Tage verstrichen, wurden die sauber abgegrabenen Planquadrate in der Lichtung tiefer und tiefer. Wir fanden ein paar faszinierende Stücke. Eine Coca-Cola-Flasche, cirka 1956 (Willkie sammelte Flaschen; er war sprachlos vor Freude, als Alan ihm diesen Fund grimmig überreichte.) Ein rostiges Sichelblatt, cirka ... niemand wußte, von wann. Ein paar Scherben von grober, weißer Töpferware, Sears Roebuck, circa 1946. Alans Gesicht wurde immer länger. Der einzige, der von der allgemeinen Atmosphäre der Niedergeschlagenheit und Verzweiflung unbeeindruckt blieb, war Willkie. Er blieb bei den Ausgrabungen nicht immer am Ball, aber ich fand seine gute Laune sehr besänftigend. Sogar die Mädchen wurden immer trübseliger, als Alans Stimmung schlechter und schlechter wurde. Die Temperatur stieg jeden Tag noch um ein paar Grad an. Ich gewöhnte es mir an, mich jeden Nachmittag von Jono nach Hause fahren zu lassen. Er verstand, warum er mich nicht am Haus absetzen konnte; einmal, als er ein paar Minuten Zeit hatte, setzten wir uns auf die verrotteten Torpfosten, rauchten eine Zigarette und unterhielten uns. Ich mochte ihn, obwohl er Alan als eine Mischung von Heinrich Schliemann und dem heiligen Petrus sah.

Ich versuchte immer wieder, Matt zu erreichen – ohne Erfolg. Seine Sekretärin weigerte sich wortkarg, mir zu sagen, wo er war. Sie gab zu, daß er zweimal am Tag anrief, um das Neueste zu erfahren; ja, sie hatte ihm gesagt, daß ich ihn sprechen wollte. Natürlich, wenn es ein Notfall sei...

»Seine Großmutter liegt nicht im Sterben, wenn Sie das meinen«, sagte ich barsch. »Wo zum Teufel ist er? Schließt er Geschäfte mit dem organisierten Verbrechen ab?«

Schockierte Geräusche kamen vom anderen Ende der Leitung. Die Frau hatte keinen Humor. (Oder vielleicht war sie schockiert, weil die Anschuldigung zutraf.) In Wirklichkeit stellte ich mir vor, daß Matt wahrscheinlich mit einer Freundin ein paar Tage freigenommen hatte.

Erst am Donnerstag ließ er sich herab, mit mir Verbindung aufzunehmen. Nachdem ich erklärt hatte, was ich wollte, stieß er einen lauten, verzweifelten Seufzer aus: »Ist das alles? Du sagtest, es sei wichtig. Ich dachte schon, Martha ginge es schlecht.«

»Das dachtest du nicht, du dachtest, ich wolle gehen und dich gestrandet zurücklassen. Und das kann ich immer noch tun.«

»Nun, Julie, Liebling –«

»Wir müssen miteinander sprechen, Matt.«

»Sicher, Liebling.«

»Nenne mich nicht ›Liebling‹. Deine Fünfzehn-Minuten-Besuche sind ein Schlag ins Wasser. Ich brauche mindestens zwei Stunden, um dir zu sagen, was mir auf die Nerven geht.«

»In Ordnung. Wann?«

Seine Kapitulation machte mich sprachlos. Ich hatte mich auf einen Streit vorbereitet. Schließlich sagte ich: »Ich möchte diese andere Sache zuerst geregelt haben. Hast du etwas dagegen, wenn ich dem Sheriff sage, daß er die Beerdigung in Angriff nehmen kann?«

»Ich glaube nicht. Obwohl ich nicht einsehe, weshalb er uns dies aufhalst.«

»Weil wir die Grundbesitzer sind«, sagte ich. »Die großen Herren. Ein bißchen angekratzt, aber trotzdem das beste, was sie haben. Zum Teufel, Matt, ich würde sogar einem Hund einen Platz für ein Grab geben! Es ist nur ein Loch im Boden; wo siehst du ein Problem?«

»Nirgends.« Seine Stimme klang jetzt nicht mehr unsicher. »Du hast recht, Julie, ich rufe Jarboe sofort an und sage ihm, er soll die Vorbereitungen treffen. Ich rufe dich zurück.«

Er rief eine Stunde später wieder an. »Ich führe dich am Freitag abend zum Essen aus«, verkündete er. »Um sieben Uhr. Ich werde über Nacht bleiben. Soll ich meine eigenen Leintücher mitbringen?«

Er sprach selbstzufrieden. Ich versicherte ihm, daß alles vorhanden sei und wartete auf die nächste Mitteilung.

»Die Zeremonie ist für Samstag vormittag elf Uhr festgelegt«, sagte er. »Ich muß sofort danach zu einem politischen Dinner in Richmond. Kannst du –«

»Zeremonie?« sagte ich verblüfft. »Was für eine Zeremonie? Ich dachte, sie würden einfach ein Grab ausheben und –«

»Wenn wir das schon übernehmen, dann auch richtig«, unterbrach mich Matt. »Kümmere dich nicht darum, ich habe alles geregelt.

Er legte auf, ehe ich weitere Fragen stellen konnte. Ich hätte ihn fast wieder angerufen, fand aber, daß es nichts nützen würde. Ich ahnte, was Matt beabsichtigte, und da es unmöglich war, ihn davon abzuhalten, hatte es auch keinen Sinn, sich Gedanken darüber zu machen.

Ich bin nicht sicher, warum ich mich entschloß, Elvis an diesem Tag zu der Ausgrabungsstätte mitzunehmen. Mrs. Pauline Hornbeak, P. A. et cetera, hätte zweifellos behauptet, ich habe eine Botschaft aus dem unendlichen-was-auch-Immer erhalten. Ich glaube, die Botschaft kam von meinem häßlichen, mißtrauischen Unterbewußtsein, das Mrs. Danners Verhalten ein wenig merkwürdig fand. Als erstes bemerkte ich, daß sie eine Tasche bei sich trug. Ich hatte nie eine bei ihr gesehen; das war nicht überraschend, weil sie keine Kosmetika benutzte und nicht rauchte, und man konnte wetten, daß Joe Danner ihr kein Bargeld oder Kreditkarten anvertraute. Sie behandelte diese Tasche, als enthielte sie die Familienersparnisse. Als ich sie in die Hand nahm, um sie aus dem Weg zu räumen, blökte sie wie ein nervöses Schaf.

Es kam mir auch merkwürdig vor, daß sie einen schüchternen Versuch unternahm, sich Elvis dankbar zu machen. Sie hatte ihm vorher nie die geringste Aufmerksamkeit geschenkt; er hatte es gelernt, sie zu tolerieren, aber er zeigte ihr nichts von der Zuneigung, mit der er mich und Shirley überschüttete. Als sie sich jetzt hinunterbeugte, um ihm sachte den Kopf zu tätscheln, reagierte er überhaupt nicht, weder mit einem Knurren noch mit einem Schwanzwedeln. Ich kann jedoch ehrlicherweise nicht sagen, daß ich mißtrauisch war, nicht einmal, als sie sich anbot, ihn zu füttern, ehe sie an jenem Nachmittag ging.

Ich sagte, sie solle sich keine Mühe machen; aber als Elvis mich begleiten wollte, ließ ich ihn mitkommen.

Willkie war hocherfreut, ihn zu sehen. Willkie langweilte sich. Alan war nicht so enthusiastisch, besonders nachdem Elvis bei den Ausgrabungen zu helfen begann. Elvis wurde schließlich in sicherer Entfernung an einen Baum gebunden. Es schien ihm nichts auszumachen; manchmal beobachtete er die Vorgänge, manchmal schlief er, und manchmal machte er seine eigenen Ausgrabungen. Er war verletzt, als ich ihn nicht mit mir und Jono auf dem Motorroller nach Hause nahm, aber er genoß es, hinter uns herzulaufen.

Er war zurückgeblieben, als Jono und ich das Tor erreichten – gerade rechtzeitig, um zu sehen, wie Danners Pritschenwagen auf den Highway einbog. Sie fuhren in die andere Richtung, aber sie sahen uns; Mr. Danner blickte so starr herüber, daß er fast gegen einen Baum gefahren wäre.

Ich wartete, bis Elvis uns eingeholt hatte, und als er bei mir war, ging ich ums Haus zur Hintertür. Das erste, was ich sah, war seine Futterschüssel, bis zum Rand gefüllt mit einer unappetitlichen Mischung aus trockenem Hundefutter und dem, was Mrs. Danners Stew zu sein schien. Das Schlimmste befürchtend überließ ich es Elvis und schoß in die Küche. Aber sie hatte nicht gekocht; meine Vorräte waren nicht angegriffen, und es stand nichts auf dem Herd.

Ich schnitt Zwiebeln, Tomaten und Pfefferschoten für das Western-Omelett, das ich zum Abendessen zubereiten wollte, als Elvis entsetzliche Geräusche von sich gab. Ich rannte zur Tür. Er hatte ungefähr die Hälfte des Futters aufgefressen. Es war nicht lange bei ihm geblieben.

In der Rückschau kann ich nicht glauben, daß ich so einfältig gewesen war, aber damals hatte ich keinen Grund, mißtrauisch zu sein. Mrs. Danners Kochkunst genügte, daß jedermann sich erbrechen mußte. Ich nahm an, sie hatte etwas Futter von zu Hause mitgebracht, um den Hund für sich zu gewinnen – etwas, das ein wenig zu lange herumgelegen hatte. Ich verabscheute ihre Kochkunst, aber ich hatte keinen Grund, ihre Motive in Frage zu stellen.

Elvis, der unter dem Kinn so grün aussah, wie ein braunweißer Hund nur aussehen kann, war zu seiner Wasserschüssel gegangen und trank gierig.

Mrs. Danner verfluchend kippte ich den Rest des Stews weg, säuberte die Schale und füllte sie wieder auf. Dann fand ich, daß ich mit den Speiseresten am besten etwas unternahm. Ich wollte keine Küchenabfälle direkt vor der Veranda liegen haben. Sie zogen Fliegen an, wenn nichts anderes. In einem der Schuppen mußte Werkzeug sein.

Ich hatte die Nebengebäude noch nicht erforscht. Im zweiten, in das ich hineinsah, lagen die Werkzeuge, verrostete Spaten und Rechen. Aber es war der Inhalt des ersten, der mich verwirrte; ich dachte darüber nach, während ich ein kleines Loch grub und die Futterreste hineinschaufelte.

Die Gegenstände im ersten Haus waren kein rostiger Abfall. Hölzerne Packkisten waren sauber entlang einer Wand aufgestellt. Der Fußboden war gefegt, und es roch schwach nach Insektenspray. Zusammengerollt in einer Ecke lag ein Daunenschlafsack.

Die Erklärung dafür kam mir lange nicht in den Sinn. Alan hatte zugegeben, daß er einige Sondierungsgrabungen in der Nähe des Räucherhauses vorgenommen hatte. Er bewahrte wahrscheinlich einige seiner Vorräte in dem Schuppen auf, er besaß genug Nerven, so etwas zu tun, ohne sich die Mühe zu machen, um Erlaubnis zu fragen.

Ich schenkte dem Umstand keine weitere Beachtung. Ich hatte Zeit verloren, und Martha würde nach ihrem Essen rufen. Ich ging wieder zu meinem unschuldigen Omelett, ohne den leisesten Verdacht, was mir bevorstand.

Und doch mußte in den dunklen Tiefen meines Geistes irgendeine Ahnung bevorstehenden Unheils gelauert haben. Martha war an jenem Abend noch zynischer als sonst; mir schien, daß ihr schiefes Lächeln noch ausgeprägter war, als ob etwas sie belustigte, und von Zeit zu Zeit stieß sie einen leisen, heiseren Laut aus, der ein Husten sein konnte – oder ein Kichern. Als ich sie fragte, ob sie sich erkältet habe, verwandelte sich das Grinsen in ein Starren. Der Herr weiß, sie hatte keinen Grund, sich zu erkälten. Das Wetter war drükkend, und ich war schweißgebadet, als ich ihr Zimmer verließ.

Wetterleuchten flackerte ein wenig, als ich zur Hintertür hinaussah, ehe ich abschloß. Wenn es nur regnen würde! Elvis sah so aus, als nähme auch ihn die Hitze mit. Auf seinem Teppich hingestreckt, wedelte er mit dem Schwanz, stand aber nicht auf, um mich zu begrüßen.

Er war so schlapp und lethargisch, daß ich mich hinkniete und seine Schnauze befühlte. Sie war warm. Laut dem Buch bedeutete das gar nichts. Auch meine Nase war warm. Seine Lethargie bereitete mir jedoch etwas Unbehagen. Vielleicht war das Futter vergiftet gewesen. Es war nicht unlogisch, wenn Mrs. Danner einem Tier etwas zu fressen vorsetzte, das für den menschlichen Verzehr ungeeignet war.

Er leckte meine Hand, als ich ihn untersuchte. Er war das Zeug fast sofort wieder losgeworden; und wenn er mit vergiftetem Futter traktiert worden wäre, würde es ihm jetzt sicher schlechter gehen...

»Komm, alter Junge«, sagte ich. »Du kannst heute nacht drinnen schlafen. Ich wollte, ich könnte dich mit in mein Zimmer nehmen, aber die Küche ist angenehmer als die Veranda, besonders wenn es ein Gewitter gibt, wie ich hoffe.«

Er folgte mir hinein. Ich bot ihm ein Stück Hundekuchen an; der Genuß, mit dem er ihn zerbiß, beruhigte mich, was den Zustand seines Magens anbetraf. Dann sagte ich Gute Nacht und verschloß die Küchentür.

Es war vielleicht die Hitze, die mich lange wachhielt, oder meine Sorge um Elvis. Ich schlummerte ein und wachte wieder auf und schlummerte wieder ein, ehe ich in einen unangenehmen, tiefen Schlaf fiel.

Ein Geräusch weckte mich. Als ich nach dem Alptraum, in dem Elvis sich in Todeskrämpfen wand, wieder voll bei Bewußtsein war, dachte ich zuerst, ich hätte ihn bellen hören. Dann wurde mir bewußt, daß ich ihn nicht gehört haben konnte, dazu war die Küche zu weit entfernt. Die schreckliche Lebhaftigkeit des Traumes trieb mich jedoch aus dem Bett. Ich wußte, ich würde keine Ruhe finden, bevor ich mich vergewissert hatte, daß es ihm gut ging.

Ich hatte ein halbes Dutzend Taschenlampen gekauft und im Haus verteilt. Ich nahm eine vom Nachttisch und ging hinaus, wobei ich mich leise bewegte, um Martha oder Shirley nicht aufzuwecken. Wir ließen im Flur neben ihrer Tür ein Licht brennen; ich brauchte die Taschenlampe nicht.

Ich hatte fast den oberen Treppenabsatz erreicht, als ich etwas hörte. Es war nicht das gleiche Geräusch, das mich geweckt hatte, sondern leiser und weniger deutlich; es war kein fernes Knacken oder Pochen, für das es jede Menge Erklärungen gab – sondern es war näher und vertrauter und um so beängstigender, weil ich wußte, was es war: das Knacken einer Fußbodendiele im Flur unten im Erdgeschoß.

Jemand war da. Alte Häuser stöhnen und krächzen, als Reaktion auf Schwankungen der Luftfeuchtigkeit und der Temperatur, aber dies war ein anderes Geräusch. Ich hatte es zu oft gehört, um mich zu irren – immer wenn meine Füße auf diese Stelle traten.

Ich wollte glauben, daß es eine Pfote und kein menschlicher Fuß auf dieser knarrenden Diele sei, daß Elvis aus der Küche entkommen war und mich suchte. Ich wollte es glauben, aber ich konnte es nicht. Elvis konnte die Tür nicht aufstoßen. Ich hatte es ausprobiert, um sicher zu sein.

Ein weiteres, leiseres Knacken war zu hören, als der unsichtbare Fuß seine Stellung wechselte. Es war nicht Mut, der mich zwang, die Taschenlampe anzuschalten, es war Angst – Angst vor der Dunkelheit und dem Unbekannten. Kein sichtbarer Schrecken konnte so entnervend sein wie die Ungeheuer, die von meiner eigenen Phantasie erzeugt wurden.

Das Licht fing ihn ein und ließ ihn erstarren wie einen Keim auf einem Objektträger. Joe Danner in seiner verschossenen Kattunhose und seinem Arbeitshemd hatte ein langes, blitzendes Messer in der Hand.

Ich weiß nicht, warum ich nicht auf der Stelle tot umfiel. Ich glaube, ich befand mich in einem Schock, aber auch der reine

Unglaube spielte eine Rolle. Ich erinnere mich noch daran, wie ich dachte: Mein Gott, du bist aber tapfer! als ich eine Stimme hörte, die nicht einmal wie meine eigene *klang* und scharf sagte: »Was machen Sie da?«

Sein Gesicht wurde lebendig. Das Messer fiel ihm aus der Hand. »Wer ist da?« keuchte er. »Oh, Herr, wer ist da?«

»Julie.« Ich ging langsam die Treppe hinab und richtete den Lichtstrahl auf seine Augen.

Der Alptraum war verschwunden. Statt des wahnsinnigen Ungeheuers war es nur der abstoßende alte Joe Danner, auf frischer Tat ertappt, und er fürchtete sich mehr vor mir als ich mich vor ihm. Wenigstens hoffte ich das. Auf jeden Fall war es zu spät für einen Rückzug, und in der Meinung, daß eine gute Offensive die beste Verteidigung sei, fuhr ich mit der gleichen aggressiven Stimme fort: »Bleiben Sie stehen, wo Sie sind, rühren Sie sich nicht! Wie kamen Sie ins Haus und was wollen Sie? Sie gehen nicht, bevor ich eine Erklärung dafür habe!«

Er wich langsam zurück, als ich die Treppe herabkam, als wäre *ich* das menschenfressende Ungeheuer. Das war beruhigend, ebenso die Tatsache, daß er nicht versucht hatte, seine Waffe wieder an sich zu nehmen. Ich blieb jedoch in sicherer Entfernung von ihm stehen.

»Schön, Mr. Danner, was haben Sie für eine Erklärung?«

Er war kein rascher Denker. Er leckte sich die Lippen und blickte zur Seite. »Ich – äh – bin zur Vordertür hereingekommen. Ich habe einen Schlüssel. Wir haben schon immer einen Schlüssel gehabt, falls Miß Martha etwas passiert.«

»Nichts ist ihr passiert. Was hatten Sie vor? Sie wollten etwas stehlen!«

»Nein, Ma'am«. Verwirrenderweise war ihm nach der Erwähnung Marthas wohler zumute. »Fragen Sie sie. Sie wird Ihnen sagen, daß sie nichts dagegen hat, wenn ich hier bin. Ich behalte Miß Martha im Auge, das ist mein Job.«

»Ich werde sie fragen. Bleiben Sie stehen, wo Sie sind.«

Martha saß aufrecht im Bett. Sie starrte mich klagend an. Ich unterbrach sie. »Es ist Joe Danner. Er sagt, er sei mit deinem Wissen und deiner Erlaubnis hier, aber ich glaube ihm nicht. Ich rufe den Sheriff.«

»Nein!« Das Wort klang klar und stark. Der Rest ihrer Rede war nicht so gut zu verstehen, aber ihre Aussage stand fest.

»Hast du ihm gesagt, das sei so in Ordnung?« forschte ich. »Wußtest du, daß er einen Schlüssel hat?«

Martha nickte.

Ich griff nach ihrem Handgelenk. Sie stieß meine Hand beiseite. Das einzige Wort, das ich in ihrer nächsten Tirade verstehen konnte, war »treu«.

»Du hättest es mir sagen sollen«, erwiderte ich ärgerlich. »Ich dachte, ich sei für dich verantwortlich.«

Marthas weit offene Augen leuchteten vor boshaftem Vergnügen. »Jetzt weißt du es«, murmelte sie. »Geh zu Bett. Schlafen.« Und damit schloß die alte Hexe die Augen und legte sich zurück.

Ich überließ sie Shirley. Ich fürchtete, wenn ich noch länger bliebe, würde ich sie erwürgen. Mr. Danner wartete auf mich, und seine Miene war beinahe unverschämt. »Wollen Sie, daß ich mich im Haus umsehe?« fragte er.

»Nein. Was ich will, ist Ihr Schlüssel.« Ich streckte ihm meine Hand hin.

»Aber Miß Martha –«

»Geben Sie ihn mir!«

Er hatte tatsächlich einen Schlüssel. Ich nahm ihn und wußte, daß meine Geste nichts weiter war als eine bedeutungslose Betonung meiner Autorität. Wenn die Danners einen Schlüssel besaßen, dann hatten sie vielleicht ein Dutzend. Aber es verstärkte die Lektion, die ich mit meiner energischen Stimme erteilte.

»Tun Sie das nie wieder, Mr. Danner. Ich bin jetzt hier verantwortlich, nicht Miß Martha, und wenn ich Sie noch einmal ohne meine Erlaubnis im Haus antreffe oder draußen herumschleichen sehe, klage ich Sie als unbefugten Eindringling an. Ist das klar?«

Er stritt nicht mit mir, aber er entschuldigte sich auch nicht, und der Blick, mit dem er mich ansah, kurz bevor ich die Tür hinter ihm zuwarf, sagte mir, daß ich keinen Freund gewonnen hatte.

Bevor ich wieder zu Bett ging, sah ich nach Elvis. Er war wieder der alte; ich mußte ihn am Hals kraulen, um ihn davon abzuhalten, aus der Küche zu schießen und nachzusehen, was geschehen war. Sein Blick war vorwurfsvoll: Wenn du mich nicht hier eingesperrt hättest, dann hätte ich dich gewarnt.

Richtig, Elvis, dachte ich. Aber wenn du das Futter, das Mrs. Danner dir hingestellt hat, nicht erbrochen hättest, dann wärst du überhaupt nicht in der Lage gewesen, mich zu warnen.

Ich konnte mich nicht bei der Polizei über Mr. Danner beschweren, wenn Martha mich nicht unterstützte. Aber ich wollte und würde mich bei Matt beschweren. Es war gut, daß er am Freitag über Nacht bleiben wollte. Ich hatte ihm vieles zu sagen.

Ich war schon fast eingeschlafen, als mir etwas anderes einfiel, das mir die ganze Zeit durch den Kopf gegangen war – die Waffe, die Danner in der Hand gehalten hatte. Er hatte sie aufgehoben und eingesteckt, während ich oben mit Martha sprach, aber ich hatte sie vorher deutlich gesehen – und es war kein Messer gewesen. Es war eine Schere.

Was um alles in der Welt hatte Joe Danner mit einer gewöhnlichen Haushaltsschere vorgehabt?

Meine Entrüstung hatte sich am nächsten Morgen nicht gelegt. Ich hielt Shirley eine lange Predigt über das Thema Danner, als sie kam, um Marthas Frühstück zu holen. Ihre einzige Reaktion darauf war ein resigniertes Achselzucken und ein Kommentar, der darauf hinauslief, daß Miß Martha ihre eigenen Gesetze hatte. Aber als ich ihr davon erzählte, daß Elvis sich erbrochen hatte, war sie schockiert und überrascht.

»Ich habe mich schon gefragt...«, begann sie.

»Was?« Sie antwortete nicht. »Glauben Sie, es könnte absichtlich geschehen sein?« beharrte ich.

»Das wollte ich nicht sagen. Aber warum fahren Sie nicht

mit Elvis zur Tierärztin, damit Sie sicher sind, daß er gesund ist? Heute ist Dr. Rubins Tag in Carrsville.«

Tatsächlich hatte ich vorgehabt, genau das zu tun. Ich hatte sogar eine Probe von dem abstoßenden Futter wieder ausgegraben, um es mitzunehmen.

Elvis sah nicht wie ein Hund aus, der einer ärztlichen Behandlung bedurfte. Er fuhr gern im Auto; erst als wir in das Sprechzimmer kamen, erinnerte er sich daran, was ihm hier das letzte Mal zugestoßen war, und Dr. Rubin und ich mußten ihn gemeinsam unter meinem Stuhl hervorziehen.

Sie untersuchte ihn und bezeichnete mich als eine qualifizierte Hundebesitzerin. Der Fuß war gut geheilt, und die Flohpopulation hatte sich vermindert. Als ich ihr sagte, daß er sein Abendessen erbrochen hat, lächelte sie. »Das kommt manchmal vor. Sie sind nicht wählerisch in dem, was sie fressen – tote Vögel oder Nagetiere –«

»Das weiß ich«, sagte ich. »Das steht auch im Buch. Im Buch steht außerdem, daß man mit dem Hund zum Tierarzt gehen soll, wenn irgendeine Frage auftaucht.«

»Gibt es irgendeine Frage?« Sie deutete auf Elvis, der darum kämpfte, vom Tisch herunterzukommen. »Es geht ihm gut. Hat er heute früh gefressen?«

»Ja. Aber ich frage mich ... ob die Möglichkeit besteht, daß er vergiftet werden sollte.«

Ihr Lächeln verschwand. »Sie meinen absichtlich?«

»Ich bin nicht sicher. Jemand fütterte ihm Speisereste. Sie könnten vergiftet gewesen sein ...«

»Das kann ich so nicht sagen«, erwiderte sie langsam. »Was immer es auch war, er hat es nicht mehr in sich.«

»Ich weiß. Deshalb habe ich dies hier mitgebracht.«

Ich zog meine Probe heraus. Ihre schweren Augenbrauen hoben sich. »Es ist Ihr Ernst, nicht wahr?«

»Ja.«

»Gut, ich gebe Ihnen Bescheid, wenn ich das Resultat habe. Aber es kann ein paar Tage dauern.«

Ich dankte ihr. Sie nickte kurz. Als Elvis und ich zur Tür gingen, sagte sie: »Ich werde mich bald bei Ihnen melden, Julie.«

Und zum ersten Mal, seitdem ich sie kannte, tätschelte sie mir den Rücken. Es kam mir vor wie ein Ritterschlag.

Ich hatte nicht vorgehabt, Alan über die jüngsten Entwicklungen etwas zu erzählen; wenn ich die Last hätte von mir abschütteln wollen, wäre ich enttäuscht worden, denn er war nicht in der Stimmung, für die Nöte anderer Menschen Mitgefühl zu zeigen. Seine Laune war während der Woche sichtlich schlechter geworden. Spät an diesem Nachmittag verlor er schließlich die Beherrschung. Willkie gab seinem glorreichen Führer einen neuen Fund – zwei rostige Pfeilspitzen und den Kieferknochen eines Rotwildes. Alan legte sie in die Schachtel, die den Funden aus diesem Quadrat vorbehalten war – im übrigen war sie leer. Er trug die Information erst in sein Arbeitsbuch ein. Dann sahen wir alle mit fasziniertem Schrecken, wie er ein halbes Dutzend Seiten aus dem Buch riß, sie in konfettigroße Fetzen zerriß und in der Luft schleuderte.

»Geht nach Hause!« sagte er mit einer unheilvoll ruhigen Stimme. »Das wär's. Nichts weiter.«

»Das wär's.« Willkie wurde ausbezahlt – er bekam den niedrigsten Lohn, aber er wurde ausbezahlt.

Er sah Alan erschrocken an. »Sie meinen, ich soll nicht wiederkommen?«

»Wovon sprechen Sie?« forschte Alan. »Seien Sie am Montag hier wie gewöhnlich.«

»Oh, in Ordnung. Sicher.«

»Bevor Sie gehen, legen Sie die Planen über die Quadrate.«

»Es wird nicht regnen«, sagte Willkie arglos. »Der Wetterfrosch sagt, es wird nicht –«

Alan räusperte sich.

Die Mannschaft zerstreute sich zitternd.

Nachdem die Planen ausgebreitet waren, stiegen Willkie und die Mädchen in den Jeep. Ich wollte Jono folgen, als Alan losbrüllte und ich innehielt. »Ich möchte mit dir sprechen, Julie.«

Ich gestikulierte. »Ich wollte –«

Alan mäßigte seine Stimme – nicht aus Rücksicht auf mich,

sondern aus Respekt vor Jono, der ihn interessiert ansah. »Ich bringe Julie nach Hause, Jono. Fahren Sie zu.«

»In Ordnung, Boß.« Jonos Stimme war so übernatürlich ernst, daß ich wußte, er unterdrückte nur mit Mühe ein Lächeln. Ich konnte mir nicht vorstellen, was er für so lustig hielt.

Alan wartete, bis die anderen abgefahren waren. »Sollen wir zu Fuß gehen oder was?« fragte ich.

Er riß die Tür des Wohnwagens auf. »Steig ein!«

»Du kannst den Wagen hier nicht herausfahren, es sei denn, du zerstörst diese kostbaren Ausgrabungen ... Hier ist kein Platz zum Wenden.«

»Ich sagte, bitte steig ein.«

Er fuhr den Wohnwagen den ganzen Weg zwischen den Bäumen rückwärts hinaus. Ich konnte nicht zusehen. Als ich spürte, wie das Fahrzeug sich in einem wilden Schwung umdrehte, machte ich die Augen auf.

»Es tut mir leid, daß diese Ausgrabungsstätte sich als Pleite erweist«, sagte ich.

»So ist das Leben.« Die verrückte Fahrt hatte Alan einen Teil seiner schlechten Laune genommen. »Ich werde über das Wochenende meine Berechnungen überprüfen. Es sieht so aus, als wären wir wieder am falschen Platz.«

»Es sieht so aus«, stimmte ich zu. »Alan, hast du nicht irgendwelche anderen Anhaltspunkte außer jenen, die du aus dem verrückten Buch meines verrückten Vorfahren entnimmst?«

»Ich wollte, ich hätte welche. Das Terrain ist natürlich ein Faktor; manche Gebiete sind geeigneter für eine Besiedelung als andere. Lokale Legenden können nützlich sein – sogar Ortsnamen. Ich hatte gehofft, daß du mir in dieser Hinsicht vielleicht helfen könntest. Gibt es Geschichten über Maidenwood, die du mir nie erzählt hast?«

»Einige hundert, denke ich. Kennst du die eine über die junge Frau, die ihren Mann vergiftete, damit er den Besitz nicht ganz verspielte –«

Alan grinste. »Die habe ich gehört. Ich interessiere mich nicht für neuere Skandale, sondern nur für Geschichten, die du vielleicht als Mythen oder Märchen abtust. Ein vergrabener Schatz, Geistergeschichten –«

»Geistergeschichten?« wiederholte ich ungläubig.

»Die meisten sind natürlich Fiktionen. Aber du würdest dich wundern, wie lange die Erinnerung an ein schreckliches oder tragisches Ereignis überleben kann, wenn sie vom Vater auf den Sohn weitergegeben wird. Dabei wird sie natürlich entstellt und falsch interpretiert, aber oft enthält das Häcksel ein Korn Wahrheit. Ein Massaker wie das bei Maydon wäre solch ein Ereignis. Wie ich wahrscheinlich schon erwähnt habe, entstand bald danach eine Geschichte über klagende Geister, und die Geistergeschichten könnten überlebt haben, nachdem die eigentliche Ursache vergessen wurde. Ein bestimmtes Zimmer oder eine bestimmte Stelle, von der es heißt, daß es dort spukt – gemieden von denen, deren Väter sie davor gewarnt hatten, und die ihrerseits ihre Kinder warnten... Namen, die noch jahrhundertelang im Umlauf sind, wie ›Galgenhügel‹ oder ›Totenloch‹ oder – was ist?«

»Das ist der Name!« rief ich. »Totenloch! Es ist eine Stelle auf dem Maidenwoodland, die für mich in meiner Jugend streng verboten war. Martha sagte, der Boden dort sei morastig und voller Giftschlangen und Insekten... Die Jungen gingen dort manchmal hin. Sie forderten einander heraus, dort die Nacht zu verbringen, besonders an Allerheiligen. Ein Junge, mit dem ich – ein Junge, den ich in der sechsten oder siebenten Klasse kannte, erzählte mir davon. Du glaubst doch nicht...«

Alan schüttelte lächelnd den Kopf. »Tut mir leid. Davon habe ich schon gehört. Ich habe die Stelle sogar untersucht. Liegt sie nicht nahe an der Straße am Fuß der steilen Kurve?«

Ich nickte. »Dort wurde sie gefunden.«

»Sie?« Er brauchte ein paar Sekunden um zu verstehen, wovon ich sprach. »Oh, das Skelett. Das bedeutet gar nichts, Julie. Die Spaßvögel, die es gefunden haben, konnten es dort hingebracht haben, um dem guten, alten Joe Danner die Furcht Gottes einzujagen. Oder dachtest du, sie kroch selbst auf die Straße?«

Sein Lächeln verschwand abrupt, als er meine Miene sah.

»Julie! So habe ich es nicht gemeint – tut mir leid. Das war geschmacklos.«

Ich preßte die Hände an meine Wangen. Hände und Wangen waren eiskalt, als ob alles Blut aus ihnen gewichen wäre. Allmählich kehrten das Gefühl und die Wärme wieder, und ich brachte ein einfältiges Lächeln zustande. »Schon gut. Ich weiß nicht, was über mich kam. Es war so eine grauenhafte Vorstellung... grauenhaft.«

»Grauenhaft, schlecht, schwarzer Humor«, stimmte Alan rasch zu. »Nicht sehr humorvoll.«

Ich konnte mir wirklich nicht denken, was über mich gekommen war. Ich kam mir sehr einfältig vor.

Alan lächelte höflich. »Sogar der Ruf, in dem diese Stelle steht, scheint aus ziemlich neuer Zeit zu stammen. Ich habe in den älteren Aufzeichnungen keinen Hinweis darauf gefunden.«

»Oh. Gut, ich werde darüber nachdenken. Vielleicht finde ich etwas.«

»Wie wäre es heute mit einem Abendessen?«

Ich war so überrascht, daß ich den Fensterrahmen losließ und mit dem Kopf an das Dach des Wohnwagens stieß, als dieser über eine Schwelle holperte.

»Ich kann nicht«, sagte ich.

»Hast du nicht das Recht, gelegentlich einen Abend auszugehen? Du bist schon fast zwei Wochen im Dienst.«

Zwei Wochen... Der Satz löste eine Flut von Erinnerungen aus. Unser ›Zwei-Wochen-Jubiläum‹... Ich war so scharf darauf gewesen, Alan mit meinen Kochkünsten zu beeindrucken; aber ich vergaß, den Herd kleiner zu stellen, nachdem das Kalbfleisch angebraten war, und dann wurden wir ein wenig abgelenkt... Ich hatte acht Dollar pro Pfund für dieses Kalbfleisch ausgegeben. Der Geruch des angebrannten Fleisches riß mich schließlich aus seinen Armen, und kreischend wie eine viktorianische Jungfrau rannte ich zur Tür. Zu spät... Alan hatte so sehr gelacht, daß ich schon glaubte, er würde ersticken – und er hatte darauf bestanden, dieses verbrannte, geschwärzte, harte Fleisch bis zum letzten Bissen aufzuessen.

Ich sah ihn von der Seite an. Er blickte geradeaus. Sein Profil war teilnahmslos, aber ein Muskel an seinem Mundwinkel zuckte, als erinnerte er sich an jene mühsame Kauübung. Ich hätte beinahe etwas gesagt – aber ich getraute mich nicht.

»Ich kann nicht«, wiederholte ich. »Matt kommt und geht mit mir Essen. Ich möchte ein paar Dinge mit ihm besprechen.«

»Oh, yeah? Warum diese Abwechslung? Ich dachte, er käme sonst immer samstags.«

Sein kühler, ruhiger Tonfall traf mich wie ein Schlag ins Gesicht. Er war von den Erinnerungen, die mich weich gestimmt hatten, überhaupt nicht berührt. Ich verabscheute mich, weil ich mich der Sentimentalität hingegeben hatte, und ich haßte ihn, weil er dies bewirkt hatte.

»Wie hast du es herausgefunden?« forschte ich.

»Was?«

»Du wußtest genau, daß Matt heute abend kommt, und du wußtest auch weshalb. Wer hat dir gesagt, daß morgen früh die Beisetzungsfeier stattfindet?«

»Du selbst.« Ein langsames, befriedigtes Lächeln spielte um seine Mundwinkel. »Ich wußte, daß dies auf der Tagesordnung stand, aber ich wußte nicht wann.«

»Du bist ein Bastard.«

»Weil ich dich zum Essen eingeladen habe? Wann wirst du diese einfältige . . .« Er hielt inne. Dann sagte er ruhig: »Ich wußte nicht, daß Matt heute abend kommt. Ich habe dich im guten Glauben eingeladen. Und die Einladung gilt.«

»Danke. Aber ich will nicht, daß du dein kostbares Geld vergeudest. Du brauchst es sehr nötig zum Graben.«

Alan zuckte mit den Schultern. »Macht es dir etwas aus, wenn ich dem Leichenbegräbnis beiwohne?«

»Ja, es macht mir etwas aus. Aber abgesehen von einer gerichtlichen Verfügung, die ich nicht rechtzeitig bekommen könnte, und einem Gewehr, das ich aus Prinzip ablehne, wüßte ich nicht, wie ich dich davon abhalten sollte.«

Alan blieb vor der Toreinfahrt stehen. »Also bis morgen. Äh – um welche Zeit, sagtest du?«

»Ich sagte nichts. Um elf.«

Als ich den langen Weg zum Haus hinunterging, sah ich Elvis kommen, einen braun-weißen Fleck, eingehüllt in eine Staubwolke. Er schien immer zu wissen, wann ich wiederkam. Ich setzte mich rasch hin. Einmal hatte er mich bei seiner überschwenglichen Begrüßung umgestoßen. Jetzt warf er sich in meinen Schoß, und wir tauschten Freundlichkeiten aus – Lecken, Umarmen, Komplimente, aufgeregtes Winseln. Er war zu groß für einen Schoßhund, aber das wußte er nicht.

Ich hatte mit Mrs. Danner ein paar Worte über Elvis gesprochen, ehe ich das Haus verließ. Nur ein paar Worte. Ich hätte noch mehr gesagt, wenn sie mir nicht den Wind aus den Segeln genommen hätte, indem sie zu weinen anfing.

Es war schrecklich. Ich hätte mich nicht so unbehaglich gefühlt, wenn sie in ein lautes Lamento ausgebrochen wäre, aber sie gab keinen Laut von sich. Erst als die erste Träne eine der tiefen Furchen auf ihrer Wange entlanglief und im Sonnenschein glitzerte, wurde mir klar, was vorging.

Was konnte ich ihr also anderes sagen, als daß es mir leid täte? Sie tat mir *tatsächlich* leid. Die arme Frau war gefangen zwischen Szylla und Charybdis, mit mir auf der einen Seite und ihrem Mann auf der anderen.

Wenn es einen Versuch gegeben hatte, Elvis zu vergiften, dann steckte Joe Danner dahinter; seine Frau wäre allein nicht auf die Idee gekommen, solch einen Schritt zu unternehmen, und ebensowenig würde sie es wagen, sich seinen Befehlen zu widersetzen. Trotzdem wiederholte ich meine Warnung, ehe ich ging. Shirley hatte versprochen, Elvis im Auge zu behalten, aber am beruhigendsten war für mich die Tatsache, daß Mrs. Danner ihre Tasche nicht dabei hatte.

Ich hatte keine Eile, zum Haus zu kommen. Deshalb blieb ich sitzen, wobei Elvis auf meinen Beinen lag und in meine Jeans knurrte.

Marthas Abendessen war schon vorbereitet – Thunfischsalat, zum zweiten Mal in dieser Woche. Mir gingen die Ideen aus. Kein Wunder, daß die Frauen das Kochen hassen. Drei Mahlzeiten täglich Jahr um Jahr, tödlich... Hühnchen und Rindfleisch und Schweinefleisch und Fisch, Hühnchen und

Rindfleisch und Schweinefleisch und Fisch... Wenn Matt versuchen würde, mich in sein hiesiges Stammlokal auszuführen, würde ich einen hysterischen Anfall bekommen. Ich wollte Kaldaunen oder Hirn oder Kalbsmilch – irgend etwas anderes als Hühnchen oder Rindfleisch oder Schweinefleisch oder Fisch.

Ich beschloß, Matt nicht zu erzählen, daß Alan zur Beerdigung kommen wollte. Er würde es bald genug feststellen – und wahrscheinlich mir die Schuld daran geben. Ich wünschte sowohl Alan als auch Matt in ein noch heißeres Klima als dasjenige, das im Sommer in der Küstenregion von Virginia herrscht.

Ich hatte vorgehabt, mein bestes Kleid anzuziehen, in der Hoffnung, daß mein Glanz Matt dazu inspirieren würde, mich in irgendein feines Lokal zum Essen einzuladen. Die Hitze besiegte mich. Ich begnügte mich mit nackten Beinen und Sandalen und dem leichtesten Sommerkleid, das ich besaß. Mein Haar war buschig und unbezähmbar, weil die Luft so feucht war; ich strich es mir energisch aus dem Gesicht und verknotete es am Nacken.

Martha war den ganzen Nachmittag sehr erregt und schikanierte Shirley mit Befehlen. Matts Zimmer mußte gesäubert und mit Blumen geschmückt werden. (Sie wußte nicht, daß ich seine Matratze geklaut hatte; diejenige, die jetzt auf seinem Bett lag, war das muffige, harte Ding, das mir zugedacht gewesen war, und ich hoffte aufrichtig, Matt würde gut darauf schlafen.) Ich war dreimal gerufen worden, um meinerseits Befehle entgegenzunehmen. Man hatte mir auch gesagt, ich solle kommen, bevor ich ging, um Gute Nacht zu sagen. Als ich angezogen war, fand ich, daß ich es am besten gleich hinter mich brachte, deshalb klopfte ich an ihre Tür.

Ihr bewegliches Auge musterte mich von Kopf bis Fuß und blieb schließlich an meinen nackten Beinen haften.

»Es ist zu heiß für Strümpfe«, sagte ich und nahm ihre Kritik vorweg. »Wir gehen nicht ins Ritz-Swank-Carlton, Martha; ich will froh sein, wenn ich einen Big Mac mit Pommes frites bekomme.«

Die nächste Beschwerde betraf mein Haar. Sie war so aufgebracht darüber, daß ich nicht verstehen konnte, was ich ihrer Ansicht nach damit tun sollte, aber offensichtlich gefiel ihr die Frisur nicht. »Jetzt ist es zu spät«, sagte ich doppeldeutig.

Matt kam pünktlich, das heißt: für seine Verhältnisse. Ich glaube, Pünktlichkeit ist in der Politik notwendig; als Kind hatte er diese Eigenschaft nie an sich gehabt.

Matt lachte mit professioneller Herzlichkeit. »Kannst du noch zehn Minuten warten? Ich sollte Martha ein wenig Zeit widmen.«

Ich wußte, es würde länger als zehn Minuten dauern. Martha wartete auf ihn, rosa gekleidet und nach Cologne riechend. Wie ich gehofft hatte, nützte Shirley Matts Anwesenheit dazu, um unten zu Abend zu essen. Ich hatte das Essen fertig – Thunfischsalat mit Tomatenscheiben, Brötchen und Eistee.

»Das ist nett von Ihnen, Julie«, sagte sie beifällig. »Es sieht auch hübsch aus.«

»Mein Gewissen ist schon schlecht genug, weil ich Sie im Stich lasse. Sind Sie sicher, daß es Ihnen nichts ausmacht?«

»Guter Gott, Liebste, ich war zwei Wochen lang allein, ehe Sie kamen. Jedenfalls schulde ich Ihnen einen freien Abend.«

»Sie sehen schrecklich müde aus.«

»Das ist die Hitze, die macht einem zu schaffen, wenn man meinen Umfang hat.«

»Steht Ihnen aber gut. Punkt.«

Ich setzte mich ihr gegenüber an den Tisch und trank meinen Tee. »Ich hatte ganz vergessen, wie schrecklich die Sommer hier unten sein können.«

»Man gewöhnt sich daran.«

»Ich habe nicht vor, mich daran zu gewöhnen.«

Sie lächelte, sagte aber nichts, und eine Weile saßen wir schweigend da. Es war angenehm, mit ihr zusammen zu sein; ich spürte, wie meine angekratzten Nerven sich beruhigten und fragte mich, weshalb ich mich zum Teufel über kleine Dinge so aufregte. Verglichen mit Shirley hatte ich wenig Grund zur Klage.

»Wie geht es Ron?« fragte ich.

»Er hat Arbeit bekommen.« Shirley strahlte.

»Wirklich? Das ist ja großartig! Warum haben Sie es mir nicht erzählt?«

»Er arbeitet erst ab heute. Nachtschicht in dem Chicken-and-Chips-Lokal am Highway. Es sind nur sechs Stunden täglich, aber es ist eine Hilfe.«

»Was machen die anderen Kinder?«

»Die Nachbarn behalten sie im Auge. Frannie ist sechzehn, groß genug, daß sie die Kleinen beaufsichtigen kann.«

Ein suggestives Winseln an der Hintertür unterbrach das Gespräch. »Tut mir leid«, sagte ich ihm. »Du kannst nicht herein. Glaube mir, Elvis, hier drinnen ist es genauso heiß wie draußen.«

Elvis sah mich an, als hätte er noch mehr über das Thema zu sagen, aber die Ankunft von Matt verhinderte eine weitere Diskussion. Matt machte große Augen beim Anblick des pelzigen Gesichts, daß nachdenklich gegen die Gittertür gepreßt war, aber etwas anderes beschäftigte ihn mehr.

»Gehen wir, Julie«, grollte Matt und wischte sich über die Stirn. »Dieses Haus ist der reinste Backofen.«

»Das ist eines der Themen, über die ich mit dir sprechen wollte.«

»Ich habe Martha eine Fensterklimaanlage angeboten. Sie lehnte ab.«

»Versuche, mir eine aufzudrängen, und du wirst keine Einwände hören. Von Shirley auch nicht.«

»Natürlich kann sie eine Klimaanlage bekommen, wenn sie eine möchte!« rief Matt. »Warum sagst du nichts, Shirley?«

»Nun, Matthew, die letzten paar Tage war es ganz erträglich. Julie ist die Hitze nicht gewöhnt. Sie spürt es mehr.«

Matt legte ihr die Hände auf die Schultern. »Du beschwerst dich nicht genug«, sagte er voller Zuneigung. »Du weißt, Shirley, daß du nur darum zu bitten brauchst. Woher soll ich wissen, was du haben willst, wenn du es mir nicht sagst.«

Mir schien, daß nur ein minimaler Grad an Intelligenz notwendig war, um zu bemerken, daß die Temperatur am Siedepunkt war; aber Shirley wurde wie so viele Frauen von einem charmanten Lächeln und einem Schulterklopfen leicht verführt. Sie sagte Matt, er solle sich keine Sorgen machen, alles sei in Ordnung. »Fahren Sie jetzt, und einen schönen Abend.«

Matt half mir in den Wagen und schloß die Tür. »Wohin möchtest du zum Essen ausgehen?« fragte er, schaltete den Motor und die Klimaanlage an.

»Das ist mir egal.« Der Schwall kalte Luft vertrieb einen Großteil der ziellosen Feindseligkeit, die ich empfunden hatte. In unserer kontrollierten Umwelt haben viele von uns vergessen, wie sehr übermäßige Hitze die Gefühle aufrührt; es gibt eindeutig einen Zusammenhang zwischen der Temperatur und Gewaltverbrechen, und ich kann verstehen, weshalb.

»Ich glaube nicht«, fügte ich sehnsüchtig hinzu, »daß es hier irgendwo in der Nähe so etwas wie einen Taco oder ein Moussaka gibt? Ich habe die Hühnchen und Hamburger satt.«

»Verwöhntes, weichliches Stadtkind«, sagte Matt. »Aber du sollst deinen Willen haben. Ich werde für dich einen Taco finden, und wenn wir nach Washington fahren müßten. Was willst du noch?«

Es gab so viele Dinge, ich wußte kaum, wo ich anfangen sollte. Ich begann mit dem, was mich am meisten beunruhigte. »Mehr Hilfe – oder bessere Hilfe. Sicher gibt es jemand geeigneteren als Mrs. Danner.«

»Ich kann sie nicht feuern«, sagte Matt. »Die Danners sind seit dreißig Jahren bei der Familie.«

»Das ist mir egal. Selbst wenn die Danners hier wären, seitdem General Sherman die alte Plantage verwüstet hat... Sie ist inkompetent und ihr Mann ist verrückt. Letzte Nacht ist er ins Haus eingedrungen.«

Ich erwartete einen wütenden Ausruf des Unglaubens – irgend etwas. Aber Matt sah mich nicht einmal an. »Warum sollte er einbrechen? Er hat einen Schlüssel.«

Ich war diejenige, die den Wutschrei ausstieß. »Ist das alles, was du dazu zu sagen hast? Der Mann schlich um drei

Uhr nachts im Haus herum, und du teilst mir in aller Ruhe mit, er habe einen Schlüssel. Er hat mich zu Tode erschreckt!«

»Ich glaube dir, daß es ein Schock war«, sagte Matt großherzig. »Ich werde mit ihm sprechen.«

»Ich habe schon mit ihm gesprochen. Aber ich nehme an, er wird eher auf das hören, was du zu sagen hast. Ich bin nur ein schwachköpfiges weibliches Wesen, das außer sich gerät, wenn es fremde Männer im Haus antrifft.«

»Du verstehst die hiesigen Sitten nicht.«

»Wenn du mir die Geschichte über treue Familienstützen auftischst, schreie ich. Danners jagen mir Angst ein. Er ist nicht richtig im Kopf.«

»Er ist völlig harmlos, Julie. Martha hat sich nicht darüber aufgeregt, oder?«

»Nun – nein. Aber sie ist auch nicht richtig im Kopf.«

Matt lachte nachsichtig. »Sie weiß es, und sie vertraut Joe. Er hat Martha gegenüber ein ziemlich feudales Verhältnis – ungewöhnlich heutzutage und in diesem Zeitalter, das gebe ich zu, aber darum nicht weniger bewundernswert. Ich gebe auch zu, er ist ein wenig sonderbar. Er hat sich noch nicht völlig von dem Schock seiner Entdeckung an jenem Morgen vor ein paar Wochen erholt. Deshalb wanderte er wahrscheinlich in der vergangenen Nacht herum – er hofft, die Witzbolde zu erwischen, die ihm diesen grausamen Streich gespielt haben.«

Die Erklärung war so zungenfertig vernünftig, daß es mir den Boden unter den Füßen wegzog. Ich wußte, es war hoffnungslos, Matt dazu zu überreden, die Danners abzuschieben; im geheimen sonnte sich Matt in der Vorstellung, einen treuen Sklaven zu besitzen, der das Haus bewachte. Ich versuchte es noch einmal.

»Laß mich wenigstens Mrs. Danner feuern. Es muß jemand besseren geben. Wenn Martha etwas zustoßen sollte, während Mrs. Danner im Dienst ist, würde sie einfach dastehen und die Hände ringen. Es ist auch nicht fair gegenüber Shirley. Sie trägt die ganze Last, obwohl ich da bin.«

»Shirley ist ein tüchtiges Mädchen, nicht wahr?« sagte Matt voller Zuneigung.

Ich bin sicher, Matt glaubte im Ernst, er zolle Shirley den höchsten Tribut, der in seiner Macht stand. Ich durchschaute sein Ausweichmanöver, aber anstatt ihm zu sagen, daß Shirley keine Komplimente brauchte, sondern Hilfe, hörte ich, wie ich ihm eine Frage stellte, die mich schon seit einiger Zeit gequält hatte.

»Wie lange kennst du sie schon, Matt?«

»Jahre – ich denke nicht gern daran, wie viele. Sie half mich aufziehen, weißt du.«

»Das wußte ich nicht.«

Matt sah mich überrascht an.

Ich sagte: »Ich kann mich nicht erinnern. Ich hatte sie vergessen. Ich habe fast alle Erinnerungen an die Jahre verloren, die ich in Maidenwood verbrachte.«

»Du erinnerst dich an meine Sünden«, sagte Matt leichthin.

»Ich hatte vergessen, daß du mich in den Friedhof eingeschlossen hast, bis ich neulich dort war. Oh, ich will damit nicht sagen, diese vier Jahre seien absolut ausgelöscht, aber ich müßte mich eigentlich an mehr erinnern, als ich es tatsächlich tue.«

»Hast du schon mit jemandem darüber gesprochen?«

»Mit einem Psychoanalytiker, meinst du?«

»Mit irgend jemandem. Einer Freundin, deiner Mutter ... warum nicht mit einem Analytiker? Ich hätte nicht gedacht, daß du ein Vorurteil gegenüber der Psychiatrie hast.«

»Ich habe mit niemandem darüber gesprochen, weil ich nicht wußte, daß ich ein Problem habe«, sagte ich und hob die Stimme. »Wie oft würdest du an die guten alten Zeiten denken, in denen du zehn warst, wenn du meilenweit davon entfernt lebst und nichts geschieht, was dich daran erinnert? Mutter sprach kaum einmal über Martha.«

»Das ist der Schlüssel«, sagte Matt trocken. »Sieh ihm ins Auge, Julie. Martha ist ein niederträchtiger alter Teufel. Früher war sie ein niederträchtiger junger Teufel. Sie ist nicht die Person, die ich auswählen würde, für ein Kind zu sorgen.«

»Du meinst, sie hat mich geschlagen?«

Matt brach in Gelächter aus, und ich errötete wegen meines kurzen Abstiegs ins Melodrama. »Martha teilte ein paar Klapse und Schläge aus«, sagte er, »aber sie brauchte nicht zu körperlicher Züchtigung zu greifen. Sie konnte dich mit einem Blick und ein paar wenigen Worten vernichten. Ich verstehe nicht viel von Psychiatrie. Aber ich vermute, wir beide haben Grund, viele von unseren Kindheitserinnerungen zu vergessen.«

Wir brauchten nicht bis nach Washington zu fahren, um Tacos zu finden. Matt kannte ein gutes mexikanisches Restaurant in Petersburg. Obwohl er mir riet, meine mangelhaften Erinnerungen nicht allzu ernst zu nehmen, erzählte er mir an jenem Abend eine Menge ›Weißt-du-noch‹-Geschichten, ohne eine direkte Frage zu stellen. Während er sprach, fielen mir die Ereignisse und Menschen und Orte, die er erwähnte, wieder ein. Es war ein vorsichtiges, sanftes Stochern in der Vergangenheit ohne Druck und ohne Risiko.

Wir waren auf dem Heimweg, als ich ihm sagte, ich wisse, was er geleistet hatte, und dankte ihm dafür. »Du hast mir Sicherheit gegeben, Matt. Ich erinnere mich an viel mehr, als ich dachte. Vielleicht habe ich doch noch alle Sinne beisammen.«

»Du bist nicht verrückter als irgend jemand von uns – falls das ein Trost ist. Um dir die Wahrheit zu sagen, Julie, ich habe gern darüber gesprochen. Die Erinnerungen waren nicht alle schlecht, oder? Es ist nett, wenn man Verwandte hat, die ein gemeinsames Erbe mit einem teilen. Die Blutsbande und all dieses Zeug.«

»Das alte Blut rinnt nur noch dünn, Matt. Es sind nicht mehr viele von uns übrig.«

»Nur wir beide in der direkten Linie. Es ist ein Muster, das sich lange Zeit wiederholt hat – deine Mutter und meine in der Generation vor uns, Martha und ihre Schwester davor.«

»Hatte Marthas Schwester keine Kinder?«

Matt lachte. »Ich weiß nicht. Hat dir deine Mutter nichts von ihr erzählt? Sie lief mit einem völlig ungeeigneten Mann davon, wie Martha es ausdrückte. Das ist das andere Muster, das in der Familie vorzuherrschen scheint – nicht standesgemäße Ehen. Martha hat nicht mehr mit meiner Mutter gesprochen, seitdem sie sich von Vater scheiden ließ, und sie sprach nie wieder mit ihrer Schwester. Die arme Frau schrieb mehrmals, nachdem sie aus dem Nest geflohen war, aber Martha antwortete nie. Schließlich gab Melissa auf, und man hat seit Jahren nichts mehr von ihr gehört.«

»Wenn Martha nicht von ihr spricht, woher weißt du dann das alles?«

»Vom Richter. Er warnte mich, ich solle Melissa nicht vor Martha erwähnen.«

»Du meinst, Martha hat ihr nie verziehen, nach all den Jahren? Wir sind keine sehr nette Familie, Matt.«

»Wir sind schon in Ordnung; nur Martha ist es nicht. Meiner Meinung nach war ihre Ehe eine schlimmere Sünde als jede Scheidung. Du weißt, sie heiratete einen Cousin, um den Familiennamen zu bewahren. Hast du einmal ein Bild von unserem Großvater gesehen?«

»Ich glaube, Mutter hat irgendwo eines. Hatte er nicht einen Schnurrbart?«

»Nicht einfach einen Schnurrbart – sondern einen großen, schwarzen, wehenden Schnurrbart wie ein Pirat. Und darunter die sanftesten Schmollippen... Der arme Teufel starb jung. Martha behielt ihn gerade lange genug, um zwei Kinder von ihm zu bekommen.«

Ich fröstelte bei der Verachtung, die in seiner Stimme lag, und sagte: »Und ich dachte, ich hegte Groll gegen sie! Was hat sie *dir* angetan, Matt?«

Ich erwartete, daß er mit einer Ausflucht antworten würde, aber die Form, die diese annahm, überraschte mich.

»Hier lieget einer, der gern Sein Schicksal abschütteln würde,
um deines auf sich zu nehmen.
Gib mir deinen Mantel; zieh' meinen an.«

»Matt! Lyrik!«

»Ich bin kein Barbar, Julie. Aber sage es meinen Wählern nicht.«

»Was ist falsch daran, wenn man ein Gedicht zitiert?«

»Nichts, wenn es von Lincoln oder aus der Bibel stammt.

Wenn bekannt würde, daß ich Gedichte lese, könnte es mich die Wahl kosten.« Seine Stimme klang wieder normal – beiläufig, belustigt, Gefühle verbergend.

Shirley hatte die Lichter draußen brennen lassen. Als wir aus dem Wagen stiegen, hob ich mein Gesicht in die Brise. »Es ist kühler geworden«, sagte ich, »vielleicht können wir heute nacht doch schlafen.«

»Am Morgen wird es regnen«, sagte Matt.

»Es wird nicht regnen.«

»Doch. Schau dir die Wolken an.« Wie zur Bestätigung blitzte in den Wolken ein rotes Licht auf, gefolgt von Donnergrollen.

»Ein Wärmegewitter«, sagte ich bestimmt.

Ich hörte die ersten Tropfen auf das Dach prasseln, nachdem ich ins Bett gegangen war. Alan hatte recht gehabt – er hatte immer recht, sogar was das Wetter anbetraf.

Es war ein idealer Morgen für eine Beerdigung. Nebel hing in den Bäumen wie dicke Knäuel schmutzig-grauer Baumwolle; Wasser tropfte von den Blättern. Als wir den Weg zum Friedhof hinabgingen, befand ich mich immer noch im Zustand des Schocks. Als Matt eine Zeremonie erwähnt hatte, erwartete ich irgendeine unpassende Demonstration, aber ich hatte mir nicht vorgestellt, daß er so weit gehen würde.

Sein Anzug war nicht schwarz, aber die Anthrazitfarbe verlieh ihm eine passend nüchterne Note. Der Regenschirm, den er über meinen unbedeckten Kopf hielt, war schwarz. Vor uns beschützte ein anderer in der gleichen Farbe den Geistlichen. Vor ihm trugen sechs kräftige Männer, die das Beerdigungsinstitut rekrutiert hatte, den Sarg – eine Kiste aus Kiefernholz, die so ostentativ einfach war, daß sie fast als wertvolle Antiquität gelten konnte.

Matt hielt meine Hand fest in seiner Armbeuge gefangen. Meine Leinensandalen und mein gelbes Baumwollkleid waren die einzigen unpassenden Details in der traurigen Szene. Ein schrecklicher Verdacht begann sich in mir zu regen. Er wurde bald durch ein helles Licht bestätigt, das mich blendete und helle Flecken vor meinen Augen tanzen ließ. Hinter den Flecken sah ich den Fotografen, der die Kamera bereithielt.

Matt blieb stehen. »Bitte!« sagte er vorwurfsvoll.

Ein anderer Fotograf rückte von links heran. Matt wiederholte seine Bitte um Intimität, aber er achtete sehr darauf, dem zweiten Mann ein günstiges Profil zu bieten. Ich streckte die Zunge heraus und zog eine Grimasse. Matt bemerkte nicht, was ich tat, bis der Fotograf zu feixen anfing. Matt stieß mich in die Rippen.

»Mache keine Farce daraus, Julie.«

»Ich kann es nicht schlimmer machen als du, verdammt, Matt –«

»Nicht jetzt«, murmelte der künftige Gouverneur *sotto voce*. »Machen wir weiter.«

Begleitet von den Reportern gingen wir weiter auf unserem nassen Weg. Am Friedhofstor blieb Matt stehen. »Mach ein ernstes Gesicht, sonst gibt es keine Klimaanlage«, sagte er zu mir aus dem Mundwinkel. Laut erklärte er: »Meine Damen und Herren, ich bin mir im klaren darüber, daß dies Ihre Aufgabe ist, und ich respektiere das Recht der Öffentlichkeit auf Information. Aber ich bitte Sie, folgen Sie uns nicht in diese heilige Einfriedung. Ich werde nachher alle Ihre Fragen beantworten. Fair?«

Er schloß das Tor und ließ die Bande draußen.

Ich bemerkte, daß das Grab nicht weit vom Tor entfernt ausgehoben worden war, und daß das Gitter die Fotografen nicht behinderte.

Ich war wütend auf Matt, aber ich wußte, wenn ich ihm eine Szene machte, würde dies die Peinlichkeit nur vergrößern.

Alan sah ich zuerst nicht und hoffte, er wäre so vernünftig gewesen wegzubleiben. Dann entdeckte ich ihn, wie er neben einem der Steine in der Nähe der Ostecke kniete. Er stand auf, als die Prozession den Friedhof betrat, blieb aber in einiger Entfernung stehen. Er trug braune Hosen und ein weißes Hemd statt seines Arbeitsanzuges, den Jeans und dem blauen Hemd – konventionell, aber nicht theatralisch.

Er war nicht der einzige Zuschauer. In respektvoller Entfernung von Alan und vom Grab stand Sheriff Jarboe. Als er meinen Blick auffing, nickte er, ohne zu lächeln oder zu sprechen. Ich hatte angenommen, daß er vielleicht da sein würde; die Danners hatte ich nicht erwartet. Sie standen abgesondert von den anderen, und keiner von beiden sah mich an. Mrs. Danner hielt den Kopf gesenkt. Ihr Mann wandte den Blick nicht von dem offenen Grab.

Die Sargträger machten sich an ihre Arbeit, beaufsichtigt vom Leichenbestatter, einem dicken Mann in Schwarz. Er hatte volle Wangen und ein paar Kinne, aber das jahrelange Ernstaussehen hatte in sein Gesicht Züge eingeprägt, die es länger und schmaler aussehen ließen als es wirklich war.

Der Geistliche nahm seine Stelle am Kopf des Grabes ein und schlug die Bibel auf.

»Ich bin die Erlösung und das Leben...«

Traditionellerweise gehörten die Carrs zur Episkopalkirche, wenn sie überhaupt zur Kirche gingen. Ich nehme an, Matt hatte aus diesem Grund einen episkopalen Geistlichen ausgewählt; die formelle Zeremonie hatte ihre Vorzüge, denn sie ließ dem Geistlichen keine peinlichen Probleme darüber, wie er eine Unbekannte preisen sollte. Ich hoffte, es machte ihr nichts aus, wer immer sie auch war. Joe Danner hätte es etwas ausgemacht. Er hatte seinen feindseligen Blick jetzt auf den Geistlichen gerichtet, und ich hatte das deutliche Gefühl, wenn jemand über seinen Gebeinen den falschen Gottesdienst abhielte, würden sich diese Gebeine protestierend erheben.

Die Zeremonie war rasch vorüber. Der Geistliche blickte von der Bibel auf. »Wollen Sie ein paar Worte sprechen?«

Obwohl ich überzeugt war, daß Matt auch diesen letzten Akt geplant hatte, schienen ihm jetzt die Worte zu fehlen. Ich war ebenso überrascht wie alle anderen, als ich meine eigene Stimme das Schweigen brechen hörte; und obwohl ich wie eine andere wohlbekannte Person die Schrift für meine eigenen bösen Zwecke zitieren kann, stammten die Sätze, die ich wiederholte, nicht aus der Bibel.

»Hinab, hinab, hinab in die Dunkelheit des Grabes
Sanft gehen sie, die Schönen, die Zarten, die Freundlichen;
Still gehen sie, die Intelligenten, die Klugen, die Tapferen.
Ich weiß. Aber finde mich nicht ab. Und gebe nicht auf.«

Ein Runzeln zerfurchte die geistliche Stirn wegen dieses heidnischen Gefühls. Aber es machte mir nichts aus; so war mir zumute. Und das Zitat schien in Matt eine Saite anklingen zu lassen. Wie ein kirchlicher Wechselgesang ertönten seine Worte:

»Die Sonne, die unsere gebeugten Rücken wärmte und das entwurzelte Kraut welken ließ,
Werden wir nicht mehr spüren.
Wir werden sterben im Dunkeln und begraben werden im Regen.«

»Wo hast du das her?« flüsterte ich überrascht, aber beeindruckt.

»Deine Schuld!« Er war so gut wie ein Bauchredner; seine Lippen bewegten sich kaum. »Ich hatte ein Bibelzitat bereit, aber du hast mich rausgebracht...« Er nahm meinen Arm und führte mich weg, aber ich schüttelte ihn ab.

Alan kam auf uns zu, und er sollte nicht denken, ich hätte aktiv an den Vorgängen teilgenommen.

Die Kameras blitzten, als Matt und Alan einander gegenüberstanden.

»Ich kann mich nicht daran erinnern, Sie eingeladen zu haben, Professor«, sagte Matt. »Dies sollte eine private Familienfeier sein –«

»Ich nehme an, dies sind alles Cousins«, erwiderte Alan und deutete auf die Reporter. »Ich wollte dies um alles in der Welt nicht versäumen, Senator, besonders den letzten Akt nicht.«

»Den letzten Akt? Was – was –« Matts Stimme versagte, ein Phänomen, von dem ich niemals gedacht hätte, daß ich es einmal, geschweige denn zweimal an einem Tag erleben würde.

Alan zeigte mit dem Finger: »Sie war die ganze Zeit dort hinter dem Mausoleum.«

Sie trat vor und versuchte, so auszusehen, als ob sie vorgehabt hätte, gerade in diesem Augenblick zu erscheinen. Sie trug den gleichen Nadelstreifenanzug, hatte sich aber eine durchsichtige Regenhaube über den Kopf gezogen. Sie ignorierte uns andere und ging vorsichtig durch das vom Regen durchweichte Gras, bis sie neben dem Grab stand.

»Heil dir, Schwester! Heil, Lady Jocelyn! Nicht mit deinen sterblichen Überresten, die hier liegen, sondern mit deinem unsterblichen Geist sprach ich in der vergangenen Nacht. Deine Wünsche werden erfüllt. Endlich liegst du in heiliger Erde.«

Diese Rede vertrieb das Grinsen aus Alans Gesicht. Er schoß auf Mrs. Hornbeak zu, die flink zur Seite auswich, ohne ihr vertrauliches Geplauder mit dem Geist von Lady Jocelyn zu unterbrechen. »Fürchte nichts, Schwester. Ich werde diesen Skeptikern die Botschaften übermitteln, die du mir aufgetragen hast. Jubiliere im Sonnenschein und der Liebe des Jenseits mit deinem kleinen Säugling – oh!«

Sie glitt aus, fing sich aber wieder, und ich folgte Alan, der tatsächlich so aussah, als wolle er die Frau erwürgen. Die Fotografen hatten ihren großen Tag. Die Blitzlichter flammten auf wie ein Feuerwerk.

Es war Sheriff Jarboe, der den possenhaften Vorgängen Einhalt gebot. Er nahm Mrs. Hornbeak am Arm und stellte sich zwischen sie und Alan. »Schämt euch alle beide«, sagte er ernst. »Wißt ihr nichts Besseres zu tun als bei einem solchen Anlaß ein Schauspiel aufzuführen?«

»Ich kam zu einem Gang der Liebe und Gnade«, rief Mrs. Hornbeak. »Meine Botschaften blieben unbeantwortet, meine Hilfsangebote wurden ignoriert.«

»Nein, nein, natürlich nicht. Ich bin sicher, Mrs. Äh-hm wollte das beste. Wenn sie sich ruhig entfernt, werde ich den ganzen Vorfall vergessen.«

»Aber ich weiß, wo sie einmal ruhte«, beharrte Mrs. Hornbeak. »Ich kann Ihnen die Stelle zeigen – sie möchte, daß Sie es wissen, Sie, die Sie ihre Nachkommen sind.«

»Wenn Sie diese Frau nicht zum Schweigen bringen, tue ich es«, sagte Alan und versuchte, an Mrs. Hornbeak heranzukommen.

»Sie halten den Mund, Professor, sonst lasse ich Sie verhaften, weil Sie Unruhe stiften. Alles hinaus hier!«

Der Leichenbestatter rang die Hände. »Aber Sheriff –«

»Ich meine nicht dich, Sam. Mach weiter.«

Alan zuckte die Achseln. Er steckte die Hände in die Hosentaschen und schlenderte ärgerlich zum Tor. Einer der Reporter zögerte, dann ging er ihm nach.

Die anderen drängten sich um Matt. »Bitte folgen Sie mir zum Haus«, wies er sie an. »Ich werde dort mit Ihnen sprechen. Julie...«

»Geh nur«, sagte ich, »ich komme in einer Minute nach.«

Mrs. Hornbeak wurde von Jarboe weggeführt. Der Geistliche war irgendwie entkommen; ich nahm es ihm nicht übel, daß er sich von den Vorgängen distanzieren wollte. Auch die Danners waren gegangen. Der Leichenbestatter fuhr sich über die Stirn und folgte den anderen. Seine Helfer begannen, das Grab zuzuschaufeln.

Ich blieb stehen und sah ihnen zu. Der Nebel hatte sich verdichtet; ziehende Wolken aus einem weichen Weiß verschleierten die häßliche Szene. Das hohle Poltern, als die feuchte Erde auf den Sarg fiel, war das einzige Geräusch, das die Stille unterbrach.

Ich hätte gern gewußt, ob sie in diesem häßlichen, unförmigen Kleid beerdigt worden war. Ich hatte vorher nicht daran gedacht, sonst hätte ich vielleicht etwas unternommen, ein Kleid gesucht, das ihr besser stand... Besser stand – ausgebleichten Gebeinen und einem grinsenden Schädel? Billiger, moderner Polyester, gesäumt von maschinell hergestellter Spitze? Aber ich hätte vielleicht die alten Truhen auf dem Dachboden durchsucht... Warum hatte ich das nicht getan?

Weil – die Antwort kam rasch und klar – weil ich dort nicht hinwollte. Weil ich mich davor fürchtete, die schmale, staubige Treppe hinaufzusteigen, mich davor fürchtete, schmerzliche Erinnerungen zu wecken – mich fürchtete vor dem, was ich vielleicht oder vielleicht auch nicht finden würde.

»Wer immer du auch warst«, flüsterte ich, »es tut mir leid... Aber es ist eigentlich egal, oder?«

Ich redete allmählich so wie Mrs. Hornbeak. Ich suchte nach einem formelleren Grabspruch, aber mir fiel nichts ein. »Ruhe in Frieden?« Ich hatte keinen Grund anzunehmen, daß sie dies nicht tat. Matts merkwürdige Worte fielen mir wieder ein, »begraben werden im Regen...«, wenigstens paßte es. Regen ist freundlicher als Sonnenschein auf den gesenkten Häuptern der Trauernden.

Ich ging zum Haus zurück und setzte mich auf die Veranda zu Elvis. Er hatte bessere Manieren und war vernünftiger als die meisten Menschen, die ich an diesem Vormittag gesehen hatte. Ich hatte Stimmen gehört, sogar Gelächter von der Vorderseite des Hauses, wo Matt die Presse unterhielt und sich auf den Stufen des alten Familiensitzes fotografieren ließ. Er vergewisserte sich, daß auf den Fotos die zerbrochenen Fensterscheiben und der überwuchernde Buchsbaum nicht zu sehen war. Es wäre so leicht gewesen, Matt zu verabscheuen, wenn es nicht jene gelegentlichen Augenblicke des Einvernehmens gegeben hätte. Ich mochte ihn, wenn ich ihn nicht gerade am liebsten ermordet hätte.

Schließlich legten sich der Tumult und das Stimmengewirr. Ich saß immer noch auf den Stufen. Ich sollte eigentlich etwas für das Mittagessen tun. Mrs. Danner hatte ihren freien Tag, und ich schuldete Shirley etwas Martha-Hüte-Zeit. Ich kam mir so gestaltlos und verloren vor wie der Nebel, der über den Bäumen hing. Kein Wunder, daß Matt der Bitte des Sheriffs nachgegeben hatte. Er hatte eine Möglichkeit gesehen, seinen Namen in die Zeitung zu bringen; denn das Ende der bizarren Geschichte zog die Aufmerksamkeit der Medien an. Und Alan war nicht besser. Er hatte über Matt gehöhnt, aber er hatte die Fotografen nicht gemieden.

Shirley traf mich immer noch mit Elvis auf dem Schloß an.

»Hier also haben Sie sich versteckt. Miß Martha ist außer sich. Sie möchte wissen, was dieser ganze Lärm bedeutet.«

»Sagen Sie ihr, sie soll Matt fragen.«

»Der ist schon weg.«

»Zum Teufel mit ihm.« Ich stand mühsam auf und schob den armen Elvis aus dem Weg. »Wie gewöhnlich. Er ist weg und läßt mich die Kohlen aus dem Feuer holen. Was sollen wir Martha erzählen?«

»Ich weiß nicht«, sagte Shirley hilfreich.

Ich ging in die Küche und holte Lebensmittel aus dem Kühlschrank. »Ich bin versucht, Martha alles zu erzählen. Diese ganze fürsorgliche Rücksichtnahme auf ihre Empfindlichkeit – sie ist gar nicht empfindlich. Sie ist hart wie Stahl.«

»Wenn Sie die Verantwortung auf sich nehmen, dann tun Sie es«, sagte Shirley. »Das ist nicht meine Sache.«

»Meine auch nicht. Zum Teufel! Warum fahren Sie nicht für ein paar Stunden nach Hause? Ich bringe Martha das Mittagessen und richte sie zum Schlafen her. Ich habe sowieso nichts Besseres vor.«

Ich erzählte Martha einen Teil der Wahrheit – daß die Leute, die sie gehört hatte, Reporter und Fotografen gewesen waren, die Matt wegen etwas interviewten, das mit seinem Wahlkampf zu tun hatte. Sie war unruhig und aufgeregter als gewöhnlich, und als ich damit begann, sie zum Schlafen herzurichten, schüttelte sie vehement den Kopf.

»Möchtest du, daß ich dir vorlese?« fragte ich resigniert.

Noch ein Kopfschütteln. Sie wollte etwas von den Regalen nebem dem Kamin.

Ich glaube, ich vergaß zu erwähnen, daß Marthas Zimmer so vollgepfropft war wie ein Hamsterbau. Es war makellos sauber – Shirley und Mrs. Danner sorgten dafür, aber jede Schublade und jedes Regal war voll von Krimskrams: Fotoalben, Einklebebücher, Schachteln voller Zeitungsausschnitte, andere Schachteln mit Gott-weiß-was. Mehrere der Einklebebücher waren Matts Karriere gewidmet. Bis zu ihrem ersten Schlaganfall hatte Martha sie auf dem laufenden gehalten.

Sie wollte nicht die Einklebebücher, sie wollte nicht diese

Schachtel oder jene. Ich fand schließlich die heraus, die sie im Kopf hatte, eine alte Keksdose, und ich gab sie ihr. Ihre Nägel kratzten vergeblich am Deckel.

»Laß mich –«, sagte ich und griff nach der Dose.

Marthas Klauen schlossen sich darüber. »Nein!«

»Schon gut.«

»Lies!«

Als ich ein wenig später von dem Buch aufsah, schlief sie. Ihre Hände lagen beschützend auf der Blechdose.

Auch ich schlummerte ein, eingelullt von dem tropfenden Regen und dem düsteren Himmel. Aus einem Traum über Feuer erwachend – eine meiner wiederkehrenden Sorgen in diesem alten Schuppen von einem Haus – bemerkte ich, daß die heulende Sirene das läutende Telefon war. Als ich beim Apparat ankam, war Martha wach und zeterte – oder vielleicht auch nicht, ihr Gemurmel klang gewöhnlich so, als ob sie zeterte.

Es war Matt. »Hallo, Julie.«

»Du Bast...«, begann ich und unterbrach mich, als ich Marthas waches Auge auf mich gerichtet sah.

»Was ist los?«

»Es war schade, daß wir dich nicht mehr gesehen haben, ehe du weggefahren bist. Du und deine Kumpane machten einen Höllenlärm. Es hat Martha gestört.«

»Was hast du ihr erzählt?«

»Die Wahrheit.«

Ein gurgelndes Geräusch am anderen Ende der Leitung besserte meine Stimmung. Ich wartete ein paar Sekunden, ehe ich ihn von seiner Besorgnis befreite. »Ich konnte ihr nicht sagen, worum es genau ging. Deine politischen Machenschaften sind mir ein Rätsel.«

»Oh!« Er stieß einen erleichterten Seufzer aus. »Ich wußte, ich kann mich auf dich verlassen, Julie.«

Martha gestikulierte mit den Händen und murrte. Ich sagte: »Martha möchte dich sprechen.«

»Heiliger Gott, Julie!«

»Hier.« Ich gab Martha das Telefon und lehnte mich zurück, um die Vorgänge zu genießen. Matt war derjenige, der am meisten sprach. Ich weiß nicht, was er sagte – ich bin sicher, neunzig Prozent davon war Bemäntelung und der Rest Lüge. Als ich das Telefon wieder an mich nahm, war Matts erste Bemerkung: »Dafür bin ich dir etwas schuldig, Julie.«

»Ich habe noch nicht einmal angefangen, die Zeche aufzuschreiben, Matt.«

»Warum kaufst du dir nicht morgen ein paar Klimaanlagen? Sage ihnen, sie sollen mir die Rechnung schicken.«

»Wem soll ich das sagen? Ich glaube, du willst mich bestechen, Matt.«

»Ich? Nun, Julie, du weißt –«

»Vergiß es, vergiß es. Woran denkst du?«

»Ist diese Frau aufgetaucht?«

»Du meinst Mrs. –«

»Sssss!« Das Geräusch zischte mir in die Ohren. Er fuhr fort: »Du bist immer noch bei Martha, nicht wahr?«

»Ja.«

»Wir wollen nicht, daß sie über Mrs. Hornbeak etwas erfährt.«

»Ich rufe dich nachher zurück«, sagte ich. »Wo bist du?«

»Du kannst mich nicht anrufen. Ich bin – äh – bei einem Freund.«

»Du kleiner Satan«, sagte ich.

Matt ignorierte die Bemerkung. »Sie war sehr beharrlich. Wenn sie dich belästigt, rufe den Sheriff. Ich würde ihr zutrauen, daß sie ins Haus kommt.«

»Vielen Dank, das gibt mir ein gutes Gefühl.«

»Sie ist nicht gefährlich, sie ist nur eine Nervensäge. Ich möchte nicht, daß sie Martha verrückt macht. Das ist alles.«

»Nun, ich möchte auch nicht, daß sie mich verrückt macht. Was soll ich mit ihr tun, während ich warte, bis der Sheriff kommt?«

»Verdammt, Julie, wenn du nicht aufpaßt, was du vor Martha redest, kann ich nicht mehr mit dir sprechen. Halte einfach die Augen offen, das ist alles.«

Er legte auf, ehe ich mir eine angemessen vernichtende Antwort ausdenken konnte.

Ich drehte mich um und stellte fest, daß Martha mich mit

steinernem Gesicht ansah. Sie konnte zwischen einem Atemzug und dem nächsten gestorben sein. Ich verfluchte mein Temperament und mein großes Mundwerk und griff nach ihrem schlaffen Handgelenk.

Ihre Finger wanden sich wie Würmer und umklammerten meine Hand.

»Wer?« murmelte sie. »Frau – wer –?«

Die unerwartete, schmerzhafte Kraft ihres Griffs war ein weiterer Schock. Ich kann mit einiger Leichtigkeit lügen, wenn ich Zeit habe, mir eine Geschichte auszudenken, aber ich bin nicht gut in spontanen Erfindungen.

»Ah«, sagte ich strahlend, »äh – äh – niemand Wichtiges. Sie sagt, sie sei ein Medium oder etwas wie –«

Martha krächzte. Ihr Griff lockerte sich, und sie schob meine Hand beiseite. »Hornbeak. Institut.«

»Ja, richtig.«

Ich hätte mir denken können, daß Mrs. Hornbeak Verbindung mit Martha aufgenommen hatte. Maidenwood war der Gegenstand des Interesses vieler Leute und Institutionen gewesen, von Landerschließern bis zu Schatzjägern. Martha genoß es, sie abzuweisen und ihnen Strafanzeigen anzudrohen. Da sie soviel wußte, sah ich keinen Hinderungsgrund, ihr nicht auch den Rest zu erzählen.

Ihre Reaktion war typisch. »Gewehr!« sagte sie nachdrücklich. »Schieß!«

»Gewehr!« wiederholte ich. »Da fällt mir ein – was ist aus der Schrotflinte geworden, die du hattest?«

Marthas offenes Auge wurde verdächtig schmäler, so daß es zu dem anderen Auge paßte. Ich sagte hinterhältig: »Ich kann nicht auf sie schießen, wenn ich kein Gewehr habe, oder?«

Sie zögerte und glaubte mir fast. Dann murmelte sie: »Weg. Nicht hier. Besorge eines.«

Ich war halb versucht, ihr vom Hund zu erzählen, beschloß aber, den Weg des geringsten Widerstandes zu gehen. Elvis' Anwesenheit konnte sie beruhigen, es konnte sie aber auch wütend machen.

Sie murmelte immer noch etwas über schießen und Gewehre und Schrot. Rachsüchtige, alte Hexe... War ihr nicht klar, daß ich angeklagt werden konnte, wenn ich einen Eindringling durchsiebte – und daß ich den Prozeß wahrscheinlich verlieren würde?

Plötzlich sagte sie etwas, das meine Gedankenkette unterbrach, wie wenn man auf dem Weg an einen Stein stößt.

»Gebeine. Was habt ihr mit... Gebeinen gemacht?«

Achtes Kapitel

Mir stockte der Atem. Marthas Finger krümmten und bogen sich. Sie sah aus, als wolle sie mich schlagen, aber dazu fehlte ihr die Kraft. Ihre andere Hand tastete an der Blechdose herum, die jetzt offen auf dem Bett neben ihr lag. Sie war angefüllt mit einem unordentlichen Wirrwarr von Dingen, hauptsächlich Nähzeug, Fadenrollen, Stoffetzen. Und Zeitungsausschnitten.

Der Artikel, auf den sie deutete, war nicht sauber ausgeschnitten. Er war herausgerissen und zerknittert. Sie mußte es selbst getan haben, wobei sie darum kämpfte, das Handikap zu überwinden, das ihren einen Arm gelähmt hatte.

»Du hast es die ganze Zeit gewußt«, keuchte ich. »Matt machte sich solche Sorgen, daß du es erfahren könntest... Warum hast du bisher nichts gesagt?«

Martha spitzte die Lippen. Sie erklärte niemals, warum sie etwas tat oder warum sie etwas nicht tat. »Gebeine«, wiederholte sie eindringlich. »Wo?«

Ich wußte nicht, was ich sagen sollte, und nahm deshalb Zuflucht bei der Wahrheit. »Wir haben sie in unserem Friedhof beerdigt«, sagte ich. »Niemand wußte, wer sie waren und woher sie kamen, also...«

Die Geräusche, die sie ausstieß, ließen meine Stimme absterben, und ein Frösteln lief durch meinen Körper. Sie erinnerten mich an das Quietschen rostiger Scharniere. Nach einer Weile wurde mir klar, daß sie lachte.

Diesmal war ich froh, zu Dickens zurückkehren zu können. Es waren entnervende zehn Minuten gewesen, um das mindeste zu sagen. Martha war für ihre Verhältnisse sehr redselig; sie hatte Fragen gestellt und sogar einige beantwortet. Was hatte sie aus ihrer üblichen Schweigsamkeit gerissen? Konnte es etwas gewesen sein, das ich gesagt hatte? Sie hatte nur meinen Teil des Gesprächs mit Matt gehört, und ich konnte mich nicht erinnern, irgendwelche alarmierenden Erklärungen abgegeben zu haben. Nur etwas über eine Frau, die ins Haus wollte und Scherereien machte... Als Martha herausfand, daß ich über Mrs. Hornbeak sprach, schien sie erleichtert zu sein. Gab es noch eine andere Frau, die sie fürchtete, da sie vor dem Medium keine Angst hatte? Und dann der plötzliche Themenwechsel von Gewehren zu Skeletten, und ihr entsetzliches, unheimliches Lachen...

Ich stellte keine Fragen mehr. Ich war nicht sicher, ob ich die Antworten hören wollte.

In jener Nacht träumte ich nicht von Skeletten. Ich träumte, ich sei sechs Jahre alt, und Mutter habe mich zu einer Aufführung von ›Schneewittchen‹ mitgenommen. Als die böse Königin sich in die böse Hexe verwandelte und über den vergifteten Apfel redete, klang ihr Gelächter genauso wie das von Martha.

Der Sonntag dämmerte öde und naß. Shirley ließ ihren blumengeschmückten Hut liegen und nahm dafür einen Regenmantel mit einer spitzen Haube, in dem sie wie ein gütiger Gnom aussah.

»Ich lasse Sie nicht gern den ganzen Tag allein«, sagte sie besorgt. »Sind Sie sicher, daß –«

»Ich bin sicher. Mrs. Danner kommt, und ich habe sowieso nichts zu tun. Gehen Sie nur. Und, Shirley –«

»Ja?«

»Beten Sie für mich, damit ich nicht die Beherrschung verliere und meine Großmutter umbringe.«

Im Schatten der Haube leuchteten ihre Augen wie Sterne. »Das will ich tun.«

Sie mußte gebetet haben. Mrs. Danner zeigte sich nicht, und am späten Nachmittag war ich ernstlich versucht, nicht etwa Martha umzubringen, sondern heulend in den Regen hinauszulaufen. Nur Shirleys Ankunft am späten Nachmittag rettete mich vor der Selbstzerfleischung.

»Sie sind früh zurück«, sagte ich und hielt mich mit Mühe davon ab, sie zu umarmen.

»Ich wollte hier sein, bevor es dunkel wird. Es ist ein furchtbarer Tag, neblig und trüb. Ich richte das Abendessen.«

Martha machte eine flatternde Bewegung mit den Fingern. »Sherry«, sagte sie deutlich. »Spät. Kommt bald ...«

»Sie meint den Richter«, sagte Shirley. »Heute ist sein Tag.«

Ich hatte es vergessen gehabt. Ich eilte die Treppe hinab. Alles im Haus war klamm vor Feuchtigkeit außer einer Schachtel Crackers, die ich in kluger Veraussicht in den Kühlschrank gestellt hatte. Ich strich Käse auf ein paar davon und legte sie auf einen Teller. Es schlug vier Uhr, aber von Richter McLendon war nichts zu sehen. Ich begann zu glauben, daß er nicht kommen würde. Das Wetter war scheußlich. Der Nebel war im Laufe des Tages noch dichter geworden; er preßte sich an die Fenster wie weiße Leintücher, die draußen zum Trocknen hingen. Sogar Elvis war unglücklich. Er saß vor der Tür und jaulte, bis ich sie öffnete. Dann kroch er in die Küche, unter den Tisch und legte sich hin, den Kopf auf seinen Pfoten. Ich konnte es ihm nicht verübeln, daß er Gesellschaft suchte.

Ich hatte den Richter schon fast aufgegeben, als ich einen Wagen vorfahren hörte. Ich ging rasch zur Tür. Der Nebel kam mit ihm herein wie eine Wolke aus Ektoplasma; die Blässe seines Gesichts, sein schneeweißes Haar und sein weißer Anzug vervollständigten das geisterhafte Bild. Ich nahm seine Hand, nicht so sehr als eine Geste der Höflichkeit, sondern um mich zu vergewissern, daß er leibhaftig vor mir stand. Seine Hand war so kalt und feucht wie die des Gespenstes, dem er ähnelte.

»Sie hätten nicht kommen sollen«, sagte ich.

»Na, na«, er lächelte. »Sehe ich so schlecht aus?«

»O nein. Ich meinte – der Nebel ist so dicht – die Fahrt muß gefährlich gewesen sein.«

»Meine Augen sind so gut wie je«, sagte er bestimmt. Ein plötzlicher Hustenanfall verdarb das Bild der guten Gesundheit; seine Schultern schüttelten sich, und er griff nach einem Taschentuch. »Ich bitte um Verzeihung, Julie. Nur ein Anflug von Bronchitis. Bei feuchtem Wetter leide ich immer daran, aber das ist kein Grund zur Sorge.«

»Ich hole den Sherry.«

»Danke, meine Liebe. Das ist genau das, was ich brauche, um meine Brust zu reinigen.«

Als ich mit dem Tablett aus der Küche kam, war er erst halb die Treppe hinaufgestiegen. Er stützte sich schwer auf das Geländer und zog sich von Stufe zu Stufe hoch. Ich blieb außer Sichtweite, bis er den oberen Treppenabsatz erreicht hatte, denn ich wußte, er würde sich gedemütigt fühlen, wenn ich seinen schwerfälligen Aufstieg beobachtete, und er wäre verletzt, wenn ich ihm einen Arm anbot.

Nachdem ich den Sherry und die Crackers auf einen Tisch gestellt hatte, begleite mich Shirley die Treppe hinunter.

»Er sieht schrecklich aus«, sagte ich.

»Nun, er ist kein junger Mann mehr«, sagte Shirley nüchtern. Sie blickte zu dem verhangenen Fenster und schauderte. »Ich bin sicher, das ist keine gute Nacht für Mensch oder Tier oder für... andere Dinge.«

»Um Gottes willen, Shirley, haben Sie Mitleid mit mir. Ich bin schon nahe daran loszuheulen.« Shirley lächelte schwach, antwortete aber nicht. Nach einem Augenblick sagte ich: »Glauben Sie an... andere Dinge, Shirley?«

»Ich glaube nicht daran«, sagte Shirley. »Ich glaube auch nicht *nicht* daran. Besonders in einer solchen Nacht.«

»Trinken wir einen Schluck.«

»Machen Sie nur. Ich brauche Kaffee; ich bin bei diesem Wetter so müde, ich kann kaum die Augen offenhalten.«

Ich stellte ein ziemlich nachlässiges Mahl zusammen, während sie gähnend vor ihrem Kaffee saß. Keiner von uns beiden sagte etwas. Ich konnte mir kein erfreuliches Gesprächsthema ausdenken, und ich wollte ganz gewiß nicht über ›andere Dinge‹ sprechen oder über die Gebrechlichkeit des Richters. Ich hatte Elvis vergessen, der immer noch still unter dem Tisch lag. Wie alle gescheiten Hunde wußte er, daß er bleiben konnte, wo er war, in der angenehm hellen, freundlichen Küche, wenn er niemanden an seine Anwesenheit erinnerte. Shirley hatte ihn nicht gesehen. Als er sich leise knurrend erhob, schrie sie auf und ließ den Teller fallen, den ich ihr gerade reichen wollte. Der Hamburger fiel auf den Tisch und Pommes frites flogen durch die Luft.

Unmittelbar nach dem Knurren des Hundes hörten wir ein Geräusch, das im Flur und durch die offene Küchentür widerhallte. Keiner von uns hatte daran gedacht, die Tür zu schließen. Eine Serie von dumpfen Geräuschen, gefolgt von einem letzten, lauten Aufschlag... Shirley mühte sich von ihrem Stuhl hoch, und ich schoß zur Tür.

Ich wußte, was geschehen war, noch ehe ich die Szene erreichte – dieser langsame, schwerfällige Gang die Treppe hinauf hätte mich warnen sollen. Ich erwartete, den alten Mann leblos auf dem Fußboden liegen zu sehen, aber als ich bei ihm ankam, bewegte er sich.

»Bleiben Sie still liegen«, bat ich. »Bewegen Sie sich nicht. Lassen Sie mich –«

»Ich versichere Ihnen – es ist mir nichts passiert.« Sein Lächeln ähnelte dem eines Totenschädels. »Ungeschickt von mir. Ich habe den Tritt verfehlt.«

Shirley kniete neben ihm nieder. Ihre kräftigen, braunen Hände tasteten erfahren seine Beine ab und über seine Brust. »Er hat sich anscheinend nichts gebrochen...«

»Nein, nein. Nur blaue Flecken.« In einem plötzlichen beängstigenden Ausbruch von Kraft entkam er unseren Händen und taumelte auf die Füße. »Sehen Sie? Voll wiederhergestellt. Es tut mir so leid, daß ich Ihnen einen Schrecken eingejagt habe.«

Seine Farbe war so geisterhaft, daß ich mich nicht gewundert hätte, ihn vor meinen Füßen zusammenbrechen zu sehen. »Sie können nach einem solchen Schock nicht nach Hause fahren!« rief ich. »Ich wollte Sie sowieso bitten, hier zu bleiben. Matts Bett ist gerichtet –«

»Nein. Nein, danke, Kind. Ich muß nach Hause. Ich kann nicht bleiben. Ich muß... Es gibt Dinge, die ich noch heute nacht erledigen muß – sofort.«

Außer Gewalt gab es nichts, was ihn zurückgehalten hätte. Ich konnte ihn nur inständig bitten zu bleiben, als ich ihm zur Tür folgte. Er ging aufrecht, ohne zu schwanken, aber ich hatte das Gefühl – professioneller Instinkt oder weibliche Intuition –, daß es eine enorme Anstrengung für ihn bedeutete, nicht zusammenzubrechen. Als er an der Tür ankam, drehte er sich um und legte mir die Hände auf die Schultern.

»Sie sind ein gutes Mädchen, Julie«, sagte er sanftmütig. »Ich hoffe – ich bin sicher, daß bei Ihnen alles zum besten steht. Gehen Sie jetzt hinauf und beruhigen Sie Martha. Sagen Sie ihr, sie soll sich keine Sorgen machen.«

Er schlug die Tür vor meiner Nase zu. Als ich sie wieder öffnete, hatte sich der Wagen schon in Bewegung gesetzt.

Ich wandte mich an Shirley. »Ich bin versucht, den Sheriff anzurufen.«

»Fahren kann er schon.«

Die Hecklichter waren rote Flecken im Nebel, aber sie hielten geraden Kurs. Sie leuchteten heller auf, als der Wagen an der Straße ankam, und verschwanden dann.

»Wir hätten ihn nicht fahren lassen sollen.«

»Kind, Sie konnten ihn nicht zurückhalten. Hören Sie auf zu jammern. Sie haben heute abend wirklich schlechte Nerven, und das ist kein Wunder. Ich gehe hinauf zu Miß Martha. Sie wird denken, er hat sich das Genick gebrochen oder irgend etwas. Essen Sie in der Küche einen Hamburger.«

Elvis lag in engelhafter Unschuld unter dem Tisch. Der Hamburger war weg. Ich zog es vor anzunehmen, er habe ihn gefressen, als sein Fehlen... anderem zuzuschreiben.

Da wir gerade davon sprechen – sein Verhalten war etwas unheimlich gewesen. Er hatte sich einen kurzen Augenblick, ehe der Richter die Treppe herunterfiel, bewegt und geknurrt.

Ich befahl mir, vernünftig zu sein. Die schärferen Ohren des Hundes hatten ein Geräusch gehört, das mir entgangen war – ein Schlurfen oder einen unterdrückten Schreckensruf.

Mir war nicht nach Essen zumute. Ich legte noch einen Hamburger für Shirley auf den Rost, setzte mich an den Tisch und trank meinen Sherry aus. Elvis legte seinen Kopf auf meine Füße. Wenn ich während der Nacht aufwachen sollte und Heulen im Wald hörte und den Nebel an meinem Fenster vorbeiziehen sah, wie hohläugige weiße Gesichter, die hereinblickten, würde es tröstend sein zu wissen, daß er hier war.

Und das gab mir eine Idee ein. Ich stand auf und ging in den Flur.

Ich hatte nie Grund gehabt, eines der verschlossenen Zimmer am Küchenkorridor zu erforschen. Das erste stellte sich als Anrichte heraus. Die Regale waren völlig leer bis auf Spinnen. Das zweite und dritte Zimmer hatten niedrige Decken und waren klein; durch die zerbrochenen Fensterscheiben hatte es reingeregnet, und die Fußbodendielen faulten.

Ich arbeitete mich auf der anderen Seite des Korridors zurück zur Küche und betrat ein weiteres armseliges kleines Kämmerchen – ein Dienstbotenzimmer vielleicht. Dann kam ein kleines Badezimmer, altmodisch, aber funktionsfähig.

Es war noch eine weitere Tür da, die ich nicht geöffnet hatte, und eine Weile dachte ich, ich brächte sie nicht auf. Die Tür war nicht abgeschlossen; sie klemmte nur. Als ich mein ganzes Gewicht dagegenwarf, gab sie plötzlich nach, und ich taumelte ein paar Schritt vorwärts, ehe ich mein Gleichgewicht wiedergewann.

Auf den ersten Blick unterschied sich dieses Zimmer nicht von den anderen, es war nur ein wenig größer. Im Zwielicht konnte ich ein paar Einzelheiten erkennen; etwas wie Fensterläden oder Draperien, die sogar das neblige Abendlicht ausschlossen, schien das Fenster zu verdecken.

Ich ging in die Küche und holte eine Taschenlampe. Mit ihrer Hilfe fand ich den Lichtschalter. Als ich ihn betätigte, geschah nichts. Ich hoffte, das einzige Problem wäre eine defekte oder fehlende Glühbirne, denn wenn mit den Leitungen etwas nicht in Ordnung war, würde ich den Raum nicht benutzen können.

Ich weiß nicht, warum ich ihn bewohnen wollte. Wenn jemand mich gefragt hätte, hätte ich zungenfertig rationale Gründe angeben können. Ich konnte dort Elvis in der Nacht bei mir haben. Dieser Raum stieß an das Badezimmer. Er war in keiner schlechteren Verfassung als die anderen... Vielleicht beeinflußte dieser Vernunftschluß meine Entscheidung, aber ich glaube nicht. Ich wußte einfach ohne Zögern oder Zweifel, daß ich in ihm wohnen wollte.

Ich wäre noch am gleichen Abend umgezogen, wenn das

Zimmer bewohnbar gewesen wäre, aber das war es nicht, nicht einmal nach meinen großzügigen Vorstellungen von Haushaltsführung. Ich beschloß, Mrs. Danner mit der Aufgabe zu betrauen, es zu säubern. Wenn ich sie nicht loswurde, dann konnte sie ebensogut ihr Bleiben verdienen.

Ich trug Marthas Tablett nach oben und schickte Shirley hinunter zum Abendessen. Ich war eindeutig über Martha verstimmt, und sie tat ihr möglichstes, um meine Selbstbeherrschung zum Zerreißen zu bringen.

Ich hatte das Essen für sie zurechtgeschnitten, aber sie wollte unbedingt selbst essen und machte daraus einen matschigen Brei. Nachdem ich aufgeräumt hatte, befahl sie mir zu lesen.

Die Blechdose, die sie vorher inspiziert hatte, stand wieder auf dem Regal. Dieser Zeitungsausschnitt stammte aus dem Lokalblatt, das mit der Post kam. Die Skelett-Episode hatte sich nach Marthas erstem Schlaganfall ereignet, deshalb mußte jemand ihr das Blatt gebracht haben. Es war von Matt und von mir naiv gewesen zu glauben, sie würde sich damit abfinden, verhätschelt und versorgt und in Unwissenheit über das gehalten zu werden, was in der Welt vorging – besonders in ihrer eigenen, unmittelbaren Welt, in der sie wie ein Despot herrschte. Es sah ihr ähnlich, uns glauben zu lassen, wir hätten mit unserem Plan, alles von ihr fernzuhalten, Erfolg. Kein Wunder, daß sie gekreischt hatte vor Lachen und gespottet über meine Dummheit. Es bewies, daß sie, wenn auch körperlich hilflos, immer noch das Kommando führte. Sie hatte die ganze Zeit Bescheid gewußt. Was wußte sie noch? Hatte das Lokalblatt über Matts Entscheidung berichtet, in Maidenwood Ausgrabungen zu erlauben?

Ich las weiter und weiter. Mr. Bucket, der große Detektiv, trieb die auf Abwege geratene Lady Dedlock ihrem Verderben entgegen. Martha schlummerte ein, wachte auf und schlummerte wieder ein. »›Miß Summerson‹, sagte Mr. Woodcourt, ›wenn ich, ohne mich in Ihr Vertrauen einzuschleichen, Ihnen nahe bleiben kann, dann, bitte, lassen Sie mich das tun.‹« Männer sprachen heutzutage nicht so, und das war verdammt gut so, dachte ich. War es tatsächlich gut? Ein wenig Freundlichkeit, ein wenig Höflichkeit...

Martha lag still da. Sie schlief. Ich ging auf Zehenspitzen zum Bett und beugte mich über sie.

Sie schlief tief und schnarchte, das schwere, mühsame Atmen des Alters. Ihre Augen waren nicht ganz geschlossen. Zwischen ihren Lidern sahen aus schmalen Spalten leuchtend weiße Augäpfel hervor. Die Schlitze waren nicht ganz symmetrisch, einer war breiter als der andere. Ich dachte, unpassenderweise und grausam, daß sie wie ein Vampir aussah – eine der Scheintoten im Sarg, die auf den Sonnenuntergang warten, bevor sie sich erheben, um das Blut der Lebenden zu saugen.

Die Schmerzen anderer hatten ihr Vergnügen bereitet, und sie taten es immer noch. Vielleicht war dies der Grund, weshalb der Schlaganfall, der eine schwächere Frau getötet hätte, ihr genügend Kraft gelassen hatten, um sich zu behaupten.

Shirley war nicht in ihrem Zimmer. Ich ging die Treppe hinunter, stolperte vor Müdigkeit, war aber zu wach, um zu schlafen. Fast hätte ich eine Matratze in die Küche gezogen und dort die Nacht verbracht mit Elvis' feuchter Schnauze im Gesicht.

Ich erwartete, daß Shirley in der Küche wäre, und dort war sie auch; aber sie war nicht allein. Elvis lag unter dem Tisch, und Shirley gegenüber saß Alan, Kaffee schlürfend wie ein alter Freund der Familie.

Shirley erschrak schuldbewußt, als sie mich sah. »O Herr, Julie, es tut mir leid. Ich dachte nicht, daß es schon so spät ist.«

»Sie haben sich nicht verspätet, ich komme früher als sonst. Martha war müde. Sie ist vor ein paar Minuten eingeschlafen.«

»Ich gehe sofort hinauf.«

»Lassen Sie sich Zeit. Für die Welt ist sie tot, wenn Sie diesen Ausdruck verzeihen.« Ich holte eine Tasse aus dem Schrank.

Shirley murmelte etwas Unverständliches und machte sich

davon. Shirley war eine kluge Frau. Sie gab niemals Erklärungen ab, sondern ging nur hinaus. Sie mußte das von Martha gelernt haben.

Der Wasserkessel war noch heiß. Ich bereitete mir eine Tasse Kaffee zu und zog einen Stuhl heran. Alan rührte sich nicht. Elvis zuckte und wimmerte im Schlaf.

»Willst du nicht wissen, was ich hier mache?« fragte Alan.

»Nein.« Ich trank meinen Kaffee.

»Shirley und ich sind alte Kumpel.«

»Das wundert mich nicht.«

»Nicht?«

»Du bist gut darin, dich mit Leuten anzufreunden, die dir nützlich sein können.« Ein gigantisches Gähnen unterbrach mich, ehe ich die Beleidigung weiter ausführen konnte. Es schien nicht der Mühe wert zu sein.

»Mein sogenannter Charme hat Shirley nicht für mich erwärmt«, sagte Alan. »Ich gewann ihr Herz, indem ich ihr eine Annehmlichkeit bot, die ihr kein anderer gegeben hat – Schutz. Ich verbringe die Nacht gewöhnlich dort draußen.« Alan deutete vage zur Tür, aber ich wußte, er hatte einen speziellen Ort im Sinn.

»In dem Schuppen?«

»Oh, du hast mein Lager gefunden.«

»Mmmm.«

»Im Gegensatz zu gewissen Leuten nehme ich meine Pflichten ernst.«

»Wo warst du dann neulich nachts, als ich einem irrsinnigen Ungeheuer gegenüberstand?«

Die dramatische Frage ging ins Leere. Shirley hatte offenbar alles erzählt.

»Das tut mir leid«, sagte Alan ruhig. »Es war eine meiner freien Nächte.«

»Mmmm.«

»Von jetzt an werde ich besser aufpassen.«

»Ich fragte mich, ob du es warst, den Danner gesehen hat. Angenommen, er sagte mir die Wahrheit, als er erzählte, er habe einen Eindringling verfolgt.«

»Das war ich nicht. Hast du das Haus untersucht, ob es irgendwelche Anzeichen für einen Einbruch gab?«

Ich hätte etwas gegen seinen einschüchternden Tonfall gehabt, wenn ich nicht so müde gewesen wäre – und wenn ich nicht so dankbar für seine Bemühungen gewesen wäre. Es mußte ihm wenig ausmachen, seine Nächte in diesem unbequemen Schuppen zu verbringen... Dann sagte ich mir müde, daß ich zu voreiligen Schlüssen kam. Er nahm seine Verantwortung tatsächlich ernst. Sein Handeln bedeutete nichts weiter als dies.

»Alan, das Haus ist ein solches Wrack, daß ich nicht sagen könnte, ob jemand eingebrochen ist. Ich hatte den Eindruck, daß Danner log, als er sagte, er habe einen Einbrecher gesehen. Noch etwas Merkwürdiges – er hatte eine Schere dabei.«

»Eine ekelhafte Waffe.«

»Dein Humor ist ebenso krankhaft wie der von Martha.« Mir war nicht danach zumute, diesen Ausrutscher zu erklären. Ehe er fragte, was ich damit meine, fuhr ich eilig fort: »Was wollte er mit der Schere?«

»Der logische Schluß ist der, daß er etwas schneiden wollte.«

»Oh, sehr klug.«

»War es eine große Schere, etwa eine Blechschere?«

»Ich glaube nicht, nur eine gewöhnliche Haushaltsschere.«

»Hmm«, sagte Alan.

»Laß die Schere. Danners sogenannter Geist arbeitet auf eine Weise, die der normalen Welt unverständlich ist. Hattest du bei deinen Nachforschungen Glück? Irgendwelche Ideen, wo du als nächstes graben willst?«

»Ein paar«, sagte Alan zurückhaltend.

»Dann behalte sie für dich. Es ist mir egal. Ich glaube, ich gehe schlafen.«

»Noch nicht. Ich habe ein paar Vorstellungen über ein anderes Thema, das dich unmittelbarer angeht.«

Ich seufzte und stützte mein Kinn in die Hand. »Fang an. Nichts kann dich davon abhalten, wenn du beschlossen hast, eine Vorlesung zu halten.«

Eine Vorlesung war genau das, was ich zu hören bekam.

»Der Bezirk Maydon wurde 1619 gegründet«, sagte Alan, »und 1622 völlig zerstört. Die anderen Orte wurden nach dem Massaker wieder besiedelt. Maydon nicht. Der Platz wurde aufgegeben, bis dein Vorfahr ein Jahrhundert später das erste Herrenhaus baute. Trotz deiner unterhaltsamen Familienlegenden gab es keine Verbindung zwischen den Bewohnern des Bezirks Maydon und dem ersten Carr – außer dem Namen Maidenwood, der auf eine alte Tradition hindeutet. Heh, wach auf, ich rede mit dir.«

Er rüttelte meinen Ellenbogen. Eingelullt von dem vertrauten akademischen Tonfall war ich halb eingedöst.

»Ich höre.«

»Das erste Herrenhaus wurde 1735 zerstört. Das jetzige wurde auf den Fundamenten des ersten errichtet oder in der Nähe davon. Mich interessiert keines der beiden Häuser sehr. Was mich beschäftigt – und es sollte dich und deinen schwachköpfigen Vetter auch beschäftigen –, ist die Frage, wo der ursprüngliche Carr-Friedhof lag. Die frühesten Gräber auf dem jetzigen Friedhof datieren aus der Mitte des 18. Jahrhunderts – aus der gleichen Zeit also wie das zweite Herrenhaus. Es muß einen älteren Friedhof gegeben haben aus der Zeit des ersten Hauses.«

Jetzt war ich hellwach. »Du glaubst, die Skelette stammen daher?«

»Die Verbindung ist nicht bewiesen, aber logischerweise verlockend. Ein vergessener Friedhof und Gebeine aus einem vergessenen Grab. Aber ich kann nicht verstehen, weshalb der alte Friedhof aufgegeben wurde.«

»Das ist eine gute Frage ... O mein Gott!« Ich stand auf und trat dabei Elvis, der jaulend aufwachte. »Er liegt unter dem Haus! Das ist die einzige Erklärung, Alan. Sie konnten den alten Friedhof nicht mehr benutzen, weil sie das Herrenhaus darauf –«

Alan brach in Gelächter aus. »Du hast zu viele Horrorfilme gesehen. Schlage dir das aus dem Kopf, Julie. Es gab keine Lücke in der Besiedelung zwischen der Zerstörung des ersten Hauses und dem Bau des zweiten. Die Lage des Friedhofs wäre nicht mißachtet worden, die Leute waren nicht so gefühllos gegenüber den Überresten ihrer Verwandten. Und wie hätten die Witzbolde, die die Skelette gefunden haben, an sie herankommen sollen, wenn sie unter dem Haus gelegen wären? Deine Großmutter ist zwar alt, aber sie hätte es bemerkt, wenn Leute Abend für Abend im Keller gegraben hätten.«

»Oh.« Verstohlen wischte ich mir den Schweiß von der Stirn. »Es wird warm hier drinnen.«

»Eher etwas kühler. Du bist diejenige, die sich aufregt. Shirley glaubt heute nacht auch an Gespenster. Was ist los?«

»Nichts ist los. Ich habe einen anstrengenden Tag hinter mir. Und da sind... Dinge dort draußen.«

»Du bist betrunken«, sagte Alan.

»Noch nicht. Aber ich erwäge es. Dieses Wetter ist nicht gerade beruhigend. War es eine Eule, die ich eben gehört habe, oder ein Vampir?«

»Eine Eule. Gutes Jagdwetter.«

»Es *gibt* Dinge dort draußen«, sagte ich, »putzige Charaktere, die es für lustig halten, Gebeine anzukleiden und sie auf die Straße zu legen. Verrückte Leute wie Mrs. Hornbeak. Ich würde ihr zutrauen, daß sie im Keller graben möchte.«

»Ich habe sie und ihr Team vor nicht langer Zeit vom Besitz verjagt.«

»Was hast du getan?«

Alan grinste zögernd. »Der Einfalt der Frau kommt nur ihre Unverschämtheit gleich. Sie fuhr über den Weg, den wir benützt haben, überall Taschenlampen und Laternen, Spitzhacken und Schaufeln...«

»Ich habe nichts gehört.« Ich beugte mich hinunter und blickte Elvis an, der gähnte. »Was hast du gemacht, während all das vorging, edler Hund?«

»Das war, ehe du ihn adoptiert hast«, sagte Alan. »Daß du dir diesen Hund angeschafft hast, war ein geschickter Zug. Warum steckst du die alte Dame nicht in ein Pflegeheim und machst dich hier davon?«

»Du weißt, wie sie ist.«

»Ja, ich habe allen Grund zu wissen, wie sie ist. Aber ich

habe nie begriffen, warum ihr anderen euch von ihr tyrannisieren laßt. Um Gottes willen, Julie, sie ist fünfundachtzig Jahre alt und war nie ganz normal. Matt hat beträchtlichen Einfluß; warum kann er sie nicht für unmündig erklären und in ein Krankenhaus bringen lassen?«

»Ich glaube nicht, daß dich das etwas angeht.«

»Wahrscheinlich nicht«, sagte Alan.

»Du willst sie nur aus dem Weg räumen, damit du freie Hand hast. Du und deine Lady Jocelyn.«

»Ich weiß nicht, warum du sie mit ins Spiel bringen willst.«

»Ich auch nicht.« Ich stützte den Kopf in meine Hände. Elvis, der die Stimmung spürte, begann meine Knöchel zu lekken. »Ich habe die Jungfräulichkeit bis oben hin satt«, murmelte ich.

Alans unterdrücktes Lachen machte mir bewußt, was ich gesagt hatte. Ich spürte, wie meine Wangen brannten. Als ich ihn ansah, hatte er seine Miene unter Kontrolle bis auf die Augen, die vor Belustigung leuchteten.

»Ich habe es nicht so gemeint, wie es sich anhörte«, erklärte ich hochmütig.

»Was hast du gemeint?«

»Das Motiv – das – das Thema. Ist das nicht eine Definition des Wortes ›Maiden‹ – eine Frau, die nicht den o so kostbaren Gebrauchsartikel verloren hat, von dem Männer solch ein Aufhebens machen.«

»Nun, ich würde nicht sagen –«

»Sie *haben* jedenfalls ein Aufhebens davon gemacht, die Scarlett-Frau gebrandmarkt, die sündige Tochter in den Schneesturm hinausgetrieben. Sieh dir deine Lady Jocelyn an. Mit am faszinierendsten an dieser Geschichte ist der jungfräuliche Aspekt. Wenn sie eine Witwe mit fünf Kindern gewesen wäre, würde sich niemand auch nur im geringsten um sie scheren, auch Mrs. Hornbeak nicht.«

»Ich weiß nicht, worüber du dich so aufregst«, sagte Alan milde. »Ich stimme dir in jedem Punkt zu, von der Absurdität des Jungfräulichkeits-Fetischs bis zur Einfalt von Polly H. Die Skelette können unmöglich diejenigen von Jocelyn Cartwright und ihrem Säugling sein; so alt sind die nicht. Sie mögen vielleicht vom alten Friedhof von Maidenwood stammen. Obwohl ich mich für Skelette aus jener Periode nur am Rande interessiere, bin ich bereit, meine ganze Aufmerksamkeit auf die Lage des Friedhofs zu richten, und wenn nur, um zu verhindern, daß andere Leute ihn ausrauben und möglicherweise dich und Shirley bedrohen.«

»Und Martha.«

»Sie braucht mich nicht«, fauchte Alan. »Sie hat dich und Shirley, und ihr beide seid bereit, für ihre Verteidigung zu sterben. Ich kann die Arbeit aber nicht übernehmen. Matt hat mir zu viele Knüppel in den Weg gelegt.«

»Ich werde mit Matt sprechen.«

»Viel Glück. Das habe ich schon versucht.«

»Ich sagte, ich werde mit ihm sprechen.« Weit draußen in der dunklen Nacht erhob sich ein Schrei und starb wieder ab. »Verdammte Eulen!«

»Das war keine Eule.«

Alan stand auf. Der Hund war schon an der Tür, winselte und kratzte.

Alan sagte: »Still, Elvis.« Er zog ein Seil aus der Tasche und befestigte es am Halsband des Hundes.

Ich folgte dem Paar, Mann und Hund, auf die Veranda. Elvis zerrte an der Leine, gehorchte aber Alans leisem Befehl, nicht zu bellen.

Der Himmel hellte sich auf. Nebel lag über den Flußwiesen wie ein blasser Teppich, aber am Himmel leuchteten die Sterne hell. Weiter unten waren andere Lichter zu sehen – halb verschwommen im Nebel, der zwischen den Bäumen auf dem Landrücken nördlich des Hauses verharrte, zitternd wie Irrlichter – Totenlaternen.

»Verdammt noch mal«, murmelte Alan und trabte davon, gezogen von Elvis.

Ich schloß die Verandatür, ehe ich ihnen folgte. Ich mußte schnell laufen, um Alan einzuholen. Ich schaffte es am Anfang des Weges, der zum Friedhof führte. Die Lichter waren östlich des Weges, zwischen dem Landrücken und dem Fluß.

Alan schickte mich nicht ins Haus zurück; er murmelte nur: »Verhalte dich so leise wie möglich.«

Danach ignorierte er mich, ließ mich über einen verrotteten Zaun klettern und meine Hosen an dem rostigen Stacheldraht aufreißen, ohne mir eine helfende Hand zu reichen.

Die Eulen heulten, und der Nebel wirbelte auf dem Boden, aber mir war hundertprozentig besser zumute als den ganzen Tag über. Trotz des unheimlichen Erscheinens der sich bewegenden Lichter wußte ich, daß sie menschlichen Ursprungs waren. Das einzige, was mich verwirrte, war die Kühnheit der Eindringlinge; es schien ihnen nichts auszumachen, daß ihre Lichter gesehen wurden. Als wir näherkamen, hörte ich Stimmen. Unbefugte würden sicherlich nicht so achtlos auftreten. Konnten es Leute sein, die nach einem vermißten Kind suchten?

Ich hätte es wissen sollen. Alan wußte es. Er hielt den begierigen Hund zurück und marschierte auf die Lichter zu, wo die Gruppe versammelt war, und obwohl er nicht lauter sprach als normal, verstummte des Gespräch.

»Ich habe Sie schon einmal gewarnt, Mrs. Hornbeak. Dieses Mal rufe ich die Polizei!«

Mrs. Hornbeak trug nicht mehr ihren Nadelstreifenanzug, sondern Reithosen und Schaftstiefel. Sie mußte die Ausstattung von einer alten Fotografie kopiert haben, die einen Archäologen um die Jahrhundertwende zeigte. Sie trug sogar einen Tropenhelm. Ihre Brille blitzte, als sie Alan begrüßte, und sie schwang eine Schaufel mit einer Begeisterung, die ihn ein paar Schritte zurücktreten ließ.

»Sie kommen gerade recht, um den großen Augenblick mitzuerleben«, rief sie. »Ich trage Ihnen nichts nach, Professor; wir sind auf dem richtigen Weg, und über kleinliche Rache erhaben. Ich lade Sie ein, mit mir zusammen –«

»Sie sind unbefugt hier eingedrungen«, sagte Alan.

Mrs. Hornbeak stützte sich malerisch auf ihren Spaten. »Sie sind nicht befugt, mich zu vertreiben, Professor.«

»Aber sie.« Alan schob mich vor.

»Ah, Miß Newcomb.« Mrs. Hornbeak nickte vertraulich. »Ich wollte Sie am Morgen besuchen. Wieviel passender ist es, daß Sie nun mit dabei sind, wenn wir die Überreste Ihrer

Ahnen ausgraben ...« Sie deutete auf das Loch im Boden neben ihr.

Zwei Leute ihres Teams standen daneben. Einer hielt einen kleinen Spaten, ein anderer eine Schaufel. Eine Taschenlampe blendete mich, als ich nähertrat.

Ich kniete neben dem Loch nieder. Jemand von der Gruppe richtete seine Taschenlampe bereitwillig in die Tiefe. Ich sah merkwürdige Klumpen und Ausbuchtungen unter einer dünnen Erdschicht. Andere Formen standen heraus, blaß vor der sie umgebenden Erde.

Ich brachte es nicht fertig, Alan anzusehen. »Es ist tatsächlich ein Grab«, sagte ich. »Dies sind menschliche Rippen.«

Eine andere Taschenlampe blendete mich. Mrs. Hornbeak hatte mehrere Gehilfen mitgebracht, die die Ausgrabung besorgten, aber mindestens einige Personen in der Lichtung waren Zeitungsleute. Das Fett war übergelaufen und brannte fröhlich.

Neuntes Kapitel

Mrs. Hornbeak ließ sich weder von Alan noch von mir einschüchtern, aber sie fürchtete sich vor Hunden. Alan benützte Elvis, der ihm gern gehorchte, um die Frau und ihre Gehilfen zu vertreiben. Die Reporter waren nicht so leicht abzuschütteln, aber nach einer Flut von ›Kein Kommentar‹ von Alan beschlossen sie, sich an den zugänglichen Interviewpartner zu wenden. Aus mir bekamen sie nicht einmal ein ›Kein Kommentar‹ heraus, sondern nur unterdrückte, unartikulierte Grunzlaute. Ich wagte es nicht, den Mund aufzumachen, aus Angst, ich würde lachen.

Die Situation war so schrecklich, so komisch grotesk, daß Alan mir fast leid tat. Alle seine wissenschaftlichen Studien und intelligenten Forschungen hatten nichts gebracht, während Mrs. Hornbeaks verrückte Exkursionen in das Unendliche sie direkt zum Gold geführt hatten. Sogar ein Laie wie ich konnte sehen, daß das Grab, das sie gefunden hatte, alt war. Die Knochen waren zerbrechlich und fahl, und es war keine Spur von einem Sarg vorhanden. Also war Mrs. Hornbeak vielleicht doch nicht verrückt.

Alan schickte mich mit Elvis ins Haus zurück. Er blieb und brütete über dem Grab wie ein Geier. Ehe ich zu Bett ging, rief ich die Nummer an, die er mir gegeben hatte und verlangte Jono. Ich erklärte ihm, was geschehen war; Jono sagte ungläubig: »Sie scherzen.«

»Ich scherze nicht. Sie hat etwas gefunden, Jono. Alan ist dort draußen, und er möchte –«

»Ich bin in einer halben Stunde bei ihm.«

Ich gab ihm den Rest von Alans Anweisungen weiter. Jono konnte es kaum erwarten, den Hörer einzuhängen und aufzubrechen. Das letzte, was ich von ihm hörte, war ein hingerissenes: »Verflucht, das könnte es sein!«

Alan hatte auch vorgeschlagen – womit ich meine: befohlen –, daß ich die Polizei anrief. Ich fand, daß dies bis zum

Morgen warten konnte. Ich hatte keine Lust, einem schläfrigen Polizisten die Situation zu erklären, und ich zweifelte daran, daß Mrs. Hornbeak in der gleichen Nacht wiederkommen würde. Sie war zu sehr mit den Reportern beschäftigt.

Ich hätte tun sollen, was Alan mir befohlen hatte. Ich wurde dadurch geweckt, daß Shirley meine Schulter rüttelte. »Es sind ein paar Leute unten, Julie, Reporter.«

Ich setzte mich aufrecht hin. Das Sonnenlicht blendete mich. »Wie spät ist es?«

»Acht Uhr. Einer ist schon seit sechs Uhr da. Ich wollte Sie ausschlafen lassen, aber –«

»Ich stehe auf. Lassen Sie mir eine Minute Zeit.«

»Ich habe Ihnen Kaffee gebracht.«

Ich griff nach der Tasse. »Sie sind ein Engel, Shirley. Rufen Sie den Sheriff an und sagen Sie ihm, daß wir belagert werden. Ich gehe hinunter, sobald ich mir etwas angezogen habe.«

»Ist in der vergangenen Nacht etwas geschehen? Sagen Sie nicht, es gab noch –«

»Oh, nicht so etwas. Ich erkläre es Ihnen später – rufen Sie gleich an, bitte.«

Ich schlüpfte in die Hosen, zog Hemd und Sandalen an und ging die Treppe hinunter. Die Eingangstür war verschlossen. Ich öffnete sie. »Ich habe eben die Polizei gerufen«, sagte ich.

Die Invasion bestand aus einem kahlwerdenden Mann mittleren Alters. Offensichtlich hatten die anderen aufgegeben oder waren hinter Alan her.

»Wie war Ihnen zumute –« begann er.

»Ist das die einzige Frage, die Ihr Leute stellen könnt? Hören Sie, oben liegt eine alte Dame, die einen Schlaganfall hatte. Sie braucht Frieden und Ruhe. Warum lassen Sie ihr das nicht?«

Der Reporter sah mich nachdenklich an. Ich vergewisserte mich, daß er verstand. »Von welcher Zeitung, sagten Sie, sind Sie? Ich möchte nur wissen, wen ich verklagen muß, wenn sie noch einen Schlaganfall erleidet.«

Ich schloß die Tür, ehe er sich eine Antwort ausdenken

konnte. Durchs Fenster sah ich befriedigt, wie er sich zum Ende der Einfahrt zurückzog. Mehr konnte ich nicht tun, die Straße war öffentliches Eigentum.

Ich sehnte mich danach, zur Ausgrabungsstätte zu gehen, um nachzusehen, wie Mrs. Hornbeaks Entdeckung bei Tageslicht aussah. Vielleicht war ich durch die allgemeine Hysterie irregeführt; vielleicht hatte sie nur den Kadaver eines Pferdes oder eines Rotwildes gefunden, aber ich zweifelte daran.

Shirley reagierte nicht auf meinen Vorschlag, daß sie hingehen und nachsehen sollte, was sich abspielte. Sie interessierte sich nicht für Archäologie. »Ich kümmere mich nicht um Knochen, solange sie dort sind, wo sie hingehören«, lautete ihre Zusammenfassung der Situation, und ich mußte zugeben, daß sie etwas für sich hatte.

Der Gesetzeshüter erschien erst kurz vor Mittag.

Ich war in der Küche und richtete für Martha ein Sandwich, als ich es an der Eingangstür klopfen hörte. Ich begrüßte Jarboe mit Vorwürfen.

»Was ist das für eine Dienstauffassung? Ich habe vor fast vier Stunden angerufen.«

»Hat man Sie belästigt?«

»Nun, nein, seit kurzem nicht mehr. Aber nicht dank Ihnen und Ihrer Männer.«

»Deshalb komme ich auch nicht.«

»Weshalb dann?«

»Wegen Richter McLendon. Er ist tot.«

»Nein«, sagte ich. »Das kann nicht sein. Ich sah ihn noch gestern abend.«

»Nun, er ist aber tot.« Der Sheriff kratzte sich am Kopf. »Darf ich eintreten?«

Ich sagte wie betäubt: »Sicher. Das tut mir leid. Ich kann es nicht glauben. Verdammt, verdammt, verdammt! Ich hätte dafür sorgen sollen, daß er hier bleibt. Er war nicht in der Verfassung, im Nebel Auto zu fahren nach diesem bösen Sturz –«

»Was für ein Sturz?« Der Sheriff folgte mir in die Küche und setzte sich an den Tisch.

»Er fiel die Treppe hinunter. Ich versuchte ihn zu überreden, die ganze Nacht hierzubleiben –«

»Das erklärt die blauen Flecken. Haben Sie eine Tasse Kaffee, Julie?«

»Sicher.« Dann wurde mir bewußt, was er gesagt hatte. »Blaue Flecken... War es ein Autounfall?«

»Nein, er kam gut zu Hause an. Geben Sie sich keine Schuld. Es war eine Herzattacke. Er lebte allein; sein erster Kunde fand ihn heute früh an seinem Schreibtisch zusammengebrochen.«

»Das beruhigt mich keineswegs.« Ich schenkte zwei Tassen ein und setzte mich an den Tisch.

»Vielleicht wird dies Ihre Stimmung heben.« Jarboe zog ein zusammengefaltetes Blatt Papier aus der Jackentasche. »Er hat Ihnen eine Notiz geschrieben.«

Die Handschrift war energisch. »Meine liebe Julie«, begann er, »ich möchte mich dafür entschuldigen, daß ich Sie heute abend durch meine Ungeschicklichkeit erschreckt habe. Wie ich Ihnen versicherte, wurde kein Schaden angerichtet, außer für meinen Stolz. Bitte sagen Sie Martha, ich werde dafür sorgen, daß ihre Wünsche nach meinem besten...«

Das letzte »n« ging in eine holprige Schlangenlinie über. Sie war umgeben von Tintenklecksen wie Blutspritzern um eine Wunde.

»Er schrieb den Leuten immer Notizen«, sagte der Sheriff und wandte den Blick von meinem betroffenen Gesicht ab. »Eine altmodische Angewohnheit.«

»Aha.«

»Sein Herz war schlecht. Er wußte es; er sagte mir einmal, der Doktor habe ihm geraten, sich zur Ruhe zu setzen, aber er wollte in den Sielen sterben und nicht in einem Pflegeheim dahinsiechen. Sein Wunsch wurde ihm erfüllt. Man könnte sagen, er hat Glück gehabt.«

»Das könnte man sagen.« Ich faltete die Notiz zusammen. »Es tut mir leid, Sheriff, ich wollte nicht rührselig werden, aber – Nun, ich mochte ihn. Er war ein liebenswürdiger und ein freundlicher Mann. Ich weiß nicht, wie ich es Martha beibringen soll. Sie wird erschlagen sein.«

»Da bin ich nicht so sicher. Alte Menschen sind merkwürdig, wenn Freunde sterben. Oh, sie sind bekümmert, gewiß, aber sie empfinden auch eine Art seltsame Befriedigung dabei – wie wenn sie eine weitere Runde im Überleben gewonnen hätten.«

Wenn das für alte Leute im allgemeinen zutraf, dann ganz bestimmt für Martha. Sie würde jedoch beunruhigt sein, denn McLendon hatte ihre Rechtsangelegenheiten geregelt.

»Haben Sie Matt benachrichtigt?« fragte ich. »Ich glaube, er muß einen anderen Anwalt suchen.«

»Ich habe ihn vor ein paar Stunden angerufen. Er meinte, Sie sollen sich nicht um das Geschäftliche kümmern, das besorgt er selbst. Er wird Sie heute Abend anrufen, um zu hören, wie Miß Martha die Nachricht aufgenommen hat.«

Ich dachte an verschiedene Antworten auf diese kühle Ankündigung, beschloß aber, sie für Matt aufzusparen. »Kann ich irgend etwas tun?« fragte ich.

»Nein, danke. Ich dachte nur, Sie sollten es wissen. Ich habe dies sowieso kommen sehen. Machen Sie sich wegen der Reporter keine Gedanken. Diese Geschichte wird in ein paar Tagen vergessen sein. Das sind kleine Fische.«

»Wollen Sie damit sagen, daß Sie keinen Mann übrig haben, der unseren Besitz bewachen könnte?«

»Leider nein. Ich könnte höchstens eine Barrikade am Eingang aufstellen lassen.«

»Und wie soll ich dann hinauskommen?«

»Sie könnten sie bewegen, es wäre ein Sägebock – zum Beispiel, mit einem Schild ›Durchgang verboten‹. Wir können den Besitz nicht einmauern, Julie; man kann höchstens eine moralische Wirkung erzielen. Ihr Kumpel, der Archäologe, hat dort, wo er arbeitet, die Dinge unter Kontrolle – Seile, Schilder, und ein paar kräftige Burschen mit Spaten, die herumstehen und aggressiv aussehen.«

Ich hatte mir mehr erhofft, aber ich wußte, ich konnte es nicht bekommen. Jarboe hatte wahrscheinlich recht, wenn er sagte, die Neuigkeit sei lediglich eine Tagessensation.

Deshalb dankte ich ihm und begleitete ihn hinaus. Dann ging ich zu Martha hinauf, um ihr zu sagen, daß ihr alter Freund tot war.

Ich hielt ihre Hand, während ich es ihr sagte. Der Puls unter meinen Fingern ließ keinen Schlag aus und veränderte nicht seinen Rhythmus. Ein überraschter und gequälter Aufschrei – aber er kam nicht von Martha. Als ich mich umdrehte, sah ich Shirley unter der Tür des Badezimmers stehen, das ihr eigenes Zimmer mit dem Marthas verband. »Tut mir leid«, sagte ich zu ihr.

Sie schüttelte den Kopf, und Tränen füllten ihre Augen.

Martha entzog mir ihre Hand. »Notiz«, sagte sie. »Notiz?«

»Es war eine Herzattacke, kein Selbstmord«, sagte ich. »Die Leute hinterlassen... oh«. Gerade sie kannte die Gewohnheit des alten Mannes am besten, Notizen zu verfassen. Vielleicht hatte er ihr an jenem Abend gesagt, er würde ihr schreiben.

»Er hat mir geschrieben«, sagte ich und zog das Blatt Papier aus meiner Tasche. »Aber da ist eine Nachricht für dich.«

Sie las sie ohne das leiseste Anzeichen von Rührung. Vielleicht hob sich ihr Mundwinkel um den Bruchteil eines Zentimeters, aber das war alles. Der Sheriff hatte recht. In ihre Trauer war eine Art Befriedigung gemischt.

»Matt«, krächzte sie. »Er soll kommen.«

»Er sagte, er wolle heute abend anrufen. Es ist hoffnungslos, wenn man ihn tagsüber erreichen will, Martha. Ich habe es versucht.«

»Hm«, sagte Martha entschieden, und diesmal war ich ihrer Meinung.

Als ich die Treppe hinabging, um ein abgestandenes Sandwich zu holen, war Mrs. Danner da. »Wo waren Sie gestern?« forschte ich.

»Lastwagen hatte Panne.«

Keine Entschuldigung, kein Ausdruck des Bedauerns. Ich sagte: »Wenn Sie angerufen hätten, dann hätte ich Sie abgeholt.«

»Wetter war schlecht.«

»Nicht so schlecht.«

Mrs. Danner starrte vor sich hin.

Ich gab das Verhör auf und wünschte, ich hätte gewußt, ob Mrs. Danner maßlos dumm war oder raffiniert genug, um zu wissen, wie sie sich gegen solche Angriffe zu verteidigen hatte. »Ich habe eine Aufgabe für Sie«, sagte ich. »Ich möchte, daß Sie das Zimmer neben der Küche säubern. Ich zeige es Ihnen.«

Das Zimmer war bei Tageslicht kaum heller als am Abend zuvor. Die Fensterscheiben waren undurchsichtig vor Schmutz. Mrs. Danner stand da und sah zu, als ich mich bemühte, das Fenster hochzuschieben. Schließlich gab es nach. Ich stützte es mit einem Stock, der auf dem Fensterbrett lag, und dann sah ich etwas, das das verschmutzte Glas verdeckt hatte. Vor dem Fenster war ein Gitter – dicke Eisenstangen in einem Rahmen, der auf die Außenseite des Fensterrahmens genagelt oder geschraubt war.

Als ich das Gitter sah, war mir bei dem Gedanken daran, unten zu schlafen, wohler zumute. Durch dieses Fenster würde niemand einsteigen; vielleicht hatten auch die anderen Zimmer an dem abgelegenen Erdgeschoßkorridor vergitterte Fenster. Ich hatte nicht nachgesehen.

Ich wandte mich an Mrs. Danner. »Sie wischen am besten zuerst den Fußboden auf. Ich möchte, daß der Boden und die Wände gesäubert werden. Reißen Sie so viel wie möglich von der alten Tapete ab. Die Hälfte davon hängt sowieso schon in Streifen herunter. Und die Fenster müssen ebenfalls abgewaschen werden.«

Mrs. Danner stellte einen Fuß vor, dann zog sie ihn wieder zurück, als wäre sie auf etwas Unangenehmes getreten. Sie schüttelte den Kopf.

»Was ist?« fragte ich ungeduldig. »Putzen Sie keine Fenster?«

Ihr Kopf bewegte sich mechanisch von einer Seite zur anderen. »Ich putze Fenster sehr gut. Aber ich möchte nicht...«

Ich unterbrach sie nicht; ihre Stimme starb einfach ab.

Ich hatte keine Lust, mit Mrs. Danners wunderlichen Grillen nachsichtig zu sein. »Ich weiß, dies hier ist ein schreckliches Durcheinander. Aber je länger Sie dastehen und gaffen, um so länger dauert es, bis Sie die Arbeit hinter sich haben. Wo ist der Besen?«

Ich mußte sie praktisch in das Zimmer hineinschieben. Sie blickte von einer Seite zur anderen wie ein nervöses Tier, das einen im Hinterhalt verborgenen Jäger wittert. Als sie im Zimmer war, schien sie sich in das Unvermeidliche zu fügen. Sie begann zu fegen, während ich eine Leiter aus dem Schuppen holte und die Glühbirne in die Deckenlampe einschraubte. Sie funktionierte. Das war eine Erleichterung, obwohl ich darauf vorbereitet gewesen war, mich notfalls mit Taschenlampen und Laternen zu behelfen.

Ich überließ Mrs. Danner ihrer Arbeit und hoffte, sie würde nicht damit aufhören, sobald ich das Haus verließ. Sie war offensichtlich keine glückliche Frau, aber ich konnte nicht herausfinden, was sie quälte. Um ehrlich zu sein, es war mir auch egal.

Ich zog Arbeitskleidung an und erinnerte mich wieder daran, daß ich Schuhe kaufen wollte. Als ich zur Hintertür hinausging, erhob sich Elvis von seinem Teppich und kam angerannt, um mich zu begrüßen.

Stimmen führten Elvis und mich zur Ausgrabungsstätte. Es gab keinen Weg vom Haus dorthin, und ich brauchte lange, um mich durch das Unterholz zu schlagen, da ich alle paar Schritt die Hundeleine entwirren mußte. Als ich auf die Lichtung kam, trat mir ein großer junger Mann in den Weg, ein Willkie-Typ, der mich höflich, aber entschieden bat, mich zu entfernen.

»Es ist in Ordnung«, rief Jono. »Sie gehört zu uns. Kommen Sie hierher, Julie.«

Das geöffnete Grab war wieder zugeschüttet worden. Nur ein Quadrat aus schwarzer Erde deutete darauf hin. »Ich dachte, ihr hättet die Gebeine inzwischen ausgegraben«, sagte ich.

»Guter Gott, nein. Uns steht noch eine Woche Arbeit bevor, ehe wir mit den Ausgrabungen beginnen können. Julie, es gibt eigentlich nichts für Sie zu tun, falls Sie nicht helfen wollen, die Pinsel zu reinigen. Alan sagte nichts über ...«

»Wo ist er?«

»In Richmond. Er holt noch mehr Ausrüstung und beginnt mit dem Papierkram. Es gibt staatliche Gesetze, die menschliche Überreste betreffen; es wird einige Tage dauern, bis wir eine amtliche Erlaubnis haben. Wir müssen die Ausgrabungsstätte säubern und beaufsichtigen, ein Gitter anlegen, einige Stichgrabungen vornehmen ...«

»Mir scheint, Sie machen sich viel Mühe, ohne sicher zu sein, daß Sie etwas haben, wofür sich die Mühe lohnt. Wäre es nicht klüger, zuerst mit den Stichgrabungen zu beginnen?«

Jono schüttelte den Kopf. Seine Augen leuchteten. »Ich habe es gesehen, Julie – gestern abend, bevor wir es zuschütteten. Wir haben es gefunden. Es ist die richtige Periode.«

»Sind Sie sicher?«

»Ich kann ihn Ihnen nicht zeigen; Alan hat ihn mitgenommen. Ein verzinnter Messinghaken, wie man ihn um 1600 bis 1650 an den Kleidern getragen hat.«

»Dann ist er also hier, der Bezirk Maydon.«

Jonos leuchtende Augen verschleierten sich, als die professionelle Vorsicht seine Erregung dämpfte.

»Nun, wir können nicht sicher sein, bis wir einen Beweis für die Besiedelung finden. Aber das Grab stammt eindeutig aus der richtigen Periode, und sie hätten ihn nicht draußen im Wald begraben, meilenweit von der Siedlung entfernt.«

»Ihn?«

»Mit solchen Haken wurden Männerhosen an den Wämsen befestigt.«

»Aha. Nun, wenn Handarbeit alles ist, was Sie anzubieten haben, kann ich eine Menge davon anderswo finden. Ich komme morgen wieder vorbei.«

»Einer von uns ist jetzt ständig hier«, sagte Jono. »Also machen Sie sich keine Gedanken wegen Eindringlingen.«

»Was ist mit Ihrem Job?«

»Ich habe noch nicht gekündigt. Aber ich hoffe, daß ich das bald tun kann.«

»Aha«, sagte ich.

Alans Problem, abgesehen von Marthas Starrköpfigkeit, war das Geld gewesen. Es war das klassische Dilemma der Archäologen; ohne Resultate gab es keine Mittel, und ohne Mittel war die Chance, Resultate zu erzielen, gering. Alan war Weltmeister im Reden, aber nicht einmal er konnte aus dem Nichts einen überzeugenden Fall aufbauen. Mit einem Grab und einem Dingsda aus dem 17. Jahrhundert konnte er wahrscheinlich eine Stiftung oder eine Universität dafür gewinnen, die Ausgrabung zu unterstützen. Sobald er das Geld hatte, konnte er es sich leisten, sein Team zu bezahlen und noch mehr Leute anzustellen.

Ich wünschte ihm alles Gute. Wenn er eine große Zuwendung bekam, würde auch ich ein Gehalt verlangen.

Deshalb verbrachte ich den Nachmittag damit, Schmutz von Wänden und Fußboden abzuschrubben, anstatt ein Grab auszuheben. Angetrieben und unterstützt von mir, vollbrachte Mrs. Danner Wunder.

Aber das Ergebnis war immer noch nicht sehr überzeugend. Das Holz war blasig und hatte Risse, und die schäbige alte Tapete hatte sich in langen Streifen von der Wand gelöst, außer an den Stellen, wo sie überhaupt nicht abging. Wenigstens war das Zimmer bewohnbar.

Ich verließ Mrs. Danner, als sie das Fenster putzte, und ging hinauf, um nach einem Bett Ausschau zu halten. Als ich den oberen Treppenabsatz erreichte, ging Marthas Tür auf und Shirley kam heraus.

»Um Gottes willen, was haben Sie gemacht?« fragte sie. »Sie sind draußen im Wald noch nie so schmutzig geworden.«

Ich erklärte ihr, was ich getan hatte. Shirley sah mich zweifelnd an. »Ich weiß nicht, was Miß Martha dazu sagen wird.«

»Ich habe nicht vor, es ihr zu erzählen. Wir können eine Art Signalsystem einrichten – eine Kuhglocke, wenn ich nichts Besseres finde –, damit Sie mich im Notfall rufen können. Kümmern Sie sich jetzt nicht darum, was soll ich, zum Teufel, zum Mittagessen kochen, Shirley? Mir gehen vollständig die Ideen aus.«

»Ich wollte Ihnen sagen, er hat vor kurzem angerufen. Ich soll Ihnen ausrichten, er käme ungefähr um sechs und würde ein paar Brathähnchen mitbringen.«

»Matt?« Der Vorschlag sah ihm nicht ähnlich, deshalb war ich nicht überrascht, als Shirley den Kopf schüttelte.

»Alan. Er ist ein Teufelsbraten, dieser Junge. Er ließ mich nicht einmal ›Ja‹ oder ›Nein‹ oder ›Vielleicht‹ sagen. Er teilte es mir einfach mit.«

Man hüte sich vor Archäologen, die Geschenke mitbringen. Aber wenn das Geschenk eßbar ist und man die Hausarbeit gründlich satt hat... »Das klingt großartig«, sagte ich. »Dann ist es am besten, ich richte mich her. Ist mit ihr alles in Ordnung?«

»Sie ist etwas unruhig. Sie hat heute nachmittag alte Fotos und Papiere durchgesehen. Sie plagt mich dauernd, ich soll Matthew anrufen. Ich habe es versucht und eine Nachricht hinterlassen, und sie sagten mir das gleiche. Er ruft heute abend zurück.«

»Ich glaube, er hat viel zu tun«, räumte ich ein. »Der Richter hat Marthas Angelegenheiten geregelt. Aber ich bin immer noch der Meinung, Matt sollte vorbeikommen.«

Shirley enthielt sich klugerweise eines Kommentars.

Nachdem ich mich hergerichtet hatte, durchsuchte ich die Schlafzimmer. Alles, was ich brauchte, war ein Bett, ein Tisch, ein Stuhl und vielleicht eine Lampe. Ich fand einen kleinen Tisch und trug ihn hinunter. Mrs. Danner putzte immer noch das Fenster. Ich lotste sie weg und ließ sie den Tisch abschrubben.

Die Außenseite des Fensters war immer noch schmutzig. Man kam durch das Gitter hindurch nicht an die Scheibe heran. Aber jetzt fiel genügend Licht herein, um mich davon zu überzeugen, daß ich die schorfigen Wände doch nicht ertragen konnte.

Ich hatte noch Zeit, um zum Einkaufszentrum zu fahren und ein paar Kübel Farbe zu kaufen. Gelb, dachte ich. Das Zimmer war dunkel mit seinem einzigen schmalen Fenster.

Als ich in meine Geldbörse sah, stellte ich fest, daß ich nur noch ungefähr zwanzig Dollar besaß. Ich würde Matt um mehr Geld für meine Ausgaben angehen müssen. Und war nicht irgendwie vage von einem Lohn die Rede gewesen? Ich setzte eine weitere Verwünschung auf den Stapel, der sich auf meinem Vetter anhäufte, und teilte Mrs. Danner mit, daß ich wegfahren würde.

Elvis beschloß, mitzukommen. Ich war nicht erpicht darauf, ihn mit Mrs. Danner allein zu lassen, obwohl ich glaubte, daß meine Lektion die gewünschte Wirkung erzielt hatte, und – was noch vielsagender war – ich hatte ihre Tasche nicht wieder gesehen.

Als wir wegfuhren, flatterten Elvis' Ohren in der Brise, und ich fragte mich, wie ich so lange ohne einen Hund hatte leben können.

Der Mann im Geschäft war bereit, meine Kreditkarte zu akzeptieren, so daß ich immer noch zwanzig Dollar besaß. Ich verschwand in den Lebensmittelladen. Elvis fraß auf dem ganzen Heimweg Hundekuchen, ich aß Plätzchen, und wir kauten um die Wette.

Meine hübschen, großen Farbeimer verlockten mich, mit dem Anstreichen der Wände zu beginnen, aber ich beherrschte mich; es war schon fast sechs, und aus Erfahrung wußte ich, daß Anstreichen während der ersten Stunde Spaß macht, danach aber nicht mehr. Jedenfalls wäre die beste Zeit dafür der Morgen, so daß der Farbgeruch sich verflüchtigen konnte, ehe ich zu Bett ging.

Der Tisch, den ich heruntergebracht hatte, stand mitten in der Küche, wo Mrs. Danner ihn zurückgelassen hatte. Es war eine billige, wackelige Angelegenheit aus grün bemaltem Fichtenholz und immer noch feucht vom Scheuern. Ich trug ihn in mein neues Zimmer. Es sah jetzt mit dem einzigen Möbelstück darin sogar noch leerer aus.

Ich schabte die restliche Tapete von der Wand, als Alan kam. Tapete von der Wand schaben übt eine bizarre, hypnotische Faszination aus; sobald man einmal angefangen hat, ist es schwer, damit aufzuhören.

Alan kam zur Hintertür herein, ohne anzuklopfen; nur Elvis' hingerissenes Winseln kündigte sein Kommen an.

Zwei braune Papiertüten lagen auf dem Tisch, und Alan

entnahm ihnen Schachteln mit Lebensmitteln. »Stell das in den Backofen, damit es warm bleibt«, befahl er.

»Sagtest du eigentlich niemals ›bitte‹?«

»Bitte stell das in den Backofen.«

Ich stellte es in den Backofen. »Willst du etwas trinken?«

»Du hast mich überzeugt. Was machst du damit?«

Der Schaber war mit Gips und kleinen Tapetenfetzen bedeckt. Ich beschloß, ihn nicht auf den Küchentisch zu legen.

»Ich schabe Tapeten von der Wand. Ich werde in dieses Zimmer hier neben der Küche ziehen.«

»Aus einem besonderen Grund?«

»Natürlich – damit es für Einbrecher und Unholde leichter ist, an mich heranzukommen.«

»Mmmm«, sagte Alan geistesabwesend. »Keine schlechte Idee.«

»Was, es Einbrechern und Unholden leichter zu machen?«

»Herunterzuziehen. Du hörst den Hund, wenn er bellt, und du bist mir näher, wenn du Hilfe brauchst. Ich schlafe heute nacht allerdings nicht im Schuppen.«

»Was hast du vor – neben dem Grab zu kampieren?«

»Richtig.«

»Ein netter, freundlicher Ort.«

»Nicht schlimmer als jeder andere Ort. Ich hätte nicht gedacht, daß ausgerechnet du wegen ein paar Gebeinen so zimperlich bist.«

»Ich zimperlich? Hör zu, Großmaul. Ich habe gerade einen Kurs in Anatomie hinter mir. Es gibt keinen Knochen im menschlichen Körper, den ich nicht beim Vornamen kenne.«

»Das habe ich ja gemeint. Wo hast du den Alkohol?«

»Dort unten. Nein, dort.«

Alan holte meine beiden Flaschen heraus. »Wie, keine Beerenauslese? Macht nichts, bei mir wäre sie sowieso vergeudet. Aber du wirst den Alkohol verstecken müssen, wenn du Mrs. Danner am Zechen hindern willst.«

»Sie trinkt heimlich. Ich habe mich schon gewundert.«

»Wenn du mit Joe verheiratet wärst, würdest du auch heimlich trinken. Ich höre, sie war früher das Stadtgespräch ... die Schönheit der Bars ... eine große, fröhliche, lachende Frau mit einem Wortschatz wie ein Lastwagenfahrer.«

»Ich kann mich an sie erinnern. Sie hat sich sehr verändert.« Ich nahm das Glas, das er mir reichte.

»Sie hat sich nicht verändert, *er* hat sie sehr verändert. Und sich selbst. Jesus zu finden übt auf manche Leute eine abstoßende Wirkung aus.«

»Das ist ein schlimmer Ausspruch.«

»Ich gebe nicht Jesus die Schuld«, sagte Alan und schwächte seine Blasphemie ab. »Danner jagt mir Schrecken ein. Er ist einer der Gründe, weshalb ich im Schuppen schlafe.«

»Vielen Dank, daß du mich aufheiterst, Alan.«

»Oh, ich glaube nicht, daß er dich belästigen wird.«

Mir gefiel nicht die schwache Betonung des Wortes ›glaube‹, aber ehe ich protestieren konnte, fuhr Alan fort: »Danner ist bigott und dazu ein Sadist. Und der religiöse Wahn nimmt merkwürdige Formen an.«

»Zum Beispiel, daß man irre Briefe schreibt?«

»Ja, so ähnlich. Nachdem er seine Tochter aus dem Haus gejagt hat, machte er offenbar ein Freudenfeuer aus allem, was sie besessen hat – was sicher nicht viel gewesen war, das arme Ding – und er hätte dabei fast die Scheune angezündet. Er ist ebenso dumm wie sadistisch, und diese Verbindung kann gefährlich sein.«

»Woher weißt du das alles?«

»Ich besuche die hiesigen Lokale«, sagte Alan grinsend. »Du glaubst, daß nur Frauen klatschen? Aber um auf das ursprüngliche Thema zurückzukommen –«

»Ich erinnere mich gar nicht mehr daran, was es war.«

»Gebeine«, sagte Alan. »Anatomie. Warum hast du mir nicht gesagt, daß du bei Kaufman studiert hast?«

»Weil das Thema nie zur Sprache kam. Und weil es dich nichts angeht. Und«, sagte ich und erwärmte mich für das Thema, »weil ich mir denken konnte, daß du es sowieso herausfindest.«

»Du bist natürlich nicht qualifiziert. Aber im Moment kann ich mir keinen Anthropologen leisten. Ich habe eine Arbeit für dich.«

»Bezahlt oder als Volontär?«

Alan blinzelte. »Ich könnte vielleicht ein paar Dollar zusammenkratzen.«

Die Ehrlichkeit zwang mich, die Wahrheit zuzugeben. »Alan, wenn du über das Skelett sprichst, das du gestern abend gefunden hast, dann hast du zum ersten Mal recht; ich bin eindeutig nicht dazu qualifiziert, mit so etwas umzugehen. Diese Gebeine sind so zerbrechlich, daß sie zerkrümeln, wenn man versucht, sie herauszuheben. Ich weiß nicht, wie –«

»Oh, damit kann ich umgehen«, sagte Alan zuversichtlich. »Das ist einfach eine Sache des Erhaltungszustandes. Ich habe mir für dich etwas anderes ausgedacht.«

»Was?«

Anstatt zu antworten, griff er in eine der Papiertüten. Er benützte beide Hände; seine langen, kräftigen Finger und seine großen Handflächen bedeckten halb den Gegenstand, den er heraushob, und da ich an Lebensmittel dachte, glaubte ich einen Augenblick, er hielte einen Blumenkohl, einen verunstalteten, merkwürdig geformten Blumenkohl...

Zu meinem Glück – nicht zu ihrem – wählte Shirley diesen Augenblick, um in die Küche zu kommen. Ihr Aufschrei erstickte mein überraschtes Keuchen. Alan zuckte zusammen: »Verdammt!« explodierte er und jonglierte mit dem Schädel.

Schließlich hatte er das Ding fest im Griff. Mit einem vorwurfsvollen Blick auf Shirley sagte er: »Sie hätten mich nicht so erschrecken sollen. Der Schädel ist zerbrechlich; er wäre zerbrochen, wenn ich ihn fallengelassen hätte.«

»Lege ihn nicht auf den Tisch«, sagte ich angeekelt.

»Warum nicht? Es ist hübscher, sauberer Gips.«

Er lehnte den Schädel an eine der Einkaufstüten, von wo aus er Shirley weiß angrinste. Sie trat einen Schritt zurück. »Eine perfekte Kopie«, sagte Alan und betrachtete das gräßliche Ding voller Zuneigung. »Ich habe noch die Gußform. Aber noch eine Kopie herzustellen, wäre eine Heidenarbeit. Er ist in Wirklichkeit nicht aus Gips, sondern aus einem dieser neuen Synthetikstoffe.«

»Mir ist es egal, woraus er ist«, sagte Shirley. »Aber nehmen Sie ihn mit, wenn Sie gehen. Ich komme ahnungslos herunter und will Miß Marthas Abendessen holen und sehe Sie mit diesem Ding in der Luft herumwedeln... Aber gut, daß ich gekommen bin. Was ist los mit Ihnen, Kind? Haben Sie Papier in den Backofen gelegt? Ich konnte schon auf der Treppe die verbrannte Pappe riechen.«

Sie holte die rauchende Schachtel aus dem Backofen.

»Ich habe sie nicht vergessen«, sagte Alan verletzt. »So mache ich es immer heiß. Das Hähnchen ist nicht verbrannt.«

»Hmmm. Ich glaube, ich esse heute abend bei Miß Martha. Nein, Sie bleiben hier sitzen, Julie – ich hole nur ein paar Teller, und dann können Sie beide Ihr Mahl genießen. Sie haben ja schon Gesellschaft, also brauchen Sie meine nicht.«

»Autsch«, sagte Alan. »Hier, Shirley, ich habe Kekse, Kohlsalat und Kartoffelsalat.«

Shirley sah argwöhnisch zu, als Alan in die Tüte griff, aber er nahm lediglich ein paar Plastikbehälter heraus. Shirley füllte die Teller und ging.

Alan schob den Behälter mit dem Kartoffelsalat zu mir herüber und nahm ein Hühnerbein. »Das ist die Aufgabe«, sagte er und deutete mit dem Bein auf den Schädel. »Rekonstruktion. Du kennst die Technik, nicht wahr?«

»Ich habe Kaufman zugesehen. Macht es dir etwas aus, wenn ich ihn beiseite räume, während ich esse?«

»Ich dachte, du würdest ihn vielleicht studieren wollen, während du kaust.«

Ich teilte ihm mit, daß er sich irrte. Mit einem Achselzukken legte er das Modell wieder in die Tüte. »Kannst du es machen?« fragte er.

»Ich würde eine Anleitung dafür brauchen.«

»Die kann ich dir besorgen.«

»Material?«

»Auch das. Du hast nichts zu verlieren, Julie. Es ist nur ein Experiment. Und eine gute Erfahrung für dich.«

Er wußte, daß ich in Versuchung war. Die Rekonstruktion ist eine der lehrreichsten Techniken der Anthropologie – die Restauration von Muskulatur und Fleisch auf trockenen Knochen, die Wiedererschaffung eines Gesichts auf Grund der darunterliegenden Struktur. Zwei deutsche Gelehrte waren im Jahr 1898 die ersten, die das Problem wissenschaftlich angingen; ihre Abhandlung enthielt eine Reihe von Tabellen, auf denen die durchschnittliche Stärke des weichen Gewebes an verschiedenen Stellen des menschlichen Gesichts angegeben war. Die Ergebnisse konnten nur Annäherungen sein; die Maße variierten je nach dem Alter und dem Geschlecht und einer Anzahl anderer Faktoren. Aber einige der Resultate waren erstaunlich gewesen; in einem Fall, den Kaufman erwähnte, hatte es die Rekonstruktion ermöglicht, ein Mordopfer zu erkennen und zu identifizieren.

Ich wußte noch, wie Kaufman vorgegangen war. Auch er hatte mit Gußformen gearbeitet. An festgelegten Punkten brachte er seine Markierungen an – er hatte Radiergummis benutzt –, und dann Tonschichten aufgelegt, die den Kurven der Knochen in den Grenzen folgten, die durch seine Markierungen festgelegt waren. Er hatte den Vorgang vervollständigt, indem er den Ton anmalte, falsche Augenwimpern und Glasaugen anbrachte und eine Perücke daraufsetzte. Einen Menschen nachbilden. Ich hatte immer gefunden, man müsse sich dabei vorkommen wie Dr. Frankenstein.

»Ich könnte es versuchen«, sagte ich.

»Gut.« Alan nahm noch ein Stück von dem Hähnchen.

»Warum?«

»Was meinst du mit ›warum‹?«

Ich berührte die Papiertüte. »Dies stammt von dem Skelett, das Joe Danner gefunden hat, nicht wahr?«

»Richtig.«

»Du und dein Freund, der Pathologe, überredeten Jarboe, einen Abdruck machen zu lassen, bevor die Gebeine begraben wurden. Ich wüßte nicht, weshalb er einer solchen Bitte nicht zustimmen sollte. Aber wozu die Rekonstruktion? Das ist deine Idee, nicht die von Jarboe. Sag mir nichts über Kenntnisse um ihrer selbst willen. Was du vorschlägst, ist zeitraubend und kompliziert. Weshalb willst du unbedingt wissen, wie sie aussah?«

Einen Augenblick konzentrierte sich Alan auf das Hähnchen. Dann sagte er: »Ich glaube, du hast heute die Zeitung noch nicht gelesen.«

»Nein. Wir bekommen hier nur die Wochenzeitung.«

Alan griff in eine der Tüten und holte etwas anderes heraus – das *Pikesville Bulletin,* datiert von diesem Morgen.

Ich brauchte ein paar Minuten, bis ich die Geschichte fand. Die Schlagzeilen betrafen die jüngsten Schreckensmeldungen aus Afrika und Südamerika und die neuesten Präsidentenlügen über das Defizit. In einem Kasten am Fuß der Seite stand eine kleinere Überschrift: »Grab der Virginia-Legende von Psychischer Forscherin gefunden. Lady Jocelyn lebte wirklich! Siehe Seite C-1.«

Ich blätterte die Seiten um. Die Geschichte stand im Feuilleton, erste Seite. Das erste, was ich sah, war ein Foto von mir selbst, wie ich finster in die Kamera blickte. Mein Haar war ein wirres Büschel und meine Augen reflektierten das Blitzlicht. Unter dem Foto las ich: »Julia Newcomb, Lady Jocelyns Nachfahrin, am Grab ihrer Ahnin.«

»Zum Teufel«, sagte ich.

»Lies weiter«, sagte Alan.

Alan war abgebildet und Mrs. Hornbeak, die Schaufel in der Hand. Er war fotogener als wir alle zusammen. Mrs. Hornbeak hatte Rache geübt. Die Entdeckung wurde (mit Recht, wie ich zugeben muß) ihr zugeschrieben. Sie behauptete, in Verbindung mit Lady Jocelyn gewesen zu sein, »der aristokratischen Schönheit, die vor der Wollust eines Favoriten des Königs floh, um in der Neuen Welt Liebe und Freiheit zu finden.« Aber das Grab, das Mrs. H. freigelegt hatte, war nicht das der Lady. Jocelyns entweihte Grabstätte läge in der Nähe; aus ihr war sie von gottlosen Händen gezerrt worden, und obwohl sie nun zwischen ihren Nachkommen ihre Ruhe gefunden hatte, wollte sie die Welt die Wahrheit wissen lassen und ihre Freunde, die neben ihr ruhten, vor einem ähnlichen Schicksal bewahren... Der wirkliche Hammer kam jedoch im letzten Absatz. Sogar Mrs. Hornbeaks blutrote Prosa verblaßte im Vergleich zu der Enthüllung, die darin enthalten war. Die Zeitung fiel mir aus der Hand.

»Sie bietet an, die Ausgrabung zu finanzieren!« rief ich.

»Du hast es erfaßt.«

»Aber sie – du – woher hat sie das Geld?«

Alan wischte sich die fetten Finger sorgfältig an seiner Serviette ab. Sein Sauberkeitsbedürfnis war ein ominöses Zeichen, aber er hatte sich in der Hand. »Die Organisation, der sie vorsteht, schwimmt im Geld. Es gibt eine Menge reiche Verrückte auf der Welt.«

»Aber sie – du – du wirst das Angebot doch sicher nicht annehmen?«

»Ich versuche, Mittel zu bekommen. Bis jetzt ist dies nur ein Angebot.«

»Du darfst es nicht annehmen. Es würde dich ruinieren.«

»Nicht, wenn ich den Bezirk Maydon gefunden habe.«

Seine Besessenheit war größer, als mir bewußt gewesen war. Aber diesmal hatte ich recht, und er täuschte sich. Denn selbst wenn er die Überreste des untergegangenen Atlantis oder den Jungbrunnen entdeckt hätte, wäre dies trotzdem das Ende seiner Karriere. In den Augen der akademischen Welt wären die Ergebnisse hoffnungslos abwegig durch die Art ihrer Finanzierung.

»Du darfst es nicht annehmen«, sagte ich.

»Willst du mir helfen, es zu vermeiden?«

»Nun... ja.«

»Dann stelle diese Rekonstruktion für mich her.«

Ich glaubte zu verstehen, was er im Sinn hatte. Die Grundlage von Mrs. Hornbeaks Anspruch war Lady Jocelyn. Jeder Mensch mit einem Funken Verstand wußte, daß das erbärmliche Skelett nicht ihres sein konnte, sondern daß die nackten Gebeine keine Identität hatten. Wenn man das rekonstruierte Gesicht neben die berühmte Miniatur der Dame legte, würde Mrs. Hornbeaks Irrtum in einer Weise offenbar werde, die mehr als tausend Worte sagte. Und wenn die Rekonstruktion geschickt genug ausgeführt war, könnte sie Aufmerksamkeit erregen und die Mittel locker machen, die Alan benötigte. Die meisten Menschen, sogar gelehrte Stiftungen, werden von hübschen Kopien stärker beeindruckt als von ruinierten Originalen.

»Du hast gewonnen«, sagte ich. »Falsche Augenwimpern und alles.«

Alan nickte. Er wußte schon die ganze Zeit, daß er mich geködert hatte. »Ißt du nichts mehr?« fragte er und griff nach dem letzten Stück des Hähnchens.

»Ich habe bis jetzt noch nichts davon gehabt«, sagte ich und nahm ihm das Stück aus der Hand.

Mein Appetit und meine gute Laune waren wiederhergestellt. Er glaubte, daß er mich ausnützte, aber auch ich hatte ein paar eigennützige Hintergedanken. Falls die Rekonstruktion gut war, würde es mir nicht schaden, meinen Namen in die Zeitungen zu bekommen. Außerdem war dies eine Möglichkeit, etwas zu tun, das Geschick und Intelligenz erforderte – etwas, das ich brauchte nach zwei Wochen Bettpfannen und Dickens.

Und es würde Lady Jocelyn für immer zur Ruhe bringen.

Alan wollte das Modell unbedingt bei mir lassen. Er wollte auch wissen, wo ich es aufbewahren würde; er wollte nicht, daß es zerstört wurde oder verlorenging.

Zuerst wußte ich nicht, was ich mit dem verdammten Ding anfangen sollte. Die Küche kam nicht in Frage; Shirley hatte schon angedeutet, sie hoffe, das Modell nie wiederzusehen, und wenn Mrs. Danner auf ihrer Suche nach Schmutz oder Alkohol darauf stieß, würde sie wahrscheinlich einen Anfall bekommen.

Wir beschlossen schließlich, es in meinem neuen Schlafquartier zu verstauen, da dieses Zimmer meine Werkstatt würde. Alan wies darauf hin, daß das Licht schlecht war. Ich wies darauf hin, daß ich sowieso mit künstlichem Licht arbeiten würde und es seine Sache war, mich mit angemessenen Lampen zu versorgen. Als Teil der Ausrüstung.

»Ausrüstung? Du hast nicht einmal einen anständigen Tisch«, beschwerte er sich und rüttelte an dem wackeligen Gestell, das ich die Treppe heruntergebracht hatte.

»Ich habe auch kein Bett, aber das kommt alles. Legen wir es vorerst in den Wandschrank.«

Mrs. Danner und ich hatten uns nicht sehr um den Wandschrank gekümmert, da ich nicht vorhatte, meine Kleider von oben herunterzuholen. Wir hatten den abgebröckelten Gips aufgefegt und die Spinnenweben entfernt, aber das war auch alles. Der Wandschrank war tapeziert gewesen – in den alten Tagen hatten sie übermäßig viele, billige Arbeitskräfte. Ich hatte die lose hängenden Streifen heruntergerissen und es dabei belassen.

»Als erstes brauchst du hier Licht«, sagte Alan und blickte verstohlen in die dunklen Ecken. »Und ein paar Regalbretter. Da drinnen solltest du deine Materialien aufbewahren.«

»Als erstes brauche ich Insektenspray«, sagte ich und verscheuchte eine große, fette, schwarze Spinne, die sich mir wie Tarzan entgegenschwang. »Aber jetzt muß ich zu Martha. Ich bin überfällig.«

»Geh nur.« Alan zog einen Zollstock aus der Tasche und begann den Wandschrank auszumessen, tapfer das Insektenleben ignorierend.

»Wenn du zu hämmern anfängst und zu pochen...«

»Mit dieser Tür und der, die in den Flur führt, würde mich deine Großmutter nicht einmal hören, wenn ich eine Ladung Dynamit zünden würde.«

Ich konnte dagegen nichts einwenden, und deshalb überließ ich ihn seiner Arbeit.

Der Abend war mir noch nie so lang vorgekommen. Nun, da es etwas gab, das ich erledigen wollte, tat es mir leid um die langweiligen Stunden bei Martha. Sie wollte, daß ich vorlas, obwohl ich daran zweifelte, ob sie überhaupt zuhörte.

Sie hatte eine emaillierte Dose auf dem Schoß und raschelte dauernd mit dem Papier, das darin lag.

Matt rief endlich kurz nach neun Uhr an. Ich versuchte, nicht auf die Uhr zu sehen, aber ich konnte nicht anders. Die Klingel weckte Martha aus ihrem Schlummer, und sie krächzte Forderungen, schon während ich den Hörer abnahm.

»Sie möchte mit dir sprechen«, sagte ich, nachdem ich Grüße mit Matt ausgetauscht hatte. »Und ich ebenfalls, teurer Lieblingsvetter.«

»Gib sie her«, sagte Matt überdrüssig, »dann habe ich es hinter mir. Danach spreche ich mit dir.«

Ich habe Marthas Redeweise bisher nicht genau wiedergegeben. Um dies zu tun, hätte ich mehr als die Hälfte der Konsonanten auslassen müssen. Sie konnte sich nicht deutlich ausdrücken; wenn man sie verstehen wollte, kam es darauf an zu wissen, worüber sie sprach, und darauf, ihre Lippen und ihre Miene zu beobachten. Sie begann damit, daß sie Matt fragte, wann er sie besuchen komme, aber dieser Satz klang ungefähr so: »Wa'a 'oo uh?«

Matt kam dahinter; er erwartete eine solche Frage. Aber als sie weiterplapperte, schien er immer weniger zu verstehen, und jedesmal, wenn er sie darum bat, einen Satz zu wiederholen, wurde sie wütender und noch unverständlicher. Schließlich versuchte sie, mit dem Telefon nach mir zu werfen; es fiel auf das Bett neben ihr Kissen.

»Ich bin es wieder«, sagte ich zu Matt.

»Gott sei Dank, wie bist du dem gewachsen?«

»Auf meine gewöhnliche, unnachahmliche Art. Wann kommst du?«

»Ich glaube, am Samstag. Ich habe eine Menge zu tun.«

»Samstag«, wiederholte ich.

Martha kauderwelschte, und ihre Augen blitzten vor Zorn. Ich beobachtete sie und sagte: »Sie möchte, daß du früher kommst.«

Martha nickte. »Or'en«, sagte sie.

»Morgen«, wiederholte ich.

»Unmöglich. Ich hatte ein volles Programm, schon bevor dieses letzte Schlamassel passiert ist. Du hast keine Ahnung, wieviel Extraarbeit der Tod des Richters verursacht hat.«

»Sie besteht aber darauf«, sagte ich, als Martha weiter mit den Händen fuchtelte und redete. »Ich habe auch ein paar Punkte mit dir zu besprechen. Ich nehme an, ein aufstrebender junger Politiker liest jeden Tag die Zeitungen.«

Er wußte sofort, was ich meinte. »Verdammt!« rief er. »Es stand nichts in der *Post* oder der *Times* oder... Im *Pikesville Bulletin?*«

»So ist es.«

»Ich werde es mir ansehen. Ist es so wichtig?«

»Ich glaube, ja.«

»In Ordnung. Sage ihr, ich komme morgen abend. Vielleicht können wir kurz zusammen irgendwo etwas essen.«

Ich übermittelte Martha die Nachricht. Eine weitere halbe Stunde Vorlesen brachte sie zum Einschlafen, und ich fand, daß ich für diesen Abend meine Pflicht erfüllt hatte.

Alan war weg, als ich herunterkam. In dem Wandschrank brannte Licht, und mehrere Bretter waren angebracht; es roch nach frischem Holz und Insektenspray. Untüchtigkeit gehörte nicht zu Alans Untugenden.

Nachdem sich Shirley für die Nacht zur Ruhe gelegt hatte, zog ich meine Matratze die Treppe herunter und legte sie auf den Fußboden des leeren Zimmers. Ein paar andere Dinge folgten ihr, alle klein und leicht zu transportieren – eine Lampe, Bettzeug, ein Stuhl. Bei den schwereren Sachen würde ich Hilfe brauchen, und ich wollte das Zimmer sowieso nicht mit Möbeln vollstellen, die ich wieder wegräumen mußte, wenn ich die Wände anstrich. Ich saß eine Weile in der Küche und las. Dann ging ich zu Bett. Wenn ich von Elvis einen Entzückenstaumel erwartet hatte, als ich ihn einlud, mein Quartier mit mir zu teilen, wurde ich enttäuscht; er ließ sich auf seinem Teppich nieder wie ein Hund, der endlich seinen richtigen und angemessenen Platz gefunden hatte, auch wenn es eine Weile gedauert hatte, diese Vorstellung seinem dickschädeligen Menschen verständlich zu machen. Wir beide schliefen die ganze Nacht in vollkommener Zufriedenheit. Ich hörte nicht die Eulen im Dunkeln heulen und dachte nicht an die Nähe des Dings im Wandschrank, das mit leeren Augenhöhlen in die Dunkelheit starrte.

Zehntes Kapitel

Wir schliefen so tief, daß zumindest ich nicht aufwachte, bis Shirley die Tür öffnete und Elvis losrannte, um sie zu begrüßen.

»Dies sieht wie eines der Feldlager aus, von denen ich gehört habe«, sagte sie mißbilligend. »Ich weiß nicht, wie Sie es in diesem Zimmer aushalten, Julie. Es ist so dunkel und düster.«

»Mrs. Danner gefällt es auch nicht.« Ich richtete mich auf, gähnte und rieb mir die Augen. »So wie sie sich gestern benahm, hätte man denken können, ich hätte sie gebeten, eine mittelalterliche Folterkammer zu säubern, samt den verstümmelten Leichen.«

Shirley blickte sich im Zimmer um. Ihre Miene drückte nicht Angst oder Ekel aus, sondern wachsende Verwirrung. »Nicht als ob ich mich ängstige oder so etwas... Ich weiß nicht, was es ist. Düster. Traurig...«

»Mir behagt es.« Ich folgte ihr in die Küche. »Es tut mir leid, daß ich so lange geschlafen habe, Shirley. Der Schinken ist uns ausgegangen; wie wäre es mit Rührei zum Frühstück?«

»Miß Martha hat eine Vorliebe für warme Pfannkuchen«, sagte Shirley und holte Milch und Eier aus dem Kühlschrank. »Setzen Sie sich, Julie, bis Sie vollends aufgewacht sind.«

»Ich weiß nicht, wie man Pfannkuchen macht. Ich habe keinen Quirl.«

»Ihr jungen Leute mit euren Quirls. Seien Sie nicht beleidigt, Kind; Sie sind eine viel bessere Köchin als Miß Danner, aber –«

»Aber das besagt nicht viel. Ich bin nicht gekränkt, Shirley, ich gebe demütig die Wahrheit zu.«

»Es ist nicht Ihre Schuld«, sagte Shirley. Sie mischte die Zutaten und begann sie kräftig zu schlagen. »Hat Ihre Mama es Ihnen nicht beigebracht?«

»Was Mutter anbetrifft, so hob sie nie einen damenhaften Finger für manuelle Hausarbeit. Die Dienstboten taten alles.«

»Dienstboten, meine Güte!«

»Gab es hier keine Dienstboten?«

»Oh, sie hatten Mädchen, die zur Aushilfe kamen – meine eigene Mama arbeitete eine Zeitlang hier. Aber es gab lange kein Geld in der Familie. Und was das anbetrifft, war es in der Jugend Ihrer Mama besser als vorher, während Miß Martha heranwuchs.«

»Ich nehme an, Sie haben über jene Zeit von Ihrer Großmama gehört«, sagte ich belustigt.

»Sie wissen, wie es in einer Kleinstadt ist. Jeder weiß über jeden Bescheid. Und die Carrs waren immer wichtige Leute, ob sie nun Geld hatten oder nicht.«

»Warum war es besser, als Mutter heranwuchs?«

»Nun, Miß Martha hat einen Vetter geheiratet – mit dem gleichen Familiennamen. Er war bei einer Versicherung tätig drüben in Pikesville und verdiente gut. Nicht genug, um diesen alten Schuppen von einem Haus in Ordnung zu halten, aber sie kamen gut zurecht. Miß Marthas Vater war ganz anders. Er behielt nie eine Arbeit. Ich glaube, er dachte, von einem Carr könne man nicht verlangen, daß er für den Lebensunterhalt arbeitet. Und wenn Sie glauben, es sei schwierig, mit Miß Martha auszukommen, dann hätten Sie deren Mama kennen sollen. Sie war ein regelrechter Drachen. Sie hielt die Töchter immer im Haus. Sie mußten die ganze Hausarbeit verrichten, und sie hatten kaum Freunde, weil niemand gut genug war für eines der Carr-Mädchen. Es ist kein Wunder, daß die Jüngste bei erster Gelegenheit weglief.«

»Aber Martha blieb da.« Ich war fasziniert von dieser kurzen Erzählung meiner Familiengeschichte. Es war ein ferner Nachklang der Andeutungen, die Mutter über das angenehme Leben im Vorkriegsstil hatte fallen lassen. Es fiel mir leichter, an Shirleys Version zu glauben, und das Bild, wie Martha schrubbte und kochte und niemals zu einem Stelldichein ging, befriedigte meine niedrigen Gefühle.

»Diese Art der Behandlung nehmen Kinder in unterschiedlicher Weise auf«, sagte Shirley philosophisch. »Manche rebellieren und brechen aus, manche fügen sich in das gleiche Muster wie ihre Angehörigen, und das hat Miß Martha getan. Meine Großmutter sagte, es sei erschreckend gewesen mitanzusehen, wie sie sich in das genaue Ebenbild ihrer eigenen Mama verwandelte – die gleiche Art zu sprechen annahm, sich ebenso kleidete und frisierte. Mr. Carr starb, als die Mädchen um die zwanzig waren; dann lebten nur die drei hier. Großmama tat Miß Melissa leid – sie war die Jüngste – allein mit den beiden verknöcherten Frauen. Nun, Julie, passen Sie auf, was ich mache. Der Trick bei guten Pfannkuchen ist nicht der Teig, sondern das Backen.«

Es sah leicht aus, als sie es tat, und die Ergebnisse waren himmlisch – ich aß drei Stück davon. Ich hatte das Gefühl, daß sie nicht so gut wären, wenn ich es versuchen würde. Ich hatte nie Pfannkuchen backen können, nicht einmal mit einem Quirl. Sie klebten immer an der Pfanne fest.

Ich bot mich an, Martha das Frühstück zu bringen.

»Es wird ihr nicht gefallen, wenn Sie im Nachthemd bei ihr erscheinen«, gab Shirley zu bedenken.

»Dann wird sie es schlucken müssen.« Martha schrubbend auf Händen und Knien... Sie konnte mich nicht mehr einschüchtern. »Essen Sie«, fügte ich hinzu. »Sogar ich weiß, daß es nichts Schlimmeres gibt als kalte Pfannkuchen.«

Einer der Vorteile von Marthas Sprachschwierigkeiten war der, daß man sich konzentrieren mußte, um sie zu verstehen, und daß man sie daher nicht verstehen konnte, wenn man sich nicht konzentrierte. Ich glaubte sicher, daß ihre Kommentare etwas mit meinem Aufzug und meiner allgemein nachlässigen Haltung dem Leben gegenüber zu tun hatten, aber ich konzentrierte mich nicht, und als sie sah, was auf der Speisekarte stand, hörte sie auf zu lamentieren und widmete sich dem Essen.

»Ich trage das Tablett hinunter«, sagte ich, als sie fertig war. »Bin in einer Minute zurück.«

Shirley spülte das Geschirr. Ich sagte, daß ich ihr einen Vorschlag zu machen hätte.

»Soll ich mich heute früh zu Miß Martha setzen? Wenn Sie

wegfahren wollen, könnten Sie noch ein paar Eier mitbringen.«

»Ich besorge Eier, sicher, aber in Wirklichkeit wollte ich anstreichen.«

»Dieses Zimmer? Liebste, warum wollen Sie das tun?«

»Weil ich dort schlafen werde. Ich kann Elvis bei mir haben und –«

»Ja, ich weiß, das haben Sie mir alles schon gesagt. Nun, tun Sie, was Ihnen Spaß macht. Wie wäre es, wenn Ron für Sie das Anstreichen besorgt? Nicht, daß es mir etwas ausmachen würde, bei Miß Martha zu sitzen, aber Sie sollten diese Arbeit nicht machen.«

»Ich bin eine verdammt gute Anstreicherin«, sagte ich verletzt. »Was Ron anbetrifft, würde ich ihn gern beschäftigen, aber – nun –, um die Wahrheit zu sagen, ich habe kein Geld, ihn zu bezahlen. Ich bin pleite.«

»Gibt Matthew Ihnen keines?«

»Ich weiß nicht, was ich aus ihm herausholen kann.«

Shirley fauchte. »Er ist wie alle Männer – sie stopfen sich mit Essen voll und verlangen ständig mehr, aber dann schreien sie, wenn man ihnen sagt, daß man Geld für die Lebensmittel braucht. Ron muß nicht sofort bezahlt werden. Wollen Sie, daß ich ihn frage? Vielleicht könnte er es an diesem Vormittag schaffen.«

»Können Sie ihn anrufen?«

»Er wird bald hier sein mit meinem Wagen. Ich habe ihn ihm gestern geliehen. Er hat versprochen, ihn am Abend zurückzubringen, aber...«

»Nach dem, was das letzte Mal passiert ist, nehme ich es ihm nicht übel, wenn er keine Lust hat, in der Nacht vorbeizukommen«, sagte ich lächelnd.

»Jedenfalls werde ich ihn fragen.«

»In Ordnung. Wenn er es an diesem Vormittag schafft und es ihm nichts ausmacht, auf das Geld zu warten... Matt will heute abend kommen. Dann gehe ich ihn um Geld an.«

»Heute abend?« fragte Shirley überrascht. »Das hat sicher etwas mit dem Tod des Richters zu tun.«

Ich war beschämt, weil ich den Anwalt vergessen hatte. So

flüchtig ist unsere Anwesenheit in dieser Welt, so rasch vergessen... Wenn man alt ist, gibt es weniges, woran man sich erinnert oder worum man sich kümmert.

Aber in der Jugend ist es nicht besser, sagte ich mir.

Eigentlich hätte ich mit dem *Bleak House* von Dickens schon fertig sein müssen, aber während der letzten paar Tage hatte ich gemogelt. Immer, wenn Martha einschlief, zog ich meinen Kriminalroman unter dem Rock hervor und las ihn, bis sie aufwachte und fragte, warum ich zu lesen aufgehört hätte. An jenem Morgen erwischte sie mich. Ich war so in den Roman vertieft, daß ich, als sie »Lies!« murmelte, dies tat.

»Die Leiche lag in einer Blutlache auf dem Teppich in der Bibliothek. Das schöne Bucharamuster war mit tödlichem Rot befleckt. Der weiße Busen des Mädchens...«

Ich hielt inne und blickte auf. Martha starrte mich böse an.

»Ubs«, sagte ich.

Wenn ich sie richtig verstand, fragte sie: »Was ist das für ein Schund?«

Ich zeigte ihr den Umschlag. Der weiße Busen des Opfers war auffällig dargestellt und überall war Blut.

»Hmmm«, sagte Martha.

»Gib es zu, Martha, du hast das *Bleak House* ebenso satt wie ich. Wie wäre es zur Abwechslung mit einem netten Krimi?«

Ich hätte geschworen, daß sie sich amüsierte. Aber ihr Gesicht war so entstellt, daß der Anflug von Humor ihr Aussehen nicht merklich besserte, aber ich empfand ihr gegenüber ein freundlicheres Gefühl. Vielleicht hatte ich ihr unrecht getan; vielleicht war Wärme und Freundlichkeit unter Schichten eiskalter Sturheit begraben, die nicht ausschließlich ihre eigene Schuld war. Auf jeden Fall hatte sie nichts dagegen, sich den *Mord auf dem Kaminteppich* anzuhören, sofern ich damit von vorn anfing.

Der einzige Nachteil des neuen Buches war der, daß es sie wachhielt. Schließlich entschuldigte ich mich, weil ich das Mittagessen zubereiten mußte. Ich stellte fest, daß Shirley eingekauft und einen Schinkenauflauf, gekrönt von Käsegebäck, zubereitet hatte.

»Ich werde mich revanchieren«, sagte ich schuldbewußt, »mit Geld und Zeit. Es ist nicht gerecht, wenn Sie das Kochen besorgen.«

»Ich koche besser als Sie«, sagte Shirley.

»Nun…« Der Geruch des Auflaufs besiegte meine Skrupel. »Wir werden uns abwechseln. Wo ist Elvis? Ich hätte gedacht, er jault vor der Tür.«

»Ron hat ihn zum Einkaufen mitgenommen. Die Farbe ist ihm ausgegangen.«

Ron und Elvis kamen rechtzeitig zum Mittagessen zurück. Der junge Mann begrüßte mich mit einem schüchternen Lächeln, und keiner von uns verdarb den Tag durch die leiseste Erwähnung unserer ersten Begegnung. Ebensowenig bemerkte ich etwas zu der Tatsache, daß er und Elvis nun auf gutem Fuß miteinander standen.

Shirley brachte Martha das Mittagessen, und Ron, ich und Elvis aßen den Schinkenauflauf. Ron verschlang auch eine Portion Schokoladen-Eiscreme und eine Schachtel Kekse, unterstützt von Elvis, und dann gingen wir und besichtigten seine Arbeit.

Er war ein Anstreicher wie ich – sorglos, aber schnell. Ich bemerkte, daß die Tür des Wandschranks leicht offenstand. Ich hatte Shirley wegen des Modells gewarnt und sie gebeten, Ron zu sagen, er solle es nicht anfassen aus Angst, daß es zerbrechen könnte. Augenscheinlich war seine Neugier stärker gewesen. Ich konnte es ihm nicht verübeln, aber ich fand, daß es am besten war, wenn ich die Warnung bekräftigte.

»Machen Sie sich keine Mühe mit dem Wandschrank. Es sind einige fragile Gegenstände darin. Wenn es – wenn irgend etwas zerbricht, bekomme ich Scherereien.«

»Sicher, in Ordnung.« Er wich meinem Blick aus.

Ich ließ das Geschirr für Mrs. Danner stehen und ging zu der Ausgrabungsstätte. Ich ließ auch Elvis im Haus. Da Ron und Shirley da waren, hielt ich das für gefahrlos.

Ich hatte Ron gebeten, er solle Elvis nichts fressen lassen; der kurze, schräge Blick, den Ron mir zuwarf, sagte mir, daß Shirley ihm über Mrs. Danners Hundestew berichtet haben mußte, aber er sagte nur, daß er Elvis im Auge behalten wolle.

Ich war sicher, daß ich ihm vertrauen konnte, und ich nahm ihm nicht übel, daß er einen verstohlenen Blick auf den Schädel geworfen hatte. Aber als ich mir meinen Weg durch das hohe Gras bahnte, fragte ich mich, ob er nicht vielleicht mehr über das Original dieses Schädels wußte, als er zugeben wollte.

Ich konnte Jarboes Gründe verstehen, weshalb er meinte, daß hiesige Jugendliche für die Plazierung der Skelette verantwortlich waren. Die Jugendlichen konnten in den Wald gegangen sein, um sich zu betrinken oder Hasch zu rauchen oder um nach einem Schatz zu graben – oder um all dies zu tun. Und als sie die Skelette entdeckten, fanden sie es vielleicht lustig, jemanden zu erschrecken, besonders da sie wußten, daß Joe Danner wahrscheinlich als erster diese Straße entlangfahren würde. Joe war offensichtlich nicht der beliebteste Mann im Bezirk. Ron konnte zu der Bande gehört haben. Zumindest konnte er wissen, wer etwas damit zu tun hatte.

Ich wünschte, ich würde es wagen, Ron zu bitten, mit der Wahrheit herauszurücken. Es hätte mich beträchtlich erleichtert zu wissen, daß es nichts Unheimlicheres war als der makabre Humor einiger blauäugiger Jugendlicher.

Dieses Mal blockierte kein Wachposten den Eingang zur Ausgrabungsstätte, und ich wurde von allen Beteiligten mit schmeichelhaftem Enthusiasmus begrüßt. »Gerade zur rechten Zeit«, sagte Jono lächelnd. »Wir beginnen eben mit unserer ersten Ausgrabung.«

Die freigeräumte Fläche war in Quadrate eingeteilt mit den jetzt schon vertrauten Pflöcken, die die Schnittpunkte der Planquadrate und Stege markierten. Sie mußten gemeinsam wie die Wilden gearbeitet haben, um schon so weit zu sein. Der Sondiergraben war zwei Meter von dem Grab entfernt, das Mrs. Hornbeak gefunden hatte. Sie benutzten keine Schaufeln; sie hockten sich nieder, entfernten die Erde mit Maurerkellen und prüften jeden Erdklumpen, als enthielte er Gold.

Ich ging zu Alan hinüber und murmelte: »Ich kann anfangen, sobald du das Zeug besorgt hast.«

Mir war nicht bewußt, wie dunkel meine Bemerkung klang, bis eine der Gehilfinnen von der Grabungsstätte aufblickte und mir einen langen, vernichtenden Blick zuwarf.

Alan sagte geistesabwesend: »Ich habe es. Was ist das, Willkie?«

Der große junge Mann blickte einfältig auf einen Klumpen Erde, den er in der Hand hielt. Alan zog aus ihm geschickt ein viereckiges, mattes Metallstück heraus. Dann schob er Willkie aus dem Weg und übernahm selbst die Ausgrabung. Der Graben war nur einen Fuß tief, als er aufhörte. Er gab die Kelle Jono, der neben ihm stand; wie eine Krankenschwester, die einem Chirurgen assistierte, ersetzte Jono die Kelle durch eine Bürste. Schließlich sagte Alan äußerst angewidert: »Verdammt. Noch ein Grab.«

»Was ist schlecht daran?«

Eines der Mädchen lachte höhnisch. Alan nahm ohne Kommentar sein vorsichtiges Bürsten wieder auf. Es war Jono, der es mir erklärte. »Ich habe Ihnen schon gesagt, Julie, wir dürfen keine Begräbnisstätten anrühren, bis wir eine amtliche Erlaubnis haben. Außerdem wissen wir, daß in diesem Gebiet Bestattungen stattgefunden haben. Was wir brauchen, ist ein Beweis für die Besiedelung. Fundamente, Abfallgruben –«

»Fangt mit der zweiten Sondiergrabung an«, sagte Alan, ohne aufzublicken. »Ihr wißt wo.«

Jono entfernte sich zögernd. Er mochte wohl so tun, als blicke er professionell blasiert auf die Gräber herab, aber er war ebenso neugierig wie wir anderen. Er begann am fernen Ende des Geländes zu graben, in einer geraden Linie, die vom ersten Planquadrat dorthin führte, aber fünfzehn Meter davon entfernt war.

Alan setzte sich auf die Fersen und winkte mir. »Sieh dir das an.«

Es war kein schöner Anblick. Der Schädel lag in der dunklen Erde eingebettet. Die Kinnlade war heruntergefallen, so daß der Mund weit offenstand, als wäre der Betreffende schreiend gestorben.

»Nun?«

»Nun was?« Ich deutete. »Es ist ein menschlicher Schädel.«

»Männlich oder weiblich?«

»Wie zum Teufel soll ich...« Ich beugte mich vor, um genauer hinzusehen. »Kräftige Augenbrauenwülste. Ich vermute ein Mann, aber man kann unmöglich sicher sein, ohne das Becken und die Oberschenkelknochen zu untersuchen. Die Schneidezähne sind nicht schaufelförmig, deshalb ist es wahrscheinlich kein Indianer. Die Beschädigung des Schädels –«

»Faß ihn nicht an!« sagte Alan scharf. »Wir müssen die Erde darunter abtragen und ihn in einem Stück herausheben. Er ist zu zerbrechlich, als daß man ihn auf eine andere Art bewegen könnte. Nun? Was wolltest du über die Beschädigung sagen?«

Ich versuchte, mich an frühere Vorlesungen zu erinnern. »Er ist auf der linken Seite zerbrochen. Der Druck der Erde, die auf die Leiche gehäuft wurde, verursacht keine seitliche Beschädigung, aber... Dies ist lächerlich. Ich kann einem halben Schädel nichts entnehmen.«

»Hmmm«, sagte Alan. Er ließ wieder Erde in den Graben fallen. »Es hat keinen Zweck, weiterzuarbeiten, bis wir alles herausholen können. Jono?«

»Keramik.« Jonos Stimme zitterte vor unterdrückter Erregung. »Praktisch an der Oberfläche, Alan. Es sieht wie ein alter Tierbau aus – vielleicht ein Murmeltier.«

»In Ordnung. Es könnte eine Abfallgrube sein. Sei vorsichtig.«

Die unerfahrenen Hilfskräfte – zu denen zu meinem Ärger auch ich gehörte – mußten die Fläche vergrößern. Später am Nachmittag wurde ich befördert und durfte Erde sieben. Jeder Kubikzoll, der aus dem Graben kam, mußte durch ein Drahtsieb gerüttelt werden, damit winzige Fundstücke wie Knöpfe und Nadeln nicht verlorengingen. Dem gespannten Schweigen, das nur durch unterdrückte Ausrufe der Freude unterbrochen wurde, die diese ganze Ausgrabung beherrschte, konnte ich entnehmen, daß Alan und Jono über die Ergebnisse begeistert waren, aber ich fand die ganze Angelegenheit ziemlich langweilig. Am Ende des Nachmittags hatten wir eine Handvoll Tonscherben und einige Stückchen rostigen Metalls. Die Zeiger meiner Armbanduhr standen auf fünf Uhr und bewegten sich weiter. Alan gab nicht zu erkennen, daß er mit der Arbeit aufhören wollte. Schließlich verkündete ich, daß ich gehen mußte.

»Meine Materialien«, sagte ich und stieß Alan in den Rükken, um ihn aufmerksam zu machen.

»Im Jeep.«

»Und wo ist der Jeep?«

»Dort.« Eine kurze, nachlässige Armbewegung.

Sie hatten die Fahrzeuge nicht zur Ausgrabungsstätte bringen können, da eine tiefe Rinne dazwischen lag. Sie war von ein paar Brettern überbrückt worden, über die ich mit einiger Nervosität balancierte. Der Jeep war da und Alans Wohnwagen. Ich durchsuchte den Jeep und fand die Tabellen, um die ich gebeten hatte, und eine Einkaufstüte mit Modellierton und einem Gros gelber Stifte. Ich nahm die Tüte und brach zum Haus auf.

Elvis lag auf den Stufen an der Rückseite des Hauses. Er teilte mir mit, daß er nicht gefüttert worden war, deshalb tat ich dies als erstes, und dann trug ich die Materialien in mein Zimmer. Ron war mit seiner Arbeit fertig geworden. Das Zimmer sah jetzt hübsch aus, wenn man das Holz nicht allzu genau betrachtete; weder Ron noch ich hatten es für nötig gehalten, die alte Farbe ganz abzukratzen. Die Tür des Wandschranks war geschlossen, wie ich sie zurückgelassen hatte.

Ich nahm an, daß Mrs. Danner gekommen und gegangen war, obwohl es keine Anzeichen für ihre Anwesenheit gab. Der Topf mit dem Hühnchen und dem Gemüse auf dem Herd roch Gott sei Dank nach Shirleys Arbeit.

Ich ging hinauf, um ihr zu sagen, daß ich wieder da war. Sie legte das Buch beiseite, aus dem sie vorgelesen hatte; ich bemerkte zu meinem Vergnügen, daß es weder Milton noch Tennyson war, sondern mein Kriminalromen. Martha fragte, wo ich gewesen sei.

»Ich war im Wald«, gab ich zu. Es war sinnlos, es zu leugnen; ich war voller Erde und Laub und anderer Vegetation.

Ich hatte erwartet, daß Martha ihre Mißbilligung ausdrükken würde, aber ihre Reaktion war wesentlich vehementer. Ihre Hand bewegte sich fast normal, und ihre Finger waren gekrümmt wie Klauen. »Habe dir gesagt«, spie sie aus, »vor Jahren... bleib weg... elende, dreckige...«

»Immer mit der Ruhe, Martha. Ich bin ein bißchen schmutzig, aber ich werde mich waschen.«

Wir waren mit dem Essen fertig, ehe Matt auftauchte. Ich las *Mord auf dem Kaminteppich*, aber lustlos; der Abschnitt, den Shirley gelesen hatte, enthielt mehrere wichtige Hinweise, so daß ich keine Ahnung hatte, was vorging. Ich hatte Marthas Tür offengelassen, und als ich den Wagen hörte, klappte ich das Buch zu.

»Ich möchte kurz mit Matt sprechen«, teilte ich Martha mit. »Über Ausgaben und solche Dinge. Ich schicke ihn bald herauf.«

Martha protestierte natürlich. Sie wollte Matt sofort sehen. Ich lächelte süß und schloß die Tür, als ich ging. Ich muß mich anständiger benehmen, dachte ich; sie tat mir fast leid, erregt und hilflos und unfähig, ihre Befehle durchzusetzen.

Matts erste Bemerkung war nicht »Hallo«, sondern: »Ich kann nicht lange bleiben. Das kommt mir verdammt ungelegen. Weshalb will sie mich sehen?«

»Sie vertraut sich mir nicht an, teurer Vetter. Ich glaube, es hat etwas mit den gesetzlichen Prozeduren nach dem Tod des Richters zu tun.«

»Nun, ich kann jetzt noch nichts unternehmen«, grollte Matt und folgte mir in den Salon. »Er wird erst morgen beerdigt.«

»Die Beerdigung ist morgen? Wo?«

»In Carrsville, in der episkopalen Kirche. Warum? Willst du etwa hingehen?«

»Einer von uns sollte dort sein. Martha kann nicht. Außerdem war er ein liebenswürdiger Mann.«

»Ich habe natürlich Blumen bestellt«, sagte Matt.

»Um wieviel Uhr?«

»Um zehn. Es wäre tatsächlich eine nette Geste, wenn es dir nichts ausmacht, die Familie zu repräsentieren.«

»Ich werde sogar ein Kleid statt der Jeans anziehen.«

»Toll. Bist du sicher, daß das nicht zuviel verlangt ist?«

Sein Lächeln verschwand, als ich zum nächsten Thema überging. »Geld? Wieviel?«

»Mein Gott, du sprichst wie ein Ehemann«, sagte ich. »Hier, nimm ein Glas Sherry.«

Matt brachte eine schwächere Version seines ursprünglichen Lächelns zustande. »Du brauchst mich nicht betrunken zu machen, Julie. Ich weiß, es kostet Geld, dieses Haus zu führen, und Gott weiß, daß ich es dir schulde. Ich bin aber nicht sicher, ob ich im Augenblick etwas von Marthas Konto abheben kann. Der Richter und ich waren gemeinsam bevollmächtigt, und bis das Gericht entscheidet und meine Eingabe billigt, allein das –«

»Das ist zum Schreien! Was sollen Leute in Marthas Lage tun, bis das Gesetz diese Dinge geregelt hat – von der Luft leben?«

»Das Gesetz kümmert sich einen Dreck darum«, sagte Matt bitter. »Ich will sehen, was ich tun kann, um die Dinge zu beschleunigen. Nimmst du inzwischen einen Scheck?«

Ich wollte schon ablehnen, doch dann fand ich, daß ich vielleicht so mehr aus ihm herausholen könnte, als wenn ich auf Bargeld bestand. Nachdem ich den Scheck in meiner warmen, kleinen Hand hielt, entließ ich ihn gnädig und sah ihm nach, als er zur Treppe ging wie ein Schuljunge in Whitters Gedicht, der sein zögerndes Ich zur Schule schleppte.

Ich stellte mir vor, ich hätte mindestens eine halbe Stunde Zeit, wenn nicht mehr, da Martha in redseliger Stimmung war. Ich setzte mich in die Küche und sah das Informationsmaterial durch, das Alan mir gebracht hatte. Er hatte nicht nur die Tabellen, sondern die ganze deutsche Monographie fotokopiert. Mein Deutsch ist nicht allzu gut, aber da der größte Teil des Vokabulars fachlicher Art war, konnte ich es verstehen. Die Tabellen waren immer noch eine grundlegende Quelle, obwohl sie fast neunzig Jahre alt waren. Alan hatte auch einige Artikel kopiert, die neuere Rekonstruktionen beschrieben, darunter die eines Siedlers aus dem Bezirk Martin, einer Ausgrabungsstätte, an der Leute von der Kolonie Williamsburg arbeiteten. Ich fragte mich, ob dieses Beispiel Alan auf die Idee gebracht hatte.

Ich nahm die Unterlagen mit in mein neues Zimmer. Ron hatte die verschiedenen Möbelstücke auf die Matratze gestellt und über das ganze Zeug ein Tuch gebreitet. Es war mit gelben und weißen Farbflecken bespritzt wie mit Vogeldreck. Der Tisch war mit Zeitungen bedeckt. Ich räumte sie weg und holte das Modell aus dem Fach im Wandschrank. Das Lesen des Materials hatte mich animiert; ich war begierig, mit der Arbeit anzufangen.

Mit einem weichen Bleistift begann ich die Stellen zu kennzeichnen, wo die Markierungsstreifen angebracht werden mußten. Der vorspringende Teil des Kiefers...

Ich war so in meine Arbeit vertieft, daß ich ihn nicht kommen hörte. Sein Ausruf erschreckte mich; ich ließ das Modell fallen und stieß an den Tisch, so daß er schwankte. Es gelang mir, den Schädel zu fassen, als er auf den Tischrand zurollte. Ich drehte mich um und hielt ihn mit beiden Händen fest.

Wir sprachen gleichzeitig. Ich sagte: »Verdammt, Matt, mach das nicht noch einmal! Wenn das zerbrochen wäre –«

Und er sagte: »Was zum Teufel ist das?«

Wir sahen uns mit gegenseitiger Entrüstung an. »Ein Geschenk von deinem Freund?« erkundigte sich Matt sarkastisch.

»In gewisser Weise.« Ich entspannte mich; schließlich war kein Schaden entstanden. »Ich nehme an, es sieht gräßlich aus, aber wenn es zerbrochen wäre... Ich versuche eine Rekonstruktion des Schädels, den Danner auf der Straße gefunden hat.«

Das Zimmer und der Korridor lagen in tiefem Schatten und außerhalb des hellen Lichtkreises meiner Lampe.

Matts Gesichtszüge waren nur undeutlich zu sehen. Seine Lippen öffneten sich, aber er sprach eine Zeitlang kein Wort. Dann wiederholte er: »Rekonstruktion?«

»Es ist ein Prozeß, bei dem man das ursprüngliche Äußere der betreffenden Person wieder herzustellen versucht. Ton wird über den Knochen geformt an Hand von Tabellen, die die ungefähre Stärke des Gewebes am menschlichen Kopf angeben. Sehr wissenschaftlich.«

»Das Ergebnis kann nicht genau sein«, sagte Matt. »Du weißt nichts über die Hautfarbe und die Augenfarbe oder ob die Person mager oder dick war.«

»Es ist nur eine Annäherung. Aber du wärst überrascht, was für eine naturgetreue Abbildung erreicht werden kann.«

»Wirklich?« Matt kam näher und sah das Modell neugierig an. »Versuchst du das jetzt?«

»Nein, ich habe nur herumgespielt, um auf ein paar Ideen zu kommen. Es wird Tage dauern.« Ich legte das Modell in die Tüte und stellte es wieder in den Wandschrank. »Als erstes muß ich die Markierungsstreifen ausmessen, sie schneiden und dann auf den Schädel kleben. Dann –«

»Jedem das seine«, sagte Matt und trat zur Seite, um mich aus dem Zimmer zu lassen. »Wirst du hier arbeiten? Ich hatte ganz vergessen, daß es dieses Zimmer überhaupt gibt.«

»Es ist bequem hier«, sagte ich etwas vage. Ich hatte nicht vor, Matt zu erklären, daß ich in dem Zimmer schlafen wollte; Shirley hatte mir deswegen schon die Hölle heiß gemacht, und ich fürchtete, Matt würde mir ebenfalls eine Standpauke halten.

Matt folgte mir in die Küche. »Wo ist dein Freund?«

»Höre auf, ihn so zu nennen.«

»Entschuldigung. Ich dachte, ihr beide habt dort weitergemacht, wo ihr aufgehört hattet.«

»Nein, das haben wir nicht getan. Ich arbeite ein wenig für ihn, das ist alles.«

»Ich werde mit ihm sprechen müssen.«

»Worüber?«

»Er muß die Arbeit einstellen. Martha hat Wind von dem bekommen, was er tut, Julie. Ich habe keine Ahnung, woher sie es weiß, aber sie weiß Bescheid, und sie ist wütend. Dein... Petranek wird gehen müssen.«

»Matt, das kannst du nicht tun! Er hat gerade einen wichtigen Fund gemacht – etwas wirklich Wichtiges.«

»Das ist mir egal, selbst wenn er Blackbeards Schatz gefunden hätte; ich werfe ihn hinaus.«

Ich war überrascht, wie sehr ich das bedauerte. Ein paar Tage vorher hätte ich gesagt, es sei mir völlig egal, ob man Alan erlaube, in Maidenwood zu arbeiten oder nicht. Ja, ich wäre sogar froh gewesen, ihn vom Besitz wegzuhaben. Jetzt steckte ich selbst mit darin, mit der Arbeit – und mit was sonst? Ich suchte nach einem Argument, das Matt beeindrucken würde.

»Es wäre für dein Image nicht gut, wenn du die Ausgrabungsstätte gerade in dem Augenblick schließen ließest, in dem etwas Bedeutsames gefunden wird, Matt. Wer bist du, daß du dem wissenschaftlichen Fortschritt im Wege stehen willst?«

»Verdammt!« Matt ließ sich auf einen Stuhl fallen. Zum ersten Mal sah er älter aus, als er tatsächlich war. »Ich werde wahnsinnig bei diesen ganzen unvernünftigen Forderungen und Konflikten. Ich weiß nicht, was ich machen soll.«

»Es ist nicht so schwierig, Matt. Sage Martha einfach –«

»Sie ist verrückt«, murmelte Matt. »Senil! Sie redet den irrsinnigsten Unsinn... Manchmal glaube ich, sie hat übernatürliche Kräfte. Woher weiß sie über alles Bescheid?«

»Du bist wirklich in einer schlimmen Verfassung. Hat Martha dir die Hölle heiß gemacht?«

Matt lachte – es war ein unfrohes Lachen. »Das weiß man nie, Julie.«

»Ich weiß...« Ich klopfte auf seine gebeugten Schultern. »Laß dich nicht unterkriegen, Matt. Es gibt eine einfache Erklärung für ihre scheinbare Hellsicht, und ich glaube, ich kenne sie. Mrs. Danner.«

»Rosie?«

Was für ein unpassender Name für dieses arme Gespenst von einer Frau. »Rosie«, wiederholte ich. »Sie besitzt keine einzige Gehirnzelle, die sie ihr eigen nennen kann, Matt. Sie fürchtet sich vor Martha zu Tode. Ich wette, sie hat ihr die Zeitungen besorgt und alle ihre Fragen beantwortet.«

Je mehr ich darüber nachdachte, um so mehr war ich davon überzeugt, daß ich die Erklärung gefunden hatte. Ich fragte mich nur, warum ich nicht schon früher darauf gekommen war.

Matt schien meine Theorie nicht aufzuheitern. »Das könnte stimmen«, sagte er teilnahmslos. »Es spielt aber im Grunde keine Rolle. Julie, ich muß jetzt gehen. Ich bleibe in Verbindung mit dir.«

Ich empfand Mitleid mit ihm. Niemand kannte besser als ich die Macht, die Martha über ihre unglücklichen Nachkommen ausübte.

Shirley war enttäuscht, weil sie nicht an der Beerdigung des Richters teilnehmen konnte. Ich nutzte sie ungern aus, aber wir konnten nicht beide hingehen, und Shirley stimmte Matt zu, daß jemand die Familie repräsentieren mußte. Ich zog es vor, nicht auf so formelle Art darüber zu denken; »die Familie repräsentieren« bedeutete weiße Handschuhe und einen Hut, und ich besaß keines von beidem. Trotzdem wollte ich zur Beerdigung gehen.

Ich verspätete mich, weil ich nicht wußte, wo die Kirche war. Der Gottesdienst hatte schon angefangen, als ich atemlos in eine der hinteren Kirchenbänke schlüpfte. Zu meiner Überraschung war die Kirche beinahe voll. Ich hätte nicht überrascht zu sein brauchen; der Richter war eine bekannte Persönlichkeit gewesen, den drei Generationen gekannt hatten.

Ich entdeckte Matt erst, als wir aufstanden, um ein Kirchenlied zu singen. Er war als einer der ersten auf den Beinen – in der vordersten Reihe, wie ich es hätte erwarten können. Als der Gottesdienst zu Ende war, blieb ich sitzen, bis er mich sah.

»Zu spät, wie gewöhnlich«, sagte er aus dem Mundwinkel und hielt den Kopf dekorativ gesenkt.

»Ich dachte, du kämst nicht.«

»Ich habe es mir anders überlegt.«

»Gehst du zum Friedhof?«

»Nein. Gehen wir Mittagessen. Ich muß mit dir sprechen.«

Das klang ominös, aber ich sah keinen Grund, eine Einladung zum Essen abzulehnen. Ich hatte mich unter anderem deshalb verspätet, weil ich unterwegs Matts Scheck eingelöst hatte. Ich stritt zuerst mit dem Kassierer, und erst als einer der Bankangestellten mich als Marthas Enkelin erkannte, erhielt ich das Geld.

Wir traten aus dem Dämmerlicht der Kirche in den hellen Sonnenschein hinaus. Matt hatte meinen Arm genommen, und ich blieb stehen, als er das tat, geblendet vom Licht. Als ich wieder etwas sah, erkannte ich den unvermeidlichen Fotografen. Matt schien immer ein paar davon um sich zu haben; ich fragte mich, ob er sie selbst bezahlte.

Ich hielt mich aus Respekt vor dem Richter davon ab, eine Grimasse zu schneiden, und ließ mich von Matt zu seinem Wagen führen. Seine Vorstellung von einem Restaurant stellte sich als ein *Drive-in* am Highway heraus. Ich nahm verdrießlich einen Cheeseburger und einen Shake entgegen, und wir verzehrten beides im Wagen.

»Warum setzen wir uns nicht hinein?« beschwerte ich mich. »Hier ist es höllisch heiß.«

»Ich möchte mit dir unter vier Augen sprechen«, sagte Matt. »Sieh dir das an!«

Er entfaltete die Zeitung, die zwischen uns auf dem Sitz gelegen hatte und hielt sie mir hin.

Alan mußte direkt von der Ausgrabungsstätte in sein Büro gefahren sein und alle Zeitungen im Staat angerufen haben. Er hatte sogar eine kleine Schlagzeile auf der ersten Seite der *Washington Post* untergebracht. »Neues Licht auf Virginias dunkle Zeiten. Aufsehenerregende Entdeckung auf der Maidenwood Plantage.«

»Plantage«, sagte ich bewundernd. »Das ist ein hübscher Einfall.«

»Der Bastard hat mir den Boden unter den Füßen weggezogen«, sagte Matt mit zusammengebissenen Zähnen. »Lies den letzten Absatz.«

Nach einigen ein wenig vagen Vorhersagen, was die neuen Entdeckungen für die Historiker bedeuten würden, zitierte der Reporter Alan: »Virginia schuldet Mrs. Martha

Carr und ihrem Enkel, dem bekannten Senator Matthew Ellis, besonderen Dank. Ohne ihre großzügige Erlaubnis und unermüdliche Unterstützung hätte dieser großartige Beitrag zu den kulturellen und historischen Traditionen des Alten Dominions nie geleistet werden können.«

Während ich schallend lachte, rief Matt: »Begreifst du, was er getan hat? Jetzt kann ich ihn nicht hinauswerfen.«

»Nein, das kannst du nicht. Sein nächstes Interview würde deine merkwürdige Gleichgültigkeit gegenüber der Tradition, der Geschichte und dem Alten Dominion beklagen. Er wird wahrscheinlich vom Präsidenten der Universität und dem Gouverneur unterstützt.«

Matt biß wütend in seinen Hamburger.

»Was wirst du tun?« fragte ich.

Matt schluckte. »Was kann ich tun?«

»Martha anlügen.«

»Das gewiß. Hör zu, Julie, wenn du recht hast, was Rosie Danner betrifft, werde ich sie hinauswerfen müssen. Ich kann nicht dulden, daß sie alles, was sie weiß, vor Martha ausplaudert.«

»In Spionagekreisen gibt es eine Theorie, daß man einen Spion nicht entfernt, sondern ihn mit falschen Informationen füttert.«

»Oh komm, Julie, versuch nicht, raffiniert zu sein. Du kannst Rosie nicht sagen, dein Kumpan sein gegangen, wenn jeder in der Nachbarschaft es besser weiß. Rosie und ihr Mann haben immer unter Marthas Kuratel gestanden. Wenn sie Joe befehlen würde, er soll einen Unbefugten erschießen, würde er losballern.«

»Sie ist nicht sehr helle«, sagte ich und gab meine Idee zögernd auf. »Wenn wir ihr erzählen würden...« Dann ging mir die Bedeutung des letzten Satzes auf. »Rosie... Joe Danner... Sie hat es Martha schon erzählt. Sie... laß den Wagen an, Matt. Rasch! Ich muß nach Hause.«

»Wozu die Eile?«

»Elvis«, sagte ich schluckend. »Martha muß über Elvis Bescheid wissen.«

Elftes Kapitel

Ich zwang mich dazu, die Geschwindigkeitsbegrenzungen einzuhalten, obwohl es mein erster Impuls gewesen war, so rasch, wie der Wagen nur fahren konnte, nach Maidenwood zu gelangen. Ich konnte nicht fassen, daß ich so dumm gewesen war. Martha hatte seit einiger Zeit von dem Hund gewußt – wahrscheinlich vom ersten Augenblick an. Ich hatte geargwöhnt, daß die Danners versuchten, ihn zu vergiften, aber ich hätte wissen sollen, daß weder Joe noch Rosie einen derartigen Schritt unternehmen würden, ohne dazu aufgefordert worden zu sein. Martha würde nach einem einzigen Anschlag nicht aufgeben. Sie würde Joe sagen, er solle es wieder versuchen – diesmal mit einer anderen Methode, einem Gewehr oder einem Wagen. Shirley konnte ihn vor dergleichen nicht schützen. Sie nahm an, wie ich es getan hatte, daß der erste Versuch aus grundloser Bosheit geschehen war und daß die Danners nicht wagen würden, den gleichen Trick zweimal anzuwenden.

Ich hätte vor Erleichterung weinen können, als ich in die Einfahrt einbog und Elvis zu meiner Begrüßung heranhumpeln sah. Er würde immer hinken, obwohl er sich mit erstaunlicher Geschwindigkeit fortbewegen konnte. Ich hielt den Wagen an und öffnete die Tür für ihn. Er war überrascht, aber erfreut, als ich ihn so fest umarmte, bis er keuchte.

Shirley war in der Küche, hatte die Füße auf einen Stuhl gelegt und las den *Mord auf dem Kaminteppich*. »Ich habe es heute früh zu Ende gelesen«, erklärte sie ein wenig schuldbewußt. »Ich war irgendwie neugierig, deshalb dachte ich, ich lese am besten auch den Anfang, damit ich weiß, wie alles gekommen ist. Waren viele Leute beim Gottesdienst?«

Ich setzte mich und erzählte ihr alles über die Predigt, die Kirchenlieder, die vielen Menschen, die vielen Blumen. Sie fragte, ob ich die ihren gesehen hätte – »Lilien, ein hübscher

Topf mit einem violetten Band«, und ich improvisierte. »Er stand direkt vor dem Sarg, Shirley.«

»War Matthew da?«

»Ja, wir aßen danach miteinander zu Mittag. Deshalb habe ich mich verspätet. Ich stehe in Ihrer Schuld, Shirley.«

»Liebste, wir führen nicht Buch, wir versuchen nur das möglichste zu tun. Es ist alles viel leichter, seitdem Sie hier sind, das kann ich Ihnen versichern.«

»Da fällt mir ein«, ich senkte die Stimme, »Mrs. Danner ist oben bei Martha, nicht wahr? Dann kann ich Ihnen sagen...«

Shirley interessierte sich nicht für Matts Dilemma, was die Ausgrabungen anbetraf – die archäologischen Aktivitäten waren ihr immer ein wenig absurd vorgekommen –, aber ihre Augen wurden größer, als ich erklärte, daß Mrs. Danner die Quelle von Marthas unheimlichen Kenntnissen sein mußte.

»Der alte Teufel!« rief sie. »Ich habe mich hin und wieder gefragt, ob sie etwas verlauten läßt... Ich habe es ihr nicht erzählt, und Sie auch nicht. Wer sollte es also gewesen sein?«

»Matt und der Richter sind die einzigen, die noch in Frage gekommen wären. Aber ich glaube nicht, daß einer von beiden den Informanten gespielt hätte. Matt hätte sie niemals wissen lassen, daß er gegen ihre Wünsche handelte, und der Richter hätte sie nicht aufregen wollen.«

»Aufregen?« Shirley schnaubte. »Es hat sie kein bißchen mitgenommen. Sie genießt ihre kleinen Geheimnisse.«

»Das stimmt. Wie ich es sehe, haben wir drei Möglichkeiten. Wir können Mrs. Danner loswerden. Zuerst habe ich diesen Weg für den besten gehalten, aber jetzt bin ich nicht mehr so sicher. Sie taugt nicht viel, aber sie löst Sie hin und wieder bei Martha ab. Die zweite Möglichkeit ist, Mrs. Danner zu behalten und Martha nichts mehr vorzuspielen. Sie weiß sowieso alles, was wir tun. Warum sollen wir sie dann anlügen?«

»Hmm«, sagte Shirley, beeindruckt von meiner Logik. »Und was ist die dritte Möglichkeit?«

»So weiterzumachen wie bisher. Martha glauben zu lassen, sie hielte uns zum Narren. Da wir wissen, daß Mrs. Danner alles ausplaudert, können wir Vorsichtsmaßnahmen ergreifen.«

»Das ist eine Möglichkeit. Miß Martha kann noch so viel Aufhebens wegen der Archäologen machen, aber sie kann sie nicht an der Arbeit hindern. Das einzige...«

Ihre besorgten, dunklen Augen richteten sich auf Elvis, dessen Kopf auf ihren Füßen lag.

»Ja«, sagte ich, »fast möchte ich es Martha gestehen und ihr sagen, falls Elvis irgend etwas zustößt –«

Shirley schüttelte den Kopf. »So wie ich es sehe, Julie, ist es egal, ob Sie es Martha sagen oder nicht. Das einzige, was wir tun können, ist, diesen Hund nicht aus den Augen zu lassen.«

Elvis kannte das Wort »Hund«. Sein Schwanz klopfte vor freudiger Zustimmung. Shirley fuhr fort: »Ich glaube, es ist gut, daß Sie sich entschlossen haben, nachts unten zu schlafen. Sie können ihn bei sich behalten. Ich denke nicht gern daran, daß Miß Martha sich so erniedrigen und jemanden befehlen würde, ihm Gift zu füttern, aber...«

»Sie haben recht wie immer, Shirley. Da fällt mir ein – ich möchte telefonieren.«

May Rubin war in ihrer Praxis. »Ich wollte Sie schon anrufen«, sagte sie.

Dem Tonfall ihrer Stimme entnahm ich, daß sie schlechte Neuigkeiten hatte, und mein Mut sank. Ich hatte gehofft, daß ich mich geirrt hatte.

Ich kannte den Namen der Chemikalie nicht. May übersetzte ihn mir. »Es ist ein Unkrautvertilgungsmittel – nicht die gewöhnliche Handelsform, sondern stärker. Viele Farmer benützen es. Haben Sie eine Ahnung?«

»Eine Menge Ahnungen. Keinen Beweis.«

»Kann ich irgend etwas tun?«

»Danke, May. Ich lasse es Sie wissen.«

Als ich es Shirley erzählte, war sie nicht überrascht, sondern machte nur ein grimmig entschlossenes Gesicht. »Das wird nicht noch einmal passieren«, sagte sie.

Obwohl ich es halb erwartet hatte, machte mich die Bestätigung meines Verdachtes wütend. »Ich werfe diese Frau sofort hinaus!«

»Das würde nichts nützen. Es ist nicht so sehr Mrs. Danner, sondern ihr Mann.«

»Ein Mann, der Kinder schlägt und seine eigene Tochter aus dem Haus wirft, würde es sich nicht zweimal überlegen, einen Hund zu erschießen«, stimmte ich zu. »Nun, wir müssen dem einfach gewachsen sein. Da fällt mir ein – ich habe von Matt etwas Geld bekommen. Wieviel haben Sie neulich für Lebensmittel ausgegeben, und was meinen Sie, sollte ich Ron für das Anstreichen bezahlen?«

Wir einigten uns auf einen Betrag, der für meine städtischen Begriffe ungewöhnlich niedrig klang, und dann ging ich zur Ausgrabungsstätte. Ich nahm Elvis mit.

Augenscheinlich hatte Alan seinen Gerichtsbescheid bekommen. Er und Jono arbeiteten am ersten Grab – an dem, das Mrs. Hornbeak gefunden hatte. Die Gebeine waren freigelegt, und sie höhlten die ganze Erdmasse darunter aus als Vorbereitung dafür, sie herauszuheben. Ein Neuankömmling beobachtete die Arbeit, unpassend gekleidet mit einer Tweedjacke und sauber gebügelten Hosen.

Alan stand auf und kam mir lächelnd entgegen. Diese Demonstration kam für mich so unerwartet, daß ich ihn anstarrte. »Da ist sie«, sagte er. »Unsere physikalische Anthropologin. Julie, dies ist Mr. Barton Wilkes – von der National Geographic Society.«

Oho, dachte ich, und auch aha! Kein Wunder, daß ich die ganze Freundlichkeit, den Charme und die professionelle Höflichkeit entgegengebracht bekam. Physikalische Anthropologin noch dazu.

Mr. Wilkes trat vorsichtig mit ausgestreckter Hand um das offene Grab herum. Er trug eine Brille, in der das Sonnenlicht blitzte. Sein braunes Haar war von grauen Strähnen durchzogen. »Es ist mir ein Vergnügen, Miß Newcomb. Alan hat Glück, daß er die Unterstützung einer Dame hat, die nicht nur qualifiziert ist, sondern auch einer der alten, geachteten Familien Virginias angehört.«

»Nein, überhaupt nicht«, murmelte ich und versuchte, Elvis zurückzuhalten, der sich nicht entscheiden konnte, ob er bei der Ausgrabung helfen oder meinen neuen Freund begrüßen sollte.

»Was für ein schöner Hund«, sagte Wilkes.

»Würdest du ihn bitte an einen Baum binden«, sagte Alan und versuchte, die Gereiztheit in seiner Stimme zu unterdrücken. »Ich hätte gern deinen Rat, bevor wir versuchen, dies herauszuheben.«

Er wußte, daß ich wußte, daß ich nicht das geringste von der Prozedur verstand, aber mir war klar, daß dies alles ein Teil der Strategie war, einen möglichen Geldgeber mit unserer Hingabe und unserer Erfahrung zu beeindrucken. Wenn meine Mitarbeit Alan die Mittel verschaffte, die er benötigte, dann war ich bereit, zu tun, was ich konnte. Ich gab Elvis' Leine Jono und kniete neben dem Grab nieder.

»Faszinierend«, sagte ich.

»Ich weiß, Sie können unter diesen Bedingungen keine eingehende Untersuchung vornehmen«, sagte Wilkes. »Aber es würde mich sehr interessieren, eine vorläufige Stellungnahme von Ihnen zu hören.«

Das erste Wort, das mir in den Sinn kam, war einfach »Scheusal«. Dieses Skelett war noch stärker beschädigt als dasjenige, das Alan gefunden hatte. Viele Knochen hingen nicht mehr zusammen; der Unterkiefer stand im rechten Winkel ab. Alle Skeletteile waren dunkel verfärbt.

»Sie verstehen, daß ich mich in diesem Stadium ungern festlege«, begann ich.

Wilkes und Alan gaben ermutigende Laute von sich. Ich fuhr fort: »Das skelettierte Material scheint das eines Mannes zu sein.« Das schien sicher, nach der Länge der Beinknochen zu urteilen und der Tatsache, daß der Haken, der in diesem Grab gefunden worden war, von Männerkleidern stammte. Die oberen Zähne waren in gutem Zustand; sie waren alle vorhanden, nicht abgenutzt, und die Weisheitszähne waren durchgekommen. Er war vermutlich zwischen achtzehn und dreißig Jahre alt«, sagte ich. »Durch Laborstudien kann man die Zeitspanne einengen, aber jetzt im Augenblick...«

»Ja, ich verstehe«, sagte Wilkes beeindruckt. »Es gibt wohl keine Hinweise darauf, wie er starb?«

Alan stieß mich nicht an, er wurde nur ganz, ganz still. Ich wußte, was ich seiner Ansicht nach sagen sollte. Die meisten Siedler des Bezirks Maydon kamen während des Indianermassakers von 1622 ums Leben. Wenn ich sagte, daß einer der Brüche in dem zerschmetterten Schädel durch einen Tomahawk verursacht worden zu sein schien, oder daß es ein Zeugnis dafür gab, daß der Mann skalpiert worden war, wäre Alan einen gigantischen Schritt weiter zur Bestätigung seiner Theorie gekommen und zu den Geldmitteln, die er benötigte.

Ich konnte nichts verlieren. Ich hatte meine Kommentare bereits bis zur Bedeutungslosigkeit eingeschränkt, und wie sollte ich meinen Ruf aufs Spiel setzen, da ich gar keinen hatte? Etwas hielt mich zurück. Ich würde gern denken, es sei der Anstand gewesen.

»Keine«, sagte ich, »ich kann in diesem Stadium nichts Definitives sagen. Aber Sie werden bemerken, daß der Kieferknochen verschoben ist. Der Druck der Erde könnte für eine gewisse Verschiebung verantwortlich sein, aber nicht in diesem extremen Ausmaß. Das deutet darauf hin, daß der Kieferknochen gebrochen ist, ehe die Leiche begraben wurde – vielleicht war die Leiche schon in einem fortgeschrittenen Zustand der Verwesung, ehe sie beerdigt wurde.«

»Höchst interessant«, hauchte Wilkes. »Nun, ich habe eine lange Fahrt vor mir und muß mich auf den Weg machen. Ich hatte nicht vorgehabt, hier so viel Zeit zu verbringen, aber es war alles höchst – äh – interessant!«

Wilkes und Alan gingen zusammen weg, und ich hörte Wilkes sagen: »Sie hören in ein paar Tagen von uns, Dr. Petranek. Natürlich kann ich nicht sagen, wie das Komitee entscheiden wird, aber ich kann Ihnen versichern, soweit es mich anbetrifft...«

Den Rest seiner Worte hörte ich nicht mehr, als die beiden Männer den Fußweg entlanggingen. Jono verzog die Lippen zu einem breiten Grinsen, und er gab mir ein Zeichen mit erhobenem Daumen.

»Glauben Sie, er hat es geschafft?« flüsterte ich.

»Es sieht gut aus. Sie waren eine große Hilfe, Julie. Gute Arbeit!«

Als Alan zurückkam, war seine Einschätzung vorsichtiger. »Ich habe gelernt, den Champagner erst zu entkorken, wenn ich den Scheck in Händen habe. Aber wenn es klappt, Julie, schulde ich dir ein Glas oder drei, danke.« Ich begann gerade, mir etwas einzubilden, als er kritisch hinzufügte: »Mußtest du unbedingt diesen verdammten Hund mitbringen?«

»Ja, ich mußte. Kannst du eine Pause machen? Ich möchte über ein paar Dinge mit dir sprechen.«

»Das denke ich mir. Komm, wir setzen uns in den Wohnwagen.«

Gewitterwolken türmten sich am Horizont auf. Alan betrachtete sie besorgt. »Mach es kurz, bitte. Ich möchte dieses Skelett noch heute nachmittag herausholen. Regen würde es verderben.«

»Gut, entschuldige«, sagte ich.

Alan starrte mich an. Dann schüttelte er sich ein wenig, und ich bemerkte, daß er zu müde war, um zu wissen, was er sprach. Kein Wunder, wenn er seine Nächte damit verbrachte, auf Einbrecher zu achten... Ich war gerade im Begriff, ihn um Verzeihung zu bitten, als er mir zuvorkam.

»Tut mir leid. Ich bin in diesen Tagen ein wenig zerstreut. Um was geht es?«

»Nun, erstens möchte ich dir dazu gratulieren, daß du Matt einen Strich durch die Rechnung gemacht hast. Oder war diese Zeitungsgeschichte ein zufälliges Zusammentreffen?«

»Ich dachte mir, daß er nervös würde, was meine Ausgrabungen anbetrifft«, sagte Alan kühl. »Die alte Dame muß wissen, was vorgeht, da Rosie Danner unter ihrem Bann steht.«

»Wenn du so klug bist, warum hast du mich dann nicht wegen Elvis gewarnt?«

»Was meinst du damit?«

»Nun, Mrs. Danner muß Martha auch von ihm erzählt haben.«

»Und?«

»Und Martha haßt Tiere. Jemand schenkte mir einmal ein Kätzchen – aus einem Wurf seiner Scheunenkatze –, und sie...« Zu meinem Entsetzen spürte ich, wie sich meine Kehle zusammenschnürte. Ich hatte fünfzehn Jahre lang nicht an jenen Vorfall gedacht.

»Das wußte ich nicht«, sagte Alan.

Ich wandte mich von ihm ab und kämpfte darum, mich unter Kontrolle zu bringen. Das ist das Schwierige bei der Amnesie; wenn die Erinnerung zurückkehrt, ist sie so frisch und schmerzlich, als wäre das Ereignis gerade eben erst geschehen. Einen Augenblick dachte ich, ich spürte etwas über meinen gebeugten Kopf streichen; aber als ich mich umdrehte, sah mich Alan nicht einmal an.

Er sagte ruhig: »Ich werde den Hund tagsüber bei mir behalten. Es wird ihm nicht gefallen, wenn er angebunden ist, aber er wird sich damit abfinden müssen. Nimm ihn nachts in dein Zimmer. Ich werde ein Wort mit Danner sprechen.«

Despotischer, arroganter, hochtrabender Mann... »Vielen Dank. Vielleicht wäre es besser, wenn ich mit Mr. Danner spreche. Für ihn gehöre ich zur Elite, und von dir hält er nicht viel.«

»Wie du willst. Ich muß wieder an die Arbeit. Bleibst du in der Nähe?«

»Ich dachte, ich fange am besten mit der Rekonstruktion an, falls du mich nicht für etwas anderes brauchst.«

»Oh, das. Sicher. Nur zu.«

Sein Eifer, was dieses Projekt anbetraf, hatte offensichtlich nachgelassen. Nun, da er einen echten Fund gemacht hatte, den er den Geldleuten vorzeigen konnte, interessierte ihn die Rekonstruktion nicht mehr.

»Ich lasse Elvis bei dir«, sagte ich und stieg aus dem Wohnwagen.

»In Ordnung. Oh – noch etwas –, du stellst am besten diese Barrikade wieder vor dein Tor.«

»Reporter?«

»Könnte sein. Aber ich dachte an Mrs. Hornbeak. Sie

könnte ein wenig neugierig sein und sich vielleicht an dich wenden.«

»Danke. Ich freue mich schon darauf.«

Ich glaubte nicht, daß Alan mich hörte. Er ging so rasch er konnte wieder zu seinen morschen Gebeinen.

Ich wählte den längeren Weg und gelangte so zum Tor. Der Sägebock mit dem Warnschild stand dort, wo ich ihn zurückgelassen hatte, als ich am Morgen weggefahren war. Ich rückte ihn an Ort und Stelle. Es war keine richtige Barriere, und ich zweifelte daran, daß der moralische Effekt, über den der Sheriff gesprochen hatte, Mrs. Hornbeak beeindrucken würde, die an einem beklagenswerten Mangel an rudimentären Manieren litt, ganz zu schweigen von Moral. Es war jedoch das einzige, was ich tun konnte.

Ich war mir immer noch nicht im klaren darüber, was ich mit Mrs. Danner tun sollte. Wir brauchten jemanden. Shirley arbeitete für Lohn, Matt konnte ihr Pflichten aufbürden, soweit sie es zuließ – und offensichtlich hatte sie eine Schwäche für ihn, der Himmel weiß warum. Aber ich wollte verdammt sein, wenn ich es zuließ, daß er mich zu seiner Sklavin machte. Wenn ich Mrs. Danner feuerte, würde dies die Gefahr für Elvis nicht beseitigen.

Ich sah in den Briefkasten, ob Post gekommen war. Sie war gekommen. Das meiste davon waren Werbeschreiben, aber es war auch ein Brief von Mutter dabei und eine Postkarte von einer Freundin, die in Europa Ferien machte. Verwünscht sollte sie sein. Und noch ein weiterer Brief war an mich adressiert – ein großer Umschlag, so dick, daß er ein Taschenbuch oder eine Broschüre enthalten konnte. Die Adresse war handgeschrieben, und ich erkannte die Schrift.

Einen Brief von einem Toten zu erhalten, vermittelt einem ein unheimliches Gefühl. Ich stand da und drehte den Briefumschlag um und stellte fest, daß der Stempel das Datum von Montag trug. Entweder hatte jemand ihn auf seinem Schreibtisch gefunden und zur Post geben, oder der alte Anwalt hatte ihn spät am Sonntag abend selbst noch zur Post gebracht. Das letztere schien am wahrscheinlichsten zu sein; wenn er vorgehabt hätte, bis Montag zu warten, ehe er ihn aufgab, hätte er ihn sicherlich unverschlossen gelassen, bis er die Notiz für mich geschrieben hatte, an der er im Augenblick seines Todes saß.

Ich setzte mich ins Gras und öffnete den Umschlag. Er enthielt noch einen weiteren, etwas kleineren Umschlag, kreuz und quer mit Klebeband verschlossen. Ein Brief war beigefügt, und zwar so, daß er die Lasche des inneren Umschlags bedeckte.

Der Brief war kurz. »Meine liebe Julie, anbei ein kleines Andenken, das Sie, glaube ich, besitzen sollten. Ich weiß, ich kann Ihnen vertrauen, daß Sie den Umschlag erst öffnen, nachdem Ihre Großmutter verschieden ist. Mit den besten Grüßen, et cetera.«

Merkwürdiger und merkwürdiger, dachte ich. Ich war nicht versucht, einen flüchtigen Blick hineinzuwerfen, teils weil ich die letzte Bitte des alten Herrn respektieren wollte, aber hauptsächlich deshalb, weil ich vermutete, was das »Andenken« war. Er hatte mich nicht gebeten, den Umschlag nicht abzutasten; ich spürte den Umriß von etwas, das ein Bilderrahmen sein konnte, einer der altmodischen Rahmen mit phantasievoll geschwungenen Rändern. Vielleicht war es ein Bild von mir aus meiner unglücklichen Kindheit oder von mir und meinen Eltern. Ich konnte mir eine Reihe von Gründen ausdenken, warum Martha nicht wissen sollte, daß er es mir geschenkt hatte – und keiner dieser Gründe gereichte ihr zur Ehre.

Mrs. Danner war in der Küche. Sie tat nichts, sie saß einfach da und starrte ausdruckslos ins Leere. Als ich eintrat, stand sie unbeholfen auf.

»Sie haben mir nicht gesagt, was ich tun soll. Ich weiß nicht –«

»Schon gut, Mrs. Danner.« Ich wünschte, ich hätte die Frau aus ganzem Herzen und vollständig verabscheuen können, ohne irgendeinen abschwächenden Anflug von Mitleid. Aber es war unmöglich, jemanden zu hassen, dem so elend zumute war. Kein Wunder, daß sie nicht gern bei Martha saß. Sie konnte Marthas Forderungen ebensowenig widerstehen wie ein Feinschmecker sich von einem Schokoladenéclair abwenden kann. Sie war in Schwierigkeiten, was immer sie auch tat.

»Soll ich das Abendessen richten?«

Mein Mitgefühl schwand. So dumm oder vergeßlich konnte sie nicht sein. Sie hatte ihre eigenen kleinen Methoden, es Leuten heimzuzahlen, die sie ärgerten. Ich fragte mich, wie sie es ihrem Mann heimzahlte.

Ich ließ sie den Lattich und das Gemüse für den Salat waschen und ging in mein Zimmer. Obwohl ich Alan gesagt hatte, ich wolle mit der Arbeit an dem Modell beginnen, gab es eine Menge zu tun, ehe ich mit der Rekonstruktion wirklich anfangen konnte. Ich brauchte einen großen, kräftigen Tisch und eine Haltevorrichtung für das Modell. Und ein Bett. Ich war nicht scharf darauf, auf dem Fußboden zu schlafen. Es gab Mäuse im Haus und Schlangen außerhalb des Hauses, und ich fürchtete, eine davon könnte beschließen, einen Spaziergang über meinen Bauch zu machen.

In der Bibliothek stand ein großer Tisch aus Eichenholz. Ich konnte ihn nicht allein tragen, deshalb holte ich Mrs. Danner. Die Leichtigkeit, mit der sie das Tischende anhob, erstaunte mich. Ich hatte nicht gewußt, daß sie so stark war.

Ich stahl auch einen Teppich aus der Bibliothek – einen schönen, alten Perser, der aber so abgetreten war, daß man ihn nicht mehr hatte verkaufen können – und aus diesem Grund war er vermutlich noch da. Seine verblaßte Pracht verbesserte das Aussehen meines Zimmers so sehr, daß ich die Vorsicht in den Wind schlug und alle möglichen Dinge in das Zimmer schleppte, darunter ein eisernes Bettgestell aus einem der oberen Zimmer.

Jeder normale Mensch hätte gefragt, warum ich das Zimmer möblierte. Mrs. Danner stellte keine Frage und gab keinen Kommentar dazu ab. Sie war ungefähr so gesprächig wie ein Roboter, aber sie hatte maschinenähnliche Brauchbarkeit, und als wir fertig waren, wußte ich, was ich mit ihr tun wollte. Es war mir im Grunde egal, was sie Martha erzählte. Nur Elvis machte mir Sorgen, und Martha wußte schon von ihm.

Als es fünf Uhr schlug und Danners Pritschenwagen angefahren kam, lag ich auf der Lauer. Ich glaube, er hatte eine Konfrontation erwartet und war nur verwundert, daß sie nicht schon früher stattgefunden hatte. Nicht etwa, als ob er verlegen gewesen wäre oder sich entschuldigt hätte. Er stellte nicht einmal den Motor ab, und ich mußte schreien, um das Geratter zu übertönen. Es machte mir nichts aus zu schreien.

»Sie wissen, daß ich einen Hund aufgenommen habe«, begann ich. Ich mußte geraume Zeit auf eine Antwort warten. Schließlich machte er den Mund auf. »Miß Martha will keine Tiere um sich haben.«

»Das ist eine Sache zwischen mir und Miß Martha. Es geht Sie nichts an. Es gibt zu viele Leute, die hier nachts ohne Erlaubnis herumstreichen.«

»Miß Martha sagt, ich könnte –«

»Miß Martha führt jetzt nicht dieses Haus, sondern ich. Sie ist alt und krank und wird nicht mehr lange hier sein. Senator Ellis wird Maidenwood nach ihrem Tod übernehmen, und ich handle in seinem Namen. Wenn ich Sie irgendwo nach Einbruch der Dunkelheit auf dem Grundstück erwische oder wenn meinem Hund etwas zustößt, erstatte ich Strafanzeige. Ist das klar?«

Er warf mir einen langen, bösen Blick zu, ehe er die Augen niederschlug, und gab zögernd und grunzend zu verstehen, daß er begriffen hatte.

Mrs. Danner sagte nichts und rührte sich nicht, aber sie genoß die Demütigung. Ich konnte ihre Genugtuung fast spüren; sie blies die Wangen vor unterdrücktem Lachen auf. Ich wußte, sie würde später dafür bezahlen – nicht wegen ihrer mangelnden Loyalität, sondern wegen meiner Strafpredigt. Joe Danner würde an jemandem, der sich nicht wehren konnte, Rache nehmen.

Mir war ein wenig übel, und ich trat zur Seite und winkte sie weg.

Ehe der alte, blaue Pritschenwagen die Straße erreichte, bog ein anderes Fahrzeug in die Einfahrt ein. Joe Danner hatte den Sägebock nicht wieder vorgeschoben. Ich konnte es ihm nicht übelnehmen, aber ich fluchte leise, als ich sah, daß am Steuer des Wagens der Reporter mittleren Alters saß.

Ich lief die Einfahrt hinab und winkte ihm, damit er in einiger Entfernung vom Haus anhielt.

»Machen Sie sich nicht erst die Mühe auszusteigen«, sagte ich. »Wenden Sie einfach und fahren Sie wieder ab.«

Ich glaube, Journalisten müssen sich einen Panzer als Haut zulegen. Lächelnd und ruhig hielt er mir eine gefaltete Zeitung hin. »Ich dachte, Sie haben vielleicht die Abendausgabe noch nicht gelesen, Miß Newcomb.«

Ich nahm die Zeitung. »Danke. Nun fahren Sie ab.«

»Was denken Sie über die Entdeckung von –«

»Ich denke nie. Schauen Sie, Mister –«

»Miller. Chris Miller.«

»Sie vergeuden Ihre Zeit, Mr. Miller. Mein Vetter, Senator Ellis, ist Mrs. Carrs Vertreter, und Dr. Petranek ist mit der Ausgrabung beauftragt. Gehen Sie hin und plagen Sie ihn. Selbst wenn ich Sie das Grundstück betreten ließe, was nicht der Fall ist, dürfte ich es nicht tun, und außerdem weiß ich nur das, was in den Zeitungen steht.«

Er stellte mir noch weitere Fragen – alle begannen mit: »Was denken Sie über –« Aber ich blieb standhaft, lächelte und schüttelte den Kopf. Schließlich gab er es auf. Ich folgte dem Wagen bis zur Einfahrt und stellte den Sägebock wieder an Ort und Stelle.

Als Shirley die Treppe herunterkam, trank ich einen Bourbon und las die Zeitung. Ich hatte einen schweren Tag hinter mir, und was ich las, hob meine Stimmung keineswegs.

Die Zeitung war die neueste Ausgabe; die Druckerschwärze war noch so feucht, daß sie auf meine Hände abfärbte. Matt mußte einen Reporter angerufen haben, sobald er mich verlassen hatte, und der sprang auf den archäologischen Wagen, der von Alan gezogen wurde. Er benützte sogar einige Sätze, die ich an diesem Morgen ironisch geäußert hatte. »Großartiger Beitrag – historische Tradition – das Alte Dominion . . .«

Als ich weiterlas, löste Amüsement meinen Ärger ab. Matt war nichts anderes übriggeblieben, als eine vollendete Tatsache mit so viel Grazie wie möglich hinzunehmen. Er war ein geschickter Redner, schön; Platitüden strömten ihm leicht über die Lippen wie Wasser. Das einzige Mal, daß er beinahe die Fassung verlor, war der Augenblick, in dem er über die erstaunliche psychische Entdeckung von Mrs. Hornbeak befragt wurde. »Ein reiner Zufall«, fauchte der Senator. Und Lady Jocelyn wurde als hübsche Legende abgetan. »Sie gehört zu den Legenden von Maidenwood. Aber Historiker haben mir versichert, daß es keinen wirklichen Beweis für ihre Existenz gibt, und noch weniger für ihre Anwesenheit in Maidenwood. Mrs. Hornbeak ließ sich von ihrer überhitzten Phantasie hinreißen.«

Ich lachte laut darüber, als Shirley hereinkam. Ich zeigte ihr die Zeitung, aber sie lehnte ab, sie zu lesen. »Das ist alles Unsinn. Ich hoffe nur, Matthew kann uns diese Reporter vom Hals halten. Sie gehen mir auf die Nerven.«

»Einer war eben hier.« Ich faltete die Zeitung zusammen und stand auf. »Ich bin ihn losgeworden. Aber ich wundere mich, daß wir nichts von Mrs. Hornbeak gehört haben. Sie wird Matts Verlautbarungen nicht schätzen.«

Vielleicht hielt unsere Barrikade Mrs. Hornbeak fern. Sie rief an, statt selbst zu kommen. Zuerst gab sie sich leicht vorwurfsvoll.

»Wir sind daran gewöhnt, lächerlich gemacht zu werden; aber Sie, Miß Newcomb, müssen erkennen, daß ein Zufall meinen Erfolg nicht erklären kann. Ich hätte gern, daß Sie den Reportern sagen...«

Sie fuhr eine Zeitlang in der gleichen Art fort, trotz meiner Einwände und Unterbrechungen; gegen Ende der Diskussion wurde ihre Stimme schrill und ihr Verhalten nahezu beleidigend. Ich hatte gerade den Hörer aufgelegt, als etwas gegen die Gittertür sprang und ich Elvis sah.

Wir feierten ein enthusiastisches Wiedersehen auf den Stufen. Er teilte offensichtlich mein Gefühl, daß wir zu lange voneinander getrennt gewesen waren.

Alan saß auf den Stufen. »Wie wäre es, wenn du mir etwas zu trinken anbötest, sobald du aufhörst, diesen Esel abzuknutschen?«

Ich beschloß, angesichts seines Beitrags zu Elvis' Überleben die herabsetzende Bemerkung zu überhören. »Ich will ihm zuerst etwas zum Fressen geben.«

Ich brachte Alans Glas und meine Tasse Kaffee nach draußen. Die Sonne stand tief über dem bewaldeten Abhang im Westen, und ein Ring von regenbogenfarbigen Wolken umrahmte sie. Es wehte die schwache Spur einer Brise.

»Hast du die Zeitung gesehen?« fragte ich und gab sie ihm.

Alan lächelte ironisch, als er die Geschichte überflog. »Dein Vetter ist ein geschickter Politiker. Stupider Mann, geschickter Politiker. War die Presse hier?«

»Einer. Ich werde ziemlich gut darin, sie zu verjagen. Mrs. Hornbeak war nicht so leicht abzuschütteln.«

»War sie auch da?«

»Nein, sie rief an. Ich wollte, du und Matt könntet euch selbst mit euren Feinden befassen und sie nicht mir aufhalsen.«

Alan lächelte niederträchtig. Er lehnte sich zurück, stützte sich auf die Ellenbogen und hob das Gesicht in die Brise. Sein Haar klebte feucht an seiner Stirn.

»Aber sie sagte etwas, das mir zu denken gibt«, fuhr ich fort. »Ihre Entdeckung sei zu genau, um als Zufall beiseite geschoben zu werden. Sie hat recht, Alan. Wie konnte sie in diesem großen, verwilderten Gelände die Stelle so genau finden?«

»Ohne Zweifel hast du dir darauf schon eine Antwort ausgedacht«, sagte Alan zufrieden. »Spirituelle Helfer?«

»Bah, Humbug.«

»Genau das denke ich auch.«

»Glaubst du nicht... Glaubst du an irgendeine Art von... nun, von Weiterleben?«

Ich fürchtete, daß er mich auslachen würde, doch statt dessen sagte er ernst: »Darauf gibt es keine leichte Antwort, Julie. Ich bin bereit, die Möglichkeit zu akzeptieren, daß die Geister der Toten vielleicht versuchen, mit den Lebenden in Verbindung zu treten, wenn eine dringende Notwendigkeit oder eine starke Verpflichtung besteht. Ich kann aber nicht glauben, daß sie ihre Zeit damit vergeuden, mit einem Pferdehintern wie Polly Hornbeak Gemeinplätze auszutauschen.«

»Hübsch ausgedrückt.«

»Danke. Was ist also die Erklärung für ihren Erfolg?«

»Offensichtlich hat sie Zugang zu Informationen, die du nicht hast.«

»Ich würde nicht sagen offensichtlich. Es ist eine Möglichkeit.«

»Du bist ein eingebildeter Schurke«, sagte ich ohne Bosheit. »Wo kann sie sie gefunden haben?«

»Auch hier gibt es mehrere Möglichkeiten. Sie haben im Institut eine ziemlich eindrucksvolle Bibliothek.«

»Ja, aber es gibt noch eine Möglichkeit, die mir Sorgen macht. Wie, wenn sie ihre Information hier gefunden hat?«

»Wo hier?«

»Ha? Oh, Alan, dieses Haus ist voller Gerümpel, das seit Jahrzehnten nicht mehr gesichtet wurde. In der Bibliothek könnte Material sein, auf dem Dachboden... Ich glaube nicht, daß jemand eingebrochen ist, seitdem ich hier bin, aber wer weiß, was vorher geschah.«

»Eigenartigerweise habe ich an diese Möglichkeit auch schon gedacht.«

»Nun, du bleibst verdammt kühl dabei, muß ich sagen. Warst du nicht derjenige, der Matt die Vorlesung darüber gehalten hat, daß man nicht drei hilflose Frauen ungeschützt allein lassen sollte?«

»Ich zweifle daran, daß dich jetzt jemand belästigen wird, nachdem du den Hund hast«, sagte Alan mit einer Ruhe, die mich verrückt machte. »Wie kommst du mit der Rekonstruktion voran?«

Der Themenwechsel traf mich unvorbereitet. »Ich habe noch nicht angefangen«, murmelte ich. »Ich mußte zuerst das Zimmer einrichten.«

»Laß sehen.« Er stand auf.

Ich zeigte meine Inneneinrichtung, und Alan war freundlich genug, sie zu billigen. Er amüsierte sich über meinen Ständer für das Modell, einen Porzellantopf, der die runde Hirnschale umschloß.

»Nicht schlecht«, gab er zu. »Das reicht für den Anfang, aber ich besorge dir einen richtigen Ständer.«

Er schien noch bleiben zu wollen, aber ich führte ihn zur Tür und erklärte, ich müsse Shirley ablösen.

»Du bist nervös wegen eventueller Einbrecher, oder?« fragte er.

»Ich bin nicht nervös! Ich besitze ein vernünftiges Maß an logischer Sorge, was das angeht. Mrs. Hornbeak war regelrecht wütend. Angenommen, sie beschließt wiederzukommen und noch einmal nach geheimen Dokumenten zu suchen?«

»Ich würde dir etwas vorschlagen, wenn ich nicht fürchten müßte, daß du mir den Kopf abreißt.«

»Was?«

»Spielt keine Rolle.«

»Du meinst, ich soll dich zuerst nachsehen lassen?« Ich zögerte nur kurz. »Mir würde es nichts ausmachen, Alan, aber der einzige Ort, wo ich dich suchen lassen kann, ist die Bibliothek. Martha würde dich hören, wenn du auf den Dachboden gehen würdest.«

Er spitzte die Lippen, aber er sagte nur: »Du hältst mir am besten den Senator vom Leib. Ich möchte nicht verhaftet werden, jetzt, da ich vor einer großen Sache stehe.«

Martha machte es mir an jenem Abend schwer. Sie benahm sich wie ein Kind, das versucht, den Augenblick des Schlafengehens hinauszuschieben. Sie wollte ein Glas Eiswasser und eine Tasse Tee, und sie wollte, daß ich eine Tasse mit ihr trank, und sie wollte Toast, und der erste war zu dunkel, und der zweite war zu kalt... Zuletzt verlangte sie Schlaftabletten, aber da streikte ich; ich hatte mit Shirley vereinbart, daß sie allein für die Verabreichung von Marthas Medikamenten verantwortlich war.

Als Shirley mich endlich ablöste, nahm ich mein Nachthemd und die Pantoffeln und ging hinunter. Es war noch früh, deshalb beschloß ich, an dem Modell zu arbeiten.

Ich hatte schon die Punkte markiert und begonnen, die Markierungsstreifen auszuschneiden. Das letztere war eine knifflige Arbeit, da sie auf den Millimeter genau stimmen mußten. Es dauerte nicht lange, bis ich sie an ihre jeweilige Stelle geklebt hatte, aber es war beinahe Mitternacht, bevor ich Schluß machte. Ich wußte, ich hätte eigentlich ins Bett gehen sollen. Ich hörte ungern auf. Es würde noch viele Stunden dauern, bis ich eine ungefähre Vorstellung davon bekam, wie die Frau ausgesehen hatte. Ich betrachtete sie allmählich als meinen Besitz. Ich packte den Modellierton aus und begann mit dem nächsten Stadium – die Markierungen mit Tonschichten untereinander zu verbinden und dadurch die Grundlage zu schaffen, auf der die endgültige Modellierung beruhen würde.

Der Schädel sah wirklich gräßlich aus, als ich meine Arbeit beendete. Durch die verbindenden Tonschichten ähnelte er dem Helm eines Wikingerkriegers oder einem futuristischen Sternenkriegskämpfer. Erst als ich aufhörte, bemerkte ich, wie müde ich war, und ich beschloß, das Modell über Nacht in seinem Ständer zu lassen. Wenn Elvis eine Katze und kein Hund gewesen wäre, hätte ich es nicht riskiert, aber er hatte nicht die Gewohnheit, auf Tische zu springen, sofern dort kein Futter für ihn lag.

Ich ließ ihn einen Augenblick hinaus, und während ich unter der Tür wartete, sah ich ein Licht – keinen flackernden, fernen Hinweis auf Eindringlinge, sondern das Viereck eines erleuchteten Fensters. Alan hatte nicht gesagt, daß er im Schuppen schlafen wollte, aber das Licht mußte seines sein. Es leuchtete stetig und unverhüllt, und ich will offen zugeben, daß ich froh war, als ich es sah.

Elvis kam schließlich wieder herein. Ich gab ihm seinen Hundekuchen. Er kaute ihn dankbar, während ich die Tür verschloß. Wir beide schliefen innerhalb von Minuten ein.

Ich erwachte aufgeschreckt; jeder meiner Muskeln war angespannt und zitterte nach der Lebhaftigkeit des Traums, der meinen Schlaf unterbrochen hatte. Auch der Traum war zerstört; nichts blieb davon, außer diesem Gefühl einer verzweifelten Not und einem anhaltenden Geräusch – einem leisen, schwachen Klagen, das Jammern von etwas Kleinem, Hilflosem nach langem Weinen.

Ich wußte, daß ich wach war, aber mir schien, ich könne es immer noch hören – den traurigsten, herzzerreißendsten Laut, den ich je gehört hatte. Tränen füllten meine Augen und liefen an meinen Wangen herab. Und dann wurde ich schließlich vollends wach. Der Laut war nicht der eines weinenden Säuglings. Es war der Hund.

Meine Wangen waren immer noch feucht von den Tränen, als ich über das zerdrückte Bettzeug griff und nach Elvis suchte. Ein Hund, der in der Nacht knurrt, geht einem auf die Nerven, aber es ist besser – alles wäre besser gewesen – als dieses herzzerreißende Wimmern. Schließlich fand ich Elvis' Halsband. Er schwieg auf meinen geflüsterten Befehl hin, aber ich konnte spüren, wie sein ganzer Körper zitterte.

Die Nacht war still. Es wehte keine Brise, die die Zweige der Büsche draußen vor dem Fenster hätte rascheln lassen, nicht einmal eine Grille oder ein Laubfrosch war zu hören. Ich zweifelte nicht daran, daß Elvis etwas gehört hatte, und nach einem Augenblick hörte ich es auch. Es kam nicht aus dem Inneren des Hauses. Die Tür meines Zimmers war aus solidem Eichenholz, einen Zoll dick, und sie paßte genau in den Rahmen. Das Geräusch kam von draußen – es war ein metallisches Kratzen an der Hintertür.

Ich hielt immer noch das Halsband des Hundes und schlüpfte aus dem Bett. Die Büsche draußen vor dem Fenster verdeckten das Mondlicht, und einen Augenblick war ich völlig desorientiert.

Ich konnte meine Taschenlampe und meine Schuhe nicht finden. Es ist merkwürdig, wie schutzlos man sich barfuß fühlt. Ich hätte die Tür nicht gefunden, wenn der Hund mich nicht in ihre Richtung gezogen hätte.

Er würgte fast, so dringend wollte er bellen. Seine Gegenwart beruhigte meine Nerven. Er war gleichzeitig eine Alarmanlage und eine Verteidigungswaffe, aber ich wollte ihn in keiner von beiden Eigenschaften benutzen. Wenn der Enbrecher ins Haus kam, dann mußte er oder sie an der Tür meines Zimmers vorbei auf dem Weg in den vorderen Flur. Ich hatte nicht vor, in die Offensive zu gehen, ob mit oder ohne Elvis, aber ich wollte wissen, wer der mitternächtliche Besucher war.

Ich griff nach dem Türknauf. Meine Finger hatten sich gerade über ihm geschlossen, als ich spürte, wie er sich herumdrehte.

Es war mir nicht in den Sinn gekommen, daß der Eindringling mein Zimmer betreten würde, und es jagte mir einen solchen Schrecken ein, daß ich mich so weit wie möglich zurückzog und am Fuß des Bettes zusammenkauerte, wobei ich Elvis in den Armen hielt. Die Tür ging auf. Ein Lichtstrahl, spitz wie ein Schwert, drang in das Zimmer. Er fiel voll auf den Schädel mit seinen grotesken Schichten aus Ton. Ich hätte bei dem Anblick beinahe aufgeschrien. Die Person unter der Tür atmete leise aus und trat vor.

Bis dahin hatte Elvis meinen Befehlen gehorcht wie ein Lamm, obwohl es offensichtlich gegen alle seine Instinkte ging. Dies war zuviel. Sein Bellen explodierte in meinem Ohr, und er befreite sich. Ich setzte mich schändlicherweise auf mein Hinterteil. Ich zweifelte nicht daran, daß der Mensch mit der Taschenlampe etwas sagte, als der Hund auf ihn zustürzte, aber seine Bemerkung ging in Elvis' Geheul unter. Die Taschenlampe schwankte, fiel zu Boden und ging aus. Ich hörte einen scharfen Knall, den ich für einen Schuß hielt, und ein Jaulen von Elvis. Das brachte mich auf die Beine. Ich stürzte vorwärts, genau auf das Brett am Fußende des Bettes.

Die Kante des Pfostens stieß in mein Zwerchfell und mein großer Zeh an den unteren Rand des Pfostens. Es schmerzte stärker, als ich es für möglich gehalten hätte. Mein Aufschrei ging in dem allgemeinen Tumult unter – Krachen und Splittern und das furchtbare Bellen von Elvis. Jedenfalls war er noch am Leben. Als ich meinen schmerzenden Zeh betastete, hörte ich Schritte zur Tür gehen. Er – sie – es – wer auch immer – machte sich davon. Elvis rannte ihm nach. Die Schnelligkeit, mit der sein Bellen leiser wurde, deutete darauf hin, daß Verfolger und Verfolgter sich rasch bewegten. Ich wollte ihnen nachlaufen.

Mein Fuß trat in einen scharfen Gegenstand, der ihn bis zum Knochen zu durchbohren schien.

So kompliziert es auch klingt, das Ganze konnte nicht länger als dreißig Sekunden gedauert haben. Es kam mir wesentlich länger vor. Als ich zur Tür und dem Lichtschalter humpelte, konnte ich nicht verstehen, weshalb mir niemand zu Hilfe gekommen war. Der Lärm hätte jedermann in meilenweitem Umkreis wecken müssen.

Ich hatte gerade das Licht eingeschaltet, als ich laufende Schritte zurückkehren hörte. Wenn es mir möglich gewesen wäre, einen schweren Gegenstand zu packen, dann hätte ich dem Neuankömmling damit den Schädel eingeschlagen, aber ich konnte glücklicherweise keine Waffe finden, denn der Neuankömmling war Alan.

Er war voll angekleidet und trug auch seine schweren Arbeitsschuhe. Er hielt ein rostiges Brecheisen in der Hand.

Ich taumelte auf ihn zu; er ließ das Brecheisen fallen und nahm mich in die Arme, wobei er mich so fest hielt, daß er mich eher zu bezähmen als zu stützen schien.

»Julie – was... Bist du –«

»Macht nichts«, rief ich. »Mir geht es gut – lauf ihm nach!«

Die Arme, die mich hielten, ließen locker. Ich konnte Alans Gesicht nicht sehen, da er sein Kinn auf meinen Kopf preßte, aber ich hörte, wie sein Atem rasselnd keuchte, was sowohl Erleichterung als auch verzweifeltes Gelächter ausdrücken konnte, oder...«

»Es kann dir nicht viel zugestoßen sein. Hör auf zu treten, ja? Hier ist überall Blut. Hat er –«

»Er hat mich nicht angefaßt. Ich bin auf etwas Scharfes getreten... Oh, verdammt! Das Modell – es ist in tausend Stücke zerbrochen. Und Elvis ist weg. Er jagte ihn hinaus, er wird erschossen werden...«

Alan legte mich aufs Bett, kniete neben mir nieder und nahm meinen blutenden Fuß in die Hand. Mein Gejammer über Elvis endete in einem Schmerzensschrei, als Alans Finger vorsichtig tasteten und drückten.

»Ich möchte mich nur vergewissern, daß keine Glassplitter in der Wunde sind, Julie. Du mußt auf das zerbrochene Glas der Taschenlampe getreten sein; die Ränder des Modells sind nicht scharf genug, um so saubere Wunden zu schneiden. Seine Taschenlampe, nehme ich an?«

»Oder ihre. Autsch! Alan, hör auf, reg dich meinetwegen nicht auf und schau nach Elvis.«

»Dem Hund geht es gut, Julie, wir hätten sonst Schüsse oder Jaulen oder Bellen gehört oder irgend etwas. Wo hast du dein Verbandszeug?«

Zum Glück für meinen Blutdruck kam Elvis wieder, ehe Alan meinen Fuß fertig verbunden hatte. Auf meinen Freudenschrei hin sprang er auf das Bett und erlaubte mir, ihn zu umarmen. Er sah sehr zufrieden mit sich aus – der heldenhafte Hund in Person. Obwohl er voller Schmutz und Gras war, hatte er keinen Schaden gelitten, und zu meinem Bedauern hatte sich auch kein Stoffetzen in seinen Zähnen verfangen.

»Halte ihn still. Ich räume das Glas weg«, sagte Alan und fegte den Fußboden, während ich zusah.«

»Das mit dem Modell tut mir leid«, sagte ich. »Ich hätte es in den Wandschrank stellen sollen, aber ich war so müde –«

»Ich lasse ein anderes machen«, sagte Alan kurz. »Wir haben die Gußform.«

»Du hast ihn zwar nicht gefaßt, alter Junge«, sagte ich zu Elvis, »aber du hast ihm wahrhaftig geholfen, eine mächtige Unordnung zu machen.«

Sobald Alan mit dem Fegen fertig war, stand ich auf. »Wo gehst du hin?« fragte er.

»Ich gehe und schließe Elvis in der Küche ein. Und dann sehe ich nach Martha.«

Das erste, was ich sah, als ich Marthas Tür öffnete, war der erschreckende Schimmer eines weißen Augapfels. Sie schien tief zu schlafen; aber das Geräusch der sich öffnenden Tür, so leise es auch war, weckte Shirley im Nachbarzimmer. Sie erschien in der Tür, und ihre großen Augen reflektierten das Nachtlicht.

»Miß Martha.«

»Es geht ihr gut. Ich habe nur hereingesehen, um – äh –

ich habe einfach hereingesehen. Tut mir leid, daß ich Sie geweckt habe.«

Shirley ging schwerfällig zum Bett und beugte sich über Martha. »Ja, sie schläft.« Sie richtete sich auf und sah mich an; obwohl sie flüsterte, war die verletzte Würde in ihrer Stimme unüberhörbar. »Sie brauchen sich keine Sorgen zu machen, Julie, ich würde aufwachen, wenn sie mich braucht.«

»Ich habe nicht Sie kontrolliert, Shirley – wirklich nicht. Ich habe einfach... Schauen Sie, ich erkläre es Ihnen morgen früh. Gehen Sie jetzt wieder schlafen – bitte.«

Ich zog mich zurück und kam mir vor wie ein Wurm. Ich würde mich am Morgen entschuldigen und die Dinge in Ordnung bringen; es war nicht notwendig, Shirleys restliche Nachtruhe zu stören. Ich hatte gehört, daß Krankenschwestern sich soweit trainieren können, trotz äußerer Geräusche ungestört zu schlafen, aber sich beim geringsten Laut ihres Patienten sofort zu erheben. Mutter behauptete, sie habe das gleiche getan, als ich klein war.

Als ich nach unten kam, kochte Alan Kaffee. Er bot mir eine Tasse an. Ich schüttelte den Kopf. Die Reaktion hatte eingesetzt; ich spürte, wie ich am ganzen Körper zitterte und fürchtete, ich würde die Tasse fallen lassen, wenn ich sie zu halten versuchte.

Alan warf mir einen Blick zu und stellte die Tasse auf den Tisch. »Trink! Die Hälfte davon ist Zucker – du brauchst ein Stärkungsmittel.«

Was ich brauchte, war jemand, der mich festhielt und mich umarmte und mir sagte, ich bräuchte mich vor nichts zu fürchten. Aber ich wäre eher gestorben, als dies zu sagen. Ich hatte mir nur vorgestellt, daß Alans spontane Umarmung lediglich aus normaler Sorge erfolgt war. Vielleicht wenn ich geschluchzt und mich an ihn geklammert hätte... Nun, jetzt war es zu spät. Außerdem – so versicherte ich mir – würde ich niemals zu dieser Art emotionaler Verführung Zuflucht nehmen.

Alan beobachtete mich. Ich setzte mich hin und zog die Tasse näher, langsam, damit ich nichts verschüttete.

»Fühlst du dich jetzt besser?« fragte Alan. Seine Stimme klang kühl und teilnahmslos.

»Mir geht es gut.«

»Er kommt heute nacht nicht wieder«, sagte Alan. »In ein paar Stunden wird es hell. Warum gehst du nicht wieder ins Bett?«

»Ich könnte nicht schlafen.«

»Möchtest du, daß ich dableibe?«

Und ob ich wollte, daß er blieb! »Ich bin sicher, du hast andere Dinge vor, die dir lieber sind«, sagte ich.

Alan stand auf. »Sobald die Sonne aufgeht, nehme ich den Hund und versuche, die Spur deines Einbrechers zu verfolgen. Es ist sinnlos, in der Nacht herumzustolpern.«

»Wer glaubst du, war das?«

Alan zuckte die Achseln. »Es kommen mehrere Personen in Frage.«

Als er gegangen war, saß ich da und starrte auf die geschlossene Tür. Eisige Kälte legte sich um mich. Einer von mehreren Menschen... darunter Alan selbst. Es wäre eine perfekte Tarnung für einen Eindringling – sich auf dem Absatz umzudrehen und als heldenhafter Retter wiederzukommen.

Zwölftes Kapitel

Das Tageslicht belebte mich ein wenig, aber nicht sehr. Was mir am meisten Sorgen machte, war der zwingende Schluß, daß der Eindringling hinter mir her gewesen war. Es gab keinen anderen Grund, weshalb er dieses Zimmer hätte betreten sollen.

Alan traf mich über den Küchentisch gebeugt an, während ich meinen kalten Kaffee anstarrte, als er kurz nach sechs Uhr zurückkam.

»Kein Glück gehabt«, verkündete er. »In der Buchsbaumhecke sind gebrochene Zweige, wo er sich seinen Weg bahnte. Aber der Boden ist zu trocken, um Fußspuren aufzunehmen, und Elvis gab auf, als wir zur Straße kamen. Er muß seinen Wagen dort stehengelassen haben.«

»Du sagst dauernd ›er‹. Woher weißt du, daß es keine Frau war?«

»Ich weiß es nicht. Wann kommt der Sheriff?«

»Wie?« Ich sah ihn dumm an.

»Hast du ihn nicht angerufen?« Alan griff nach dem Telefon. »Um Himmels willen, muß ich dir alles sagen?«

»Ich wollte ihn nicht aufwecken«, sagte ich gähnend.

»Irgend jemand wäre wach gewesen. Glaubst du, die Polizisten machen um fünf Uhr zu und erst um ... Hallo?«

Als er den Hörer auflegte, war er mißmutig. »Sie haben mich zusammengestaucht, weil ich den Vorfall nicht früher gemeldet habe. Los, zieh dich an.«

»Kommen sie?«

»Natürlich kommen sie. Einbrechen und in ein Haus eindringen ist ein Verbrechen, wußtest du das nicht?«

Ich hatte das Gefühl, daß Sheriff Jarboe die Carrs und ihre Probleme allmählich satt bekam, aber er war sehr nett. Er gab mir nicht einmal die Schuld daran; er gab die Schuld Alan.

Ich schämte mich ein wenig wegen meiner Feigheit, riß mich aber zusammen und begann das Frühstück zu richten.

Als Shirley herunterkam, saßen Jarboe und sein Stellvertreter mit Alan am Küchentisch, und ich servierte Toast, Rührei und Kaffee.

»Sie hätten nichts tun können«, sagte ich und unterbrach Shirleys schuldbewußtes und gequältes Klagen. »Es war alles in wenigen Minuten vorbei.«

»Ja, aber ich hätte aufwachen sollen. Gewöhnlich schlafe ich nicht so fest.«

Der Sheriff unterbrach sie. »Sie hat recht. Shirley, hören Sie auf, sich Vorwürfe zu machen und gehen Sie wieder zu Miß Martha. Sagen Sie ihr lieber nichts davon.«

»Nein, bestimmt nicht. Ich weiß ja gar nicht, was los war. So etwas ist bei uns noch nie passiert...«

Sie ging mit Marthas Tablett hinaus, und wir anderen aßen das Rührei auf. »Wir schauen uns noch einmal um, bevor wir gehen«, sagte Jarboe und biß in seinen dritten Toast. »Aber ich sehe nicht das geringste. Es muß die gleiche Bande gewesen sein.«

»Bande?« wiederholte Alan und hob die Augenbrauen. »Julie sagt, es sei nur eine Person gewesen.«

»Sie hat nur eine gesehen. Die anderen waren wahrscheinlich draußen und warteten darauf, daß die Vorhut ihnen reine Luft verkündete.«

Joe blieb bei seiner Theorie. Alan antwortete nicht, aber sein sarkastisches Lächeln sagte mir, daß er Jarboes bequemer Theorie skeptisch gegenüberstand.

Ehe Jarboe ging, untersuchte er die Trümmer, die Alan vom Fußboden meines Zimmers zusammengefegt hatte. »Klug von Ihnen, sie aufzubewahren, Professor«, sagte Jarboe widerwillig. »Es ist aber nichts da.«

Jetzt war nichts da. Es wäre geschickt, den Fußboden aufzufegen, falls man nicht sicher war, ob man ein Zeugnis für seine Anwesenheit hinterlassen hatte. Aber warum sollte Alan in das Haus einbrechen? Es war ihm gelungen, mein Vertrauen und dasjenige Shirleys zu gewinnen; er konnte während des Tages kommen und gehen, wie es ihm gefiel.

Jarboe nahm seinen Hut. »Ich werde die Zahl der Patrouillen erhöhen, die der Streifenwagen macht«, versprach er.

»Und ich sagen den Jungen, sie sollen bis zum Haus vorfahren, anstatt nur auf der Straße vorbei. Machen Sie sich keine Sorgen, wenn Sie in der Nacht einen Wagen hören.«

»Ich nehme nicht an, daß ich Sie dazu überreden kann, einen Mann nachts hierzulassen«, sagte ich.

Jarboe wiederholte die vertraute Litanei. »Nicht genug Männer. Äh – Julie, ich hoffe, Sie schlafen nicht wieder in diesem Zimmer.«

Ich sagte, ich hätte noch nicht darüber nachgedacht.

»Lieber nicht. Oben sind Sie sicherer. Nicht, daß sie gerade nach Ihnen suchen«, fügte er rasch hinzu, »aber man kann nie wissen, was sie vielleicht machen, wenn sie eine Frau allein antreffen ... Ich meine, warum sollte man Risiken eingehen?«

Nachdem er all die falschen Dinge gesagt hatte, zog er sich hastig zurück. Ich wandte mich an Alan. »Ich fühle mich jetzt schlechter als vorher.«

»Schlaf ein paar Stunden, dann geht es dir wieder gut.« Alan stand auf. »Soll ich dir den Hund dalassen?«

»Ja. Nein... Ich weiß nicht.«

»Ich lasse ihn da. Ich habe ein paar Besorgungen zu machen. Schau nicht wie ein verwundetes Reh. Niemand wird dich bei Tageslicht belästigen. Ich bin ungefähr um die Mittagszeit zurück.«

Auch Shirley schlug vor, daß ich etwas schlafen sollte, was meinen Verdacht bestätigte, daß ich so verstört aussah, wie ich mich fühlte. Ich fauchte sie an und bereute es dann, denn sie gab sich eindeutig die Schuld an meinem Mißgeschick. »Ich brauche keinen Schlaf mehr«, versicherte ich ihr. »Ich komme mit weniger als fünf Stunden pro Nacht aus, wenn ich in der Schule bin. Warum fahren Sie nicht für eine Weile nach Hause?«

»Sind Sie sicher, daß Sie sich nicht fürchten?«

Ich lachte herzlich.

»Vielleicht fahre ich rasch nach Hause und putze etwas«, sagte Shirley. »Ich muß etwas tun, um mich abzuregen. Ich muß wohl alt werden, daß ich so tief schlafe.«

Wir standen vor Marthas Tür, ich auf dem Weg in ihr Zimmer, Shirley auf dem Weg hinunter mit dem Tablett. »Sie muß auch gut geschlafen haben«, sagte Shirley. »Sie strahlte heute früh wie ein neuer Pfennig. Sie hat mich nicht einmal gefragt, was unten los war mit der Polizei und alledem. Sie liegt einfach da und lächelt. Ich hoffe, es ist kein Anzeichen für...«

Ich unterdrückte ein weiteres Lachen – mein erstes, echtes Lachen an diesem Morgen, als ich mir Martha vorstellte, die selig strahlte beim Anblick der Engel, die sie zum Himmelstor führen würden. »Es ist eher wahrscheinlich, daß sie vorhat, uns irgendeinen gemeinen Streich zu spielen«, sagte ich. »Gehen Sie und machen Sie sich keine Sorgen um mich.«

Martha war nicht freundlicher als sonst, aber ich glaubte den Grund zu verstehen, weshalb sie lächelte. Als ich das Zimmer betrat, ertappte ich sie dabei, wie sie sich in das Kissen zurücklehnte. Sie hatte sich aufgerichtet gehabt – und das mußte sie selbst getan haben, denn Shirley hätte sie nicht in dieser Stellung zurückgelassen. Die gute alte Schurkin trainierte heimlich ihre Muskeln. Es sah ihr ähnlich, ihre eigene Version von Gymnastik zu treiben, nachdem sie die Hilfe einer ausgebildeten Therapeutin abgelehnt hatte.

Ich hatte noch nicht lange gelesen, da läutete das Telefon. Als ich Matts Stimme hörte, wurde mir klar, daß ich ihn über die Vorgänge der vergangenen Nacht hätte unterrichten sollen. Er war abwechselnd besorgt, vorwurfsvoll und zornig.

»Woher weißt du es?« fragte ich und beobachtete Martha. Diesmal besaß sie die Höflichkeit, so zu tun, als höre sie nicht zu, aber ihr gutes Auge blickte in meine Richtung.

»Jarboe hat mich angerufen. Du hättest es mich wissen lassen sollen, Julie. Es ist wirklich schlimm, wenn ich von der Polizei erfahren muß, daß meine Cousine attackiert wurde –«

»Ich wurde nicht attackiert.«

»Bist du sicher, daß alles in Ordnung ist?«

»Ja.«

»Was zum Teufel hast du überhaupt da unten gemacht?«

Seine zornige Stimme ärgerte mich nicht; ich nahm es als ein Zeichen vetterlicher Sorge und war eher erfreut darüber als alles andere. »Willst du wirklich, daß ich es dir erkäre?«

»Oh, du bist bei Martha. Dann laß es. Ich versuche, heute abend hinauszukommen. Laß mich eine Minute mit ihr sprechen, ja?«

Ich gab Martha den Apparat und beobachtete die verstärkte Kraft, mit der ihre Hand sich über dem Hörer schloß. Ihre Redeweise war das einzige, was sich nicht verbessert hatte. Sie ließ Matt das meiste sprechen. Ihre Augen funkelten, als sie zuhörte; ich nahm an, er berichtete ihr von seiner Absicht, sie bald zu besuchen.

Der Vormittag ging wie gewöhnlich vorüber. Um zwölf Uhr war Shirley noch nicht zurückgekehrt, deshalb klappte ich das Buch zu und sagte Martha, ich wolle das Mittagessen zubereiten.

Elvis lag unter dem Küchentisch und sah gelangweilt und einsam aus. Ich ließ ihn hinaus und erkundete die Lebensmittelsituation. Ich rührte gerade eine unattraktive Mischung aus Nudeln, Erbsen und Käse an, als Shirley hereinkam, atemlos und sich entschuldigend.

»Es tut mir leid, daß ich mich verspätet habe«, begann sie.

»Es wird Ihnen noch mehr leid tun, wenn Sie dies hier probieren.« Ich schwenkte einen Löffel über der Pfanne auf dem Herd.

»Ron hat seine Arbeit verloren.« Sie ließ sich schwer auf einen Stuhl fallen.

»Oh, Shirley, das tut mir leid! Was ist passiert?«

»Er sagt, er wurde gefeuert, weil ein Freund des Chefs den Posten haben wollte. Aber es würde mich nicht wundern, wenn er zu jemandem unverschämt gewesen ist.«

»Das ist schlimm, Shirley. Vielleicht kann ich hier in der Nähe Arbeit für ihn finden. Oder vielleicht braucht Alan noch jemanden.«

»Das wäre schön. Meine Güte, Kind, was haben Sie da in der Pfanne?«

Sie machte sich mit den Nudeln zu schaffen. Ich ließ das Thema fallen; auch ich hatte Mrs. Danner heranschlurfen gehört, und ich verübelte es Shirley nicht, wenn sie nicht vor Marthas Spitzel über Rons Lage diskutieren wollte – zumal über jenen Aspekt von Rons Lage, der seiner Mutter die meisten Sorgen machte. Sie mußte wohl wissen, in welche Richtung Jarboes Verdacht ging. Deshalb war sie nach Hause geeilt, um sicher zu sein, daß Ron ein Alibi für die vergangene Nacht hatte.

Offensichtlich hatte Ron keines, und der Verlust seiner Arbeit gab ihm ein stärkeres Motiv, sich dem Einbruch zuzuwenden oder zu ihm zurückzukehren.

Shirley trug Marthas Tablett nach oben, und Mrs. Danner und ich setzten uns hin und aßen die Nudeln, die dank Shirleys Eingreifen nur halb so schlecht waren. Mrs. Danner aß schweigend und blickte auf den Teller. Ich dachte, ich könnte selbst ein wenig eigene Detektivarbeit leisten und sagte plötzlich: »Heute nacht ist jemand ins Haus eingebrochen.«

Nicht einmal das Tempo ihres Kauens und Schluckens änderte sich. Das Element der Überraschung hatte versagt, und deshalb fragte ich sie geradeheraus, ob ihr Mann in der Nacht ihr Haus verlassen hatte.

»Nein, Ma'am, das hat er nicht getan. Soll ich den Salon putzen?«

»Was haben Sie für eine merkwürdige Vorliebe für den Salon?« fragte ich.

Der Sarkasmus war bei Mrs. Danner vergeudet. Sie sah mich ausdruckslos an. Ich kannte die Antwort auf die Frage: Die Karaffe stand im Salon. Ich sagte langsam: »Nein, Mrs. Danner, ich möchte nicht, daß Sie den Salon putzen. Gehen Sie und lösen Sie Shirley ab.« Ich konnte einem letzten Hieb nicht widerstehen, niederträchtig wie ich bin. Als sie zur Tür schlurfte, fügte ich hinzu: »Wenn Miß Martha fragt, was heute nacht hier vorgegangen ist, dann erzählen Sie es ihr ruhig.«

Mrs. Danners gebeugte Schulter zuckte, so wie eine Kuh zusammenzuckt, wenn eine Bremse sie sticht, aber das war ihre einzige Antwort.

Ich saß am Tisch und kritzelte eine Einkaufsliste, als mir Elvis winselnd Alans Ankunft ankündigte. Er war schwer bepackt mit Tüten. Deshalb öffnete ich ihm die Tür.

»Ich sehe, du bist noch am Leben«, lautete sein Gruß. »Keine weiteren Einbrecher?«

»Danke, daß du es bemerkst. Was hast du da?«

»Geschenke für dich.«

»O nein, nicht noch ein ... Wie hast du das so rasch bekommen?«

Alan machte ein selbstgefälliges Gesicht. »Ich hatte einen Ersatz bereit.«

»Für den Fall, daß ich das Modell fallen lassen würde?«

»Es ist gut, daß ich eines hatte, nicht wahr?«

Das konnte ich nicht abstreiten. »Ich weiß nicht, ob ich noch in der Stimmung dafür bin.«

»Es wäre besser, du kämst in Stimmung.« Alan packte die Tüten aus. »Eile tut not. Ich möchte es schon gestern haben. Ich möchte, daß du sofort wieder anfängst.« Nach einem Augenblick fügte er hinzu: »Bitte.«

»Warum? Nein, sag nichts, laß mich raten. National Geographic zögert.«

»Ich brauche alle Munition, die ich bekommen kann«, sagte Alan.

»Soll ich nicht bei der Ausgrabung helfen?«

»Die Ausgrabungen sind vorübergehend eingestellt, bis ich weiß, wo ich finanziell stehe. National Geographic ist nicht mein einziges Eisen im Feuer. Ende der Woche soll ich von jemandem hören, und dann kann ich eine anständige Ausgrabung in Angriff nehmen.«

Mir schien, daß seine Bemerkung einen Widerspruch enthielt. Wenn er die Rekonstruktion benötigte, um potentielle Geldgeber zu beeindrucken, dann würden Zeugnisse, die er aus weiteren Grabungen gewann, dem gleichen Zweck dienen. Ich wurde jedoch von den Dingen abgelenkt, die er aus der Tüte zog. Ein weiteres Modell des Schädels – dieses breite, weiße Lächeln wurde allmählich so vertraut wie das Gesicht eines alten Freundes –, ein ordentlicher Ständer, Modellierton und Radiergummis und verschiedene andere Dinge. Ich schluckte, als er den Deckel einer Schachtel abnahm und mich ein paar Augäpfel anstarrten.

»Diesmal machen wir es am besten gleich richtig«, sagte er. »Ich habe auch falsche Augenwimpern und eine Perücke mitgebracht.«

»Sie sind braun«, sagte ich und starrte die Augäpfel an.

»Zweifellos.«

»Aber ihre waren...«

Alan tat so, als habe er es nicht gehört. »Braun ist die häufigste Augenfarbe.«

»Wie meine.«

»Deine Augen sind nicht braun, sie sind haselnußfarben –, wie dem auch sei«, sagte Alan, ehe ich etwas dazu bemerken konnte. »Stellen wir es auf.«

Ich folgte ihm in mein Zimmer und sah zu, wie er die Materialien ausbreitete. »Was ist das?« fragte ich, als er einen letzten Gegenstand aus der Tüte zog.

»Ein Schloß für die Tür. Ich werde es installieren, während du anfängst.«

Er hatte auch das nötige Werkzeug mitgebracht. Als er zu bohren anfing, bemerkte ich beiläufig: »Ich schlafe heute nacht nicht hier.«

»Wie du willst. Aber ich möchte, daß das Zimmer abgeschlossen wird, ob du hier bist oder nicht.«

Bis er das Schloß angebracht hatte, war ich schon ziemlich weit fortgeschritten. Ich hatte die gleiche Prozedur erst vor so kurzer Zeit ausgeführt, daß es beim zweiten Mal leichter war.

Alan beugte sich über mich, ich spürte seinen Atem an meinen Wangen, bis ich gereizt sagte: »Würdest du damit aufhören? Ich kann mich nicht konzentrieren.«

»Du bist mit den Markierungen schon beinahe fertig?«

»Noch sechs.«

»Beeil dich, ja?«

Ich antwortete nicht. Als ich die letzte, die sechsundzwanzigste Markierung an Ort und Stelle angebracht hatte, wandte ich mich um. »Was willst du?«

»Was ich will? Eine ganze Menge.« Alans Augen waren verschleiert und dunkel. »Aber ich gebe mich mit ein oder zwei Stunden auf dem Dachboden zufrieden.«

»Alan, ich sagte dir, ich kann nicht –«

»Warum nicht?«

»Martha könnte dich hören. Sie –«

»Was würde sie tun?« Seine Stimme klang gleichgültig,

seine Haltung war entspannt, aber ich spürte den Zorn, der unter der dünnen Oberfläche seiner äußeren Ruhe kochte. »Würde sie dich beschimpfen? Würde sie drohen, dich zu enterben? Wann geht es dir in deinen Schädel hinein, daß sie dir nichts mehr anhaben kann? Du bist kein Kind mehr, du bist eine gesunde, unabhängige Erwachsene – und sie ist eine kranke, alte Frau. Ich schwöre bei Gott, wenn ich sehe, was sie mit dir gemacht hat, könnte ich fast an Hexerei glauben.«

Ich sah ihn an, schweigend und bestürzt. Es war vielleicht mein hilfloses Aussehen, das seine Selbstbeherrschung erschütterte; sein Zorn kochte über in raschen, hitzigen Worten.

»Was ist zum Teufel los mit dir und deinem teuren Vetter? Macht es euch nichts aus, ob uneingeladene Besucher zu jeder beliebigen Nachtstunde im Haus herumspazieren? Ich könnte an allen Türen und Fenstern Schlösser anbringen – und das ist mehr, als der ehrenwerte Senator zu tun geruht –, aber das würde immer noch nicht deine Sicherheit garantieren. Irgend etwas Merkwürdiges geht hier vor, und ich möchte wissen, was es ist. Führst du mich nun hinauf oder soll ich allein gehen – und unterwegs Martha ins Auge spukken und ihr sagen, was ich von ihr halte?«

Zorn kann ein Anzeichen der Sorge sein. Anstatt mich über seinen Ausbruch zu empören, fühlte ich mich von ihm gestärkt. Ich brachte sogar ein zittriges Lächeln zustande. »Das wäre Marthas Ende; sie bekäme bei deinem bloßen Anblick einen tödlichen Schlaganfall. Ich gehe mit dir hinauf. Aber was hoffst du zu finden?«

Alan entspannte sich. Er konnte sich das leisten; er hatte den Streit gewonnen. »Es ist mehr die Frage, was ich *nicht* zu finden hoffe. Anzeichen dafür, daß jemand kürzlich dort oben gewesen ist. Poly Hornbeak hat irgendwo einen Hinweis gefunden; der gute alte Joe Danner sucht nach Gott weiß was – und vergiß nicht die Kleider, die die Skelette trugen. Niemand in der Nachbarschaft hat sie gekannt. Aber sie müssen von irgendwo herkommen.«

Er ließ mir keine Zeit zu überlegen, sondern griff nach meiner Hand und zog mich auf die Füße. »Komm mit!«

Keiner von uns sprach, bis wir vor der Tür standen, hinter der die Treppe lag, die zum Dachboden führte. Marthas Tür war geschlossen, als wir auf Zehenspitzen vorbeigingen, jedenfalls ging ich auf Zehenspitzen. Alan bemühte sich nicht, das Geräusch seiner Schritte zu dämpfen. Die Treppe zum Dachboden war am äußersten Ende des Flügels, der abgeschlossen war, solange ich mich zurückerinnern konnte. Zuerst wollte die Tür nicht aufgehen, und ich empfand eine feige Erleichterung, als ich daran dachte, daß sie während meiner Kindheit immer verschlossen gewesen war. Jetzt war sie nicht abgeschlossen. Alan zog am Griff, und die Tür knarrte und gab nach.

Der Geruch abgestandener, modriger Luft löste den Erinnerungsblitz aus, von dem ich gewußt hatte, daß er kommen würde. Das Sonnenlicht griff mit langen Fingern über die Fußbodenbretter. Das schrille Summen einer Fliege, die von den klebrigen Fäden eines Spinnengewebes hoch unter den Dachbalken gefangen war, Holzspreißel, die meine nackten Knie aufschürften, als ich niederkniete, um hineinzusehen...

Hinein... in etwas. Ich konnte es nicht sehen. Es war weg. Auch Alan war fort – die Treppe hinauf zum Dachboden. Ich hörte die Dielen unter seinen Füßen knarren.

Meine Hände waren feucht vom Schweiß. Es würde heiß sein dort oben wie an den Toren zur Unterwelt. Das große, runde Fenster unter der Dachtraufe war vermutlich seit Jahren nicht geöffnet worden. Ein Teil von mir – das feige Kind – wollte davonlaufen. Aber ein anderer, klügerer Teil von mir wußte, daß es keinen Weg zurück gab, daß ich nie wieder von Martha frei sein würde oder von der Vergangenheit, bis ich sah, was oben auf mich wartete.

Es schien eine Ewigkeit zu dauern, bis ich hinaufgestiegen war. Oben war keine Tür, nur eine Öffnung im Fußboden. Ich hielt den Blick auf die Stufen fixiert, bis mein zögernder Fuß die letzte erreicht hatte.

Trübes Sonnenlicht, von tanzenden Staubmotten übersät, lag auf dem kahlen Fußboden. Die Mitte des großen Raumes war leer. Abgestellte Möbel, Schachteln, Fässer, Kisten standen im Kreis an den Wänden. Die einzigen Fußspuren, die den Staub aufgewirbelt hatten, waren die von Alan; er stand da, wandte mir den Rücken zu und legte den Kopf auf eine Seite, als lausche er.

Ich sah es auf den ersten Blick, sah und übersah alles andere außer dem einen Gegenstand, der buckeligen Truhe in der hintersten Ecke, am weitesten von der Treppe entfernt. Ich erinnere mich nicht daran, daß ich aufschrie, aber ich muß es getan haben, denn Alan drehte sich mit geschmeidiger, erschrockener Schnelligkeit um.

»Julie? Was ist?«

Meine Stimme war nicht mehr als ein Flüstern. »Die Truhe. Ich habe hineingesehen. Ich brach das Schloß auf – ich weiß nicht warum –, es war das einzige, was verschlossen war. Ich dachte, es müsse etwas Besonderes darin sein... Sie fand mich. Sie fand mich immer – sie wußte immer Bescheid. Alan...«

Wortlos streckte er die Hände aus. Ich griff nach ihnen, als wären sie eine Rettungsleine. Im nächsten Augenblick lag ich in seinen Armen, gewiegt, beschützt; seine Lippen trafen die meinen mit einer Eindringlichkeit, die nicht kleiner war als die meine.

Wir hatten uns früher an manchen merkwürdigen Orten geliebt. Unter dem Tisch in Alans Büro, dem einzigen Platz, der nicht voller Bücher und Schreibtische und Aktenschränke war; auf einer feuchten Wiese außerhalb von Williamsburg mit drei verwirrten Kühen als Zuschauern. Nie konnte es einen so unangemessenen Platz geben wie diesen staubigen, heißen Dachboden – die splitterigen Bretter unter unseren Körpern; und der Staub kitzelte in unseren Kehlen und Nasen.

Und nie zuvor war unsere Liebe so gewesen wie an diesem Tag – eine schwindelerregende, verwirrende Verwirklichung der Einheit, die die letzten Zweifel beseitigte, so wie eine helle Flamme durch klebrige Spinnengewebe schneidet. Ich hatte nicht gewußt, daß die Barriere da war, bis sie fiel; und ich wußte, ich war jetzt für immer von ihr befreit.

Wir lagen nebeneinander auf dem Fußboden. Träge malte ich mit dem Finger ein Herz in den Staub; Alan lachte und zeichnete einen Pfeil hindurch.

»Sie ging regelmäßig hier herauf – alle paar Wochen. Immer allein. Sie trug nie etwas herauf oder herunter. Ich wurde neugierig. Ich hatte Gott weiß nicht viel, was mich in jenen Tagen beschäftigt hätte. Sie schloß die Tür immer ab. Aber das hinderte mich nicht; ich fand einen Schlüssel in einer der anderen Türen, der in das einfache Schloß paßte. Beim ersten Mal habe ich mich zu Tode gefürchtet, als ich mich diese Treppe hinaufwagte; aber das machte das Ganze noch aufregender. Es war ein Abenteuer, ein kleiner, aber wichtiger Akt des Trotzes.

Ich muß drei- oder viermal hier oben gewesen sein, ehe ich mutig genug war, die Truhe zu inspizieren. Nichts anderes war verschlossen. Ich dachte, es müßten Schätze darin sein, Juwelen, Blackbeards Gold... Ich glaubte im Ernst nicht, daß ich sie öffnen könnte. Der Schließhaken muß verrostet gewesen sein; er gab mit einem schrecklichen Krachen nach, als ich an ihm zog. Ich hob den Deckel an... Ich hockte auf dem Fußboden, weißt du; ich kniete nieder und beugte mich vor, um hineinzusehen...«

Alan griff nach meiner Hand. »Sprich es aus«, sagte er sanft. »Was hat sie getan? Dich geschlagen oder –«

»Nein. O nein... Sie... Ich weiß nicht, wie sie sich an mich heranschlich, ohne daß ich sie hörte. Eines der Dielenbretter knarrte, aber erst, als sie direkt neben mir stand. Ich blickte auf, und da war sie, starr wie eine Statue... Sie schien drei Meter groß zu sein. Als sie sich herunterbeugte, war es so, als ob ein Felsbrocken auf mich fiele. Ich konnte mich nicht rühren. Ich hörte sie etwas darüber sagen, daß meine Neugier befriedigt werden sollte... Sie steckte mich in die Truhe. An mehr erinnere ich mich nicht... Alan, du tust meiner Hand weh.«

Er umarmte mich und preßte mich an sich. Zuerst sprach er nicht, dann sagte er mit belegter Stimme: »Ich wußte, daß etwas nicht stimmte. Aber ich hätte nie gedacht, daß es so schlimm war. Warum hast du es mir nicht erzählt?«

»Ich hatte es vergessen. Ich löschte praktisch alle Erinnerungen an jene Zeit aus. Jetzt kommen sie wieder, ganz plötzlich und manchmal erschreckend. Jetzt weiß ich, warum ich mein Schlafzimmer im oberen Stock hasse. Sie schloß mich dort zur Bestrafung ein – gewöhnlich an stürmischen Tagen oder spät am Abend – und nahm die Lampe mit. Da war eine besonders grausame Geschichte mit diesem Zimmer verbunden – ein Mädchen sollte darin spuken, eine Besucherin, deren Haar Feuer fing, während sie sich zurecht machte, um ihren Geliebten zu empfangen. Sie beugte sich zu dicht über die Kerze neben dem Spiegel, um ihr hübsches Gesicht zu bewundern... Martha sagte, ich dürfe nie der Sünde der Eitelkeit verfallen, unter keinen Umständen.«

»Ich würde die alte Hexe gern umbringen«, murmelte Alan.

»Ich habe es getan – in Gedanken – immer und immer wieder. Aber meine Lieblingsidee daran, mich an Martha zu rächen, war es, daß Martha Reue empfand. Ich sah mich im Geist für einen Ball gekleidet in langen Röcken und Rüschchen und mit Juwelen im Haar – und Martha kniete vor mir und bat demütig um Verzeihung. Ich habe mich gefragt, ob Martha diese Geschichte über das Mädchen, das verbrannte, erfunden hat. Sie erzählte mir eine Menge moralischer Geschichten über ›leichte Mädchen‹, die vom gerechten Zorn Gottes heimgesucht wurden. Ich kannt Worte wie ›Dirne‹ und ›Unzucht‹, ehe ich das Wort ›Mississippi‹, aussprechen konnte.«

Alan zog eine Grimasse. »Und ich fragte mich, warum du solch ein Wesen um die Jungfräulichkeit machtest. Martha hat eine Menge angerichtet, Julie, einschließlich deiner Heimatlosigkeit und deinem Mangel an Sex Appeal. Ich wußte, du hattest keine gute Meinung von dir selbst, an die du dich klammern konntest, während ich jedesmal, wenn ich dich ansah, über meine eigenen Füße stolperte.«

»›Die Carrzüge sind zu ausgeprägt für ein Frauengesicht. Ich schlug nach den Verwandten meiner Mutter, du aber, armes Kind..‹.«

»Das ist ein Zitat, nicht wahr?«

»Direkt aus der Quelle. War es nicht ein Jesuit, der sagte: ›Gib mir einen Jungen, bevor er sieben ist, und er gehört mir für den Rest meines Lebens‹? Ich war acht, als ich in Marthas Hände geriet, aber sie leistete in vier Jahren gründliche Arbeit. Es fiel ihr nicht schwer, mich davon zu überzeugen, daß du mich nur dazu benützt, eine Erlaubnis für deine Ausgrabungen in Maidenwood zu bekommen.«

»Ich kann es dir nicht übelnehmen«, sagte Alan mit einem schiefen Blick. »Sie hat auch mir einiges angetan. Ich glaube, es kam dir niemals in den Sinn, daß ich auch mein Fett abbekam.«

»Du? Ich hielt dich immer für durch und durch selbstbewußt.«

»Weißt du nicht mehr, was ich dir über meine Herkunft erzählt habe – über meine Familie –«

»Du stammst aus Brooklyn oder irgendwo daher«, sagte ich träge.

Alan beugte sich über mich und küßte mich gründlich. »Das«, sagte er, »ist dafür, daß du dich nur an die wichtigen Dinge erinnerst. Es hat dir nie etwas ausgemacht, nicht wahr – daß mein Vater nicht lesen und schreiben konnte und meine Mutter abends Büros schrubbte und mein Onkel... nun, am wenigsten erzählte ich von meinem Onkel, der ein Spieler war.«

»Mir ist es egal, was er war.«

»Aber mir nicht«, sagte Alan. »Ich war so ein verdammter Snob – alle Kinder sind das, glaube ich. Du weißt, das ist etwas, das Leute, die es haben, für selbstverständlich nehmen, ein Gefühl für den Selbstwert, das von geordneten Verhältnissen und familiärer Sicherheit herstammt. Ich vergrub den Slum-Jungen unter einem Stapel von College-Graden, aber er war immer noch da mit einem streitsüchtigen Wesen und vermutete Kränkungen, wo keine beabsichtigt waren. Niemand richtete für mich Schlimmeres an als diese leise sprechenden, eingebildeten Aristokraten. Ich weiß nicht, wie deine Großmutter meine Schwäche entdeckte, aber sie wußte wahrhaftig, wie sie sie ausnutzen konnte.«

Ich richtete mich erschrocken auf. »Alan! Sagte sie dir, ich sehe auf dich herunter, weil... Du hast das doch nicht etwa geglaubt?«

»Der Professor nicht; aber Al Petranek fiel darauf herein.«

»Fünf Jahre«, murmelte ich. »Wir haben fünf Jahre verloren, die wir nie wiederbekommen. Wenn ich daran denke, was sie dir angetan hat –«

»Mir? Was sie *dir* antat, war Kindsmißhandlung, klipp und klar. Die schiere Bosheit der Frau... Bist du sicher, daß diese Truhe nicht schwarze Kerzen und unheilige Gegenstände enthielt und ein Exemplar des Vertrages, den sie mit dem Satan geschlossen hat?«

Er sprach leichthin, aber sein Gesicht war angespannt, als er sich auf einen Ellenbogen stützte und auf mich herabsah.

Lächelnd schüttelte ich den Kopf. »Ich bin von dieser Erinnerung nicht beherrscht, Alan. Ich habe nie genau in die Truhe hineingesehen. Etwas Weißes und Zerdrücktes – es fühlte sich wie Stoff an; aber was es auch gewesen sein mag, es lag ganz unten am Boden der Truhe. Für mich war noch genug Platz darin.«

Alan setzte sich auf und griff nach seinen Kleidern. »Verlassen wir diesen ekelhaften Ort. Ich werde mir nie verzeihen, daß ich dich hier heraufgeführt habe.«

»Es war das beste, was du tun konntest. Du hast den letzten Geist ausgetrieben, Alan. Ich werde mich nie wieder fürchten, hier heraufzukommen.«

»Gut... Vielleicht war es doch keine so schlechte Idee.« Alan warf sein Hemd beiseite und griff nach mir.

Einige Zeit später ließ ich ihn glücklich zwischen den Büchern in der Bibliothek stöbern und machte mich wieder an meine Rekonstruktion. Ich war so benommen vor Glück, daß ich mir wie betrunken vorkam.

Zuerst gingen die Streifen des Modelliertons in alle Richtungen, aber sie waren leicht abzuschälen, und nach einer Weile bekam ich mich unter Kontrolle. Allmählich übte die Arbeit ihren eigenen Reiz aus. Meine Finger bewegten sich mit einem Geschick, von dem ich selbst nichts geahnt hatte.

Alans überraschtes Pfeifen riß mich aus meiner Konzentration. Seine Hände ruhten leicht auf meiner Schulter, und er studierte eine Zeitlang schweigend das Modell. Dann sagte er: »Das ist gut, Julie. Das ist verdammt gut. Ich wußte nicht, daß du so geschickt darin bist.«

»Das bin ich nicht. Es geht nur darum, die leeren Stellen auszufüllen und den Konturen des Knochens zu folgen.«

»Da wir von Knochen sprechen, deine sind nicht übel.« Seine Fingerspitzen verfolgten sie – von den Schläfen zu den Wangenknochen und bis zu den Kanten des Unterkiefers; dann straffte sich sein Griff, und er bog meinen Kopf zurück. Der Kuß hatte kaum begonnen, als wir Schritte hörten und Alan fluchte.

»Mach die Tür zu«, schlug ich dreist vor.

»Ich muß gehen.«

»Oh. Nun, natürlich. Wenn du es eilig hast –«

Ohne Rücksicht auf Mrs. Danners Nähe hob er mich aus dem Stuhl und überzeugte mich davon, daß er ebenso ungern ging, wie ich ihn gehen ließ.

»Ich habe mich für die Verabredung schon eine Stunde verspätet«, sagte er.

»Mit jemandem, der dir vielleicht Geld gibt?«

Ich lächelte, aber Alan nicht. »Ich würde nicht gehen, wenn es nicht wichtig wäre. Bist du sicher, daß du dich wohl fühlst?«

»Natürlich.«

»Ich komme vielleicht erst spät wieder zurück. Ich hoffe, du schläfst nicht hier unten.«

»Nein. Einmal war genug.«

»Vergiß nicht abzuschließen.«

»Das werde ich tun.«

Mrs. Danner war an der Tür vorbei und in die Küche gegangen. Alan küßte mich wieder. »Ich glaube, ich rufe sie an und sage ihnen, ich hätte mir ein Bein gebrochen«, murmelte er.

»Geh nur. Wir brauchen das Geld.«

»Was für ein schönes Wort.«

»Geld?«

»Wir.«

Nach einer Pause – einer langen Pause – gingen wir in die Küche. Mrs. Danner putzte das Spülbecken. Alan begrüßte sie; sie murmelte etwas und putzte weiter. Alan sagte beiläufig zu mir: »Jemand war in der Bibliothek, daran gibt es keinen Zweifel. Ich könnte nicht sagen, ob etwas fehlt, es herrscht dort solch eine Unordnung, aber ich habe dafür gesorgt, daß niemand diese Tür öffnen kann, ohne Alarm auszulösen.«

»Wie konntest –«

Alan unterbrach mich mit einem Kopfschütteln und einem bedeutungsvollen Blick auf Mrs. Danner. »Oh«, sagte ich. »Danke.«

Ich folgte ihm hinaus. Als wir außer Hörweite von Mrs. Danner waren, sagte er: »Man kann diese Türen nicht sichern, aber wenigstens werden meine Worte in die Ohren eines der möglichen Verdächtigen gelangen.«

»Glaubst du, es war Joe Danner?«

»Ich glaube, Danner interessierte sich für die Bibliothek. Der einzige Grund, den ich mir denken kann, weshalb er eine Schere bei sich hatte, war der, daß er etwas ausschneiden wollte – zum Beispiel eine Landkarte.«

»Eine Landkarte?«

»Er kann vom Schatzfieber gepackt worden sein«, erklärte Alan. »Stell dir nur vor, wie sich sein Gott freuen würde, wenn er Blackbeards Beute geschenkt bekäme. Joe ist schlau genug zu wissen, daß in Bibliotheken alte Bücher mit alten Landkarten stehen; aber er ist nicht schlau genug zu wissen, daß keine davon für ihn brauchbar wäre.« Alan sah auf seine Armbanduhr. »Verdammt, ich wollte, ich müßte nicht gehen.«

»Kein Grund zur Sorge. Die Dinge sind jetzt nicht anders, als sie es die ganze Zeit gewesen sind.«

»Das ist es ja, was mir Sorgen macht.«

Romantische Romanautoren schwärmen von einer Sache, die man das innere Strahlen des Glücks nennt. So etwas mag es geben oder auch nicht, aber Glück zeigt sich auch im Äußeren. Martha bemerkte es. Ich glaube, das war immer ihr Geheimnis – nicht Hellsicht oder ein Pakt mit dem Teufel, sondern das gleiche Geschick, das erfolgreiche Wahrsager besitzen – die Fähigkeit, kleine, unwillkürliche Muskelbewegungen wahrzunehmen und zu deuten. Nicht, als ob es viel Einsicht erfordert hätte, um die Veränderung zu sehen, die in mir vorgegangen war. Ich konnte offenbar nicht aufhören zu lächeln.

Ihr Kommentar war ein sarkastischer: »Du siehst sehr selbstzufrieden aus.«

»Ich bin in guter Stimmung. Seit wann ist das ein Verbrechen?«

»Warum?«

»Warum nicht?« entgegnete ich strahlend.

Marthas Lippen verzogen sich auf jene Weise, die immer einer vernichtenden Bemerkung voranging. Sie sah vielsagend auf meine linke Hand, und ich lachte. »Martha, du hast einen einspurigen Geist. Wenn und falls ich mich verloben sollte, wirst du rechtzeitig informiert. Nun, was soll ich dir vorlesen? Wir sind gestern mit *Tod auf dem Kaminteppich* fertig geworden.«

Martha war immer noch hellwach und starrte vor sich hin, als Shirley kam. Vorher hatte ich das Geräusch eines abfahrenden Wagens gehört. Er war nicht zurückgekommen, daraus schloß ich, daß Ron ihn wieder ausgeborgt hatte. Shirleys verhärmte Miene deutete auch darauf hin, daß sie eine Aussprache mit ihrem ältesten Sohn gehabt hatte, aber ich wollte das Thema nicht zur Sprache bringen, da es sie offensichtlich aufregte, und sie selbst äußerte nichts darüber.

Die Küchentür war abgeschlossen. Ich schloß auch die Tür meines Zimmers ab, ehe ich wieder an die Arbeit ging.

Dunkelheit legte sich über das Fenster, und die Bäume raschelten leise, als eine Brise ihre Blätter bewegte. Ich hatte gefürchtet, daß ich nervös würde trotz der Schlösser und Riegel, aber ich war es nicht. Die Anwesenheit von Elvis, der auf dem Teppich lag, im Schlaf zuckend und winselnd, war so gut wie ein Beruhigungsmittel.

Es war lange nach Mitternacht, als ich bemerkte, daß meine Hände ihre Feinfühligkeit verloren hatten, die in diesem letzten Stadium so wichtig war. Ich hatte die Gesichtszüge geformt, die von den Markierungen und den sie verbindenden Tonstreifen angedeutet wurden; jetzt kam der Teil, der rein auf Vermutungen beruhte, denn einige der Strukturen des lebenden Gesichts hinterlassen keine Spuren auf den Knochen. Hatte sie volle und rote Lippen gehabt oder schmale und blasse? Hatte sie eine Stülpnase oder eine Hakennase gehabt?

Als ich mich zurücklehnte und mein Werk betrachtete, hatte ich einen Gedankenblitz, etwas wie ein *déjà vu*–Erlebnis. Es kam und ging so rasch, daß ich es nicht festhalten konnte. Ich hatte mit dem leichtesten Teil begonnen, der Stirn. Menschen haben kein dickes Stirngewebe, und die Stirn einer jungen Frau würde glatt und ohne Falten sein. Die Lage der Augen stellte ein Problem dar, aber ich hatte auch sie eingesetzt. Eingeschlossen in den Ton reflektierte das Glas das Lampenlicht, wie es lebende Augen getan hätten. Zögernd glättete ich eine leichte Erhebung über einer Schläfe. Der flüchtige Eindruck war verschwunden. Ich hoffte nur, daß ich nicht der Versuchung erlegen war, ein Gesicht zu reproduzieren, mit dem ich vertraut war.

Ich stellte das Modell in ein Fach im Wandschrank, schloß meine Tür auf und schaute vorsichtig hinaus. Elvis erhob sich und streckte sich. Er schien nicht beunruhigt zu sein. Ich verließ mich mehr auf seine Instinkte als auf die meinen. Ich ließ ihn zu seinem letzten Ausgang hinaus. Heute abend war kein tröstendes Viereck aus Licht zu sehen. Alan war noch nicht zurückgekommen. Jetzt wünschte ich, ich hätte beschlossen, unten zu schlafen. Das Zimmer war so sicher, wie menschliche Bemühungen es machen konnten, und dort konnte Alan zu mir kommen, egal, wie spät er zurückkam. Morgen abend würden wir bessere Abmachungen treffen. Mein Körper kribbelte bei dem Gedanken daran.

Elvis war angenehm überrascht, als ich die Leine an seinem Halsband befestigte und ihn die Treppe hinaufführte. Er mußte das neue Zimmer inspizieren und schnüffelte in jede Ecke, ehe er auf das Bett sprang. Seine Augen leuchteten, und seine Zunge hing heraus, als ob er lachte.

»Genieße es, solange du kannst«, sagte ich. »Du bist ein ausgezeichneter Gesellschafter, und ich bin froh, daß ich dich habe, aber ich wollte, du wärst ein anderer.«

Die Menschen tun törichte Dinge, wenn sie sentimental sind. Ich sprach mit Elvis; wenn er nicht dagewesen wäre, hätte ich mit mir selbst gesprochen. Ich studierte mich im Spiegel, und zum ersten Mal gefiel mir mein Gesicht; es sah fast hübsch aus. Anstatt mein Haar zu Zöpfen zu flechten, ließ ich es auf die Schulter fallen und verbrachte lächerlich lange Zeit damit, es zu bürsten. Ich zog mein bestes Nachthemd an, die Imitation eines viktorianischen Gewandes aus weißer Baumwolle mit Unmengen von Spitzen und Rüschchen. Ich stellte mich in Positur und grinste mein Spiegelbild an. Nachdem ich zu Bett gegangen war... Nun, egal, woran ich dachte.

Ich konnte nicht sofort einschlafen, so müde ich auch war. Ich war zu glücklich. Ich schlummerte gerade ein, als der Hund sein Gewicht verlagerte und sich aufsetzte.

Der nahe Schlummer hatte meine Sinne eingeschläfert. Zuerst dachte ich, ich träume und erlebe die Ereignisse der vergangenen Nacht noch einmal. Es widersprach aller Vernunft, daß ein Blitz zweimal einschlug – und an die gleiche Stelle. Wie konnte Elvis durch geschlossene Türen und endlose Korridore Geräusche vom Erdgeschoß unten wahrnehmen?

Er hatte etwas gehört oder gespürt. Dieses Mal knurrte er nicht. Ich berührte ihn und spürte, wie sich das Fell an seinem Nacken über angespannten Muskeln sträubte.

Ich hatte meine Tür nicht abgeschlossen. Ich besaß nicht einmal einen Schlüssel dafür. Ich hatte jedoch Licht, und als meine Finger den Schalter der Nachttischlampe fanden, segnete ich Edison und alle die anderen Wissenschaftler, von dem Entdecker des Feuers angefangen, der die Menschheit von den Schrecken der Finsternis befreit hatte.

Ich fürchtete mich nicht sehr. Die Geräusche in diesem Teil des Hauses waren dem Hund neu; vielleicht hatte er ein Tier in den Büschen unter dem Fenster gehört oder einen Nachtvogel. Ich sagte leise: »Was ist, Elvis?«

Er wandte den Kopf um und sah mich mit einem so menschlichen Ausdruck an, daß es erschreckend war. Dann sprang er vom Bett. Mit steifen Beinen kroch er zur Tür.

Da fürchtete ich mich. So hatte er sich noch nie benommen. Seine Bewegungen waren schleppend und zögernd, als zwänge er sich dazu, einer Gefahr ins Auge zu sehen, die ihm Furcht einjagte.

Es kostete mich beträchtliche Anstrengung, das Licht auszuschalten. Aber wenn ich die Tür öffnete, ohne dies zu tun, bedeutete dies, daß ich mich vor demjenigen, wer immer es war, der im dunklen Haus herumschlich, ins Licht stellte. Ich hörte den Hund leise winseln, als ich an ihm vorbeiging. Ich hätte am liebsten ebenfalls gewinselt.

Der Flur vor meiner Tür war pechschwarz. Etwas war nicht in Ordnung. Links, vor Marthas Tür, hätte das Licht brennen sollen. Die Wandlampe wurde niemals ausgeschaltet.

Dann hörte ich die Geräusche, die die schärferen Sinne des Hundes wahrgenommen hatten. Keine Schritte, sondern das Knacken der alten Fußbodendielen unter dem Druck von Füßen. Der Hund hatte sich nicht gerührt. Ich hörte ihn schwer keuchen, als wäre er um sein Leben gerannt.

Ich öffnete die Tür weiter und trat hinaus. Ein weiteres Knacken und dann noch eines, näher... Jemand schlich durch den Korridor – auf mein Zimmer zu. Es mußte mein Einbrecher sein. Wie war er ins Haus und die Treppe heraufgekommen, und warum hatte der Hund nicht Alarm geschlagen wie in der Nacht zuvor?

Ich wagte nicht, an die Antworten auf solche Fragen zu denken. Wenn ich das getan hätte, wäre ich wieder in mein Bett gesprungen und hätte mir die Decke über den Kopf gezogen. Statt dessen knipste ich meine Taschenlampe an und richtete sie genau auf das Ende des Korridors.

Der Lichtstrahl fing sie voll ein wie in einem hellen Rahmen. Ich sah das lange Gewand und den schweren Stock und das Gesicht durch den Schreck zur plastischen Maske eines Ungeheuers erstarrt. Ich sah die Schrotflinte, die sie bei sich trug.

Elvis war unbemerkt an meine Seite gekrochen. Er stieß ein

langes, zitterndes Geheul aus, einen Schrei der reinen Furcht. Martha öffnete den Mund. Sie krächzte: »Du kommst wieder. Wieder. Du...«

Ihre Hände ließen Gewehr und Stock los, und sie stürzte nach vorn. Das ganze Haus schien unter der Wucht ihres Falls zu erzittern.

Dreizehntes Kapitel

Das Erstaunliche war, daß sie noch lebte. Ich reagierte automatisch und ergriff die notwendigen Schritte mit maschinenartiger Präzision. Ich mußte Shirley ohrfeigen, um sie wachzubekommen; mein Geist notierte: »Unter Drogen«, als ich zurückrannte und neben Martha niederkniete.

Als die Ambulanz eintraf, hatten wir alles getan, was wir konnten. Es war nicht viel. Durch Marthas Mund rasselte immer noch der rauhe Atem, und sie lebte noch, als die Sanitäter sie hinaustrugen.

Sie ließen die Vordertür weit offenstehen. Ich wußte, daß ich eigentlich hinuntergehen und sie schließen sollte, aber ich hatte nicht die Kraft, mich zu bewegen. Shirley und ich saßen auf der obersten Treppenstufe wie zwei Überlebende eines Tornados. Elvis versuchte, auf meinen Schoß zu kriechen. Sein Kopf lag schwer auf meinen Knien. Wir saßen immer noch erschöpft und schweigend da, als ein Wagen die Einfahrt herabgedonnert kam und mit kreischenden Bremsen vor dem Haus anhielt.

Alans Erregung legte sich kurz, als er uns sah. Dann rannte er die Treppe herauf und ließ sich neben mir niederfallen. »Es geht dir gut! Ich bin dem Krankenwagen begegnet und dachte schon...«

Ich kroch auf seinen Schoß auf die gleiche Art und aus dem gleichen Grund, wie Elvis versucht hatte, auf meinen Schoß zu kriechen. »Gut, daß du da bist«, sagte ich. Mein Bericht über die Vorgänge der Nacht machten sogar Alan momentan sprachlos. Aber nur momentan.

»Es ist ein Wunder, daß dich nicht selbst der Schlag getroffen hat. Sie so dastehen zu sehen, nachdem zu dachtest, sie könne ihr Bett nicht verlassen, geschweige denn gehen.«

»Ich wußte, daß sie ihre Muskeln trainierte, aber ich hatte keine Ahnung, daß sie so erfolgreich gewesen war. Sie muß senil sein! Warum schlich sie herum und machte uns etwas vor? Sie gab Shirley ihre eigenen Schlaftabletten, damit sie nicht merkte –«

»Das ist nicht Senilität, das ist die reine Bosheit«, sagte Alan. »Ich weiß, man soll nicht schlecht über die Toten sprechen, aber...«

»Sie ist noch nicht tot.« Ich stand auf. »Es ist am besten, ich benachrichtige Matt und ziehe mich an und fahre ins Krankenhaus.«

Alan hielt mich fest. »Du gehst nirgendwohin außer ins Bett.« Er stand geschmeidig auf und hob mich hoch wie ein Kind. Dann wandte er sich an Shirley, die uns mit immer noch verschlafenen Augen anblickte. »Allein«, fügte Alan lächelnd hinzu. »Sie ist heute nacht zu erschöpft für Hokuspokus.«

Shirley lächelte schwach. »Ich bin selbst ziemlich erschöpft; ich würde nicht begreifen, was irgend jemand vorhat. Ich werde Matthew anrufen. Es ist seine Sache, ob er ins Krankenhaus fahren will oder nicht. Aber keiner von Ihnen kann nun noch etwas für sie tun.«

Ich klammerte mich an Alan, nachdem er mich sanft auf mein Bett gelegt hatte. Aber er trat zurück, schüttelte den Kopf und lächelte. »Schamlose Frau! Du siehst mit deinem auf dem Kissen ausgebreiteten Haar wie ein zimperliches, altmodisches Mädchen aus, also versuche dich auch so zu benehmen. Bis morgen.«

»Was ist morgen?«

»Alles, was du willst. Verstehst du nicht – du bist jetzt frei. Dies war das Ende. Ob sie lebt oder stirbt, du wirst nie wieder in diesem Haus leben müssen.«

Die Erleichterung durchdrang mich wie eine Flut Sonnenlicht. Ich war noch nicht dazugekommen, die Folgen des nächtlichen Schreckens zu durchdenken.

»Willst du eine Schlaftablette?« fragte Alan.

»Nein, ich brauche keine. Ich fühle... Es ist so, als hätte sich eine schwarze Wolke aufgelöst, die über mir geschwebt hat.«

»Ein Hurrikan namens Martha«, sagte er rauh. »Schlaf gut, Liebste. Ich gehe und bringe auch Shirley ins Bett. Sie sieht mitgenommen aus. Dies wird sie allerdings nicht bekommen...«

»Arme Shirley«, murmelte ich.

Am nächsten Tag wurde ich durch Shirleys protestierende Stimme geweckt. Aber es war nicht Shirleys Gesicht, das ich sah, als ich die Augen öffnete.

»Matt«, sagte ich. »Geh weg, Matt.«

»Ich sagte ihm, er soll Sie nicht wecken«, erklärte Shirley. »Hier ist der Kaffee, Matthew. Aber Sie hätten nicht –«

»Es ist schon Mittag vorbei.« Matt setzte sich auf den Bettrand. Ich stöhnte und versuchte, mir das Leintuch über den Kopf zu ziehen. Er entfernte es und kitzelte mich am Kinn. Noch ein Trick aus den guten alten Tagen.

»Es tut mir leid, meine Liebe, wirklich.« Sein breites Lächeln strafte seine rücksichtsvolle Rede Lügen. »Du hattest eine schreckliche Nacht, ich weiß. Aber es gibt Dinge, die getan werden müssen. Trink etwas Kaffee.«

»Matthew, kommen Sie heraus hier«, beharrte Shirley.

»Schon gut.«

Ich preßte beide Fäuste in meine Augen und gähnte, bis ich glaubte, mein Kiefer würde zerspringen. Matt half mir hoch und klopfte das Kissen hinter mir auf.

»Hände weg«, sagte ich halbherzig.

Matt grinste. »Ich bin auch nur ein Mensch. Und du siehst gut aus am Morgen, Julie. Wesentlich besser als –«

»Bitte rezitiere nicht die ganze Liste. Gib mir einfach diese Tasse Kaffee.«

Ein mißbilligendes Fauchen von Shirley deutete ihre Meinung über Matts Verhalten an. Sie stolzierte hinaus.

Matt saß neben mir und betrachtete mich. In seiner Miene lag etwas anderes – eine neue Nachdenklichkeit, Neugier, Interesse. Mir wurde unbehaglich zumute.

»Du bist heute früh sehr vergnügt«, sagte ich. »Ist sie tot?«

Matt tat nicht so, als wäre er schockiert. »Nein«, sagte er düster, »aber mein Gott, sie kann nicht ewig so weitermachen.«

»Was sagt der Arzt?« Shirleys Kaffee war ausgezeichnet

wie alles, was sie machte. Ich empfand mehr Freundlichkeit gegenüber Matt; nicht jeder Mann hätte daran gedacht, Kaffee zu bringen, um den Schock des Erwachens zu lindern. Ich verübelte es ihm wirklich nicht, wenn er es ablehnte, wegen Martha den Heuchler zu spielen. Sie hatte niemals Liebe gewünscht. Es war ihr Wunsch gewesen, nicht unserer, daß sie starb, ohne daß jemand um sie trauerte.

»Du weißt, wie diese verdammten Ärzte sich winden und Ausflüchte machen«, sagte Matt. »Sie wird schließlich einen weiteren Schlaganfall bekommen, vielleicht heute, vielleicht in einem Jahr, es wird der letzte sein – vielleicht auch nicht ... Wie können sie so verschwommen daherreden?«

»Du, ein Politiker, sprichst von Verschwommenheit? Wirklich, Matt, sie können sich nicht festlegen. Die Wahrscheinlichkeit ist sehr gering, daß sie noch lange lebt. Aber manche Menschen übertrumpfen die Wahrscheinlichkeit, und ihr Herz ist in guter Verfassung.«

»In einer Hinsicht habe ich mich entschlossen«, sagte Matt, »sie kommt nicht mehr hierher zurück. Nachdem der Richter nicht mehr lebt und sie unterstützt, kann ich sie in ein Pflegeheim einweisen lassen, wo sie schon lange hingehört. Ich hätte dich von Anfang an nicht darum bitten sollen, diese Aufgabe zu übernehmen. Ich hoffe, es ist noch nicht zu spät für dich und du findest noch einen Job.«

Die Frage überraschte mich. Meine neue Freiheit war mir nicht bewußt geworden; ich hatte keine Zeit gehabt, über die Zukunft nachzudenken. »Ich fahre nicht nach Hause«, sagte ich. Und dann, ehe er antworten konnte, sagte ich, weil ich es irgend jemandem mitteilen mußte: »Alan und ich sind – nun, wir sind wieder zusammen. Wir haben noch keine Pläne gemacht, aber wenn er mich nicht hinauswirft, werde ich hier bei ihm bleiben. Es besteht eine gute Chance, daß er Geld für seine Ausgrabungen bekommt, und ich kann ihm dabei helfen.«

»Das also hat Shirley gemeint«, sagte Matt. Er sah nicht so sehr mißbilligend aus, sondern wie vom Donner gerührt. »Mir war nicht klar ...«

»Ich hoffe, du hast nichts dagegen einzuwenden. Nicht,

als ob es den geringsten Unterschied ausmachen würde, wenn du etwas dagegen hättest.«

»Einzuwenden«, wiederholte Matt. Sein Gesicht hellte sich auf wie durch einen Zauber, aber sein Lächeln hatte etwas Wehmütiges an sich. »Liebste, wenn es das ist, was du willst, dann freut es mich. Bist du sicher?«

»Ja, o ja.«

»Also gut. Ich begann gerade schwache, inzestuöse Gefühle für dich zu empfinden.« Er sah, wie sich meine Miene veränderte und fügte lachend hinzu: »Ich scherze nur – Ich glaube ... Wie prüde du bist! Unsere Großmutter heiratete ihren Cousin.«

»Das war ein großer Fehler«, sagte ich.

»Ich wünsche dir Glück.«

Er küßte mich mit brüderlicher Zurückhaltung auf die Stirn. »Nun zum Geschäft«, sagte er kurz. »Ich fahre ins Krankenhaus. Willst du mitkommen?«

»Nein, ich glaube nicht. Ich sollte aber Mutter anrufen.«

»Das wollte ich schon tun, aber ich dachte, du würdest gern selbst mit ihr sprechen.«

»Was ist mit Tante Julia?«

Matt lachte kurz. »Sie sagte, ich solle sie wissen lassen, wenn irgendeine Veränderung eintritt.«

Mutter hatte eine Sommerinfektion. Ich bin sicher, sie glaubte wirklich daran. Ich sagte ihr, sie brauche nicht an das Krankenbett ihrer Mutter zu eilen, da die Ärzte über Marthas Zustand Ausflüchte machten. »Du läßt mich wissen, wenn es irgendwelche Veränderungen gibt«, sagte sie. Wieder diese beschönigende Ausdrucksweise.

Es war ein wundervoller Tag, jene Art Sommertag, der in Büchern über das Alte Virginia vorkommt, und solche Tage gibt es selten. Das einzige, das mich davon abhielt, hinauszugehen und mich in die Sonne zu legen, wobei eine leichte Brise meinen Körper liebkost hätte, war die Tatsache, daß ich wußte, ich würde bei lebendigem Leib von Zecken, Milben und Moskitos aufgefressen werden.

Der einzige Wermutstropfen war das Bewußtsein, daß ich

Alan an diesem Tag nicht sehen würde. Er hatte angerufen, während ich noch schlief, und gesagt, er müsse nach Washington fahren, aber er wolle am Abend wieder anrufen. Es sah so aus, als ob die Gelder, die er brauchte, fließen würden. Er hatte Shirley gesagt, sie solle mich nicht wecken, aber ich hätte gern seine Stimme gehört.

Matt stöberte in Marthas Zimmer herum. Ich wußte nicht, wonach er suchte. Er hatte mich aufgefordert, mich zu beteiligen, aber ich hatte abgelehnt. Ich tat nicht so, als hätte ich Martha gemocht, aber es hatte etwas Unziemliches an sich, ihr privatestes Eigentum durchzustöbern, während sie sich noch an das Leben klammerte.

Deshalb arbeitete ich an dem Modell. Dies erinnerte mich wenigstens an Alan. Ich mußte zugeben, daß wir eine eigenartige Romanze hatten, wenn die schönste Erinnerung an meinen Geliebten, die ich finden konnte, ein Totenschädel war.

Ich glättete den Ton über den Wangenknochen, als ich Matt rufen hörte. Das sah Matt ähnlich, dachte ich gereizt, ungerührt am anderen Ende des Hauses zu stehen und nach dem zu schreien, was er wollte. Ich schrie zurück und setzte meine Arbeit fort. Er kam lärmend die Treppe herab und rief immer noch. »Wo zum Teufel bist du?«

»Hier!« schrie ich.

Ich hörte ihn unter der Tür stehenbleiben. Ich wandte mich nicht um. »Was ist?« fragte ich.

»Ich dachte ... Shirley sagte mir, dieses schreckliche Ding sei zerbrochen«, murmelte Matt.

»Es war nur eine Kopie – ein Modell. Dies ist ein zweites Exemplar. Du glaubst doch nicht etwa, der Sheriff würde das Original aushändigen, oder? Es gibt Gesetze. Hast du schon einmal von Gesetzen gehört – von der Legislatur verabschiedet –«

Er kam langsam zum Tisch, vorsichtig wie eine Katze, die sich einem verdächtigen Gegenstand nähert. »Menschliche Skelette sind nicht gerade meine Sache. Wie kannst du – dieses gräßliche Ding liebkosen?«

»*Chacun à son goût*, wie die Franzosen sagen. Hast du in Marthas Zimmer etwas Interessantes gefunden?«

»Leider nicht.« Matt lehnte sich an die Tür des Wandschranks und fixierte in unwilliger Faszination das halb vollendete Gesicht. »Ich dachte, sie hätte vielleicht etwas Bargeld beiseite geschafft. Man liest dauernd über liebe alte Damen, die Hundertdollarscheine in Büchern von Dickens und Sir Walter Scott oder in ihren Korsettschubladen verstecken.«

Ich bewunderte seine Offenheit, auch wenn ich seine Moral nicht schätzte. »Fährst du jetzt ins Krankenhaus?« fragte ich.

Matt löste sich von der Wandschranktür. »Hör zu, Julie, warum schickst du Shirley nicht nach Hause und schläfst heute nacht in einem Motel?«

Es war ein freundlicher Gedanke, den ich nicht erwartet hatte. Ich hatte die Idee selbst schon erwogen, aber wieder verworfen. »Es wäre nicht klug, das Haus allein zu lassen, Matt. Es ist jetzt nicht anders als vorher; wir waren immer zu zweit, ich und Shirley, und sie hat zugestimmt zu bleiben, bis... bis etwas geschieht.«

Eine weitere Beschönigung. Es war eine Gewohnheit, von der man schlecht abkam.

Matt nickte. »In Ordnung. Verbringt Alan die Nacht hier?«

»Nein, das tut er nicht.«

»Sei nicht so defensiv. Ich hatte gehofft, er wäre hier; mir wäre wohler dabei zumute.«

»Er ist in Washington«, sagte ich einlenkend. »Es ist schon in Ordnung, Matt, wirklich. Laß es mich wissen, wenn irgend etwas... Laß es mich wissen.«

Shirley und ich feierten, indem wir zum Essen ausgingen. Natürlich benützte ich das Wort »feiern« nicht, als ich sie einlud; ich schämte mich, es auch nur zu denken. Aber es war ein Fest, aus dem Haus herauszukommen, und es schien ihr zu gefallen. Sie willigte ein, mit mir gemeinsam etwas zu trinken; der Alkohol lockerte ihre Zunge, und wir führten ein gutes, vertrauliches Gespräch. Sie machte sich keine Sorgen darüber, ob sie eine andere Arbeit finden würde. Es herrschte großer Bedarf an Frauen mit ihren Fähigkeiten. Ich sagte, ich hätte Alan gefragt, ob er für Ron bei den Fußballspielern eine Stelle finden könnte, und Shirleys Gesicht leuchtete auf.

Die Sonne war untergegangen, und das Zwielicht dämmerte zwischen den Bäumen, als wir zurückkamen. Auf Shirleys Vorschlag hin hatten wir ein paar Lichter brennen lassen, um unwillkommene Besucher zu entmutigen, aber sie sahen verloren und einsam in diesem bedrohlichen, dunklen Steinhaufen aus. Die Kamine lasteten schwer auf dem Haus wie gigantische Gestalten von Göttern oder Dämonen, fern und losgelöst von menschlichen Leidenschaften.

Das Telefon läutete, als ich die Eingangstür öffnete. Es läutete beharrlich weiter, während ich zur Küche lief. Wie ich gehofft hatte, war es Alan. »Wo bist du gewesen?« fragte er.

»Shirley und ich sind zum Essen ausgegangen.

»Zum Leichenschmaus?«

»Ich fürchte, es war so etwas ähnliches, wenn auch ein wenig voreilig. Wie ist es dir ergangen?«

Es entstand eine Pause, und mich verließ schon der Mut. Dann sagte Alan mit einer merkwürdig ruhigen Stimme: »Ich stehe auf der Liste. Zuerst du und dann dies... Ich scheue mich fast davor, es zu glauben. Habe ich nicht geträumt – gestern auf dem Dachboden?«

»Wenn ja, dann haben wir beide das gleiche geträumt. Oh, Alan, ich bin so glücklich. Hast du was bekommen?«

»Alles Erreichbare. Geldmittel für den Rest der Saison – für sechs Monate, wenn das Wetter nicht ekelhaft umschlägt – vollständiges Personal, alle Publikationskosten...«

»Erzähl mir mehr!«

»Nicht am Telefon. Ich kann es kaum erwarten, bis ich dich sehe. Ich breche in einer halben Stunde hier auf.«

»Fahr vorsichtig.«

Wir tauschten noch ein paar Worte aus, nichts Wichtiges, und dann rannte ich die Treppe hinauf und erzählte es Shirley.

»Heute abend den ganzen Weg von Washington hierher? Der Mann muß verrückt sein.«

Ihr mitfühlendes Lächeln machte einen Scherz daraus. Ich

umarmte sie. »Warum fahren Sie nicht nach Hause, Shirley? Er wird in ein paar Stunden da sein, und ich weiß, Sie vermissen Ihre Kleinen.«

»Nein, Ma'am.« Sie schüttelte entschieden den Kopf. »Ich lasse Sie hier nicht allein, nicht einmal fünf Minuten. Aber ich glaube, ich gehe schlafen. Es war ein anstrengender Tag. Ich werde schlafen wie... ich werde heute nacht bestimmt gut schlafen.«

»Taktvolle Frau.« Ich umarmte sie wieder. »Gehen Sie nur. Ich glaube, ich sollte das Krankenhaus anrufen.«

Der Bescheid lautete: »Keine Veränderung.« Ich fragte, ob der Senator dort sei, und man sagte mir, er sei schon gegangen, würde aber wahrscheinlich später wieder hereinsehen. Nachdem Shirley die Neuigkeit gehört hatte, beziehungsweise, daß es keine Neuigkeit gab, zog sie sich mit einem meiner Kriminalromane in ihr Zimmer zurück, und ich ging hinunter.

Es war ein merkwürdiges Gefühl, im Haus herumzuwandern, ohne sich über Marthas Verbote und Beschwerden Gedanken zu machen – alle Türen offenstehen und Elvis herumschnüffeln zu lassen, wie es ihm gefiel. Er wußte, daß Veränderungen vorgegangen waren; die Art, wie er den Kopf hielt, drückte Vertrauen aus, und sein Schwanz hörte nicht auf zu wedeln.

Alan würde hungrig und müde sein, wenn er die ganze Strecke ohne Pause fuhr. Ich hoffte, daß er gelegentlich anhielt und einen Kaffee trank – und ich hoffte gleichzeitig, er würde es nicht tun, sondern so rasch wie möglich kommen. Ich sah in den Kühlschrank und dachte, er würde vielleicht gern ein Sandwich oder eine Suppe oder irgend etwas essen. Ich holte den geschätzten Sherry heraus und polierte zwei der kostbaren Kristallgläser. Dieser Abend würde unsere Feier sein – unsere erste Möglichkeit, uns über unsere Liebe zu unterhalten, vorauszuplanen und auf die Zukunft anzustoßen.

Ich war froh, daß ich das kleine Zimmer neben der Küche möbliert hatte. Abgelegen vom Rest des Hauses war es ein perfekter Ort für ein Stelldichein von heimlichen Liebenden ... Ich fragte mich, weshalb mir dieses Adjektiv in den Sinn kam. Ein Anflug von außersinnlicher Wahrnehmung von Shirley vielleicht oder von Martha. Sie war meilenweit entfernt, lag auf der dämmrigen Grenzlinie zwischen Leben und Tod, aber ein Schatten ihrer Anwesenheit durchdrang immer noch das Haus und würde es immer tun für diejenigen von uns, die ihre beherrschende Gegenwart erlebt hatten. Vielleicht war dies die wahre Art des Spuks – die Erinnerung an die Toten durch den Geist der Lebenden. Auf die gleiche Weise war die Erinnerung eine gewisse Form der Unsterblichkeit. Wie das alte Paar in *The Blue Bird*, das aus dem traumlosen Todesschlaf erst erwachte, als ihre Kinder und Enkel sich an sie erinnerten.

Ich räkelte mich unbehaglich. Morbide Gedanken einer Frau, die sehnsüchtig auf ihren Geliebten wartete. Ich war vielleicht ängstlich. Es war reiner Aberglaube zu denken, daß gerade jetzt etwas geschehen könnte, da das Glück greifbar war, das uns fünf Jahre lang vorenthalten geblieben war. Und doch hatte ich ein merkwürdig bedrückendes Gefühl – als hätte ich etwas Lebenswichtiges zu erledigen versäumt.

Ich zwang mich, rasch und zielbewußt zu handeln. Ich betrat mein Zimmer und schaltete das Licht an. Ich brauchte nicht lange, um aufzuräumen und den Fußboden zu fegen. Ich mußte fünf Stunden füllen – vier, wenn Alan einen Strafzettel und seinen kostbaren Hals riskierte und so rasch fuhr, wie er es wahrscheinlich tat.

Ich holte das Modell aus dem Wandschrank und machte mich an die Arbeit. Ich schlug die Zeit tot, wobei ich nicht versuchte, fertig zu werden – obwohl es schön gewesen wäre, wenn ich Alan ein Ergebnis hätte vorzeigen können. Ich hoffte jedoch, er würde andere Dinge im Kopf haben.

Ich bemerkte nur vage, daß Elvis ins Zimmer kam und sich mit einem vertrauenerweckenden Plumps auf den Teppich fallen ließ. Die Luft war drückend und dumpf; die Wolken, die sich zusammengezogen hatten, als wir nach dem Essen nach Hause fuhren, waren jetzt dichter; sie erhöhten die Luftfeuchtigkeit und drohten mit Regen. Draußen vor dem Fenster verhüllte ein weicher, grauer Nebel die Umrisse der

Büsche. Die Grillen übten für ein Konzert. Friedliche, vertraute Geräusche – und bei alldem dieses wachsende Verlangen, zwingend und doch unbegreiflich.

Meine Finger bewegten sich mit automatischer Präzision, während ich in Gedanken eine Liste von Pflichten durchging, die ich vielleicht vernachlässigt hatte. Telefonanrufe, die zu erledigen waren, Türen und Fenster, die zu schließen waren, Herd und Geräte, die abzustellen waren... Meine Zimmertür stand offen. Obwohl es noch um Stunden zu früh war, lauschte ich auf das Geräusch eines Wagens. Es bestand kein Grund zur Sorge, nicht, wenn Elvis auf dem Teppich schnarchte. Er würde einen verdächtigen Laut lange vor mir hören; ich hätte genügend Zeit, nach dem Telefon zu greifen oder mich einzuschließen, was immer mir als das beste erschien.

War es Martha gewesen, die in der Nacht dieses Zimmer betreten hatte? Nein, gewiß nicht. Sie hatte sich als fähig erwiesen, ohne Hilfe zu gehen; der Himmel wußte, wie oft sie die dunklen Korridore durchstreift hatte auf heimlichen und unvermuteten Gängen; aber sie hätte niemals die körperliche Kraft aufgebracht, den Hund abzuwehren und mit großer Geschwindigkeit ums Haus zu laufen und durch eine offene Tür oder ein Fenster wieder zurückzugelangen.

Mrs. Danner? Shirley hatte sie an jenem Morgen als erstes angerufen und ihr gesagt, daß sie nicht mehr gebraucht wurde. War sie wirklich so stur, wie es ausgesehen hatte, oder verbarg ihr phlegmatisches Wesen den Ärger und die Frustration, die manchmal in Gewalttaten umschlägt?

Joe Danner? Ich hatte keinen Zweifel daran, daß er zu Gewalttaten fähig war und auch dazu, sein Handeln mit seinem engen Glauben zu rechtfertigen. War seine Entdeckung der Skelette zufällig geschehen, oder gab es einen Zusammenhang, den ich nicht ergründen konnte? Welche Gefühle empfand er wirklich gegenüber der alten Frau, die ihn sein ganzes Leben lang beherrscht hatte – war es blinde Hingabe oder bitteres Ressentiment?

Die Namen wiederholten sich in meinem Geist immer und immer wieder. Rose Danner, ihr Mann, Mrs. Hornbeak, Ron, die »verrückte Bande« aus Jarboes Theorie; Rose Danner, Joe, Mrs. Hornbeak... Wer von ihnen? Oder ein Unbekannter, angetrieben von Motiven, von denen ich nichts wußte?

Mir kam es vor, als hätte ich nur wenige Minuten gearbeitet, nachdem meine Hände aufhörten, sich zu bewegen; aber meine Muskeln waren steif und schmerzten, als hätte ich stundenlang in der gleichen gebeugten Stellung gesessen. Schwaden weißen Nebels griffen nach den Gittern des Fensters wie knochenlose Finger. Die Uhr auf dem Nachttisch zeigte zwanzig Minuten nach eins. Und auf dem Tisch sah mich das fertige Modell an, vollendet sogar mit der Perücke, die meine Hände gerade aufgesetzt hatten.

Ich hatte falsche Augenwimpern angebracht, die die großen, braunen Augen umrahmten, und mit brauner Farbe Augenbrauen gemalt. Die leicht geöffneten Lippen waren rosarot, und ein Hauch von blaßerem Rosa lag über den kräftigen Wangenknochen. Das Haar war füllig; es fiel üppig dorthin, wo die Schultern hätten sein sollen. Und das Gesicht, das mich ansah, war wie ein Spiegelbild meines eigenen.

Vierzehntes Kapitel

Ich hatte drei Stunden damit verbracht – Stunden, in denen meine Hände mit einem Geschick und einer Präzision, die ans Wunderbare grenzten, unabhängig von meinem Geist gearbeitet hatten.

Ich lehnte mich im Stuhl zurück. Meine steifen Muskeln protestierten, und ich ließ die Hände in den Schoß fallen. Ich sah, wie der Puls an meinen Handgelenken wie wild schlug. Das einzige, was mich davon abhielt, vor der schrecklichen Widerspiegelung meiner lebenden Züge zu fliehen, war das friedliche Atmen des Hundes.

Allmählich verlangsamte sich mein Atem, und ärgerliche Enttäuschung ersetzte den abergläubischen Schrecken. In egoistischen Meditationen versunken hatte ich unbewußt die Züge reproduziert, die ich am besten kannte -- meine eigenen. Die Tatsache, daß die Perücke meinem dichten, glatten Haar ähnelte, war reiner Zufall; natürlich hatte Alan einen neutralen Stil gewählt, den man auf unterschiedliche Art frisieren konnte.

Kurz, ich hatte das Gesicht verpfuscht. Es war keine Katastrophe; Alan hatte die Gußform, wir konnten ein anderes Modell herstellen. Aber ich dachte ungern daran, ihm zu zeigen, wie schlimm ich versagt hatte. Meine Hände griffen zu und begannen den noch feuchten Ton herunterzureißen.

Etwas ließ mich innehalten, wie eine unsichtbare Hand, die sich sanft, aber unabweislich über die meine legte. Es war nicht das Geräusch – das hörte ich erst ein paar Sekunden später, als ich mich bemühte, den Akt der Zerstörung zu vollenden, den ich begonnen hatte. Das Geräusch war das eines Schrittes.

Ich fürchtete mich davor, mich umzudrehen. Ich konnte die Anwesenheit eines Menschen unter der offenen Tür spüren wie einen Eisblock, der Wellen kalter Luft ausstrahlte, die auf meinen nackten Armen eine Gänsehaut hervorriefen.

Der Hund hatte nicht gebellt. Er hatte auch in jener Nacht nicht gebellt, als er die lebendige Kraft des Bösen auf dem Flur vor meiner Tür gespürt hatte.

Die Lähmung, die mich gefangenhielt, löste sich, als ob jemand die Seile, die meinen Körper fesselten, zerschnitten hätte. Ich drehte mich um.

Sie trug das lange, graue Flanellgewand, das ich zuletzt an einem Haken in dem Schrank ihres Zimmers hatte hängen sehen. Eine Hand hielt einen schweren Stock. Ich hatte auch ihn schon gesehen. Ein Schal, den sie über den Kopf geschlungen hatte, verhüllte ihr Gesicht – die knochige, vorstehende Nase, die faltige Haut und die eingefallenen Wangen.

Die Gestalt stürzte auf mich zu. Es gelang mir, vom Stuhl aufzustehen, obwohl sich meine Knie wie rostige Scharniere anfühlten. Ich taumelte zurück und hob die Arme, um mein Gesicht zu schützen. Der Stock sauste auf meinen Kopf.

Ich konnte nicht länger als eine Minute bewußtlos gewesen sein. Als ich wieder zu mir kam, lag ich auf dem Fußboden unter dem Fenster. Die Zeiger der Uhr zeigten 1 Uhr 25. Die Tür war geschlossen, und der Schlüssel steckte nicht mehr im Schloß. Auf dem Fußboden zwischen mir und der Tür lagen Hunderte kleine Teile von Gips und Ton und Farbe, vermischt mit dem wirren Haar der Perücke.

Der Schlag auf meinen Kopf hatte die Fantasiegebilde aus meinem Gehirn vertrieben. Im ersten Schock hatte ich an das Unglaubliche geglaubt. Aber ich wußte, ich hatte nicht Marthas Geist gesehen, der in der Nacht hinausgeeilt war, im Augenblick ihres Todes. Starke, lebende Muskeln hatten mir den schweren Stock auf den Kopf geschlagen. Und ein lebender Geist hatte einen fatalen Fehler gemacht.

Das Modell war zum zweiten Mal zerstört worden. Das Modell, nicht meine geringe Person war das Ziel der Invasion in mein Zimmer gewesen. Diese Tatsache konnte der Schlüssel zu dem Rätsel sein. Mir war, als hätte ich die Lösung fast in den Händen – ich sah sie über meinem Kopf in der Luft hängen.

Die Lösung zu finden war alles, was ich tun mußte. Ich konnte das Zimmer nicht verlassen, und ebensowenig hatte ich den Wunsch, dies zu tun. Die geheimnisvolle Gestalt wollte mich nicht verletzen, sie wollte, daß ich eingeschlossen blieb, bis sie ihre Aufgabe vollendet hätte. Sie hatte ihr Gesicht hinter einer Maske verborgen, damit ich sie nicht erkennen sollte. Solange ich hier blieb, war ich in Sicherheit. Ich machte mir auch keine Sorgen wegen Elvis, obwohl er lautlos verschwunden war. Ich wußte, warum er nicht gebellt hatte.

Ich griff nach dem Gitter, um mich auf die Füße zu ziehen. Als ich mich an dem rostigen, rauhen Metall festhielt, packte mich ein schreckliches Gefühl des Eingeschlossenseins. Ich hatte an so etwas niemals gelitten, deshalb war die Empfindung um so schrecklicher. Ein Teil meines Geistes klammerte sich an das Bewußtsein, daß ich in Sicherheit war, solange ich im Zimmer blieb, aber ein anderer Teil stöhnte: »Ich kann nicht hinaus – ich kann nicht hinaus ...«, und ich rüttelte mit blutenden Fingern an den Stangen.

Plötzlich herrschte eine große Stille – in meinem Geist und im Zimmer.

Weißer Nebel lag auf dem Boden, aber hoch darüber wanderte der Mond hell und makellos und beherrschte eine leuchtende Tapisserie aus Sternen. Verschwommen durch den Nebel und die Zweige der Bäume bewegte sich ein Licht wie ein heruntergefallener Mond, rollte den Abhang hinter dem Haus hinab in Richtung zum Friedhof. Und ich hielt eine rostige Eisenstange in der Hand. Sie war nicht durch übermenschliche Kraft der Verzweiflung herausgerissen worden; sie war schon vor über fünfzig Jahren gelockert worden.

»Schön«, sagte ich. Ich sprach nicht zu mir selbst. »Schön.« Ich ging zum Wandschrank und öffnete die Tür. Alan hatte einen Hammer, einen Bohrer und einen Schraubenzieher benutzt, als er das Schloß anbrachte. Da ich faul war, hatte ich das Werkzeug in den Wandschrank gelegt, statt es in den Schuppen zurückzutragen. Ich hoffte, ich würde keine Waffe brauchen, aber man wußte nie. Ich nahm den Hammer.

Dann, fast so, als ob ein anderer Geist meinen Körper bewegte, zündete ich ein Streichholz an. Ich hielt es tief, so daß es den schmalen Wandstreifen innerhalb des Wandschranks beleuchtete. Die Buchstaben waren im direkten Licht nicht zu sehen gewesen; nur in dem unendlich schwachen Lichtschein, den die Flamme warf, waren sie sichtbar. Ein Name und ein Datum und drei gekritzelte Worte: »Denke an mich.«

Als die Eisenstange entfernt war, konnte ich aus dem Fenster steigen. Ich mußte mich durchzwängen. Es war auch für sie eng gewesen... Ich ging durch eine am Boden liegende Wolke, die alle nahen Gegenstände weich erscheinen ließ, wie auf einem japanischen Bild. Hoch über mir schien der Mond, und die Sterne leuchteten.

Das schmiedeeiserne Tor des Friedhofs stand offen. Die verwitterten grauen Steine waren dunkel in dem sie umhüllenden Nebel. Eine undeutliche Gestalt bückte sich und richtete sich auf, und bückte sich und richtete sich auf bei ihrer dämonischen Arbeit. Ich konnte ihn schwer atmen hören. Jede Schaufel Erde schlug dumpf auf, als er sie auf den größer werdenden Haufen warf. Wie lange würde er dazu brauchen? Man hatte sie zwei Meter tief begraben, aber die Erde über ihr war weich und noch nicht von Zeit oder Wetter zusammengepreßt.

Ein lebhafter Windstoß ließ den Nebel wirbeln und machte ihn sichtbar. Er hatte das lange Gewand abgelegt, um leichter arbeiten zu können. Auch die Maske war weg – sie war nicht mehr notwendig –, aber wenn ich nicht gewußt hätte, wer er war, hätte ich ihn nicht erkannt. Erde und Schweiß entstellten sein Gesicht zu einer Karikatur desjenigen, den ich kannte.

Ich sah noch etwas anderes in dem sich teilenden Nebel, das der Szene etwas Komödienhaftes verlieh, wie den Totengräbern im »Hamlet«. Kein Wunder, daß Elvis mich nicht vor dem Eindringling gewarnt hatte. Elvis kannte einen Kumpel, wenn er einen sah, und Elvis wußte, was gut für ihn war. Der Ausgräber hielt einen Moment inne und atmete keuchend. Er steckte eine Hand in die Tasche, und Elvis machte Männchen und fing den Bissen auf, als er in seine Richtung flog. Er kaute ihn und setzte sich zurück und wartete auf den nächsten.

Die Intensität seiner Liebe zu Nahrungsquellen hielt ihn

davon ab, mich zu bemerken. Dann drehte der Wind und kam jetzt von meiner Rückseite, und mein treuer Hund kam auf mich zu und bellte hingerissen.

Ich konnte den Totengräber seine Aufgabe nicht vollenden lassen, die er begonnen hatte. Sobald das Objekt, das er haben wollte, zerstört war, gab es keinen legalen Beweis mehr dafür, was ich entdeckt hatte. Ein Gericht würde ein Gipsmodell nicht als Beweismittel akzeptieren ohne das Original, von dem es abgenommen worden war. Ich konnte nicht einmal mir selbst erklären, warum es so wichtig war, daß ich ihn daran hindern wollte; es stand fest wie ein Axiom in der Geometrie. Ich hatte nicht überlegt, wie ich ihm Einhalt gebieten konnte, ohne einen weiteren Schlag auf den Kopf zu riskieren von einer Waffe, die viel schwerer war als der Stock. Ich hätte vielleicht eine gute Idee gehabt, wenn Elvis mich nicht verraten hätte.

Ich kniete nieder und umarmte ihn. »Ich bin froh, daß es dir gut geht, Idiot«, sagte ich leise. »Du hast dich wahrlich als ein guter Wachhund herausgestellt.«

»Lauf nicht weg, Julie.« Die Stimme hallte merkwürdig wider in der schweren Luft. »Ich kann schneller laufen. Wie bist du herausgekommen?«

»Eine der Stangen war locker.«

»Du hättest bleiben sollen, wo du warst. Ich möchte dir nicht wehtun.«

»Gut, und ich möchte nicht, daß du weiterarbeitest. Warum tust du das, Matt? Was für eine Rolle spielt es jetzt für irgend jemanden?«

Er hob seine Laterne und stellte sie auf einen der Grabsteine, so daß ihr Licht genau in meine Augen fiel. Ich schützte sie mit meiner Hand.

»Was kümmert es dich? Du solltest mir lieber helfen, Julie. Es ist auch deine Familie, deine Scham, deine Schande.«

»Die einzige Schande ist es, wenn man die Wahrheit vertuscht. Das Verbrechen selbst – wenn es ein Verbrechen war und nicht ein törichtes, selbstsüchtiges Stück Dummheit – war nicht deines oder meines. Aber wenn wir ein

Verbrechen verheimlichen, begehen wir einen unmoralischen Akt, und das fällt in unsere Verantwortlichkeit.«

»Sehr nobel«, höhnte Matt. »Aber sehr unpraktisch. Wenn dies herauskäme, könnte es mich meine Karriere kosten.«

Ich war sicher, daß er sich täuschte. Aber meine Meinung zählte nicht. Er glaubte es, und er war bereit, das Gesetz zu brechen, um eine Enthüllung zu verhindern. Ebensowenig konnte ich bestreiten, daß seine Ansicht etwas für sich hatte. Wozu eine alte Tragödie ans Licht ziehen, wenn der Täter nicht mehr bestraft werden konnte und nur die Unschuldigen leiden würden?

Ich wußte keine Antwort. Ich wußte nur, was getan werden mußte.

»Ich will dir etwas sagen«, erklärte ich mit falscher Herzlichkeit. »Gehen wir ins Haus und sprechen wir darüber.«

»Schön, sobald ich hier fertig bin.«

Ich trat impulsiv vor, und Matt lachte. »Du wolltest mich überlisten, nicht wahr? Nichts zu machen, teure Cousine. Sobald ich dies beseitigt habe« – er hob die Schaufel und deutete –, »kannst du nichts mehr tun.«

Von Elvis, der vor meinen Füßen zusammengekauert lag, kam ein unterdrücktes Wimmern. Er war verwirrt. Der Tonfall unserer Stimmen, vielleicht der Geruch unserer Körper warnte ihn, daß seine Freunde nicht mehr freundlich zueinander waren. Er wußte nicht, was er tun sollte.

Ich wußte es auch nicht. Der Hammer nützte mir gar nichts; Matt konnte mich mit der Schaufel in seinen Händen niederschlagen, ehe ich nahe genug an ihn herankam, um den Hammer zu benützen.

Ich drehte mich um und rannte weg.

Er war hinter mir her wie ein Blitz. Auf dem höhergelegenen Land löste sich der Nebel auf; er bot keinen Schutz, und der Mond stand zu hoch und war zu hell. Elvis hielt mit mir Schritt. Er hatte völlig den Kopf verloren und bellte wie ein Jagdhund, und das war er im Grunde ja auch. In den kurzen Intervallen zwischen seinem Gebell hörte ich, wie Matt mich verfolgte. Er hatte recht; er konnte schneller laufen als ich.

Ich konnte den Weg nicht verlassen, das Buschwerk zu beiden Seiten war undruchdringlich, gesäumt von Brombeersträuchern und wildem Wein, so dicht wie ein Zaun. Vor mir, auf dem Landrücken, sah ich das Ende des Pfades, wo er sich auf eine unkrautüberwachsene Wiese öffnete. Sie sah wie ein helles Tuch aus, das aus Nebel und Mondschein gewoben war. Ich weiß nicht, warum sie mir wie ein sicherer Hafen erschien, denn dort gab es keine Sicherheit und keinen Schutz auf dem offenen Gelände; aber sie war ein Ziel, und ich stürzte darauf zu und hörte seine Schritte näher und näher kommen.

Ich stolperte über Elvis, dem es endlich in seinen dicken Schädel gegangen war, daß ich vor jemandem floh, der mich verletzten wollte. Er drehte sich um und stürzte sich mit einem mächtigen Geheul auf meinen Verfolger.

Flach auf dem Boden liegend, erwartete ich, daß die Schneide des Spatens meinen Schädel traf. Da hörte ich einen hohlen Aufprall und einen hellen Schrei von Elvis.

Ich stützte mich auf die Ellenbogen und rollte zur Seite. Er stand über mir, eine dunkle Gestalt gegen das Mondlicht. Er beugte sich mit ausgestreckten Armen herunter. Ich packte sein Bein mit beiden Händen und zog daran. Er taumelte rückwärts.

Ich erhob mich. Er setzte sich auf. Das Mondlicht fiel voll auf sein Gesicht.

»Jesus Christus!« rief ich. »Was zum Teufel geht hier vor?«

Matt lag flach im Gras mit ausgebreiteten Armen. Die Schaufel lag quer über seinen Beinen. Elvis dachte zweifelnd über den gedankenlosen Menschen nach, der auf seinen Schwanz getreten war; sollte er den Schmerz übelnehmen oder ihm verzeihen angesichts früherer Gunsterweisungen?

»Mein Held«, sagte ich zwischen Weinen und Lachen. »Wie bist du so rasch hierhergekommen?«

»Ich flog«, sagte Alan.

»Engel tun das«, stimmte ich zu.

Es war nicht die Begrüßung, die ich geplant hatte. Wir tranken den Sherry, der bereitstand, und die ganze Zeit saß Matt zusammengekauert auf dem Bett in meinem Zimmer und hielt sich die Hände vor das Gesicht. Wir beide sprachen über ihn, als wäre er nicht anwesend, was in gewisser Weise auch der Fall war.

»Ich bin sicher, er hatte niemals vor, mir wehzutun«, sagte ich.

»Yeah. Vermutlich hat er diese Schaufel nur zur Übung geschwungen. Gott sei Dank war der Hund da; sein Bellen führte mich zum Friedhof, nachdem ich an die Tür geklopft und dann in dein Fenster hineingesehen hatte. Was ich sah, beruhigte mich nicht gerade.«

Alan sagte, er habe von allem Anfang an vermutet, daß das Ziel des Einbrechers die Zerstörung des Modells gewesen war, aber er konnte nicht verstehen, weshalb jemandem daran gelegen war.

»Wenn du die fertige Rekonstruktion gesehen hättest, dann würdest du es verstehen«, sagte ich grimmig. »Ich dachte zuerst, ich wäre idiotisch gewesen und hätte mein eigenes Gesicht kopiert. Dann wurde mir klar, daß es nicht meines war. Es war dasjenige Melissas.«

Die Familienzüge waren ausgeprägt; wie oft hatte man mir das gesagt. Wenn sie gelebt hätte, wenn es noch Menschen gegeben hätte, die sich an sie erinnerten, hätten sie mir gesagt, ich sei das Ebenbild Melissas. Martha erinnerte sich daran. Kein Wunder, daß sie mich verabscheute. Auch der Richter erinnerte sich daran.

Wieviel von der Wahrheit hatte er gewußt? Am Ende war ich sicher, daß er die ganze Geschichte gekannt hatte. Martha mußte sie ihm am letzten Abend seines Lebens erzählt haben, und der Schock hatte ihn getötet – so oder so. Seine Sterbebotschaft war für sie, nicht für mich: Ein Versprechen zu schweigen. Und bevor sein versagendes Herz – oder irgend etwas anderes – ihn von der Last des Schuldbewußtseins befreit hatte, schickte er mir eine Erinnerung. Er hatte nie vorgehabt, Martha zu hintergehen, aber es war ihm richtig erschienen, ebenso wie mir, daß jemand sich an Melissa erinnern sollte.

Ich öffnete den Umschlag, den er mir geschickt hatte. Die Botschaft bestand aus einer Fotografie, dem einzigen Bild von Melissa, das erhalten geblieben war. Martha mußte alle anderen vernichtet haben.

Ich gab sie Alan. Die beiden Schwestern standen nebeneinander, jede auf einer Seite des Gartenstuhls, in dem ihre Mutter thronte. Diese erinnerte mich an Martha, nicht, weil ihre Gesichtszüge einander ähnelten, sondern wegen der Gleichartigkeit ihrer Mienen. Martha sah ohne zu lächeln in die Kamera. Ihr gerades, schlecht passendes Kleid schmeichelte ihrer gedrungenen Figur nicht.

Melissa mußte ungefähr sechzehn Jahre alt gewesen sein. Sie trug ein einfaches, altmodisches Kleid, aber die Kamera hatte ihre pulsierende Jugend eingefangen, ihr Lächeln und ihre leuchtenden Augen.

»Ich sehe es nicht«, sagte Alan. »Es ist eine gewisse Ähnlichkeit vorhanden, aber –«

Wieviel von dieser spiegelbildlichen Identität war Wirklichkeit gewesen und wieviel davon ein Produkt der – nun, nennen wir es mitfühlenden Einbildung? Man nenne es, wie man will, ich hatte in jener Nacht ihre Anwesenheit gespürt, ihre Verzweiflung, ihre Furcht, ihre kurze Flucht.

»Es war stark genug, um sie zu identifizieren«, sagte ich. »Sobald die Familienähnlichkeit bemerkt worden wäre, hätten die Leute angefangen, Fragen zu stellen. Sie haben in dieser Gegend ein gutes Gedächtnis; sie erzählen die Geschichten den Kindern weiter. Shirley wußte über Melissa Bescheid. Sie war mit einem Reisenden davongelaufen – das war es, was Martha jedermann erzählte. Niemand hat je wieder von ihr gehört. Martha log, wenn sie sagte, sie habe Briefe und Postkarten von ihr erhalten.«

»Aber es war eine bloße Möglichkeit«, gab Alan zu bedenken. Er warf einen verächtlichen Blick auf die geduckte, schweigende Gestalt auf dem Bett. »Er riskierte so viel für so wenig. Selbst wenn die Geschichte herausgekommen wäre, was hätte es ihm geschadet?«

»Es hätte niemandem etwas ausgemacht außer ihm. Marthas Einfluß auf ihn war so stark wie der auf mich, aber er nahm eine völlig andere Form bei ihm an. Er schwelgt in alten Traditionen und trinkt Bier mit Wählern aus der Arbeiterschaft, aber er träumt auch davon, wieder Herr auf dem Landsitz zu sein, ein Aristokrat mit einem ehrwürdigen Namen. Man könnte sagen, daß Martha ihn mit ihrem verdrehten Stolz angesteckt hat; und sie lebte nicht einmal nach dem Standard ihrer eigenen Zeit, sondern dem ihrer Eltern – viktorianische Prüderie in ihrer schlimmsten Form. Sie konnte vor niemandem zugeben, daß ihre eigene Schwester einem einfachen Fremden ein illegitimes Kind geboren hatte, der mit ihr ins Bett ging und sie dann verließ. – Es war nicht genügend Geld da, um Melissa wegzuschicken, wie es bei jungen Damen aus guter Familie üblich war, die einen kleinen Fehltritt dieser Art begangen hatten. Ich frage mich jedoch, ob Martha es getan hätte, selbst wenn das Geld dafür dagewesen wäre. Ich glaube, sie genoß es, Melissa hier als Gefangene einzusperren. Wenn sie selbst bei der Geburt geholfen hat unter Bedingungen, die...«

Ich hielt schaudernd inne. Sogar der Sherry konnte mich nicht trösten, wenn ich daran dachte. Alan nahm meine Hand. »Julie«, sagte er sanft, »es gibt keinen Beweis dafür, daß Martha etwas Schlimmeres getan hat. Keine Anzeichen für Gewalttätigkeiten. Vielleicht starb Melissa während der Geburt und das Kind mit ihr.«

»Ich wollte, ich könnte das glauben. Ich glaube nicht, daß Martha vorhatte – sie zu töten. Damals starben viele Kinder. Wenn es überlebte, gab es Möglichkeiten, es loszuwerden... Aber Melissa hätte nicht in den Plan gepaßt. Sobald sie ihr Kind gesehen hatte, es im Arm gehalten hatte, hätte sie sich nicht mehr von ihm getrennt. Martha hielt sie hier eingesperrt – in diesem Zimmer. Es gab keine Dienstboten, und dieses Zimmer war abgeschieden vom übrigen Haus; kein Besucher hätte geahnt, daß hier jemand lebte. Melissa gelang es, eine der Stangen am Fenster zu lockern. Sie fürchtete sich um des Kindes und um ihrer selbst willen. Sie gelangte hinaus. Aber sie kam nicht weit.«

»Das ist nur eine Theorie, Julie«, sagte Alan. »Nichts widerspricht der anderen Version. Es entlastet Martha nicht vollständig, aber sobald sie tot war, vergrub Martha sie heimlich irgendwo im Wald.«

»Und sie erschoß ihren Hund, damit er nicht nach Melissa suchte«, sagte ich schaudernd. »Deshalb wollte sie auch keinen Hund mehr auf dem Besitz haben. Sogar nach all diesen Jahren fürchtete sie sich...«

Matt hob den Kopf. »Es war ein Unglücksfall. Das Kind starb. Melissa – verlor den Verstand. Sie rannte blindlings in den Wald, trug ihr totes Kind bei sich, und Martha lief hinter ihr her, um sie aufzuhalten und ihr zu helfen.«

»Hat sie Ihnen das gesagt?« fragte Alan skeptisch.

»Ja, vor ein paar Tagen. Sie war die ganzen Jahre unglücklich vor Selbstvorwürfen und Bedauern; sie mußte sich entlasten, ehe sie stirbt.«

Matts Gesicht war ungerührt unter den Schichten von Schmutz. Seine Augen waren trocken; sie trafen Alans Blick mit scheinbarer Offenheit, die Leute in seinem Beruf vorzutäuschen lernen. Er fuhr zungenfertig fort: »Natürlich glaubte ich, Martha habe den Verstand verloren. Diese Geschichte konnte nicht wahr sein. Dann fing ich an, mich zu fragen, und deshalb beschloß ich, die Überreste auszugraben.«

»Das ist Ihre Geschichte, nicht wahr?«

»Sie wird sich eignen oder auch nicht!«

Matt lächelte anmaßend. Er stand auf und behielt Alan vorsichtig im Auge. »Ich gehe jetzt. Vielleicht sehe ich dich morgen im Krankenhaus, Julie.«

»Nur noch eine gottverdammte Minute, Sie heuchlerischer Bastard«, schrie Alan und sprang auf. »Wenn Sie glauben, Sie kämen damit davon, nach dem, was Sie getan haben –«

»Was genau habe ich getan? Ich hatte die Absicht, die Gebeine wieder in das Büro des Sheriffs zu bringen, und ihn die Nachforschungen noch einmal aufnehmen zu lassen. Julie hat mich mißverstanden. Als sie in der Dunkelheit davonrannte, lief ich ihr nach, damit sie sich nicht verletzt.«

»Das steht Ihr Wort gegen das ihre«, murmelte Alan.

»Richtig.«

»Man kann einen Mann nicht anklagen, wenn er sein eigenes Haus betritt. Außerdem«, fügte Matt hinzu, »kannst du nicht beweisen, daß ich es war, oder?«

Alan ballte die Fäuste. »Wie gern würde ich Ihnen dieses herablassende Grinsen die Kehle hinunterschlagen«, sagte er sehnsüchtig.

»Laß ihn gehen«, sagte ich. »Er ist zu schmierig für unsereinen. Als nächstes würde er dich wegen tätlicher Beleidigung verklagen.«

Matt schlich zur Tür. Alan trat einen Schritt auf ihn zu; Matt setzte sich in Trab und verschwand.

Alan ließ sich auf das Bett fallen und trommelte mit den Fäusten auf die Matratze. »Es fällt mir furchtbar schwer, ihn so davonkommen zu lassen. Es fällt mir wirklich schwer.«

Ich setzte mich neben ihn. »Ich weiß, Liebling. Aber wir können immer gegen ihn stimmen.«

»Ein kleiner Trost. Er log, nicht wahr? Martha erzählte ihm –«

»Die Wahrheit. Er wäre nicht so erpicht darauf gewesen, die Geschichte zu bemänteln, wenn Melissas Tod ein Unfall gewesen wäre. Er hat es seit geraumer Zeit gewußt. Martha hat es ihm wahrscheinlich gesagt, als sie nach ihrem Schlaganfall wieder sprechen konnte. Sie hielt es für notwendig, ihn zu warnen für den Fall, daß polizeiliche Ermittlungen einen belastenden Beweis erbracht hätten. Sie wußte nicht, was sie dem Skelett entnehmen konnten, und Matt wußte es auch nicht – bis ausgerechnet ich es ihm sagte. Er hatte zugestimmt, dich hier arbeiten zu lassen, weil er hoffte, das würde die Leute an alte Friedhöfe denken lassen anstatt an in neuerer Zeit vermißte Personen. Er machte so viele Fehler. Ich hätte ihn schon viel früher verdächtigen sollen.«

»Ich habe ihn verdächtigt«, sagte Alan bescheiden.

»Vielleicht hattest du ein kleines Vorurteil?«

»Wer? Ich? Du weißt, daß ich niemals eine persönliche Meinung ein akademisches Urteil beeinflussen lasse. Nein, ich vermutete einen örtlichen Skandal. Ich wußte, daß die Skelette nicht alt sein konnten, weil ich gesehen habe, wie sich langes Liegen in der Erde dieser Gegend auf sie auswirkt. Ich habe mich sogar gefragt, ob Joe Danners Tochter...«

»Ich auch. Aber Shirley versicherte mir, daß Lynne Anne lebt und es ihr gut geht.«

»Ich weiß. Ich habe sie besucht. Aber es konnte ein anderes unglückliches Mädchen in der gleichen Situation gewesen sein. Auch in dieser sogenannten zivilisierten Gesellschaft gibt es Menschen, die den alten unzivilisierten Regeln anhängen, was Frauen und Unzucht anbetrifft und den Fluch der unehelichen Geburt. So weit kam ich mit meinen Vernunftschlüssen, aber die Zerstörung des Modells verblüffte mich. Es war eine vergebliche Tat, da das Modell leicht wieder rekonstruiert werden konnte.«

»Das wußtest du, aber Matt nicht. Bis ich es ihm verriet. Als er es herausfand, wurde ihm klar, daß er den Schädel selbst vernichten mußte. Ohne ihn als Grundlage unserer Rekonstruktion wäre die Identifizierung fraglich gewesen.«

Alan umarmte mich. »Bist du sicher, Julie?«

»Ganz sicher.« Ich konnte ihm nicht alle Gründe nennen. Dieser unheimliche Augenblick der Identifizierung war mein Geheimnis und meine Bürde.

»In Ordnung. Aber das andere – wie sie starb ... Vielleicht sprichst du lieber nicht darüber.«

»Nein, ich muß mich davon lösen. Du willst mir helfen, Alan, aber es klappt nicht. Martha hat ihre Schwester getötet, und sie sagte Matt, daß sie es getan hat; und der Grund dafür, da bin ich sicher, sind ein paar wenige Worte, die kein Gericht jemals als Beweismaterial akzeptieren würde. Matt zitierte an dem Tag, an dem wir Melissa und das Kind endlich an ihrem rechtmäßigen Platz beerdigten, ein Gedicht. Ich brauchte eine Weile, bis ich es erkannte, aber schließlich fand ich es in einem Buch, das vielleicht Melissa selbst gehört hatte.

> Laß uns nach Hause gehen und im Salon sitzen.
> Nicht an unserem Tag
> Wird die Wolke vorüberziehen und die Sonne aufsteigen wie zuvor ...
> Die Sonne, die unsere gebeugten Rücken wärmte und das entwurzelte Kraut welken ließ
> Werden wir nicht mehr spüren.
> Wir werden sterben im Dunkeln und begraben werden im Regen.

Es ist ein Gedicht von Edna St. Vincent Millay über den Sacco-Vanzetti-Prozeß. Der Titel lautet ›Verleugnete Gerechtigkeit in Massachusetts‹. – Das wäre alles, Alan. Deshalb konnte ich ihn nicht ihre armen Gebeine zerstören lassen, den einzigen Beweis dafür, daß sie gelebt hat und zu früh gestorben ist. Es geht um verleugnete Gerechtigkeit.«

Wollen Sie wissen, was »danach« geschah? Ich wollte, ich könnte Ihnen berichten, Matt hätte seine Wiederwahl verloren. Leider war dies nicht der Fall, und ich werde vielleicht bei der Gouverneurswahl gegen ihn stimmen. Ich zweifle daran, daß Melissas Geschichte seine Chancen vermindert hätte, und sie hätte es auch nicht tun sollen, aber die Geschichte kam nie an die Öffentlichkeit. Das Büro des Distriktanwalts lehnte es ab, den Fall aufzugreifen. Vom praktischen Gesichtspunkt aus hatten sie recht. Die Identifizierung war zweifelhaft, es gab keinen Beweis für einen Selbstmord, und jeder mögliche Verdächtige war tot. Weshalb sollten sie Zeit vergeuden, wenn sie mit gegenwärtigen Verbrechen überlastet waren?

Matt behielt weiterhin seinen guten Namen, aber Joe Danner ist nicht mehr unter uns. Eine Ladung Heu fiel auf ihn, und er erstickte, ehe Mrs. Danner ihn ausgraben konnte. Ja, sie war zur Stelle und half... Ich hörte, sie hat vierzig Pfund zugenommen und ist wieder Rosie, die Schönheit der Bars.

Wir fanden schließlich heraus, wie Pauline Hornbeak die Begräbnisstätte im Bezirk Maydon entdeckte. Es war keine Botschaft aus dem Jenseits, sondern eine Verbindung von Glück und dem Triumph der Einfalt über gelehrten Scharfsinn. Das kleine Buch meines Vorfahren gab konfuse Anweisungen darüber, wo er das Stück Rüstung gefunden hatte; Alan hatte bei ihrer Interpretation zu viele Korrekturen vorgenommen. Poly Hornbeak, deren Geistesgaben auf dem gleichen niedrigen Niveau wie die von Albert standen, hatte ihn wörtlich genommen – und war auf den Jackpot gestoßen. Aber sie gab es nie zu.

Der Fall der ausgesetzten Skelette wurde nie offiziell abgeschlossen, aber Sheriff Jarboe meint, er habe keine Hoffnung, ihn zu lösen. »Kinder wachsen heran«, sagte er gönnerhaft. »Sie werden es nicht wieder versuchen, besonders, wenn Sie und der Prof. auf dem Besitztum graben.«

Er ist zufrieden, daß er recht hatte. Ich nicht. Es gibt zu viele Dinge, die seine Theorie nicht erklärt.

Die Schrotflinte zum Beispiel. Ich kann leicht glauben, daß Martha sie versteckt hielt, sogar vor Shirley, aber was wollte sie damit in jener Nacht? Die Flinte war geladen. Hatte sie vorgehabt, sie zu gebrauchen – und gegen wen? Sie haßte mich, wie sie die tote Frau gehaßt hatte, der ich ähnelte; und gegen Ende gab es Augenblicke, in denen sie nicht sicher war, welche von beiden sie sah.

Hatte ich in der Truhe auf dem Dachboden in Maidenwood das Kinderkleid gesehen, liebevoll von Hand genäht und mit Spitzen besetzt? Dort liegt jetzt kein kleines weißes Gewand mehr. Die Truhe ist leer. Aber es war etwas darin – etwas, das Martha die Dachbodentreppe hinaufzog, Monat um Monat seit ungezählten Jahren. Ich frage Sie, was sah sie, wenn sie den Deckel der buckeligen Truhe anhob? Warum vernichtete sie nicht die Kleider – oder vergrub sie zusammen mit den Leichen? Und ist es nicht ein wenig mehr als ein Zufall, daß die Jungen, die die Skelette fanden – laut Jarboes Theorie – auch auf die Kleider gestoßen waren, die sie getragen hatten, als sie starben?

Zu viele Fragen... Aber es gibt noch einen anderen Grund, weshalb ich die bequeme Erklärung des Sheriffs ablehne zugunsten einer anderen, die so bizarr und unausdenkbar ist, daß ich es nicht wage, sie laut zu äußern, nicht einmal vor Alan.

Ich sah Melissa in jener Nacht. Nein – mehr als das – *ich war* Melissa. Ihr Entsetzen ließ mein Herz heftig pochen; ihre Angst um ihr Kind zitterte in meinem Gehirn. Ich rannte mit ihr in verzweifelter Flucht durch die hohen Wiesen und durch den dichten Wald hinunter zum Totenloch.

Dort hatte Martha sie eingeholt. Dort vergrub Martha sie und das Kind. Wir sind dessen nun sicher. Alan fand den Beweis, nur ein paar klägliche Reste der Sterblichkeit und gewisse Flecken in der morastigen Erde... Aber die Einzelheiten sind gleichgültig, Sie würden Sie nicht hören wollen.

Ich erinnere mich an die Nacht, in der ich Martha in die Bibliothek kommen sah, die Hände schwarz von der feuchten dunklen Erde, die nur an tiefliegenden Stellen vorkommt – in Löchern... Es war ein Frühlingsabend, die gleiche Jahreszeit, in der Melissa starb – der gleiche Tag des Jahres? – fragte ich mich. Die gleiche Stunde des gleichen Tages?

Ich kann die letzten Worte Marthas nicht vergessen. Ich kann nichts anderes als glauben, gegen allen gesunden Menschenverstand und alle Vernunft, daß sie nicht das Gemurmel im Delirium einer Sterbenden waren, sondern eine buchstäbliche Feststellung der Wahrheit. Martha starb wenige Tage nach den Ereignissen, die ich geschildert habe. Sie war am Ende bei Bewußtsein und fragte nach mir. Aber ich glaube nicht, daß sie wußte, wer ich war. Ich allein hörte ihre letzten Worte. Als ich mich über ihr Bett beugte, öffnete sie ihre Augen und fixierte mich mit dem gleichen dunklen Haß, den sie mir immer entgegengebracht hatte. Sie öffnete die Lippen.

»Wieder, Melissa. Jedes Jahr kommst du wieder... Am gleichen Tag, am gleichen Ort... Ich verbrenne deine Kleider. Nicht einmal, sondern jedes Jahr. Jedes Jahr hebe ich das Grab aus. *Warum willst du mit deinem Balg nicht dort bleiben, wo ich euch hingeschafft habe?*«